中国中药协会嗣寿法皮肤药研究中心
中华中医药学会皮肤病药物研究中心　编纂
五百年老字号太安堂

《太安大典》系列

太安堂经略

柯树泉　著

作家出版社

领导题词

弘扬中医药事业

太安堂董事雅余令之[一/页]己酉[未]高占祥

国家文化部原副部长高占祥为太安堂题词

太安医药
弘扬国粹

辛卯年元宵节　杨汝岱

原全国政协副主席杨汝岱题词

为好医药产业
和文化产业，为人
民服务。

房书亭

2009.4.27

中国中药协会会长房书亭为太安堂题词

太安堂五佰年庆题

大安良药

健康为民

壬辰春王龙兴画

2012年2月，上海市卫生厅党组书记、上海市食品药品监督管理局局长王龙兴题词

追求卓越

祝上海建皮室制药有限公司题

乙酉年冬 孙卫国

2006年1月，中共上海市虹口区区委书记孙卫国为太安堂题词

《太安大典》编纂委员会

内容提要

　　《太安堂经略》是太安堂第十三代传人柯树泉先生以中华传统文化治企兴企的理论集成。其站在宇宙万象的角度，思索探索自然规律及社会规律，汲取传统哲学的精髓，融汇应用于企业的管理和发展之中。全书纵横驰骋、自成体系、海纳百川、高屋建瓴，是太安堂五百年的深厚哲学积淀，是太安堂奉献济世的心血结晶，是弘扬中医药文化的典范。

　　《太安堂经略》是太安堂近五百年探索发展的智慧结晶，是太安堂哲学艺术的实践升华。全书分上、中、下三篇，计九章十二经略，上篇规律经略，中篇哲学经略，下篇周易经略。规律经略分为自然规律经略和社会规律经略二章；哲学经略分为阴阳五行经略和传统哲学经略二章；周易经略分乾、坤等十卦经略共五章。太安堂十二经略意在慧集百家，博采众长，解事读史，师法先贤，涵盖公司的生产、研发、营销、品牌、财务、资本等重大领域，为"建成世界一流的以中药现代化为特色的中型药企"的宏伟目标奠下坚实基础。

总序

盘古开天，莽莽昆仑，三皇集天地之灵气，随日月而出东方；鸿蒙初始，滔滔沧海，五帝摄亘古之悠远，载厚德而治天下。

昔神农尝百草，黄帝著《内经》；仲景《伤寒论》，思邈《千金方》；时珍纂"本草"，万氏撰《医贯》；扁鹊察声色，华佗疗疮伤；太安积《大典》，神州存紫气，神医药圣，济世救民，缔造中医，功德昭日月，千秋永垂！

明隆庆元年，吾祖柯玉井精研经史，荣登仕途，鼎政之际，辞官归里，创"太安"，书"堂记"，得"真言"，定"堂训"，施仁术济苍生，迄今相传十五代，历时五百载矣。据潮州柯氏族谱记载："太安堂世代相传，名医辈出，达官显贵、庶民百姓求医问药者络绎不绝，村前院后时常车马相接，人声鼎沸，救活民命，何止万千，秉德济世，造福万方，功德无量，有口皆碑。"然太安积《大典》，圣殿存《瑰宝》，虽价值连城而未得编纂济世，遗憾不已！

《大典》何物？《瑰宝》何方？此太安堂十三代验方，五百年医案，几经兵火，风雨飘摇；几经劫难，浴血奋战，幸存之。巍巍书山，浩浩学海，何人奋笔挥毫？医药神技，柯氏心得，何时整理成书奉献世人？

《左传》曰："太上有立德，其次有立功，其次有立言，虽久不废，此之谓不朽。"

佛经云：心在当下，当下即心。一切事相，均为心迹之末缘，存有为之端，泥事相之偏。余弱冠之际，已承先祖医业厚土，悬壶济世；不惑之年，太平盛世，顺天承运，励精图治，复兴太安。

人世间先有心，后有迹，言为心声，言以载道，愚为柯玉井公十三代孙，责无旁贷，义不容辞，虽昧愿以一片丹心，一腔热血，承太安堂"遵古重拓，方经药典，精微极致，大道无形"十六字真言之精髓，与群英一道，专心致志，预历时五载将其编纂成书，名曰《太安大典》，弘扬国粹，立言济世。

《太安大典》，太安者，中医药圣殿也，太安者，天安、地安、人安也；大典者，甲骨文"大册也"，《后汉书》"典籍也"；太安大典者，太安堂之大册也，太安大典者，太安堂中医药之典籍也。

《太安大典》按医、药、史、鼎、新五部十五类编排，其中"医部"分"经典、秘典"二类；"药部"分"药苑、名药"二类；"史部"分"渊源、传奇、复兴"三类；"鼎部"分"基石、讲坛、文治"三类；"新部"分"立德、立功、画卷、立业、立言"五类，共一百零八卷。书中以《黄帝内经》中医药经典理论为核心，以中医的整体观念等为基本原则，秉太安堂近五百年中医药传世秘方之精华，遵循"天人合一"、"天地相遇，品物咸章"等的自然规律与社会规律，分类论述，旨在弘扬中医药文化，振兴中医药产业，以医药强身提高人口素质，实现弘扬国粹，秉德济世，造福人类之心愿。

鉴于学术疏浅，工程浩大，不足之处，请示教，祈谅之。

序一

　　中华传统文化以"易"为源，以儒释道法兵医为流，是中华民族的宝库，随着中华文明的伟大复兴，作为中华传统文化瑰宝的中医药将超越时空，超越国度，魅力永恒。习近平主席强调，建设社会主义文化强国，着力提高国家文化软实力，关系"两个一百年"奋斗目标和中华民族伟大复兴中国梦的实现。振兴中医药文化，是实现"中国梦"的重要支撑。

　　中医药是中华民族在与疾病长期斗争的过程中积累的宝贵财富，为中华民族的繁衍昌盛和人类健康做出了不可磨灭的贡献。党和国家高度重视中医药，将之纳入国民经济和社会发展规划，"大力扶持中医药和民族医药发展"，相继颁布了《关于扶持和促进中医药事业发展的若干意见》等政策文件，把中医药事业发展融入到国家经济社会发展全局、医药卫生改革发展大局中，取得了显著成就。

　　振兴中药国粹，从不乏有志之士，太安堂就是其中的杰出代表。"太安堂"是中医药老字号，自明隆庆元年（1567年）创建以来，风雨兼程近五百年，薪火相传十五代，在五百年波澜壮阔的岁月长河中，医理浩瀚，名医辈出，从经验走向科学，从传统走向现代，演绎了传统中医药世家自强不息的传奇。在国力昌盛、国运繁荣的新时期，太安堂将文化资源资产化，进而资产资本化，形成企业公众化，促进中药现代化，发展壮大企业综合实力，形成著名企业文化品牌，承担起弘扬中医药国粹，秉德济世的社会责任和历史使命。

英国著名学者李约瑟说过："今天保留下来的各个时代的中国文化、中国传统等，将对日后指引人类世界做出十分重要的贡献。世界上其他各国都需要满怀虚心地向中国学习，因为从中国人的智慧和文化中，我们可以获得医治现代病症的良药，以及推动今后全人类发展必不可少的要素。"现代太安堂在企业经营中，正是向中华传统文化借智慧，成功地融自然社会规律、传统哲学精髓于现代企业管理，独具特色。

《太安堂经略》一书是太安堂第十三代传人柯树泉先生以中华传统文化治企兴企的理论集成，全书纵横驰骋、自成体系、海纳百川、高屋建瓴。其站在宇宙万象的角度，思索探索自然规律及社会规律，汲取传统哲学的精髓，融汇应用于企业的管理和发展之中。《太安堂经略》是太安堂近五百年的深厚哲学积淀，是太安堂奉献济世的心血结晶，是弘扬中医药文化经略的典范。

衷心祝愿全国中医药贤能志士发挥聪明才智，提高文化软实力，继续深入推进中医药改革，弘扬中华国粹，振兴中医药事业，为推动中医药现代化和国际化进程，为打造中医药大健康产业，为实现伟大"中国梦"尽力尽责。

国家中医药管理局原副局长

李大宁

2014 年 3 月

序二

杜预注《左传》"天子经略"曰：经营天下，略有四海，固有经略。是如经略之意涵盖经营筹算、谋划、管理等重要概念。《晋书·袁乔传》："夫经略大事，故非常情所具，智者了于胸心，然后举无遗算耳。"

吾友柯公树泉，奋先祖之余烈，发必扬之凤愿，倾毕生之所学，怀经略之大体，殚精竭虑，使五百年老字号太安堂得以复兴，其虚怀若谷，广纳贤才，立足潮汕，征战上海，创立品牌，上市争雄，若胸无经略，焉能如此！

行医救病，经商兴邦之余，著书立说，总结经验，继往开来。《太安大典》已然等身，仍不自满，精勤不倦，又著《太安堂经略》二十余万言，颇为宏富，三篇天地人以合三才，九章为数之极以合古意。凡天道自然，日月星辰，社会经济，人文万象，哲学诸家，兵法释儒，《易经》大略，千变万化等，靡不备采。展卷细读，如入龙宫，宝藏悉陈。光彩照人，目不暇接，爱不释手，而不觉疲倦也。

书既成，将以付梓，浼我数言，以弁篇首，感其知遇，遂不敢辞，略作沉吟，奋笔书就，歌曰：

百万雄兵在胸中

熟为经略妙层层

太安圣业复兴日

方显柯公有令名

是为序

中国中医科学院

陶广正

甲午　元月　吉日

目　录

下篇　周易经略

上篇　规律经略

第一章　自然规律经略

《道德经》中说道:"人法地,地法天,天法道,道法自然。"人取法于地,地取法于天,天取法于道,道取法于自然,即天地万物都要遵循道的规律,这个规律就是自然运行规律。大自然变化无穷,意境广阔,神奇奥妙,广博精深,却有着亘古不变的既定规律,是宇宙运转、万物更迭、生命繁衍的千古铁律。

唐代大诗人李白说过:"天不言而四时行,地不语而百物生。"日月星辰、江河草木、个体生命均包含着自然法则。个人只有洞悉、理解、运用自然规律,才能和自然融洽相处,功成事遂;企业只有运用自然规律办企业、运用自然之道管理企业,才能进入健康有序、蓬勃兴旺的康庄大道。

太安堂的管理思想应绝对是顺应自然规律、遵循自然法则。太安堂堂训"秉德济世、为而不争"以"为而不争"作为最高行为准则,亦即人生修养的最高境界,在行动上善于随顺天时、把握时机、合乎时宜,用"无为"、"不争"的态度去"为",去发挥人的主观能动性。

顺天者昌,逆天者亡。天道不可逆,但天道可转轨;地道不可逆,但地道可变迁;人道不可逆,但人道可改命造运。

第一节　天道经略

天道,从字面理解就是"天"的运动规律,天是古人对宇宙、时间等时空概念的抽象理解,"天道"是宇宙万物运动发展的最基本规律。

"上下四方曰宇,往古来今曰宙。"这是以空间和时间作为宇宙的含义。

后来"宇宙"一词演变拓展，泛指整个客观世界，在中国古代有"天地""乾坤""六合"等说法，都是和宇宙相当的概念。

中国是世界上天文学起步最早、发展最快的国家之一。早在上古尧帝时代，就设立了专职"观象授时"的天文官。在仰韶文化时期，人们描绘了光芒万丈、普照大地的太阳形象，悠久而丰富的历史文献中记载了大量的天象资料。

人类生活在宇宙中，就是生活在天道中，天道包括宇宙规律、天体规律、时空规律等，其伟大的奥秘就存在于日月运行、星辰银河和人类自身中，天道也是人需要探索、认识并遵循的规律。

一、天道经略

古代对"天"的理解十分抽象。西周时，中华先民曾对天感叹"悠悠苍天，曷其有常"，认为"天"道难寻，变化无常，难以找到固定的规律。

春秋时期，人们逐渐认识到："天道皇皇，日月以为常。"发现宇宙天象、日月星辰是有规律可循的，有着固定的轨迹和不变的规则。荀子曾说："天行有常，不为尧存，不为桀亡，应之以治则吉，应之以乱则凶。"他提出自然事物都有一定的规律，且不以人的意志为转移。《管子·形势解》指出："天覆万物，制寒暑，行日月，次星辰，天之常也……天不失其常，则寒暑得其时，日月星辰得其序。"古人发现，日月交替运行，四时更替有序，这都是"天道"的反映，意识到天道有常，有固定的规律，"天有常道矣"。

观察天的运行，是为了探索它的变化规律，通过总结规律来指导人类更好地生活。当人们意识到天道有常时，就开始探索自然，希望顺天应道，跟随自然规律，能够更好地生活。近代科学的迅猛发展极大拓展了人们的思想和视野，"天"的概念延伸至地球、日、月、银河系乃至浩瀚宇宙，人们对地球的演变和生命的进化认识有了决定性的突破。

所以，天道虽高深莫测，一旦掌握其奥秘，就可顺应天道，天道转轨。太安堂历经五百年发展，正是顺应天道，顺势而为。太安堂善取势而明于道，集日月星辰、天道规律为一体，建立起日月星辰、北斗七星的公司架构战略。太安堂麒麟园、中医药博物馆等产业园建筑以星象布局，构成从宏观到微观的天人合一格局，展现无穷无尽的生命力，推动太安堂事业风生水起。

二、日月经略

《尚书大传·虞夏传》中说道："日月光华，旦复旦夕。"日出日落，月盈月缺是大自然千古不变的规律。

《易经·离卦》云："月丽乎天，百谷草木丽乎土。"日月运行瑰丽壮观。《史记·秦始皇本纪》中说："日月所照，舟舆所载。"凡日月所照见的地方，是人类繁衍生存的地区。

中医药学认为"天之运行惟日为本，天无此日则昼夜不分，四时失序，晦明幽暗，万物不彰也。"太阳与人体的阳气密切相关，尤其是随着地球的自转，地球与太阳对人体的作用也在不断变化，对人体气血运行有重要作用。

《黄帝内经》中提到"月始生，则血气始精，卫气始行；月廓满，则血气实，肌肉坚；月廓空，则肌肉减，经络虚，卫气去。"月亮盈亏变化直接影响到人的气血，经络之盛衰，这种变化对防病治病和养生保健有奇妙的效果。

太安堂顺应天道，汲取中华传统医学中日月更替、阴阳交互的理念，运用至公司格局、产业分布、人才建设、产品体系、著作经典等多种层面。太安堂荟萃五百年核心技术，形成以现代中成药为核心，延长中药产业链、名贵中药材、养生保健、文化品牌等细分产业为辅的产业格局，企业分布形成以上海、广东为两大基地的格局，犹如日月交互，井然有序。太安堂以麒麟丸为代表的不孕不育、以心宝丸、心灵丸为代表的心脑血管类产品如同红日明月交相辉映，滋阴护阳，调心益寿，为人类健康保驾护航。太安堂的用人法则以人为本，产业人才和资本人才共同夯筑起日月齐辉的人才格局。

三、星辰经略

仰望夜空，繁星似水。《说文》中提到"万物之精，上为列星。"万千星辰遍布银河，迤逦壮观，是宇宙最为壮美的馈赠。

"星河灿烂，若出其里。"一代枭雄曹操仰观天象，写下这豪情万丈而又浪漫动人的诗句。星空神秘美丽，却有着永恒不变的固定运行规律。《史记·天官书》中记载："众星列布，体生于地，精成于天，列居错峙，各有所属。在野象物，在朝象官，在人象事。"

太阳系的大行星中有五颗早已为人们知晓，分别是水星、金星、火星、木星和土星。五大行星在古代历法中的名称分别是：岁星（木）、荧惑（火）、镇星或填星（土）、太白（金）和辰星（水）。长沙马王堆出土的帛书《五星占》中就有珍贵的五星运动资料。

我国古代著名军事家和兵法家都擅长观天象，也就是通过观察星辰运行规律来推断气象、时机等。据说诸葛亮曾夜观星辰，看斗转星移，断定东汉末年必成三国鼎立之势。刘伯温也擅观星象，曾推算星宿助朱元璋大败陈友谅，建立明朝。

太安堂的格局架构正是以"日月星辰、北斗七星"为基础，建立了"一办七部"的模式。七星者，即是北斗七星，"七星在人为七瑞。北斗居天之中，当昆仑之上，运转所指，随二十四气，正十二辰，建十二月，又州国分野、年命，莫不政之，故为七政。"太安堂以总部为核心，下设七套班子，各司其职，生化有序。太安堂的人才格局是涵盖营销、研发、生产、文化、财务、资本、监察的七大人才梯队。产品格局以"日月星辰，北斗七星"为基，从专做皮肤药发展到心脑血管、不育不孕、妇儿科、呼吸科、胃肠道、特效中成药的产品格局，形成满天星辰的大产品体系，日月齐辉，星辰万盏。市场分布中，终端门店星罗棋布。《太安大典》巨著以《太安堂秘笈》《太安堂经略》为日月双璧，以《皮肤秘典》《外科秘典》《养心秘典》《诊法秘典》《三才秘典》《嗣寿秘典》《太安宝典》为北斗七星，这是太安堂以核心技术鼎立中型制药企业的坚实基础。

四、四时经略

《礼记·孔子闲居》中说："天有四时，春秋冬夏。"一年四季，是大自然的时间规律。

《易经·恒卦》中说："四时变化而能久成。"顺应四时可以恒久持远。

如何顺应四时？《淮南子·本经训》说："四时者，春生夏长，秋收冬藏，取予有节，出入有时，开阖张歙，不失其叙，喜怒刚柔，不离其理。"也就是春种、夏酝、秋收、冬藏的道理。

春天，阳气上升，万物升发舒畅，此时应耕种、栽培、插播；夏季，阳气最盛易于新陈代谢，可收心酝酿；秋天，阴气内守，收敛神气，是收获的季节；冬天，万物敛藏，应休养生息。

《灵枢·本神》曰："顺四时而适寒暑，和喜怒而安居处，节阴阳而调刚柔。如是则邪僻不至，长生久视。"《素问·四气调神大论》说："故阴阳四时者，万物之终始也，死生之本也，逆之则灾害生，从之则苛疾不起。"顺应四时者得天运，逆四时者病疴生。

陈嘉谟的《本草蒙筌》谓："草木根梢，收采惟宜秋末、春初。春初则津维始萌，未充枝叶；秋末则气汁下降，悉归本根。今即事验之。春宁宜早，秋宁宜迟，尤尽善也。茎叶花实，四季随宜。采未老枝茎，汁尚包藏。实收已熟味纯，叶采新生力倍。入药诚妙，治病方灵。其诸玉、石、禽、兽、虫鱼，或取无时，或收按节，亦有深义。匪为虚文，并各遵依，毋恣孟浪。"

例如：太安堂的制药大法中有"方经药典"四字，沿用近五百年的制药理念，对药材的选用极为严苛。药材根据植物药、动物药、矿物药分别有不同的采集时间。具体来说，如植物药根据选用的根、茎、叶、花、果实、种子等不同而有不同的采集时间，不容错过。全草、茎枝及叶类药物大多在夏秋季节枝茎茂盛时采摘；根和根茎类药物一般是在秋季采摘，花类药物多在花未开放的花蕾时期或刚开时候采集；果实类药物一般应在果实成熟时采集；种子通常在完全成熟后采集；树皮和根皮类药物通常是在春夏间剥取。而关于动物药，一般潜藏在地下的小动物，宜在夏秋季捕捉，如蚯蚓、蟋蟀等；大动物虽然四季皆可捕捉，但一般宜在秋冬季猎取。

太安堂制药大法十六字真言"遵古重拓、方经药典、精微极致、大道无形"里面蕴含着"四时有序"的天道哲理，是太安堂制药的首要原则。

五、天人经略

我们在看古代名医行医的故事时，会觉得特别神奇。比如，他们会知道哪个人在哪一天、哪个时辰生病，或者会提前知道这个病会在哪一天、哪一个时辰痊愈，而且这些预言都真的实现了。张仲景在《伤寒论》讲了一个例子：假如一个人外感风寒，也就是感冒，即使他不去治疗，只要不出现合并症或并发症，通常七天病情就能够痊愈。如果七天不好，病程就会延至七的倍数，十四天或二十一天，这就是七日节律。

而控制这种节律的因素就是"天人相应"。

"天人相应"是《周易》哲学思想的精髓，被誉为"最古老的宇宙哲学"。"医不可以无易，易不可以无医。"明代张景岳在《医易义》中对中医学与《周易》的渊源作了精辟的阐述，"医易相通，理无二致""易具医之理，医得易之用"。

《周易》哲学是中医学的活水源头，因此，"天人相应"也成为中医学的基本观点。

《黄帝内经》里说："人与天地相参也，与日月相应也。"《素问·阴阳应象大论》里指出："天地者，万物之上下也。""天有四时五行，以生长化收藏，以生寒暑燥湿风。人有五脏化五气，以生喜怒悲忧恐。"

《丰卦·象传》解释了"天人相应"蕴涵的奥义："天地盈虚，与时消息，而况于人乎？"人与自然是一个有机统一的整体，人类生活在大自然环境中，是大自然的产物，也是自然界的一部分，受到自然规律的统辖和支配。因此，人类只有顺应自然之道，才能与天地万物和谐共存，繁衍不息。

太安堂以"人以天地之气生，四时之法成"的天人相应、天人合一为原理，在此基础上升华成嗣寿祛病的系统医学理论，炮制优质良药，将人体的五脏功能活动、气血运行与时间、气候等变化因素系统归整，形成全面包含气候——物候——病候的中医诊疗线索，为现代人祛病养生提供更高端、更丰富的医学理论和产品；也根据天人相应、天人合一的原理，奠定了太安堂集团的发展经略，即顺应天道，以人为本，与时俱进，融会贯通的不二企业战略。

第二节　地道经略

古人云："元气初分，轻清阳为天，重浊阴为地，万物所称列也。"地是人类脚下厚实的土地，是美丽的地球。《易经》曰："地势坤。"朱熹在《说卦传》中说道："坤也者，地也。万物皆致养焉……坤，地也，故称乎母。"大地滋养万物、沉静敦厚，是万物的母亲。

大地厚土，承载万物，无论是高耸入云、连绵不绝的群山，还是奔腾不息、瞬息万变的江海，都静静归于大地的怀抱。大地以博大的胸怀孕育万物，也为人类文明的繁衍奠下坚实的基础。

天地运行，演绎着万物成长的过程。天地之道也是自然规律的基本法则，掌控着世界万物的生存演变。

一、地理经略

地运与地区的兴旺、都市的兴衰有着密切的关系，每个时期依据地运不同，各城市发展也大相径庭。在中国古代有些城市名噪一时，后来却落后萧条，这是由于地运变迁、风水轮流转的关系。

懂得地运首先要能够勘察地理，也就是对地区发展、城市兴衰有清楚的了解。

现今随着地运的变迁，中国有五大城市为华夏之最：上海近代以来跻身于国际大都市，脱颖而出，是地运变迁最好的证明；广州开风气先河，历史悠久，往往领国家风气之先；武汉为中原腹地，古代是兵家必争之地，现代是高速发展的都市；西安是历史名城，人文荟萃，是中华文化的核心区域；北京大气磅礴，帝气显贵，是现代的政治中心。

太安堂由汕头创业，进而向邻近的梅州、潮州、揭阳、饶平、普宁、惠来等县市进发，形成稳定的基础格局。根据地运规律，太安堂将目光投向广州、上海、中原几大主要城市，在进军广州后不到三年，就形成"五凤朝阳"的格局。随后，太安堂目标直指全国，形成华南、西南、华东"三足鼎立"的立体网络，为后续发展奠下扎实基础。

二、变迁经略

中国有句俗话，"三十年河东，三十年河西。"实际上说的是地有运势，可随时间空间的改变而改变。

清朝史学家赵翼在《廿二史札记》中说："地气之盛衰，久则必变。唐于开元、天宝间，地气自西北转东北之大变局也。秦中自古为帝王州，周、秦、西汉递都之，符秦、姚秦、西魏、后周相间割据。隋文帝迁都于龙首山下，距故城二十余里，仍秦地也。自是混一天下，成一大统。唐因之，至开元、天宝，而长安之盛极矣。"其意为王朝更迭盛衰与地运有着密切关系。

古代行军打仗必要考察地理，"天时、地利、人和"缺一不可，只有因地制宜，才能得其利。孙子说："凡地之道，阳为表，阴为里。"兵法云：知地形者必胜，不知地形者必败。可见，充分了解并运用"地"，是取胜的关键。军事地形、地理是决定战争胜负的一个重要因素，也是战争决策的重要因素之一。《孙子兵法》主张要活用地形，变害为利，因地制宜，刚柔相济。因地制宜用得恰当，就可以以弱击强，以少胜多，在战场取得胜利。

识天道可转轨，识地运可变迁。如三峡工程，秦岭隧道，韩江截流，改造了山河，重塑了地运；地运可以改造，如煤都钢城，石油王国，旅游胜地，盘活了资源，转变了地运；地运可以变迁，那就是"山不过来，我就过去"，如集体移民，农民进城，外地创业，改变了位置，转换了地运。地运的变迁战略通常还是一脉相承的正术而不是奇术，不论怎么说还是遵循自然规律。

太安堂历经七星伴月、五凤朝阳、三足鼎立、一统华夏的发展历程，正是认识地运、利用地运、变迁地运的过程。

太安堂的发展历程从走出汕头到开创以广州为核心的广东省内"七星伴月"的营销局面，再到构筑以广东为主体的华南五省的"五凤朝阳"的营销格局，再铸造成以华南、西南、华东"三足鼎立"的营销网络，直到拓展中原、夺取华北、占领东北，逐步形成"一统华夏"的营销体系，通过变迁地运，吸取地运灵气，开创了老字号的现代新历程。

三、水势经略

水是地球上最重要的一种资源，奔腾不息的河流、宁静美丽的湖泊、浩瀚深邃的大海都是水的形态。

《孙子兵法》里说："兵无常形，水无常态。"水变化多端，捉摸不透，令人费解。然而水有着一定的形势，譬如河流以高山为源头，沿地势下流，通向大海；又譬如湖泊往往位于高山之上。

正因此，水有利也有弊，但是因循利导往往可改变地运。大禹一生以治水为目标，三过家门而不入，将水患根绝，为后代造福；隋炀帝一生穷兵黩武，但其开通了大运河，从而南北互通，改变了地利；中国古代的军事家遇到战事，往往采取黄河决口的方法，改变地势，变被动为主动。

太安堂因循水势，有效利导，从而开启了"三江二海"的水势经略，即由韩江——珠江——长江，由南海到东海的水势经略。

太安堂发源地广东潮州井里村山环水抱，潮汕平原的三大母亲河——韩江、榕江、练江涵养此地，三江滋润这片神奇的土地，历代名人辈出，也孕育了从医济世的民风。太安堂凭借五百年深厚的技术底蕴、以祖传的秘方结合从医经验研制而成"皮宝霜"，开启了"凤起滔滔韩江畔"的企业发展历程。

完成初期创业后，太安堂要获得更大的发展，需要借助更高格局的地道，转换地运。沿江河运势看，由韩江口走向珠江口，由汕头走向广州是企业做强做大的必由之路。因此太安堂将发展目标延伸至广州，开启"花舞茫茫珠江边"的篇章。

紧接着，太安堂再度移师位于长江口的国际大都市上海，形成以长江口为中心、沿海经济带为主体的市场格局，水势浩荡，格局兴盛，公司现代化之路越走越宽，"龙腾滚滚长江口"，气势如虹。

四、三才经略

中华民族几千年文明历史，无论环境打造上，还是社会和谐上，遵循的是"天、地、人"三才合一之道，祈求天地保佑，国泰民安，构筑和谐社会，与国运同复兴。

天地人三才，天在上，地在下，人是天地交合的产物，所以在天地之间。在中国神州大地上，天在南，地在北，人在南北之间。中国古代帝王号称"天子"，意思是说他是上天授命来统治地下，所以他的国家被称为天下。

百鹤齐翔，温馨祥和，象征着"天地人和"的理想。天地人和，指的是天地人三才和谐有序，只有"天时、地利、人和"，事业才能昌盛，生活才能美满，人生才能璀璨。

《孙子兵法》始计篇有云："兵者，国之大事，死生之地，存亡之道，一曰道，二曰天，三曰地，四曰将，五曰法，凡此王者，将莫不闻，知之者胜，不知者不胜。"商战如兵战，它的胜利者总是那些懂得运筹帷幄，决胜于千里之外的企业。纵观太安堂的发展历程，也是顺应了天地人三才规律，所以发展进程有必然性。明天时，察地利，聚人和，太安堂正是汇通天地规律，掌握天道与地运的关系，以天道指导企业战略，顺应天时发展壮大；以地运指导企业规划，开疆拓土谋全局；最终以人为本，天地人和，整合推动生产力的发展，取得骄人业绩。

太安堂抓住机遇，敢于决断，上市兼并，善于造局，顺势而动，三才合一，将随国运而圆梦！

五、道地经略

中药自古就有"道地性"之说。根据地理环境、自然条件不同，药材的质量和药效有明显差异。在中医处方笺上，药名前标有"川""云""广"等产地，这些原产地药物就是道地药材。

中药产地与疗效有密切的关系。《神农本草经》指出，药材有"土地所出，真伪新陈"之别。在《名医别录》一书中，不仅标注了大量中药药材的产地，还注明了适合种植的土壤环境。特定地区所产的特种药材堪称佳品，这是道地药材的主要特征。随着对道地药材认识的不断深化，《唐本草》明确指出："动植物生，因方舛性……离其本同，则质同而效异。"

道地药材取决于种植环境的气候、土壤等多种条件，不同的药材品种，对气候、土壤有着不同的要求。地理因素如纬度、海拔、地形等，都影响到光照、气温、土壤和降水，对中药材的生长起着决定性作用。

太安堂遵循地运，即遵循大地万物生长规律、遵循气候自然条件，将珍稀中草药种植、采摘、炮制成有效中成药。太安堂药材都是从道地产区精心挑选出来的优质药材，为了保证质量，太安堂与中国中医科学院中药资源中心携手建立太安堂长白山人参品牌培育基地、太安堂亳白芍品牌培育基地，两大基地分别位于中国人参发源地长白山及素有"药材之都"美称的亳州，通过谨遵"循地用材"，太安堂的药材均是优质的上品药材。

第三节　生命经略

生命是造物主最大的恩赐。

生命最为奇妙，生命的诞生、成长、繁衍是一个神奇的过程。生命的长度不一、质量不等、内涵各异、多姿多彩，生命的变化有些可掌握，有些耐人寻味，而有些却令人费解。

生命如此奇妙，是否就完全不能理解？其实生命有着特定的规律，认识了解、掌握运用生命规律，可以改造生命，使人生更为丰富、长久。

太安堂荟萃近五百年核心技术精华，形成了独特的养生益寿理论，帮助人们认识生命、改造生命、升华生命，实现生命的价值。

一、孕育经略

生命的诞生是一个伟大的过程。《圣经》中记载，夏娃因听了蛇的谎言，偷吃禁果，和亚当结合开始繁衍人类。

中国传统哲学认为天地气化造就生灵。《素问·天元纪大论篇》中说"太虚寥廓，肇基化元，万物资始，五运终天，布气真灵……生生化化，品物咸章。"人与其他生物同生于气交之中，因所秉的气的偏重不同，而有灵愚形体之异。《素问·阴阳应象大论篇》言："天不足西北，故西北方阴也，而人右耳目不如左明也。地不满东南，故东南方阳也，而人左手足不如右强也。"

人是万灵之长，人类生命的孕育更是伟大的奇迹。

现代科学对生命的诞生有着更为系统客观的认识。生命是生物体繁殖发育、生长进化、演变发展的结果。人类的生命来自于孕育生成。

太安堂遵循生命规律，对生命孕育有科学系统、丰富细致的理解。太安堂有一套系统的赐嗣理论，教授人们孕育生命之法。

太安堂第七代传人柯黄氏，精通医道，研习医术，擅长医治不孕不育症，其配制的"太安延宗丸"功效神奇，名扬四方，经其诊治得子者不计其数，柯黄氏妈也被人称为"送子圣母"。此后历代太安堂人继承完善了"太安延宗丸"的组方配伍并传承至今。麒麟丸融合了明太医院的医道用法及明代宫廷药制法之核心技术制作而成，以祖国医学"肾主生殖""肝主疏泄"和"脾主运化"的理论为立法依据，以补肾填精，温阳解郁调经，益气养血为临床治疗法则。

太安堂麒麟赐嗣法借助中国传统哲学观念，认为"阴阳者，天地之道也，万物之纲纪，变化之父母，生杀之本始"，从阴阳学说的高度，论述了孕育是成年男女正常的生理功能，只要男女达到"阴阳和"的条件，就可以孕育产子。太安堂赐嗣法如万花筒般迷人，通过各种机理使人达到阴阳调和、气血舒畅的最佳生育状态，达到优生的目的。

二、长度经略

生命的长度就是指生命的时间。

我国古代有个叫彭祖的人，相传他历夏至商，活了八百岁后不知所踪，是最长寿的人。古代的君王寿命都很短，但是乾隆活了八十九岁，武则天活了八十多岁，其生命长度超过同时代的人。现在我国有不少长寿村，里面的老人活过一百多岁。

要延伸生命的长度，最关键的是找到正确的延寿法则，找到寿命的规律。太安堂养生延寿法源于博大精深的中医养生文化。中医把精、气、神作为人之三宝。精、气、神是人体最重要的三种物质与功能活动。三者的关系为互生互化，一源三岐。太安堂一向认为养生之法莫如养性，养性之法莫如养精。精充可以化气，气盛可以全神，神全则阴阳平和，脏腑协调，气血畅达，从而保证身体的健康和强壮。中国历史上儒、释、道、武、医各个流派的气功修炼就讲究炼精化气、炼气化神、炼神返虚，最终达到长生延寿的目的。

太安堂的麒麟丸、极品参、心宝丸等产品遵从四时节气、阴阳五行等自然规律，阴阳平衡，祛病养生，延缓衰老，使生命之树长绿不衰，使生命之花长开不败。

三、高度经略

生命的价值不仅在于长度，还在于其高度。

生命高度的标尺是品德。

《大学》言："大学之道，在明明德，在亲民，在止于至善。……富润屋，德润身……是故君子先慎乎德。有德此有人，有人此有土，有土此有财，有财此有用。德者本也，财者末也。……道善则得之，不善则失之矣。《楚书》曰：'楚国无以为宝，惟善以为宝。'舅犯曰：'亡人无以为宝，仁亲以为宝。'"

德为心地之光明气象，为人之善念善端。故厚德者，必心地坦然，身心康泰，寿域自延。

孟子曰："恻隐之心，人皆有之；羞恶之心，人皆有之；恭敬之心，人皆有之；是非之心，人皆有之。恻隐之心，仁也；羞恶之心，义也；恭敬之心，礼也；是非之心，智也。仁义礼智，非由外铄我也，我固有之也，弗思耳矣。"

《礼记·礼运》言："故人者，其天地之德，阴阳之交，鬼神之会，五行之秀气也。""故人者，大地之心也，五行之端也。食味、别声、被色、而生者也。故圣人作则，必以天地为本，以阴阳为端，以四时为柄，以日星为纪，月以为量，鬼神以为徒，五行以为质，礼义以为器，人情以为田，四灵以为畜。以天地为本，故物可举也。以阴阳为端，故情可睹也。以四时为柄、故事可劝也。以日星为纪，故事可列也。月以为量，故功有艺也。鬼神以为徒，故事有守也。五行以为质，故事可复也。礼义以为器，故事行有考也。人情以为田，故人以为奥也。四灵以为畜，故饮食有由也。何谓四灵？麟凤龟龙谓之四灵。故龙以为畜，故鱼鲔不淰；凤以为畜，故鸟不獝；麟以为畜，故兽不狘；龟以为畜，故人情不失。"

太安堂注重以德修身，以德养心，以德经业，济世为怀，注重生命的厚度和内涵。太安堂的"七大秘典"技术在为人们疗疾强身的同时，以丰富深邃的哲理、博大精深的理念，教授人们修身养性、调控自我、充实生命、提升境界，从而升华生命的高度、拓展生命的维度。太安堂精微极致、格物致知，为提高人类生命的高度而努力。太安堂编纂一百零八卷《太安大典》巨著，全力为社会提供特效药，彰显群体生命的高度和风采。

四、质量经略

美国的一位教授对人的生命质量提出新说："生得好，活得长，病得晚，死得快。"其意就是告诉人们：健康地活着。

现代社会，人们生活水平发达，物质条件富裕，却面临许多健康问题的挑战，不懂得如何维护健康。

健康是有规律可循的。健康面前人人平等。哪怕你贵为帝王，富可敌国，在健康面前，金钱、权力、地位、声望都是过眼云烟。只有顺应客观规律，懂得健康之道，才会一生安康。

"健康"作为一种存在至少有三大特点：健康知识人人需要，不论男女老少；健康面前人人平等与地位财富无关；健康不能一蹴而就，需要循序渐进，细心呵护。

"善养心者，先明心身不二、心物一元之理。心主神明，心为五脏六腑之大主，心动则五脏六腑皆摇。所以一切诸疾，有心病及身者，有身病及心者。然必心主了了，心神得养，精神进而意志治，则诸疾易愈。"即从心源来改变健康状况，提高生命质量。

太安堂凝结五百年珍贵技术的"七大秘典"，涵盖嗣寿、养心、皮肤、外科、诊法、三才、宝典等中医诊疗养生技术，为社会大众提供祛病除疾和治未病的方法。太安堂的良药涵治多类疾病，还兼具养生固本的作用，并配之一套系统方法，教授人们如何通过自身来调整状态，从而保持健康，提高生命质量。

五、价值经略

生命的多少用时间计算，生命的价值以贡献量化来计算。

做企业和企业管理与天地人三才有着很密切的关系。天时对企业的发展影响甚为重要，国运昌盛是企业蓬勃发展的大好时机；地利是企业发展的关键因素，优越的地理条件决定企业发展的高度和速度；人和是决定企业成败的主导因素，人力资源的优劣影响到企业的生存和发展。在太安堂，"人和"是持续获得经营成功的重要前提。

太安堂将员工分成两种：第一种叫做"资产"，第二种叫做"负债"。属于"资产"的人才要让他"增值"，属于"负债"要"净化"。太安堂为那些具有明确人生规划目标的员工提供了实现个人价值的平台，提供员工展示自己能力的机会和发挥特长的舞台，提高他们的整体素质和专业管理水平。太安堂有一套完善的激励机制，通过考核使企业和每一位员工及时看到成绩与未来。

太安堂创造价值的数量与增速，决定于太安堂人走进什么系统，决定于太安堂坚守保留什么法宝，决定于太安堂创新拓展什么细分产业和所取得的总业绩，决定于太安堂人对社会的担待有多大。造化就有多大的认知和科学执行程度。太安堂的核心价值，不仅在于拥有多少核心竞争力而取得的产业业绩，而更在于能否成为一个能输出价值观的五百年中医药现代化企业。太安堂的永恒与鼎定，决定于太安堂人永远执行"朴实平凡中秉德济世，锈可遮光，或光而不耀，永不丧失自己对命运的控制"的五百年祖训。

太安堂编纂的《太安大典》按医、药、史、鼎、新五部十五类编排，共一百零八卷，书中以《黄帝内经》中医药经典理论为核心，以中医的整体观念等为基本原则，秉太安堂近五百年中医药传世秘方之精华，遵循"天人合一""天地相遇，品物咸章"等自然规律，旨在弘扬中医药文化，振兴中医药产业，以医药强身，提高人口素质，实现弘扬国粹，秉德济世，造福人类之心愿。太安堂以50%的年增长率回报股民、感恩社会，普济众生、造福人类、这就是太安堂的价值经略。

第四节　法则经略

《周易·系辞上传》说："易简而天下之理得矣。""天下之理"，即指世间万物的基本道理、基本规律。《庄子》也提到"论万物之理"，意识到万物有一定的规律。

佛家有云："一花一世界，一叶一菩提。"小至花草虫鱼，大到飞禽走兽，都蕴含着深刻的自然规律。

古人对乐器共振、磁石吸铁、潮起潮落等自然现象进行大量思考，认为这些现象背后有着某种联系，其发生有着一定的必然性。

宋代学者程颢指出："凡眼前无非是物，物物皆有理。"即宇宙万物各有其道理和规律，也就是自然法则。

一、引力经略

牛顿历时整整七年，提出了震惊世界的"万有引力定律"，奠定了理论天文学、天体力学的基础。

1687 年，艾萨克·牛顿在《自然哲学的数学原理》上发表万有引力定律。牛顿的普适万有引力定律表示如下：

任意两个质点通过连心线方向上的力相互吸引。该引力的大小与它们的质量乘积成正比，与它们距离的平方成反比，与两物体的化学本质或物理状态以及中介物质无关。

万有引力定律是解释物体之间的相互作用的引力的定律，是物体(质点)间由于它们的引力质量而引起的相互吸引力所遵循的规律。几百年来，人们发现这个规律不仅适用于宏大的宇宙理论，也适用于人类生活，这就是吸引力法则。

所谓吸引力法则，科学的解释是人类所有的思维活动，都会产生某种特定的频率（脑电波），这种频率十分特别，如同动物求偶的信号、吸引同伴的气味，可以将所需要的事物吸引到面前。

《战国策·齐策》说："物以类聚，人以群分"，也就是同类的东西常聚在一起，志同道合的人相聚成群，反之就分开。《孟子》里提到"得道者多助，失道者寡助"，站在正义方面，会得到多数人的支持帮助；违背道义，必陷于孤立。

太安堂以"秉德济世，为而不争"为理念，以"建成一流的以中药现代化为特色的大型药企"为信仰。太安堂的价值观、太安堂的信仰和基本法就是一个强大的磁场，有着惊人的吸引力，这种吸引力吸纳了志同道合的有识之士、吸引了致力于弘扬中医药文化的业界同仁、更吸引了广大社会民众。

筑巢引凤，太安堂完善的发展平台、高速的发展能力、"营造小康、打造中产阶级"的理念吸引了各类精英齐聚一堂；携手共进，太安堂"不争"的胸怀和气度吸引业内同仁进入营销大联盟，同心同德，发展强大；良药济世，太安堂凝结五百年心血的名优药、五大绝技，吸引社会大众。这就是太安堂"三大引力"经略。

二、生存经略

大自然的基本法则是物竞天择：事物不断发展变化，凡是符合自然规律的可以生存，反之必遭淘汰。

变化、发展之道是自然规律、是企业生存的首要法则。太安堂自2000年起进行五大兼并，符合物竞天择、适者生存的大自然法则。

所以要生存，必须要不断发展。太安堂以差异化作为发展原则，只有差异化拓展，才能为而不争；只有差异化拓展，才能实现宏伟目标。

市场和竞争是推动太安堂技术向前发展的原动力。成功的企业是不断进行理性的扩张、理性的放弃、理性的差异，这才能获得持久的成功。太安堂产品是差异系列群体，在观念、类别、名称、疗效、模式、价格、利润方面和同行业有显著差异。

全方位推动技术创新，技术差异也十分重要。一流的企业卖标准，技术标准的重要性对一个行业乃至一个国家都至关重要。太安堂掌握核心技术，在申请了专利保护之后，走向产品标准化的发展大道。

在兼并拓展的决策中，整合文化的差异正在变得越来越重要。在特定的区域里，文化的差异似乎没有错对，但先进文化、主流文化应融化其他文化，这是关键。如特定环境的区域，太安堂因地制宜、采用"港人治港"尊重地方文化的方法让其管理企业，和谐共进。

太安堂绝技馆的五大绝技就是物竞经略的具体体现。以秘制麒麟丸、心脑血管系列、中药皮肤药系列、太安堂极品参、特效中成药系列为代表的太安堂五大绝技是难以复制、独树一帜的制胜法宝。人无我有、人有我精，五大绝技鼎立太安堂核心技术，创新突破，与时俱进，是太安堂传承五百年、屹立于时代前沿的决定性因素。

三、矛盾经略

众所周知，世界是运动变化的，那么变化的动力是什么？它的根本原因就是矛盾。老子曾说过："天下皆知美之为美，斯恶矣；皆知善之为善，斯不善矣。故有无相生，难易相成，长短相形，高下相倾，音声相和，前后相随。"天下事物都是由相反两方互相作用，演变生成，矛盾双方是相互对立的，是相互依存的。"祸兮福之所倚；福兮祸之所伏。"矛盾并不只意味冲突，矛盾更意味着发展。

矛盾是普遍绝对存在于一切事物的发展过程中。旧矛盾化解了，旧过程也就完结了，可新过程开始了，新过程又包含着新矛盾，开始它自己的矛盾发展史，周而复始，这是正常的规律。

太安堂艰苦奋进的历程并不是一曲和缓的田园牧歌，事业在壮大的同时新问题也在产生，一对对的新矛盾在不断变化的市场中萌发、激化，太安堂正是合理运用矛盾法则，在矛盾中前进。

在太安堂的发展历程中，遇到过市场需求与生产规模、公司定位与品牌高度、传统思维与观念转换的矛盾。面对矛盾，太安堂进行工业革命，扩展生产规模，从而激发生产潜能，满足迅速增长的市场需求；面对快速增长的公司态势，太安堂调整品牌定位，复名老字号、细化家族品牌和产品品牌；

太安堂从营销中心到创建发展中心，以产业为主体与以科技、金融、政策、智慧融合的经营发展理念，化解市场矛盾，大力推动公司的发展；在创建发展中心的同时，成立电商中心；在新旧观念中，转换旧观念，运用新思维，全体员工强化思想，跟上公司发展的速度和高度，合理运用矛盾法则，实现跨越式前进。

四、发展经略

发展是指事物由小到大、由简到繁、由低到高、由旧到新的运动变化过程。事物的发展有固定的规律，达尔文提出的进化论，就是世间万物发展的一个特有规律。

太安堂融会贯通发展经略，不断进化前行，演化成今天的广阔格局。

太安堂植根于民族文化的大背景，顺天承运，顺势而为。太安堂的"一五计划"从"凤起滔滔韩江畔"到"花舞茫茫珠江边"再到"龙腾滚滚长江口"，"迁都上海"的决策，宛若旭日初升，光耀神州；"二五计划"走上了从产品经营到产业经营，从产业扩张到资本运作，从走向社会化到科技进步，从道术融通，争雄天下，成就大业到修身奉献，致力拓展人类健康美丽事业的金光大道。目前，太安堂进入"三五规划"全面复兴的黄金发展期，正是由小做大、做强的积极发展历程。

太安堂的人才战略是根据不同时期的需要，制定不同时期的人才战略，既有高端医药专业技术人才，又有资本运作的精英。"兵不在多在于精，将不在勇在于谋"，太安堂的人才同企业一同成长，一同提升，这就是人才发展战略的一部分。

太安堂的产品由专一皮肤药发展至门类齐全、种类繁多的大产品体系；太安堂的市场由汕头起步，拓伸全国，涵盖处方药、OTC、金牌终端、电商等各大领域，步步提升；太安堂的全产业链建设、大健康项目显示出非凡的后劲，展示出太安堂蓬勃兴盛的发展经略。

五、效应经略

有个熟知的事实：水温升到99℃，还不是开水，其价值有限；若再添一把火，在99℃的基础上再升高1℃，水就会沸腾，并产生大量水蒸气来开动机器，从而获得巨大的经济效益。

水的沸腾效应说明一个道理：成功与失败仅有一步之遥，而这造就了平庸与伟大的差距。

古代哲学家认为：宇宙中之万物，本由天地阴阳二气氤氲交感，合和凝聚而成。宇宙万物所禀受的阴阳之气的多少不同，性质有别，故表现出不同的形态、色泽、动静趋势、运动形式等。

阴升阳降而致天地阴阳二气氤氲交感的内在动力机制在于阴阳的互藏互寓之道。由于阳中有阴，阴中有阳，因而天之阳气下降，地之阴气上升，天地阴阳二气氤氲合和，云施雨作。故《素问·阴阳应象大论》说："地气上为云，天气下为雨。雨出地气，云出天气。"

从混沌初开至今，在浩瀚的天体到缥缈的地球上，特定的温度、特定的环境氛围、特定的条件使固态转化为液态，使液态升华为气态，这就是自然现象升华的过程。阴阳之间只有达到心与灵的碰撞、升华才形成云和雾，只有进入这腾云驾雾的境界，才能张开翅膀，崛起腾飞，只有进入了这个境界，才天地合，道法自然，这是千古铁律！

太安堂点燃具有沸腾效应的激励之火，以信仰文化、荣誉价值激励激发最大潜能，塑造具有沸腾效应的人才，包括营销、生产、研发、博物馆、产品核心、品牌核心、管理学院、资本运作等各领域，铸造具有沸腾效应的品牌——太安堂、皮宝、麒麟、宏兴、柯医师，营造具有沸腾效应的人心工程，创造出具有沸腾效应的价值。

第五节　生态经略

大自然有自身固有的规律，认识大自然，学习大自然，应用自然规律，和自然融洽相处之道就是生态法则。

从古至今，人们认为大自然有序发展、生生不息的根本原因是由于万物和谐共处、良性循环、持续发展、互利共生，只有遵循这一规律，自然才能进化发展，这是生态哲学的精华，也是人类从中悟出的最基本的自然生态规律。

太安堂对生态有着深刻的领悟，并升华运用和谐、持续、循环、整体等生态法则，与大自然融为一体，真正有效运用自然规律。

一、和谐经略

《周易·乾卦》里提出："乾道变化，各正性命，保合太和，乃利贞。""乾"指的是"天"的法则，也就是大自然的法则，它让万物得生，和谐共存。"元亨利贞"表示四德："元"为始德，它代表生命的诞生、种子的发芽、春天的降临等；"亨"是通德，人的成长、植物的生长、事情的发展都是"通"；"利"是和德，代表事物发展到一定阶段，有了兴旺的表现；"贞"是正德，代表着收获，自然界的生生不息。

荀子说："万物各得其和以生，各得其养以成，不见其事而见其功，夫谓之神。"万物获得各自需要的和谐之气而生存，获得各自需要的滋养而成长。

太安堂在发展过程中，领会和谐生态的精神，经过不断整合、优化，创建和提升自己的企业生态圈，构筑营销、科研、生态三大立体网络枢纽，实现和谐共赢。

这种生态理念建筑在人与自然、人与产业、人与社会等多种层面的基础上。太安堂与自然是和谐共生的关系，科学采摘，合理利用，最大力度利用可再生资源，保持生态圈的平衡。在行业中，太安堂与各相关企业建立更高层次的生态环境，和业内外同仁携手合作，建立一个共生共赢的企业生态圈。在社会上，太安堂遵循取之于社会、还原于社会的原则，让充满活力的正能量在社会中循环不息。

二、持续经略

生态法则的另一个特性是可持续性法则。所谓"生态可持续性"是指自然资源及其开发利用间的平衡，即保护生态环境的再生能力，加强自然资源的更新能力，不超越环境，以保证健康长久地循环利用。

大自然和谐共生之道不仅在于用好现有自然资源，更在于发现新资源，营造新资源，推动持续发展。

太安堂高速发展的原因就是领会生态法则的可持续性，从而保证企业运营的强大后劲。

营造一个好的生态圈，必须是循序渐进的，做早了不行，做晚了也不行。太安堂的总体发展战略就是从产品经营到产业扩张、从品牌经营到资本运作、从资源整合到完整产业链，发展成以中药现代化特色中型药企的过程，是一个持续渐进的过程。

在实行融资并购重组的过程中，太安堂根据现代生态学开发资源——利用资源——再生资源——二度开发的理念，对企业的升级组建方式采用成长——重构——再成长——再重构，以至持续成长的发展战略，从而激发并购企业的最大潜能，保持旺盛的后劲势头。

太安堂对药品的研发，则通过循证医学研究，论证产品标准、疗效、安全等方面领先水平，通过临床再评价研究，寻求新的市场增长点，以保证产品细化升级，来符合市场规律的要求。

太安堂亳州、长白山两大品牌基地，太安堂五大广场的建立就是太安堂发现新资源、营造新资源的体现，是公司的又一持续经略。公司麒麟丸申报美国 FDA 注册，谋求进入国际市场，更是公司持续发展经略的升华运用。

三、循环经略

有一个典型的生态学事例：海洋中，鱼的排泄物转化成细菌，细菌转化成无机物，无机物转化成藻类，藻类提供给鱼，从而开动一个循环生态链，以保证生态圈的平衡。

社会也是个生态圈，道家的庄子提出"爱人利物之谓仁"的思想，从生态学的角度来说，就是人类既要利用生态资源，又要保持生态健康，更新自然资源，达到永续利用的目的，这才是有道德的。

生态法则不仅作用于人与自然，也作用与人与人之间。儒家提出"仁，爱人以及物"，"爱人及物，曰仁。上下相亲，曰仁"，也就是爱万物，而且永续利用万物，人与天地万物是一个融合不可分割的整体。

潮汕人的感恩美德，换来了潮汕文化繁荣昌盛，带来了巨大的人文效益。唐朝时，韩愈来潮州任职，他建设潮州，移风易俗，潮汕人民世代感恩于他，民间传颂。韩愈走后，潮州山水皆姓韩，一千多年来还保留着韩江、韩山等地名，昌黎路的历史地名至今犹存。

感恩是太安堂人的处世哲学。太安堂五大绝技、生产特效中成药，使更多人远离病症，保持健康。人们健康就拥有幸福，拥有力量去建设家园，建设祖国。国家强盛，群众爱戴支持太安堂，意味着太安堂能获得更好的发展。太安堂融入社会，与民众、与国家构成一个共生有序的循环生态圈。

六十一甲子，五百一轮回，太安堂近五百年生生不息的文化能循环机制，就是太安堂循环经略的核心。

四、整体经略

生态学的再一个法则是整体法则。中国传统哲学把宇宙世界分为天、地、人三个层次。这三个层次各自为一个整体，相互之间、三者共同又为一个整体，都为太极一气所化。天是一个大宇宙，地是一个中宇宙，人是一个小宇宙。三者之间本为一体，是相通的，互相影响的。

老子的《道德经》说："反者道之动，弱者道之用。天下万物生于有，有生于无……道生一，一生二，二生三，三生万物。万物负阴而抱阳，冲气以为和……道生之，德畜之，物形之，势成之。是以万物莫不尊道而贵德。道之尊，德之贵，夫莫之命而常自然。故道生之，德畜之。长之育之，亭之毒之，养之覆之。生而不有，为而不恃，长而不宰。是谓玄德。"这段话说明天地自然生养万物的品性就叫做道德，道生万物而不占有，德蓄万物而不以此自贵，令万物自生自长、自生自灭，这就是天地的德行。老子的这段话完美地解释了天、地、人万物为一整体的概念，无极生太极，天地万物生于先天太极一气，先天混沌开而生天地，天地德薄气流、阴阳交感化生万物和人类。《黄帝内经》言："天食人以德，地食人以气，德薄气流而生者也。"

整体法则源于自然，适用于社会。人的本体说到底也是人生命的集合。个体生命是一个小单元，太安堂生命是一个小群体，国家生命是一个大群体，它们之间就必然有一个运动、反应、变化的过程与结果。个体是群体的一部分，群体是个体的组成，太安堂虽是小群体，但载有特殊医药核心技术和核心价值灵魂，融入社会、国家、人类文明的大群体中，交互作用，助推文明的演进和发展。

太安堂的中医药整体战略就是从产品经营到产业扩张，从品牌经营到资本运作，从整合资源到完整产业链，以其鲜明的专业特色跻身中国中药中型药企，为建成世界一流的以中药现代化为特色的大型药企而奋斗。太安堂治企的整体战略是以儒治企，以佛治心，以道治身，以太安堂文化升华员工的灵魂，引导员工把灵魂转化为价值的治企战略，所有太安堂的经略都要融入整体经略。只有实施整体经略，才会完美制胜。

五、升华经略

营造企业生态最根本的任务是发展企业、做强企业，进而升华生态。

太安堂以升华生态为目标，开疆拓土，向着太安梦进发。太安堂升华生态不是凭借感性认识和粗放管理，而是调查研究，升级管理；太安堂升华生态不是凭靠尚未完全涤荡的泥土芬芳所发出的冲劲，而是实施"升华经略"的系统方案。

社会是个流动的能量场，太安堂通过开疆拓土来拥有生态能量；太安堂通过深化细化调查研究，升级管理，完成既定目标。

太安堂以国内为主，积极开拓海外市场，建立海外业务，麒麟丸申报美国FDA，扩大营销空间维度，将升级建立国际生态联盟系统，集成企业产销群体，充分发挥销售商、供应商等协作者的积极性，从而实现营销额高速增长的目标。

太安堂集智打碎观念瓶颈，注入珍稀基因，强化生长能量，调整生态环境，使这医药奇葩更枝繁叶茂，一派生机，这也是太安堂升华经略的重要组成部分。

本章小结

大自然神奇美丽，日出日落，星辰满天，潮汐升降，万千动植，异彩纷呈，令人叹为观止。然而自然有着自身的规律，马克·吐温说过："这自然法规我认为是最高的法规，一切法规中最具有强制性的法规。"因为有了自然法规，茫茫宇宙万物有序运行。

自然规律的奥秘体现在天、地、人三才中：天道是最为宏大的规律，它蕴含了宇宙规律的精髓，这亘古不变的伟大定律驾驭着人类生存和发展；地道又称为地运，含有地势、地理、地区、资源等自然元素，人类探索、掌握地球规律改变地运，以求生存发展；生命是一个小宇宙，掌握生命规律，三才合一，方能繁荣昌盛。

大自然遵循着奇妙而严苛的法则，万有引力、物竞天择、矛盾法则、进化法则、效应法则等法则使企业与自然和谐共生，持续深入发展，生生不息循环，整体交互共存。只有洞悉掌握自然法则才能与自然和谐共生，太安堂才能稳健长久。

太安堂的发展历程已经演变到了一个新的阶段和层次，由单极转向多极，从区域遍及全国。科技日新月异，信息层出不穷，在这种竞争日益激烈的情况下，尊重自然规律、顺应自然规律、利用自然规律，"道法自然"不妄行的思维方式是太安堂对付激荡社会巨变的一种行之有效、弹性柔化的管理策略。

太安堂在创建"世界一流的以中药现代化为特色的大型药企"的历程中，悟出遵循自然规律拓格局，顺应天时地利谋发展，依据自然法则强经营的道理，从而升华成太安堂的自然规律经略，指引公司全员筑梦、圆梦。

第二章　社会规律经略

社会规律——社会的"道"，社会是某个阶段、某个地域人们的共同体，社会的发展追求和谐稳定、健康繁荣。

太安堂创办近五百年来，历代太安堂传人秉承"秉德济世，为而不争"的堂训精神，铭记"堂名太安祈天安地安人安也，堂名太安求普救众生秉德济世为而不争也，堂名太安施医道即人道尊德性而道问学，行药理亦哲理致广大而尽精微也"的教诲，悬壶济世，刻苦钻研、救死扶伤，以高超的医术、深厚的造诣，救活民命，有口皆碑。现代太安堂以弘扬中医药国粹为己任，积极承担社会责任，投身弘扬中医药文化、致力于公益事业，把企业与社会、自己与他人的双赢作为经营决策的指导思想，谋求企业社会共同发展。

作为一个现代特色中医药企业，社会大家庭中的一员，太安堂的意义就是奉献社会，奉献股民，以良药良法治病救人，为人民的健康事业服务，为社会的和谐稳定、健康发展做贡献。太安堂只有紧紧遵循社会规律，遵循市场规律，遵循金融法则，遵守社会道德和职业道德，遵循企业成长的规律，遵循人们的健康需求，遵循世界贸易一体化的要求，遵循中医药走出中国、走向世界的大势，秉德济世，为而不争，才能顺时而动，造福人类，大展英姿而圆梦。

第一节　经济经略

经济基础决定上层建筑，经济规律是社会规律最重要的组成部分。任何政治背后都应有经济的支撑，任何战争背后都是经济的驱动。人们对于经济规律的认识，经历了由一个实践、认识、再实践、再认识的过程。毛泽东说："对于建设社会主义的规律的认识，必须有一个过程，必须从实践出发，从没有经验到有经验，从有较少的经验，到有较多的经验，从建设社会主义这个未被认识的必然王国，到逐步地克服盲目性，认识客观规律，从而获得自由，在认识上出现一个飞跃，到达自由王国。"

在市场经济中，太安堂发展须要深入了解、掌握、运用经济规律，以市场法则为准绳，以金融法则为动力，走出符合时代特色、适应国情的企业经济道路。

一、市场经略

市场在运行过程中有着自己的特殊性。市场从其最初意义上讲就是商品市场，反映到市场经济中，形成了市场经济的内在机制，这些机制包括价格机制、供求机制、竞争机制、决策机制等。

太安堂通过摸索、分析市场机制，探索到一条发展壮大的市场经略大道。1995 年，太安堂集团创业时，经过对市场情况的分析，发现中药皮肤外用药市场潜力巨大，于是根据核心技术研制的皮宝霜一经上市，就大受欢迎，年销售额持续保持在一亿多元。根据供求机制的反馈，太安堂充分整合资源，走高新技术产业化发展道路，并形成了以"铍宝消炎癣湿药膏"、"肤特灵霜"、"铍宝解毒烧伤膏"等疗效显著的高效中药皮肤药产品群。

在激烈的市场竞争中，太安堂根据市场情况，不断调整产品价格、更新产品种类、扩充产品类别，产品符合市场、民众需求，走精品化、市场化、个性化的现代中药业发展道路；在激烈的市场竞争中，太安堂营销中心创新营销模式，大打商战人民战争，与社会同仁共生存求发展，拓展市场份额；在激烈的市场竞争中，太安堂创建发展中心，形成以医药产业为主导的大产业经营格局。这就是太安堂的市场经略。

二、资本经略

资本是经济运营的主要内容，掌握资本法则就能有效资本运作。资本运作是指利用市场法则，通过资本本身的技巧性运作或资本的科学运动，实现价值增值、效益增长的一种经营方式。

随着中国实业资本化的进程加速，中国制造多年沉积下来的存量资本正在被国际和刚在兴起的国内资本市场追捧，为太安堂资本运作、价值增值提供了一个千载难逢的好机会。

资本运作推动太安堂的业务扩张，国内相关资本机构也分享着太安堂的价值增值。资本时代是太安堂发展升级的时代。太安堂正在逐步适应从技术创新到市场创新再到资本创新的升华过程，正在以前所未有的凝聚力、辐射力、扩张力与驱动力承载起整个公司的资源配置，有效地引导整个太安堂经济的发展方向与发展进程。

2000 年，太安堂对揭阳新华制药厂进行资产重组；2007 年太安堂集团完成对皮宝制药的股份制改造，对汕头市麒麟药业有限公司（原汕头制药厂）进行资产重组，创建新厂，并通过 GMP 认证，投产上市，认真执行"从产品经营到产业扩张，从品牌经营到资本运作"的重大决策；2008 年，兼并上海今丰医药药材有限公司。通过并购整合，太安堂获得了优秀独特的创新产品，一方面能使公司业绩得到迅速提升，另一方面又为公司的业务整合开辟了广阔的空间，公司的产业布局将更趋完整。

2010 年 6 月 18 日，广东太安堂药业股份有限公司在深圳证券交易所鸣锣上市，正式登陆资本市场。2011 年，收购雷霆国药（原韶关中药厂）八个剂型相关的七十个产品生产技术（批准包文号）和制药设备。

同年，太安堂又用资本杠杆收购了广东宏兴集团，由此进行五大兼并，拥有近四百个生产批文，随着生产和销售规模的扩大，太安堂在行业中的地位已经确定。公司逐步从单纯以产品经营，跨入产业经营，以资本运营促进产业经营。公司在医药产业的基础上按照现代公司制度规范运作，加大资本运营力度，收购兼并相关企业，以实现低成本扩张的发展战略。

太安堂资本运作之路重在实施与医药产业相互运作、相互促进的策略，两者和谐协力、水乳交融，相得益彰。

太安堂实现从产品经营向产业扩张的迈进，实施从品牌经营向资本运作的跨越，实施战略转型，带给太安堂的不仅是业绩的快速增长，而且是观念的根本性突破后将出现高速崛起的新起点，是公司发展史上的里程碑，具有重大深远的现实意义。

三、战略经略

经济发展战略是指经济发展中带有全局性、长远性、根本性的总构想，不同企业有不同经济战略，不同时期也有不同的战略。

太安堂在发展中期，深入贯彻、执行"多元规模经济、玩命共赢经济、五行生制经济"等"三大经济"策略，全方位实施"资本运作维度、业务活动维度、营销空间维度、组建方式维度、五行生制维度"等"五维操盘"术，作为集团的重要发展战略战术写进《太安堂基本法》（第一版）中。

"多元规模经济"是指在"皮宝制药，专做皮肤药"的规模经济形成后执行"太安堂专做心血管药、妇儿科药"的新利基战略，是相关多元化。"多元规模经济"策略是太安堂面对竞争日益激烈的市场寻找各种新业务机会的方法，实施"多元规模经济"，产品的生产可以分享共同的信息、机器、设施、营销、管理经验、库存等等，带来显而易见的技术协同效应、生产协同效应、市场协同效应和管理协同效应。

在经济全球化增强，竞争日趋白热化的今天，在任何一个非垄断的销售市场上，没有哪个企业能确保拥有稳定的且日益增长的市场占有率，经营单一化的风险日益增大。细分多元规模经济经营则可以通过把企业业务分散在相关类别的产品中，从而分散经营风险，提高经营安全性。随着公司产品品种、剂型逐渐丰富，"特效中药产品大格局体系"初步形成，不断产生的资金、设备、人员、技术、信息的积蓄为新领域开发创造了条件，多元规模经济的态势已成必然。在市场营销方面，依托现有的市场控制能力，经由现有营销网络、渠道向目标市场输送新产品。

"玩命共赢经济"的核心就是传递共赢思维，设计共赢战略，实施玩命项目，形成太安堂团队共赢的文化。为此，太安堂就共赢战略制度化达成共识，确定公司利益与个人利益的一体化模式。

"五行生制经济"作为指导太安堂整体实质升级的重要策略之一，是太安堂开拓进取的新手段，带给全体同仁的是无尽的启发。

四、模式经略

"没有不能赚钱的企业，只有不能赚钱的模式。"企业成功的关键在于是否拥有独特的经济模式。经济模式的规律在于综合性、原创性、提升性，太安堂在发展过程中，探索先进的商业模式，营造"新规模经济"模式。

绝大多数的海外华商都经营着中小企业。除了日本与韩国，海外华人几乎统治着所有亚洲市场的大中型企业的资本。大家族的聚集形式是中国式商业主义的鲜明特征。在东南亚进行竞争的大型华人集团，已经开始把传统的中国式商业主义模式，转变成一种融入盎格鲁—撒克逊或资本主义的混合模式。

历史学家汤因比说过："一旦将最佳的中国式商业主义与全球管理技巧相结合，那么中国企业将成为西方企业可畏的竞争对手。中国文化如果不能取代西方成为人类的主导，那么整个人类的前途是可悲的。"

儒家文化与现代企业精神的结合，将能有效弥补西方企业文化的不足。

早在上世纪 80 年代，一批诺贝尔奖得主在巴黎宣言中指出："如果人类要在 21 世纪生存下去，必须回到 2500 年前，去吸收孔子的智慧。"

太安堂试图以最佳的中国式商业主义与全球管理技巧相结合，应对全球企业的竞争。

太安堂快速增长的三个奥秘：积极的并购开拓，认真的精细管理，营造"新规模经济"。

太安堂有效实现最佳规模经济效益的途径，就是要为公司形成科学量化的生产体系，营造最合适的组织形式，使企业的生产能力不断接近最佳规模经济效益，从而有效地促进财富的增加。

产品市场最多影响到上下游，资本市场恶化则可致全球金融危机。金融市场是联动的，经济危机→市场危机→信心危机→资金不流动→血液堵阻→脑栓塞、微循环衰竭→半身不遂、休克……营造"新规模经济"，生产规模不能过度扩张，驭准规模经济效益的最佳生产规模集中度。太安堂需要的新型经济模式是拓展生产能力、符合经济规律、具有企业特色的经济模式。

五、崛起经略

太安堂走从产品经营到产业扩张，从品牌经营到资本运作的必然之路，执行战略转型，以"法家夺品牌""资本建枢纽""信仰建霸业"为战略总纲，执行"多元规模经济""玩命共赢经济""五行生制经济"等"三大经济"策略，"五维操盘""运局谋阵"，建成一统华夏的营销市场格局，开拓国外业务，逐步跨进独立而强大的中医制药企业行列，迈入崛起的快车道。

2010年，太安堂在深交所成功上市，公开发行股票2500万股，成功募集资金7.455亿元，为太安堂成功打造了资本运作的平台，获得了"鼎立充满特色的中药现代化中型制药企业"的滚滚能源，开辟了广阔的发展前景。

公司A股成功上市，给公司的发展带来了千载难逢的发展机遇，公司能不能做大做强，在很大程度上取决于能不能稳健高效推进资本运营的步伐。上市，是机遇也是挑战，太安堂只有始终保持清醒的头脑，利用良好的资本平台，加深对资本运作的深刻理解，以稳健、成熟、务实的步伐，通过高效率的运作，锁定产品市场，运用资本杠杆夯实中型药企基础，铸就太安堂企业形象和产品品牌，实施营销推广，最大程度夺取市场份额，获取优厚利润。

中国正走向经济崛起之路，企业是中国经济的重要组成部分，国家间的经济竞争实质上是企业间的市场竞争。在国际大舞台上，对于中国而言，就是由企业组成的"中国兵团"与国际跨国公司的竞争。中国这样一个大国，需要有大型的、具有超强国际竞争力的企业，只有这样，才能在激烈的国际竞争中立于不败之地。太安堂将进一步拓展资本运作工程，深化融资，强化公司整体实力，实现高端兼并，从产品竞争力向全产业链掌控力转型，真正打造成最强经济、最强实力的现代企业。

第二节　历史经略

解事宜读史。历史是一个不断重复的过程，历史事件具有高度的相似性，又有一定的哲理内在联系。未来是一个预见的过程，通过总结过去的经验可预见未来。历史又具有追踪性，长时间的验证可得到结果。

司马迁在著《史记》时曾说"究天人之际，通古今之变，成一家之言。"意思就是要探讨天道和人事之间的关系，通过历史的发展演变，寻找历代王朝兴衰成败之理，并以此为鉴，指导现实。

从历史来看，尽管上下五千年来人类社会发展道路曲折，却有其内在规律性寓于其中。这种规律制约着人类活动，又为人类活动所证明。凡是不遵循规律办事，最后必定失败，而按照规律办事，最终能实现目标。治国如此，治理企业也同样如此。

一、人本经略

唐太宗李世民曰："为政之要，惟在得人。"

宋代龙图阁大学士包拯，向皇帝提出的奏议中，曾反复强调："帝王之德，莫大于知人。"

司马光也认为："人君之事守，莫大于知人。""夫国之治乱，尽在人君……用人也。"

明太祖朱元璋曰："武帝用张汤而政事衰，光武褒卓茂而王业盛；唐太宗用房（房玄龄）、杜（杜如晦），则致斗米三钱、外户不闭之效；玄宗用杨（杨国忠）、李（李林甫），则致安史之乱。"因此，他得出结论："致世之道，在于任贤；贤才不备，不足以为治；世有贤才，国之宝也。"

只有知人，才能治乱；治乱之本，在于用人。知人而善任，才可使民富国强、天下太平。

太安堂以史为鉴，重视人才，发掘人才，培养人才。

太安堂的发展观："弘扬中华文化，弘扬中医药国粹，坚持以人为本，坚持科学发展观，建设太安堂中医药圣殿，为中华繁荣、为中华昌盛、为人类健康、为人类美丽提供世界一流的中药现代化的特效中医药产品群体，体现国家利益、股东利益、合作伙伴利益和人生价值，实现共赢，构建和谐社会。"即构建以人为本的现代企业，并要发掘每个人的闪光点，实现人的价值最大化。

太安堂团队目标：建立一支以振兴中医药为己任、以"太安堂信仰"为精神支柱、以"太安堂堂训"为行为准则，像狂热的宗教信徒般的优秀人才团队，高度体现国家利益、企业利益和人生价值。

太安堂铸造世界一流的现代化人才管理团队，打破等级观念，不受资格限制，广开各种门路，起用、培训大批人才，在两极的矛盾中追求和创造动态的平衡，另寻蹊径，掠其光泽为我所用。把逻辑和直觉结合起来，锤炼管理层领导力，提升全体同仁的洞察力、判断力和想象力。全速造就世界一流的人才现代化的狂热狼虎团队，捕捉住高价值的灵感，给太安堂带来巨大的价值。

二、求变经略

纵观历史，浩瀚长河，五千年的文明古国留下一个不变的经验——只有求变，才能图强。

唯物主义方法论表明：事物是变化发展的，审时度势、把握时机是一种智慧，顺时应势、主动求变更是一种能力。

华夏文明五千年经久不衰，中华民族饱经风雨屹立不倒，这与中华民族内蕴的"革故鼎新""求变图强"的改革理念息息相关。从古至今，因变革而富强崛起、因守旧而消亡殆尽的事例比比皆是。商鞅变法使秦国成为富强的国家，闭关锁国使中华民族岌岌可危。在"求变图强"的艰辛探索中，中国共产党人创造性地将马列主义真理运用到中国的具体国情之中，领导中国人民取得民族解放。

见多了企业呼啸崛起又瞬间陨落的烟花般命运，吸取历史教训，太安堂发展的规划理性而科学：不轻率冒进，也不故步自封。在企业经营中，不成熟的决策，对企业而言，轻则屡交学费，重者淘汰出局，这都是不负责任的妄为。因此，太安堂近五百年的发展，儒表法里，道本兵用，铸造了今日良性稳固的根基。

太安堂应势而动、因时而变、持续发展，转变观念，升华"兴"的境界，提升"兴"的高度，变革图强，自强不息。

三、分合经略

《三国演义》开篇即说道："话说天下大事，分久必合，合久必分。"我国历史上出现过四次大统一，分别是秦、晋、隋、元，还有四次大分裂，分别是三国、南北朝、五代十国、辽宋夏金时期。我国古代王朝总是在分分合合中不断更迭，推动历史的进程。合久必分，分久必合成为必然的历史规律，"得民心者得天下"，那些完成统一的往往是顺应历史规律、时代规律、民众要求的强者。

在世界企业财富排行榜中，前"50强"中18家公司的历史已超过了百年，这些"百年老店"之中，经历了并购、重组的究竟有几家呢？18家。比率竟然是100%。可见企业的长期存在，并不是单单靠自身的力量便可以延续下去。

千禧之年，太安堂兼并了揭阳市新华制药厂，从卫生制品公司一跃成为制药企业，公司从名不经传到在广东形成气候和规模。

1958年，公私合营时，太安堂作为一股东成员加入汕头中药厂的前身，即安平制药厂。2007年，公司复名太安堂后，成功收购汕头市麒麟药业有限公司（原汕头中药厂），回归太安堂怀抱，产品品种进一步丰富，企业更具活力。通过并购整合，太安堂获得了优秀独特的创新产品，一方面能使公司业绩得到迅速提升，另一方面又为业务整合开辟了广阔的空间，公司的产业布局更趋完整。

同年，太安堂在上海虹口成功兼并上海今丰医药药材有限公司，成立上海太安堂医药药材有限公司，成为太安堂药业旗下两支营销专业队伍之一。

2011年，太安堂与广东雷霆国药有限公司签订"转让协议"，购买雷霆国药资产，形成优势互补。

同年11月，太安堂又收购了广东宏兴集团股份有限公司。

五大兼并正顺应中药行业分久必合的历史发展规律。通过五大兼并，太安堂的产品线日益丰富，销售收入和利润都实现了稳步增长，也为并购企业注入了新的活力，以崭新的姿态奋进在时代的前沿。

四、"迁都"经略

"首都"是一国的政治中心，乃至文化中心、经济中心。一个国家"首都"的存亡变更，很大程度上标志着政权的更替。中国历史的演变中，定都是一个极为重要的决定，迁都的好坏也影响国家的繁荣兴衰。

商朝时期，盘庚迁都于殷，因为那里有肥沃的河谷地带，可以觅得更有肥力的土地；秦朝定都咸阳，秦始皇统一六国，兼并天下；西汉的都城选在长安，八水绕长安，地势绝佳，辉煌显赫；明成祖迁都北京，从而奠定了数百年的风水龙脉。

从企业来说，则进入了"东迁时代"，中华东部肥沃而平坦的平原地带聚集了更多的人口，使得国家的经济重心逐渐东移，海边易于贸易往来，更利于商业繁荣和沟通。

太安堂从花舞茫茫珠江边到龙腾滚滚长江口，企业的中心不断迁移，最后将目标锁定上海。2003年10月，太安堂人进军上海市场，试水这个具有全局意义的市场，同时调查在上海建立生产基地的可行性。在人少任务重的情况下，上海的先遣人员兵分两路：一路人马的任务是完成公司在上海的营销布局，将公司的产品顺利导入上海市场，迅速组建起一支上海本地化的精英团队，在上海市场建立了新的根据地；另一路人马为公司移师寻找合适的建厂基地，在跑遍了上海滩之后，最终将目光锁定在奉贤。

2008年4月18日，太安堂正式将总部迁至上海虹口海泰国际大厦——这幢具有国际标准的甲级写字楼，与象征中国的高度和速度的东方明珠遥相辉映。太安堂先后完成了兼并重组、荣耀上市、品牌工程建设等一系列重大工程，鼎立浦江，放眼四海，伴随着上海活跃的经济、丰富的资讯和前沿的科技，太安堂高速发展，在这片寸土寸金的宝地上谱写新的篇章，迈出太安堂国际化的脚步。

五、正名经略

孔子说过"名不正，则言不顺；言不顺，则事不成。"名正言顺是中国历史发展的又一大规律。

汉末时，群雄逐鹿，纷争四起，但没有人敢自称为王，因为汉室是王族正统，其余的人名不正言不顺，曹操是一代枭雄，也不敢贸然称王，只能"挟天子以令诸侯"。雍正继位后，谣言四起，民间多传他改旨夺位，都是由于没有得到康熙皇帝的亲口授命。在西方国家中，有一种"君权神授"的说法，许多君主，号称是神授予自己天命，并由教皇认可，从而笼络民心。

名正言顺代表正当的名分，可以得到别人的认可。

太安堂由一代宗师柯玉井公创建于明代隆庆元年。柯玉井公一生行医济世。明嘉靖十六年，柯玉井考中广东省第九名举人。他在广西梧州为官时，解救无辜受冤案株连流放的御医万邦宁，并设医办药，救死扶伤。隆庆元年（1567年），柯玉井公恭接万邦宁所赠的宝典《万氏医贯》回广东潮州创建太安堂，立堂训"秉德济世，为而不争"。太安堂后裔依照族规，代代有子孙学医成才。太安堂第二至第十二代传人分别是柯醒昧、柯翔凤、柯崖、柯元楷、柯振邦、柯黄氏、柯仁轩、柯春盛、柯子芳、柯如枝、柯廷炎。据潮州《井里乡志》记载，明清时期，赴太安堂求医问药者络绎不绝。

太安堂名正言顺、近五百年一脉相承，有九大正名依据：

第一，在上海中医药大学图书馆、中国中医科学院图书馆至今还珍藏着清《万氏医贯》两部不同版本的绝版，清晰记载了万邦宁与柯玉井相识相交的深厚渊源、赠书柯玉井公的缘由。

上海中医药大学图书馆现存清代《万氏医贯》唯一一套藏书，可赏可鉴。

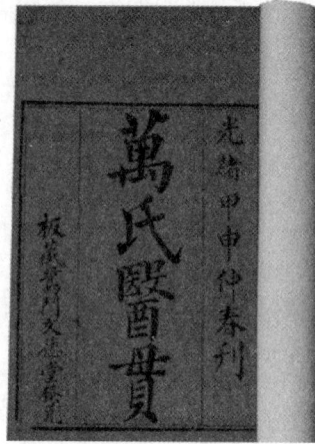

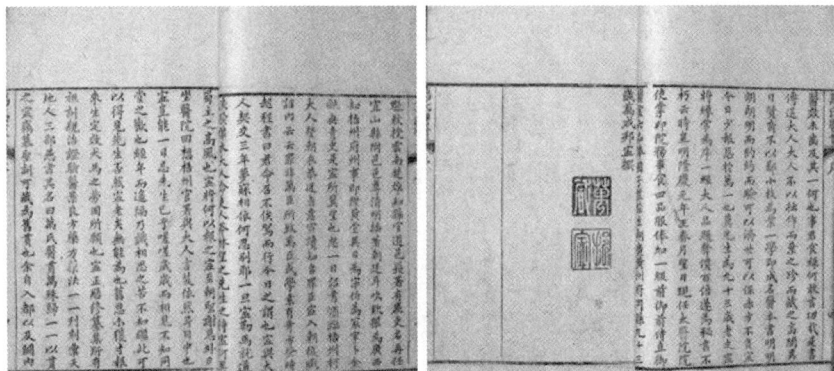

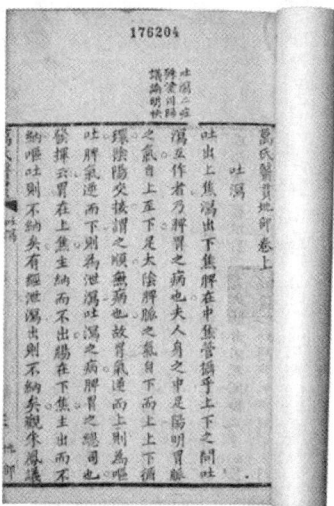

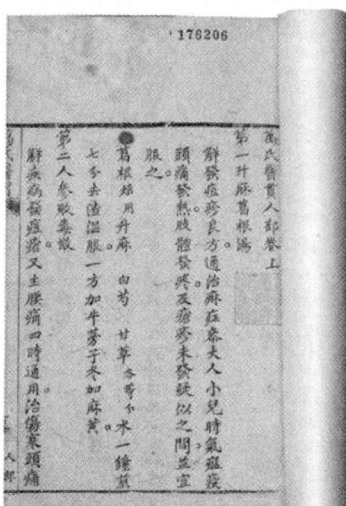

《万氏医贯》是国粹，在中国医药史上何以为证？

《万氏医贯》早已载入我国医药学史册，有史可考。由上海科学技术出版社出版的《中国医药大辞典》，由上海中医药大学出版的《中医学术发展史》，由人民卫生出版社出版的《宋元明清医籍年表》，由上海中医学院出版社出版的《中国医籍通考》，由李云主编的《中医人名辞典》，由何时希所著的《中国历代医家传录》等均有明载。其辨症、施治、御方、秘方、验方、医案，资源得天独厚，不愧为"异日贤裔，不鄙小技为业，一学即成名医，本书了了朗朗，明而约，约而验，可以济世，可以保赤"的济世之宝。

《万氏医贯》为儿科著作。三卷。明朝万邦宁撰于1567年。前二卷列述胎原、初生诸病及五脏主病、兼证等，各病之后多附作者治案；末卷罗列上述二卷中的治疗方剂，多系家传效方。本书论理简明，不落窠臼。效方验案有章可循，于临床实用可资参考。现存多种清刻本。

《中国医籍通考》一书特别刊载《万氏医贯》原序全文，并详细列明其现有版本：

清同治七年茂辰 1871 鹭门徽瑞堂叶清架校刊本；

清光绪十年甲申 1884 鹭门文德堂刊本；

清光绪三十九年癸卯 1903 香港中华印务公司铅印本；

清宣统二年庚戌 1910 商务印书馆铅印本。

第二，《广东潮州府志》《云南楚雄州志》《广西梧州志》《广西藤县县志》等地方史志中，翔实记述了柯玉井为官施政、行医济世、办学兴学的事迹。柯玉井一生政绩卓著，为官清明，兴医办学，救死扶伤，在当地传为佳话，其义举皆载入史册。

第三，位于潮州井里村的太安堂旧址，虽经岁月更迭、战火侵蚀，尚保留着基本完好的形制，国家中医药管理局为此立碑传记，这不仅印证了太安堂历史上的辉煌鼎盛，也是太安堂复兴正名强有力的依据。

第四，太安堂中药文化经广东省人民政府批准列入了广东省非物质文化遗产名录，太安堂中药文化获得"传统中医药文化"类非物质文化遗产证书。

第五，太安堂家谱原稿已得到广东省文物鉴定站的鉴定认可，清晰记载了太安堂历经五个世纪薪火传承、发扬光大的历程。

第六，汕头市档案馆至今保留着太安堂新中国成立前后国家工商局的工商营业执照、工商注册商标的原件，以及广告宣传海报。

第七，太安堂中医药博物馆展示了太安堂近五百年的发展历程，保存了大量展现太安堂深厚底蕴的重要物品，如珍贵医书、明清时代的诊疗器具、锦旗、牌匾等，以"规模最大的中医药家族展示馆"获得"大世界基尼斯之最"（中国之最）证书。

第八，明清时期，太安堂传人悬壶济世、救死扶伤，医德医术及行医事迹在潮汕地区口耳相传，传承至今，广为人们称赞。

第九，2009 年 12 月 28 日，国家文化部非物质文化遗产督查组同广东省文化厅一行共七名领导专家走进太安堂中医药博物馆，对太安堂中医药文化调研确认，高度赞赏太安堂为弘扬中医药文化、传承中华国粹所作的贡献，从而确定了太安堂近五百年一脉相承的文化赓续。

现代太安堂适逢太平盛世，是个千载难逢的时代机遇。2007 年 3 月 16 日，经国家工商行政管理局核准，太安堂正式复名近五百年的历史老字号，走上全面复兴之路。

这次复名，意义在于续接近五百年的文化传承，锁定公司定位，提升了公司品牌高度，清晰了历史使命。更重要的在于，使太安堂由最初的家族企业转型为肩负弘扬中医药使命的社会公众公司，名正言顺地在企业发展壮大之路中找到准确的立足点，从而一步步地实现"三五规划"的宏伟奋斗目标。

第三节　文化经略

文化，是中国语言系统中古已有之的词汇。文的本义是指各色交错的纹理，化的本义为改易、生成、造化。文化指一个国家或民族的历史地理、风土人情、传统习俗、行为方式、思考习惯、价值观念、文学艺术，包罗万象。文化是一个生生不息的运动过程，任何一种文化都有它的昨天、今天和明天。

文化的演进经过诞生、成长、保护、拓展和升华的五人规律历程。

太安堂自柯玉井公创立以来，独特的文化历经近五百年一脉相承，内涵丰富，意境绵长。现代太安堂不仅要站在中华民族的历史高度，而且要站在人类共同的思想高度，善于从世界文明中汲取思想营养，要以博大的襟怀，广采天下之长而用之，不断推进中医药文化的现代进程。

一、渊源经略

太安堂文化传承至今已近五百年。

太安堂创始人柯玉井公出生于潮州中医药世家。柯玉井公少时勤学励志，在考中举人之后，由儒入医，进入太医院进行医学深造，师从名医万邦宁。

明隆庆元年（1567年），柯玉井恭接皇帝御赐太医院院使万邦宁惠赠御医宝典《万氏医贯》和太医院钦造御赐的"太安堂"牌匾，回故里潮州继承祖传医业，创建太安堂医馆。立堂训：秉德济世，为而不争。医道即人道，尊德性而道学问；药理亦哲理，致广大而尽精微。写下《太安堂记》，其中写道："堂名太安，祈天安地安人安也；堂名太安，求普救众生，秉德济世，为而不争也；堂名太安，施医道即人道，尊德性而道学问，行药理亦哲理，致广大而尽精微也"。

自柯玉井后，太安堂历代传人皆成名医，医林荟萃。太安堂有着大批经典医籍病案理论和丰富的学术思想，太安堂先贤留下了他们中医药学的治学思想和方法。太安堂继承中国传统中医药文化精华，以太医院核心技术为基础，融汇潮汕中医药文化精髓，历经五百年十三代一脉相承，形成具有鲜明特色的独特文化。

现代太安堂已发展成为一家集科研、生产、销售中药皮肤外用药、治疗不孕不育症用药、心血管药、妇儿科药等特殊疗效中成药于一体的专业化药业公司。

太平盛世，安泰祥和。中医药老字号——太安堂纵横岁月五百年，巍然复兴！中国传统医药文化丰厚的内涵，浸润着一代又一代太安堂人的情感和生存方式，灿烂的太安堂中医药文化，在中华文明的沃土中生根开花、发展壮大，并从儒、道、释及华夏文明的多个领域中吸取精华和营养，逐渐兴旺发达，流传五湖四海，为中医药文明增添了绚丽的色彩，为人类的健康做出贡献。作为中医药文化的传承者和实践者，是太安堂人义不容辞的使命和永续生存的根脉。太安堂堂训精神"秉德济世，为而不争"已成为现代太安堂集团企业文化的核心价值观。

一代代太安堂人参与推动了中华医药的前进巨轮，缔造了永恒不息的太安堂中医药文化，并在世界经济一体化的历史大潮之中重放光彩，再度光耀华夏。这就是太安堂文化渊源经略。

二、核心经略

文化的涵义极其广泛，历史上形成的价值观念是文化的核心。企业价值观是企业文化的核心，企业价值观不同，企业文化的性质也就不同，从一定意义上说，企业价值观决定着企业的发展方向。

"太安堂核心价值观"是以太安堂堂训为核心的企业精神，是太安堂笃定恪守的价值标准和行为准则，是太安堂安身立命的根本，是全体员工都必须信奉的信条。

当明代隆庆元年太医院院使万邦宁先生将皇帝御准的"太安堂"牌匾赠予柯玉井时，柯玉井望着镶金的"太安堂"牌匾，心中所想的是八个字："秉德济世，为而不争"，这就是"太安堂"的堂训，高挂在这座中医药圣殿"太安堂"三个金字的两侧，铭刻在世代太安堂传人的心中。

在太安堂近五百年的发展历史中，太安堂堂训深深地渗透和体现着鲜明的中国文化特色，具备了丰富的哲学内涵，将中华民族悠久的传统文化和美德，深深熔铸于企业的生产经营之中和职工的言行之内，形成了有中药行业特色、独具魅力的太安堂文化。

"秉德济世、为而不争"是儒家文化的核心追求，也是太安堂文化的精神支柱。一代又一代太安堂人在继承堂训的基础上，不断为太安堂文化注入富有时代特色的新鲜血液，用堂训之魂推动太安堂金字招牌在新世纪熠熠生辉。

"太安堂核心价值观"开创了太安堂事业发展的新局面，开拓了企业文化的新境界。

太安堂通过各种方式倡导"太安堂核心价值观"，培养全体太安堂人对"核心价值观"的认同感，从企业文化、企业经营发展战略、企业核心准则等多角度、多方位对"核心价值观"进行深入细致的分析，使之成为统一太安堂上下共同意志的文化基础，成为全体成员拥有并认同的核心理念。

"太安堂核心价值观"，引导太安堂同仁追求高标准的贡献，引导全体同仁始终如一地将信仰与事业融为一体，引导团队的灵活创新致力于太安堂事业的发展，为人类的健康美丽谋求福利。

"太安堂核心价值观"以一种超越经济因素的理想作为核心理念。利润是生存的必要条件，建立在利润之上的精神追求是比追求利润更高的层次，激励人们从更加根本的层面实现认同。这就是太安堂文化核心经略。

三、发展经略

太安堂秉承五百年的历史文化，与时俱进，不断发展，立足时代拓展文化内涵，打造以一座博物馆、一部电视剧、一部大巨著、一座产业园、一个中医药文化旅游村为代表的五个一文化工程，从而弘扬太安堂老字号，彰显奉献心。

建立一座博物馆。太安堂中医药博物馆是国内规模最大的中医药家族展示馆，荣获大世界基尼斯证书。博物馆以潮州柯氏十三代中医药世家的历史渊源和太安堂发展轨迹作为情节线索，展示了太安堂深厚的中医药文化底蕴的重要物品，如珍贵医书、明清时期的诊疗器具、锦旗、牌匾等。自2009年5月1日对公众免费开放以来，太安堂博物馆共接待国内外游客一万多批、近百万人。每年大批海内外游客通过参观博物馆了解中医药文化，大批学生团队在领略传统文化风采的同时，也增强了建设祖国、强盛未来的信心。

拍摄一部电视剧。太安堂历时三年，行程万里，实地采风调研，拍摄《太安堂·玉井传奇》电视剧，讲述了太安堂创始人柯玉井，在太医院名师及诸多高手的帮助下，历经磨难，终成一代名医并创办中医药圣殿太安堂的传奇故事。《太安堂·玉井传奇》以"医案最多的弘扬中医药堂文化电视剧"获得"大世界基尼斯之最"（中国之最）证书，在开播后即创下收视率高峰，在提升企业形象，促进中医药文化、传统文化交流方面起到重要的作用。

编纂一部大巨著。作为广东省非物质文化遗产、岭南中医药文化代表之一，太安堂传承积淀大量弥足珍贵的文化遗产和历史资料。经过深入挖掘和悉心整理，太安堂编纂出版了《太安大典》中医药文化巨著，也获得了大世界基尼斯证书。其中有太安堂十三代御赐、祖传秘方验方医案，太安堂历代名医的手抄医方，太安堂的核心技术、保密技术等，集成古今中医药理论精髓，对弘扬中医药国粹、振兴中医药事业、挖掘保护中医药文化遗产、普及中医药知识有着积极促进意义。

建造一座产业园。麒麟园按中国中医药产业标志性建筑设计，是太安堂集中医药科研生产、传统哲学形象展示等于一体的中医药产业园区。麒麟园园名源自太安堂的名牌产品"麒麟丸"——为千千万万不孕不育家庭送去健康聪明麒麟宝物的特效中成药。麒麟是中国传统文化中的吉祥物，肩负"麒麟送子"之重任，象征着吉祥如意，幸福美满；园，为团团圆圆、圆圆满满之意。太安堂麒麟园预示着健康制药、送子送福、为亿万家庭带来健康美满生活的福祉。

打造一个中医药文化旅游村。在国家有关部门的鼓励和支持下，太安堂集团与柯玉井公故里潮安县政府共同打造潮州井里中医药文化旅游村，完整修缮保护太安堂明清时期旧址，成为保护中医药文化遗产，发扬光大弘扬中医药文化的新型旅游胜地。

四、管理经略

企业管理的最高境界是文化管理，文化管理的最高境界是哲学管理，哲学管理的最高境界是信仰管理。

太安堂管理学院就是企业文化升华的集中地，太安堂管理学院无论对新上岗的员工还是企业老员工，均进行思想、观念、知识、技能的各种培训，已经成为增强企业凝聚力、提高竞争力的重要途径。企业文化全员培训，成为转变员工观念、纯洁升华员工心灵的学习阵地，成为实现员工个人目标和企业目标一体化的重要环节，成为员工认同企业价值观、统一信仰的"黄埔军校"。

通过大量的培训活动、多种多样的教学方式，太安堂宣传企业文化理念，唤起员工自我发展、自我成长的意识。通过企业文化全员培训形成信仰的企业凝聚力，就像磁石一样，能紧紧地将员工的个体力量，聚合成团体的力量和行为，使每个员工对企业产生浓厚的归属感、荣誉感。

在太安堂，通过全员培训将企业价值理念转化为企业群体意识和群体行为，使员工了解企业的历史与发展，了解企业的英雄人物以及企业的业绩，彻底融入企业的理念与信仰，认识企业的现状及困难，明确企业发展目标和战略远景，以使企业的精神理念转化为企业的价值行为和企业的财富。

企业文化全员培训就是提高企业员工的忠诚度、知识、态度与创造性等，这些都是企业打造核心竞争力的素质来源。

2012年，太安堂集团被上海市企业联合会、上海市企业家协会评为上海企业文化成果优胜单位。这得益于太安堂企业文化核心价值观独特而又完整的文化管理体系。

一言统之，太安堂企业文化管理反映了全体太安堂人立志为中国中医药事业奋斗并对中医药事业必胜的坚强信念，进而升华成"为创建世界一流的以中药现代化为特色的大型药企而奋斗"的太安堂人信仰，演化成宗教信徒般的巨大力量，认真精细运作，夺取彻底全面复兴的价值转换。

五、转值经略

文化最有力的体现在于转化为实际价值，不能转化为实际价值的文化都是苍白无力的文化。

十八届三中全会发布的系列相关文件中明确提出"完善中医药事业发展政策和机制"，是中医药事业里程碑式的迈进，未来中医药必将成为中国的国家优势。

对于五百年的老字号、中医药企业太安堂而言，发展中医药文化产业，正是在这一"价值链"上发掘最闪亮最有价值的节点，也必将成为太安堂集团未来发展的强有力的优势。抓住中医药发展大好形势和国家文化体制改革的机遇，占据中医药文化制高点，太安堂中医药文化积极推动医药产业，定能蛟龙出海，吟唱传奇。

中医药文化产业实际上是文化价值的体现。文化产业是新世纪全球经济发展的主导性产业，以产业作为载体发展文化是21世纪独特的新理念，文化推动中医药发展是中国文化产业发展的方向，是最有国际市场竞争力的项目。随着医疗保健养生需求的爆炸性增长，我国中医药文化产业必然迅速扩大，并在国民经济中占据重要地位。

知识和文化是两个不同的概念，有知识只能说是了解事物的基本规律，有文化则是指既了解事物的规律并能利用规律。文化就是指以求和谐的心态去融合拓展世界的价值取向。

太安堂拥有丰富而优秀的文化资源，成功开发其商业价值，升华到产业领域里，将释放出巨大的能量，丰富太安堂的产业结构。

太安堂随着五大文化工程的开展，实现了从医药产业核心技术向文化转值拓展、文化成果推动医药产业的尝试，为公司打造强势品牌注入强大的后劲。

太安堂中医药文化与健康产业的结合，必将具有不可估量的经济价值和文化价值。

太安堂的文化融入社会文化能的汪洋大海中，激荡起医药产业绚丽的浪花，这就是太安堂的文化转值经略。

第四节　行业经略

企业要发展，要立足于时代、立足于国家，还要立足于行业，行业态势的变化和企业发展息息相关。随着中国的复兴圆梦，随着中医药产业的发展和兴旺，中医药行业迎来了发展的繁荣时期。

太安堂中医药是中国传统文化和现代科技的重要组成部分之一，是中华民族对人类文化和人类健康事业的伟大贡献的一个组织细胞，为中华民族几千年生生不息、日益强盛发挥了沧海一滴的作用。随着科学的发展，人们逐渐认识到中医药学的基本理念和方法与未来医学发展方向的一致性，国际上也开始重新审视并日益重视中医药。作为中医药发源地的中国，五百年中医药历史的太安堂作为全面振兴中医药，走中医药产业化的发展道路的一员，是太安堂发展的必然规律。

一、宏观经略

中医药行业关系国计民生，同时也关系到我国医学文化国粹的历史传承。国家发改委《产业结构调整方向暂行规定（征求意见稿）》和《产业结构调整指导目录》等有关医药产业政策和医药行业发展规划明确要求：走科技含量高，经济效益好，资源消耗低，环境污染少，人力资源得到充分发挥的新型工业化道路，严格药品生产企业准入条件，控制新增生产加工能力，制止重复建设，为企业调整产品结构指明了方向。

从人口结构上的人口老龄化趋势及农村市场的启动，开拓了中医药未来市场的成长空间。随着我国医疗保障体系的不断完善，大量中低收入群体的药品需求将会得到有效释放。太安堂近四百个产品的投放，商战人民战争的推动，为太安堂带来了新的利润增长空间。

从宏观环境来看，丰富的中药文化遗产为行业的发展奠定了基础。我国的中药文化拥有数千年的悠久历史，文化积淀深厚，拥有大量的中医药理论基础和丰富的临床经验。太安堂与国内知名企业均传承了经典中药配方，太安堂拥有二十五个独家产品，并在此基础上综合运用现代先进设备、检验仪器研制生产出一批疗效显著、毒副作用较小的药物。国家的扶持政策、中医药文化优势为太安堂实现"三五规划"的奋斗目标营造了必胜条件。

从创新规范而言，近年来，太安堂在国家鼓励中药企业采用新技术、新设备、新工艺、新研究所需进口设备的适当税收优惠，支持疗效确切、原创性强的中药品种产业化发展等政策的大力支持下，通过实行严格的 GMP 和 GSP 认证、国家中药保护品种认定等措施，促进了太安堂的成长壮大。

随着我国中药企业的不断发展，太安堂正走向中国中医药发展的前列，迈入崛起腾飞的征途中，这就是太安堂中医药宏观经略。

二、机遇经略

放眼全球，西药驾驭医疗市场的局面将彻底打破，天然药物产业将成为最具前景的新兴产业，中药产业是天然药物产业的一人重点。同化学药物、生物制剂相比，中药因纯天然、绿色环保等独特优势成为世界医药产业关注的焦点。

据悉，世界上 80% 的人在使用当地的传统药、国外的传统药或是中药，全世界草药市场以每年 10%—20% 的速度递增。美国有关部门统计，美国的草药和植物药也是每年两位数速度递增。

在国家"十二五"规划中明确提出"坚持中西医并重，支持中医药事业发展。"专门将支持中医药发展作为完善基本医疗卫生制度的六项重点任务之一列出；在各部门出台的政策措施中，包含了一系列符合中医药特点、有利于中医药优势特色发挥的政策措施；国家对于民生保健和新药研发的投入明显增加，为中药产业发展提供了重要的基本条件。

太安堂乘着政策导向明晰、人民健康意识加强、未来中药企业的大健康平台广阔发展空间的强劲东风，将太安堂中药大健康产业建立在以"品牌 + 文化 + 创新产品"为主线的发展方向上，太安堂正在化解重重困难，抓住机遇，奋勇前进。

三、挑战经略

中医药行业在发展的同时，也面临巨大的挑战。从静态上看，受到四大瓶颈制约，主要是制剂工艺、质量控制、剂型和包装技术相对落后，以及基础研究滞后等因素。

一是研发投入严重不足，科技含量不高，创新能力薄弱。

二是规模小、产业化程度低，仿、改制品种泛滥市场。

三是缺乏知识产权保护意识，使"洋中药"大举进入中国市场。

四是缺乏更完善的中医理论、标准和规范。

我国从"九五"期间开始对中药现代化战略进行研究，然而从根本上推动中药的现代化、国际化发展还需时间的支撑。我国中药产业走现代化、国际化之路，根据相关的资料和太安堂的具体情况，必须着重解决好三个方面的内容。

一是要以动态的观点保持发扬中医药的特色。把丰富的自然资源和千年沉淀的知识转变为中国发展自己民族医药产业的优势，突出疗效和相关理论依据让人信赖。

二是制订中医药动态反应的标准和规范。只有在规范和标准条件下研究、开发出来的产品才具有稳定性、可靠性。正视处理好医药个性化和标准的问题。

三是要积极改进中医药能够满足现代市场需求的行医方法。在使用的基础上总结其规律，把经验转化为知识，进而上升为理论指导。

中医药国际化的关键就是以中医药疗效和科学内涵得到国际社会公认。太安堂麒麟丸以治疗不孕不育疗效卓著，将逐步进入国际主流市场，麒麟丸中医药标准规范要符合国际传统医药标准规范，太安堂中医药文化应在国内外得到广泛传播，这，就是挑战。

四、趋势经略

纵观我国中药产业未来发展有三大趋势，太安堂已采取相应行动。

一、企业向兼并重组方向发展，太安堂已采取五大兼并战略。

近年来，医药领域的兼并重组已经成为行业发展的主题。随着新医改的不断推进，我国的中药企业也迎来了新一轮整合期。太安堂通过兼并重组扩大经营规模，实现规模效益，提高和改善了抗风险能力。

二、各方资金加快向中药行业倾斜，太安堂上市定增，进行资本运作。

中药作为我国医药行业的重点发展产业之一，新医改和国家相关政策都表明了我国对中药行业的发展导向和相应的扶持政策。太安堂通过一系列融资，以促进中药产业的发展。

三、企业更注重品牌的发展，太安堂复兴老字号，走上品牌的发展大道。

国家发布《关于扶持和发展中医药的意见》提出要加大对中药行业驰名商标的保护力度，扶持中药企业开拓国际市场。太安堂承接老字号品牌效应，走"著名商标"和"驰名商标"之路，强化自身品牌的发展。

五、半步经略

在中医药行业发展加速的大背景中，太安堂只有遵循行业规律，找准自身的定位和优势，才能在同业中脱颖而出。太安堂只有采取先走半步的经略才能圆梦。

快人半步，先人半招，太安堂经营凭借的是先人半步的战略。太安堂先人半步，早在 2010 年于深交所鸣锣上市，从家族企业一跃成为公开透明、具有影响力的现代公众公司，获得了资本运作的广阔平台，也获得了"鼎立充满特色的中药现代化中型制药企业"的滚滚能源。

太安堂五大绝技绝无仅有，在医业产业趋向同质化的今天，太安堂砺炼五大绝技，以核心技术走在时代前沿。中药皮肤药是太安堂的奠基产品，也是业界领军品牌；麒麟丸为代表的不孕不育特效中成药独树一帜，为千万家庭圆亲子梦；心脑血管系列载誉无数，备受推崇；太安堂极品参为社会大众保健强身，延年益寿；特效中成药产品种类丰富。五大绝技领先于世，是太安堂壮大的根基。

从七星伴月到五凤朝阳，从三足鼎立到一统华夏，从金牌终端联盟到商战人民战争，从线下销售到电商运营，太安堂营销战略先行半步，拓建最新营销渠道，深化优势营销网络，营销团队攻无不克。"三五规划"期间，太安堂由营销中心到发展中心，再到电商中心，建造五大广场，构建全国布局，正是洞悉行业发展趋势、先人半招的经略运用。

在管理上，太安堂运用现代管理理念，率先出台《太安堂基本法》（第一版），结合企业发展形势，修订《太安堂基本法》（第二版），统领企业发展方向和员工理念。太安堂的堂训、堂记、十六字真言无不彰显着企业深厚的内涵、独特的人文关怀，升华为全体员工的崇高信仰。

太安堂的文化源远流长、博大精深、弥足珍贵。筹拍《太安堂·玉井传奇》，编撰《太安大典》宏篇巨著，兴建太安堂博物馆、极品参馆、绝技馆等文化展馆，建立中医药文化旅游村，形成涵盖井里村、中药现代化全自动生产线、博物馆等景点的太安堂专线旅游，太安堂"文化先行"的战略为企业带来的实际价值的大幅提升。

"不积跬步，无以至千里。"太安堂先行半步的经略开辟了企业发展的全新领域。

第五节　企业经略

太安堂实现"三五规划"的发展目标，遵循企业发展规律是基本要求。太安堂发展的实质是公司生命活动机能的提高，是企业占有、创造和实现财富的能力，这也是企业发展的方向。

太安堂遵循企业规律，从历程上讲要抓住五大经略：初期发展的利基战略、发展的经营战略、组织战略、专业化战略、市场战略。

一、利基战略

九层之台，起于累土。企业发展的首要环节是实施利基战略，夯实根基。

"利基"一词是英文"Niche"的音译，意译为"壁龛"，有拾遗补缺或见缝插针的意思。利基是指在市场中通常被大企业所忽略的某些细分市场，利基战略是以专业化战略为基础的一种复合战略，是一种企业成长战略。它指企业选定一个特定的产品或服务领域，集中力量进入并成为领先者，从当地市场到全国再到全球，同时建立各种壁垒，逐渐形成持久的竞争优势。它强调的是竞争战略中的集中与后发，以及职能战略中的市场细分。

上个世纪 90 年代皮肤科软膏类药品市场，疗效卓著的纯中药药膏还是空白，太安堂敏锐地发现这是一个巨大的市场空间，确定了"皮宝制药，专做皮肤药，做中国最好的皮肤药"的利基战略。以皮宝霜、铍宝消炎癣湿药膏、蛇脂软膏、解毒烧伤膏等为代表的系列纯中药外用药产品一上市就打破了传统西药药膏一统天下的局面，成为皮肤科药品市场上一枝独特的奇葩。在中国皮肤科药品领域占据了相当的地位并畅销全国各地及东南亚一带。在公司第一个五年规划期间，公司发展成为集研究、生产、销售高效中成药于一体的药业集团，拥有广东和上海三家药厂和一个省级研发中心、两家营销商业公司，形成了一条从中药研发、制造到商业流通的产业链；培育了一批优势产品和知名品牌，在细分市场占据领先地位，遍布全国的分销渠道网络已经形成；集团总部和营销中心龙幡上海。利基战略思想的成功实施，对于全面推进公司事业的发展奠定全局性的基础。

二、经营经略

太安堂的经营战略是基于自身优势、市场定位的特殊战略，是由产品经营到产业扩张，由品牌经营到资本运作的战略目标。

太安堂产品经营策略是锁定世界一流的细分领域，制定中药现代化的具体项目，确定公司的产业化规模，突出中药皮肤外用药、不孕不育用药、心脑血管药、妇儿科药等特效中成药产品的优势，加快市场拓展，打造全国性品牌，实现产业纵深发展，为建成世界一流的中药现代化大型制药企业奠下坚实基础。

为此，太安堂致力打造以特效中药为主的产品大格局管理体系，以中药皮肤药及特效中成药为两大核心产品体系，专注发展现代中药产品，全力打造企业品牌。以强大的地面部队打造商业、医院、OTC及第三终端专业化营销团队，构筑全国立体营销网络。积极拓展国外市场，采用包括技术合作等多模式的合作方式，将中医药精髓向全世界推广。

最优势的资源总是向最优秀的力量转移，并且这种转移不仅仅是一种要素的转移，因为一种优势资源必然要使其进行利益最大化的一个过程，它必须要吸纳更多的其他有用资源。

太安堂产业扩张的宗旨是利用自身和社会的优势资源形成良好的资源关系，实现有形资源的转移和无形资源的共享，依托良好的品牌价值和强大的技术实力，丰富公司的产品体系，促进公司快速成长。

太安堂确定稳步扩张首先是建立在一定的资本积蓄基础上，有一定的前期储备才能实施。定位科学、资金充足、人才储备丰富、管理规范、企业文化理念深入人心等等都是太安堂集团扩张的必备条件。其次是建立在理性的规划之上，要以利润率的实际增长作为太安堂扩张的依托。扩张的目的是赢利——最大限度的赢利，如果把效益放在一边，那么再大的规模也不过是一个美丽的空中楼阁。

随着市场游戏规则的剧变，太安堂在产业扩张过程中对公司的结构、产品、规模等方面进行较大的变革，制定营销的规模性效益计划以及行动方案。选择最佳规模经济效益的生产规模，建立"最佳规模经济"，即实现产出规模符合规模经济的要求，生产能力不断接近最佳规模经济效益，从而有效地促进财富的增加。

从产品经营到产业扩张，从品牌经营到资本运作是太安堂不二的发展经营经略。

三、组织经略

伴随企业的发展，组织经略也在不断调整，符合企业规律的组织机构是企业发展的重要保障。

太安堂走的是股份制的道路：这是与资本社会化紧密相关的一个规律。

战略的实现必须以组织保障为基础，组织机构根据战略方向的调整而变化，主要有两个原因：一是组织机构在很大程度上决定了目标和政策是如何建立的；二是企业的组织机构决定了资源的配置。战略的改变将导致组织机构的变化，组织机构的重新设计能够促进企业战略的成功运用。

围绕制定的资本经营和产业结构调整发展战略的实施，太安堂集团对组织结构不断进行调整。太安堂上市前实施股份制改造，把原太安堂集团下的子公司全部脱钩后，放至上市公司属下，捆绑上市。股改的成功，是太安堂由家族式企业跨入现代股份制企业的标志。现在，总部重组低效益的子公司，拓展新资源，建立发展中心，促使公司蓬勃发展，是公司近期的又一重大组织经略。

四、专业经略

企业专业化是指企业在产品、技术、市场等方面有着高度的专业性、差异性和独特性，能够以自身优势迅速占领市场、在同质化企业中脱颖而出，从而实现利润最大化。

企业要占据市场必须有专业模式，企业要立于不败之地一定要有独特战略。

太安堂在技术层面一马当先，五大绝技不可复制，二十五个独家产品不可复制，五百年企业文化不可复制，专业独树一帜，并且不断积淀升华，独具特色，做到人无我有，人有我精，创新突破，生化有序。

太安堂在管理方面走专家化道路。管理专家化是随着企业的战略决策、生产技术、经营方略、管理技巧、资本运营等方面的要求越来越高，需要生产、技术、经营、金融、法律等专家型人才来打理企业，企业管理人员专家化的特征日益显现。太安堂以宽阔的胸怀引入职业经理人制度，保证经营者的素质适应企业的发展。人才战略是公司发展战略中极其重要的组成部分，公司根据自身发展阶段的需要，制定不同时期的人才战略，公司长期以来一贯重视吸收中药加工炮制方面的实用型核心技术人才。公司除拥有"太安堂"中药制药秘传技术人才，还汇集了来自甘肃、云南、河北、北京、上海及广东等地国内知名中成药企业一流的制剂工艺专业人才，并通过以老带新的方式挖掘和培养了大量年轻的中成药生产研发技术骨干，保证了公司药品生产质量的稳定性。

公司"一办七部"实现了专业化人才管理，这充分体现了公司的专业经略，为实现三五规划、为圆太安梦打下专业化基础。

五、拓展经略

太安堂最大的市场战略是市场国际化战略。随着现代交通物流业的蓬勃发展、金融信息业的快速普及，世界经济一体化、经济活动全球化已发展成为时代潮流。在这种大背景下，太安堂从资源的配置到产品的生产和销售，所面对的市场必然从昔日的地方性市场和国内市场演变为开放性的国际化大市场，面对的是来自无疆域的全球性的激烈竞争，其发展无不需要从全球的视野做出决策。

面对快速增长的中药国际市场，太安堂当仁不让地置身其中，积极开展产品申报美国FDA注册等海外市场的开拓工作。太安堂的目标是建成世界一流的以中药现代化为特色大型药企，国际市场的开拓和发展，是公司产业链中的重要组成部分。

目前，公司拥有国内外先进的中药生产设备和质量保障体系，一系列前沿科技成果和创新产品有望以国际营销网络为桥梁，实现公司中药产品从国内到国际的历史性跨越，从而实质性地推动公司国际化的进程。

太安堂将建立与国际接轨的质量管理体系，加强国际认证工作，制定明确的时间表，选择重点产品，有计划地完成 FDA 等发达国家的质量认证，使太安堂药业质量保证体系与国际接轨。

本章小结

企业是社会发展的动力，是国家经济发展的标志。企业的发展一定要遵循社会规律。太安堂的企业价值理念必须遵循社会的价值理念，确立企业社会双赢的目的，使企业员工基本信念、价值理念、道德规范、生活方式、人文环境的思维行为方式都要遵循社会规律。

社会规律包含经济规律、历史规律、文化规律、行业规律和企业规律，太安堂汲取社会规律的精髓，理解升华为太安堂的企业经略。

经济规律是社会规律的基础，太安堂通过摸索分析市场法则，找到企业做大做强的道路；升级应用资本杠杆进行五大兼并，成功战略转型；与时俱进发展企业战略，演变前进；创新经济模式，拓展企业生产能力。由此，太安堂走上经济崛起的大道。

历史规律制约着人类活动，有着深刻的发展哲理。太安堂汲取求变图强、"本立道生"、集成聚焦的规律精华，先后完成了企业革新、强化人才、兼并企业、"迁都"上海、老字号复兴的重大任务，走上全面复兴的道路。

太安堂顺应"二大规律"，在近五百年深厚历史文化的基础上，以核心价值观为企业理念，经过现代发展，升华为全体员工的信仰，并转化为实际价值。

通过找准行业规律与企业规律，太安堂抓住机遇，迎接挑战，先行半步，以专业化开启国际化的新历程。

太安堂坚信，人类健康时代的到来必然铸就中国中药现代化事业的辉煌明天，太安堂必将实现宏伟美丽的"太安梦"！

中篇　哲学经略

第三章 阴阳五行经略

《素问·阴阳应象大治》曰:"阴阳者,天地之道也,万物之纲纪,变化之父母,生杀之本始,神明之府也。"

阴阳五行学说是中国古代哲学思想的结晶,包含着古代唯物主义辩证法的基本原理和思想。阴阳五行学说认为世界万物是在阴阳二气的作用下生成、发展和变化,同时认为世界由木、火、土、金、水五种最基本的元素构成,这五种物质相互资生、相互制约,处于不断的运动变化之中。

阴阳在一定的条件下是相互转化的,物极必反的现象就是阴阳转化的一种表现形式。五行则代表世间万物生制平衡的一种关系。

企业的经营管理之道与阴阳五行一一对应,太安堂从上下五千年的中华文明中汲取智慧,结合现代管理思想,灵活运用阴阳辩证法和五行学说,将阴阳五行的哲学理念贯穿到企业发展壮大的每一个环节中,强化自己的竞争力和文化内涵,充分运用阴阳辨证、五行生制的系统理论,调动物力、人力等一切资源,强劲发展,演绎出太安堂现代化发展历程的动人篇章!

第一节 阴阳概要

阴阳学说是中华先哲们用来认识和解释世界的一种世界观和方法论。道为无极是生太极,化为两仪,即为阴阳,"一阴一阳为之道",阴阳代表宇宙事物中既相互联系又相互对立的两种属性,它可以表示两种不同的事物,也可以代表一种事物的两个方面。

在许多领域里,阴阳理论都被广泛应用,许多事物都包含这种哲理规律。

阴阳学说不仅运用于宏观社会，对于企业的发展、布局、规划决策有着实用指导意义。太安堂正是在阴阳学说的指导下布局建设，拓展企业的发展。

一、阴阳概念

阴阳是对自然界所有事物现象及其属性的对立统一双方的概括。

阴，《说文解字》说道："暗也，水之南、山之北也。"阳，《说文解字》解释："高明也。"《道德经》指出："道生一，一生二，二生三，三生万物。万物负阴而抱阳，冲气以为和。"随着时间的发展，中华民族的先贤们发现自然界中的一切现象都存在着相互对立而又相互作用的关系，认为阴阳的对立和消长是事物固有的基本属性，是宇宙的基本规律，世界万物在阴阳交互作用中繁衍发展，保持平衡。

阳代表积极向上、活跃旺盛、刚强有力的事物，比如说刚强、兴奋、积极、阳光、上升等。阴具有安静、不活跃、柔和、抑制、消极、暗淡、下降等特点。

事物有两面性，即为阴阳：就宇宙来说有天，有地；就一日来说，有白天，有黑夜；就人的生命来说，有青年，又有老年；就人的境遇而言，有顺境，也有逆境。

以上例子说明，阴阳是对宇宙间万事万物最基本、最高度的概括。

二、互根含义

阴阳互根，又称"阴阳相成"，是指相互对立的阴阳双方，又相互依存、相互化生、相互为用、相互吸引，存在于同一个体中。

对立是指阴阳双方互相对抗排斥。如寒热不两立，水火不相容等自然特性，表明阴阳双方有相互对抗、相互排斥的趋势。

阴阳具有相互对立的概念，同时也具有互根统一的关系。比如动与静、高与低、寒与热、明与暗等，既是相互对立的，又是依存互根的，表达了阴阳的对立统一概念。如《朱子语类·卷七十四》说："阴阳虽是两个字，然却是一气之消息，一进一退，一消一长，进处便是阳，退处便是阴，长处便是阳，消处便是阴；只是这一气之消长，做出古今天地间无限事来。所以阴阳做一个说亦得，做两个说亦得。"人体之所以能进行正常的生命活动，是阴阳双方相互制约取得统一的结果。

阴阳的相互制约，使事物的阴阳两面性达到统一，能够保持一种相对的平衡。

三、交感内涵

阴阳互藏交感，"交感"即交互感应，是指阴阳二气在运动中相互感应、相互作用。中国古代哲学家认为：（阴阳）"二气交感，化生万物"。《荀子·礼记》说："天地和而万物生，阴阳接而变化起。"又说："天地感而为万物化生。"指出阴阳交感是万物生成的条件，天之阳气下降，地之阴气上升，二气交感，化生出万物，并形成阳光、空气、雨露、动物、植被、人类等，这是生命体产生的根源。就生命繁衍来说，男女阴阳交感，从而孕育出新的生命，人类得以繁衍。如果没有阴阳二气的交感运动，就没有自然界，就没有生命。可见，阴阳交感又是生命活动产生的基本条件。

阴阳互藏是指相互对立的阴阳双方互相涵有另一方，即阴中藏阳，阳中寓阴。宇宙中的任何事物都含有阴与阳两种属性，属阳的事物含有阴性成分，属阴的事物也寓有属阳的成分。"天本阳也，然阳中有阴；地本阴也，然阴中有阳，此阴阳互藏之道。"

四、消转机理

阴阳消长是指阴阳双方处于不断地增长或消减的运动变化之中。阴阳转化与阴阳消长是密切相关的。阴阳的消长会导致阴阳的转化，而阴阳的转化又助生阴阳的消长。比如一年四季，如果夏热至极就会转凉，如果冬寒至极，就会转热。以人体的生理功能而言，子夜一阳生，日中阳气隆，肌体的生理功能由抑制逐渐转向兴奋，即是"阴消阳长"的过程；日中至黄昏，阳气渐衰，阴气渐盛，机体的生理功能也从兴奋逐渐转向抑制，即是"阳消阴长"的过程。

阴阳转化是指相互对立的阴阳双方，在一定条件下可各自向其对立面转化，从而导致本质的变化。如《素问·阴阳应象大论》说："重阴必阳，重阳必阴。"《灵枢·论疾诊尺》说："四时之变，寒暑之胜，重阴必阳，重阳必阴，故阴主寒，阳主热，故寒甚则热，热甚则寒。"一旦事物发展到极点就会向完全相反的方向变化。

阴阳的消长和转化是事物发展变化的两个阶段，阴阳的消长是其转化的前提，而阴阳的转化则是其消长的结果。

五、阴阳平衡

阴阳平衡就是阴阳双方的消长转化保持协调，不偏不倚，呈现着一种协调的状态。

阴阳平衡是一种调节规律的结果。阴阳平衡是宇宙规律，宇宙要保持正常运行，必须相对地保持一种平衡状态，要想保持平衡状态，阴阳都不可偏向一方。

阴阳平衡生成了宇宙间的自然万物，万事万物都必须在阴阳平衡的规律中变化发展。事物发展过程中，须保持阴阳平衡，顺应自然运动规律，则能循序渐进地兴旺发展，失去平衡则衰败直至消灭。自然、社会、人类、万物的发展都是如此。违背阴阳平衡规律，走向极端，或没有节制，就会灭亡。

第二节　阴阳经略

常言道"阴阳生万物，万物自阴阳"。阴阳之道蕴含万物规律，阴阳法则指导万物，规律运用，转化矛盾，解决问题。

现实中常说阴盛阳衰，阳盛阴衰，正是矛盾需要转化。同性相排，异性相吸，其实这些都是阴阳相生的道理。往热水中加入冷水，在冷水中加入热水，这就是阴阳相克。人有喜怒哀乐，月有阴晴圆缺。每一件事，每一个事物都隐含着阴阳的潜规则。我们只有真正的了解阴阳，才能调节阴阳的平衡，达到和谐统一。太安堂以阴阳辩证法运用于企业管理发展中，来指导企业的发展战略。

一、总体经略

根据阴阳对立，阴阳互根，阴阳消长，阴阳转化，孤阴不生，独阳不长的阴阳学说精髓，太安堂制定调整战略方向，确定公司的目标任务。

太安堂药业在创立奠基阶段，用阴阳学说指导整体方向，阴阳互根，刚柔相辅，刚柔相依，订立强化营销、传承绝技的战略方向，目标是奠定整体实力。

在发展中，太安堂运用阴阳平衡理论调整战略高度，运用二元相对平衡管理理论。管理模式分阴阳二元性，二者既对立又统一，既相辅相成，又互相制约，不可或缺。二元协调好，企业的发展就会顺畅；反之，则发展缓慢、停滞不前甚至消亡。二元相对平衡管理理论的要点是：道德忠诚度与专业技术二元平衡，如果缺少一元或二元相对不平衡，就会导致企业管理出问题。

太安堂将阴阳平衡理论运用于管理层结构，太安堂的领导班子各司其职，分工有序，相互制约，相互平衡。太安堂在进行五大兼并的过程中，用文化整合不同企业，达到一种和谐共生的状态。太安堂以麒麟丸、心宝丸等心脑血管为代表的两大类产品，日月相辉，阴阳互补。在市场分布上，太安堂南北互通，各有侧重，相辅相成，以保证太安堂稳健、持久的发展。

二、运作经略

两千年前，哲学家从阴阳平衡的角度去看待天地万物，两千年后太安堂将阴阳平衡的理论运用到企业发展。老了说："道可道，非常道；名可名，非常名。"企业发展有个重要的潜规则，即企业势能的阴阳平衡。"孤阴不长，孤阳不生"，唯有企业管理调整到阴阳平衡状态，才能获得企业发展的基业长青。

在两种极端的情况下，企业会出现严重问题：至阳不阴的企业或至阴不阳的企业。至阳不阴的企业一味强调硬性管理，如制度、绩效考核等；至阴不阳的企业则疏于严格管理，缺乏制度流程，这都没有达到有效的平衡，导致阴阳失调。所以，企业最佳的状态是阴阳的力量达到平衡。在阴阳平衡的时候，企业就会充满创意。

太安堂堂训"秉德济世，为而不争；医道即人道，尊德性而道学问；药理亦哲理，致广大而尽精微"包含着阴阳平衡的理念，"遵古重拓、方经药典、精微极致、大道无形"的十六字制药大法蕴含着阴阳守恒的制药理念。太安堂管理法规《太安堂基本法》《太安堂员工手册》中，以严格的管理制度规范公司的运作，同时以人为本，柔性化的管理契合员工需求，儒表法里，阴阳交互，平衡有序。

"大道无形，生育天地；大道无情，运行日月；大道无名，长养万物。"太安堂在阴阳对立统一的矛盾中追求和创造动态的平衡。

三、大法经略

老子说"执一为天下牧"，指出"术"为驾驭社会统一的能力；老子说"善数不用筹策"，好的计算者不用工具，指人计算事物能力。"术数"，老子概括为"专而为一分而为二反而合之上下不失，专而为一分而为五反而合之必中规矩。"这就是阴阳不失的术数和五行驾驭的术数。

内经中"和于术数"当是指和于五行生克之理。进而言之，便是和于自然界万物潜在的制化之道。如五行生克之道、五运六气之道、七损八益之道等。

"法于阴阳，和于术数"就是研究自然之道，让人自身去适应它，去符合它，去跟随它，最大程度地达到"天人相应"。不仅是养生，治病、处事亦然。

根据"法于阴阳"的哲理，太安堂制订了"太凭术数，安于阴阳"的法则，这来自于《黄帝内经》中"法于阴阳，和于术数"。所谓"术数"，在中国古代术数学中，记录了宇宙天体日月星辰的运转规律，天干地支结合五行生克制化关系，来表达自然界万事万物的生生息息的变化。而"和于术数"，就是要按着术数学中揭示出的自然规律来休养锻炼。

"太凭术数，安于阴阳。""太者，意为高也，大也，极也，最也，泰也。"太，就是规模、级别的称谓；"安者，平安、安全、安康也"；"太安者，天安、地安、人安也。"

"太凭术数"是指要达到"太"的规模、级别，要依凭其符合"太"的标准，如符合"太"的规模、级别、规划、战役、工程、项目、技术……而这些标准级别均是符合用数字来表示的术数要求。

"太凭术数"不是抽象的、虚空的，而是太安堂实现愿景的实实在在的发展指数。太安堂以不同角度的术数体现发展情况，在"三五规划"中均有具体的术数要求。

"安于阴阳"这里是指效法自然，遵循天地间阴阳对立统一和谐及其变化规律；遵循宇宙所有事物总的运动规律，以此确立太安堂实现目标的哲学基准。

"安于阴阳"就是公司要达到平安、安全，进而实现天安、地安、人安的大法，以"公司整体观念"为基准，以阴阳消长，对立统一，制约平衡，直至和谐的核心理论作为太安堂实现愿景的根本法则，方成大业。

"太凭术数，安于阴阳"是太安堂发展的大法经略。

四、建筑经略

太安堂以阴阳规则布局，产业建筑蕴含阴阳哲学的理念精髓。

太安堂的中医药产业的标志性建筑麒麟园是集中医药科研生产展示、博物馆、极品参馆、绝技馆等于一体的中医药产业园。麒麟园以"日月星辰、北斗七星、天罡二十八宿、黄道十二宫、阴阳太极"进行布局，门楼高耸，日月同辉，七星高照，处处体现出浓厚的传统文化氛围。风格典雅，大气古朴，麒麟园还引入现代建筑特色，形成传统文化底蕴与时代风貌完美结合的风格，尽显中医药产业继承传统又与时俱进的蓬勃生命力。

太安堂中医药博物馆以中国传统建筑的式样营建，充分展示了太安堂五百年中医药世家的形象。在形象布局上,以"格物致知、决策九重、阴阳太极、南国古榕、杏林春暖、橘井泉香、东风邀月、太安圣殿"的外八景和"杏林宗师、神医妙手、圣药灵丹、圣母送子、药王宝殿、瀚墨兰芳、玉井传奇、太安崛起"的内八景构成。在领略百年老字号太安堂横跨五个世纪的传承发展历程中,感受历代医圣药王妙手回春的神奇魅力,洞察中华医药无穷无尽生命力的奇妙奥秘。

上海金皮宝制药八景正名为承基立业、决策九重、阴阳太极、皮宝雄风、江海融通、金光大道、太平盛世、霸业天成。上海金皮宝制药八景展示了太安堂人以东方传统哲学为文化底蕴,聚贤能权贵,汇国学圣训,集易经哲理,萃地理灵气,宠江南风雅、潮汕海韵于一体的深厚底蕴,生动刻画太安堂精英承继《万氏医贯》、柯玉井公"太安堂"五百年积淀的中医药学精髓,演绎太安堂承基立业、弘扬中医药国粹、从优秀走向卓越的辉煌历程的速写和展望"做中国最好的皮肤药、做世界最好的中成药"共同愿景的美好未来。

五、安危经略

阴阳学说中还寓有居安思危的概念。所谓居安思危,就是洞悉阴阳对立的存在,采取灵活变通的应对策略。"天尊地卑,乾坤定矣。卑高以陈,贵贱位矣。动静有常,刚柔断矣。方以类聚,物以群分,吉凶生矣。"在了解阴阳对立原则后,人们就能区别掌握事物的不同特点,合理运用,变通应对,获得理想效果。洞察了盛衰之机,就能做好进退之举。

《易经·系辞下》曰:"善不积,不足以成名;恶不作,不足以灭身。小人以小善为无益,而弗为也,故恶积而不可掩,罪大而不可解。"《坤卦》初六言:"履霜,坚冰至。"意思提醒人们:事物的发展必定经历由量变到质变的发展过程,而要防止事物向坏的方面转化,必须居安思危。故《易经·系辞传》里说道:"君子安而不忘危,存而不忘亡,治而不忘乱。"以此来告诫世人。

太安堂的发展处于企业转型之时,医药行业的高速发展带来令人欣喜的发展机遇,但同时也埋藏着不为人知的危机。对于太安堂而言,此刻必须要革故鼎新、打破局限、开阔视野，才能紧抓机遇，转化危机。太安堂驶入"三五规划"发展的关键期，太安堂人必将改革创新的理念融进太安堂药业的各项计划中，以高瞻远瞩的深邃眼界洞悉时代发展的契机，以勇于搏击市场风浪的胆识和魄力突破重围，以必胜的坚定信念取得跨越式发展的胜利。

太安堂在文化信仰上居安思危，建立太安堂管理学院，强化信仰，转换观念，与时俱进，转化价值；太安堂在核心技术上居安思危，在人才、产品、技术、生产等方面拓宽思路，精益求精，打下坚实的根基；太安堂在产品市场上创新思维，拓展产品销售范围、用户渠道，打开市场；太安堂在资本运作、品牌后劲等方面，以居安思危的理念指导企业前行发展。

面向未来，太安堂砥砺奋进，居安思危，勇于变革，在改革创新的道路上奋勇前进，共同为"建成世界一流的以中药现代化为特色的大型药企"的伟大梦想而努力奋斗。

第三节　五行概要

五行概念认为大自然由木、火、土、金、水五种要素所构成，这五个要素的生克制化使得大自然产生变化，也使宇宙万物循环不已。

古人通过长期的接触和观察，认识到五行中的每一行都有不同的性能。"木曰曲直"，意思是木具有生长、升发的特性；"火曰炎上"，是火具有发热、向上的特性；"土爰稼穑"，是指土具有种植庄稼、生化万物的特性；"金曰从革"，是金具有肃杀、变革的特性；"水曰润下"，是水具有滋润、向下的特性。古人基于这种认识，把宇宙间各种事物分别归属于五行，因此五种属性不再是本身的静止状态，而是一套运动变化、囊括事物发展规律的学说。

五行学说强调整体观念，勾勒出事物的内在关系和运动形式。概而论之，阴阳是一种对事物高度概括的对立统一经略，而五行则是一种驾驭事物发展的哲学经略。

一、五行概念

五行中的"五"是指木、火、土、金、水五种构成世界的基本物质或基本元素；五行中的"行"：是指这五种物质的运动变化及其相互联系。

中国西周末年，已经有了五行学说的最早雏形。《国语·郑语》中有"以土与金、木、水、火杂，以成万物"。《左传》中说"天生五材，民并用之，废一不可"。《尚书·洪范》提到"五行：一曰水，二曰火，三曰木，四曰金，五曰土。水曰润下，火曰炎上，木曰曲直，金曰从革，土爰稼穑。润下作咸，炎上作苦，曲直作酸，从革作辛，稼穑作甘"的记载。五行概念经过抽象提炼，并推演至其他事物，用于解释事物的发展规律。

《尚书·周书·洪范》说："水火者，百姓之所饮食也；金木者，百姓之所兴作也；土者，万物之所资生，是为人用。"

战国晚期，有人提出了五行相胜（克）相生的思想，且把胜（克）、生的次序固定下来，形成一套系统完整解释事物之间相互关联、作用、影响关系的模式，体现事物的发展规律。

二、相生相克

五行的相生与相克，是指五行之间存在着动态有序的资生、制约关系，以维系五行系统的平衡和稳定，促进事物的生化不息。

五行相生：是指木、火、土、金、水五行之间存在着有序的依次递相资生、助长和促进的关系。相生的次序是：木生火，火生土，土生金，金生水，水生木。依次递相资生，往复不休。

五行相克：是指金、木、土、水、火五行之间存在着有序的递相克制和制约关系。相克的次序是：金克木，木克土，土克水，水克火，火克金。依次递相制约和克制，循环不止。

三、制化胜复

五行的制化与胜复，是指五行凭借固有的自身调节机制，维系系统的协调和稳定。

五行制化，即"制则生化"。张介宾在《类经图翼·运气上》中说："造化之机，不可无生，亦不可无制，无生则发育无由，无制则亢而为害。"五行的制化规律是"亢则害，承乃制，制则生化"（《素问·六微旨大论》）。五行之中某一行过亢之时，必然承之以"相制"，才能防止"亢而为害"，维持事物的生化不息。故《黄帝内经》强调五行系统中存在制约和克制的重要性。

五行胜复，胜，即"胜气"；复，即"复气"，又称"报气"。五行中某一行过于亢盛，或相对偏盛，则引起其所不胜行（即"复气"）的报复性制约，从而使五行系统复归于协调和稳定。这种按相克规律的自我调节，称为五行胜复。五行中的某一行的偏盛，包括绝对偏盛和相对偏盛，则按相克次序依次制约，引起该行的所不胜行（即复气）旺盛，以制约该行的偏盛，使之复归于平衡，以致整个五行系统复归于协调和稳定。

四、相乘相侮

五行的相乘和相侮均属五行的异常克制现象。如果五行之间正常的相克关系被破坏，它的自我调节机制失常，就会出现五行的相乘、相侮。

相乘，即乘虚侵袭之义。五行相乘，是指五行中的一行对其"所胜行"的过度克制和制约，又称"倍克"。

五行相乘，实为五行之间过度的"相克"，故相乘的次序与相克相同，即木乘土，土乘水，水乘火，火乘金，金乘木。

相侮，有恃强凌弱之义。五行相侮，是指五行中的一行对其"所不胜行"的反向制约，又称"反克"。

五行相侮，实为五行之间的反向克制，故相侮的次序与相克、相乘相反。即木侮金，金侮火，火侮水，水侮土，土侮木。依次循环。

五、元素特性

五行特性，是对木、火、土、金、水所含五种自然物质的外表和实质形成的具体理念，是各种事物现象内部联系的依据。

木的特性：升发舒畅，生长条达。肝气郁结应该升发疏泄，屈则还其柔和之质。肝气亢逆注重滋养柔和。

火的特性：温暖光明，昌盛繁茂。火热亢盛者，以寒凉之品清泻之，心阳不充、血运不畅者，则应以辛温和甘温之药温通之。

土的特性：生长承载，化生长养。"土载四行""万物土中生，万物土中灭""土为万物之母"。

金的特性：金从革相合，刚柔相济，有肃杀收敛、潜降清洁的特性。"顺从"是金的"刚强"特性的体现；"变革"是金的"柔和"之性的表达。

水的特性：滋润柔顺，流动趋下。

五行之中有阴阳，阴阳之中寓五行。

第四节　五行经略

顺五行而行，则顺天命大事可成，逆五行而行，则为天命所弃绝！五行与企业的整体布局、架构、人才、营销、产品都有着密切的联系，合理运用五行可以激发能量，和谐发展。

一、布局经略

"为政有本，本立道生"。地处南疆的太安堂在烽烟四起的全球商战中初期仅仅是一个弱小公司，能以最初的弱势逐渐成为民族中医药产业特色品牌之一，这与太安堂宏观整体五行布局所带来的系统资源息息相关。

从宏观上，太安堂以五行相生布局。

东方属木，木是指具有活跃向上生长特性的形态，欣欣向荣。东方代表城市上海。太安堂总部、营销中心都布局在上海。

南方属火，火是指具有热燥光明特性的物质形态及其场能辐射形式。南方代表城市广州。太安堂的安身立命之地设在广东的广州和潮汕。

中央属土，土具有稳定不易改变的特性，如果"水"是企业的软力量，"土"就是企业的硬力量。中国最大的药都就在中原，太安堂选中安徽亳州投资十亿设立药材基地。

西方属金，金是指阳刚的物质形态和思维形态，也是需要始终坚守、不能妥协的价值。西方代表城市重庆、成都。太安堂在西南部开疆拓土。

北方属水，水是指具有自由流动特质的资源，既包括人才、技术等要素，也包括了上下游的合作伙伴。北方代表城市北京，人参产地的代表城市是吉林，故太安堂在北京设办事处，在长白山投资十亿设人参基地。

《类经》曰："造化之机，不可无生，亦不可无制。无生则发育无由，无制则亢而为害，必须生中有制，制中有生，才能运行不息，相反相成。"

太安堂建五行整体布局，奠定了太安堂的规模和运作模式。

二、五转经略

五行经略中的第二个是五转创值经略，即自转、公转、内转、联转、整转的创值经略。

自转，指的是依托公众资源运转发展。太安堂的自转经略是指在中医药产业蓬勃发展的大背景下，立足时代，结合产业发展特点，探寻发展壮大的道路。根据中医药产业的发展趋势，在国家政策、产业政策的大力扶持下，太安堂历经"五大拐点"，执行"十二经略"，实施"五大兼并"，进行"工业革命"，完成"五一工程"，效益逐年攀高，由小做大，由大做强，依托公司医药资源大力发展而创值。

公转，是根据自身特点和优势，随着时间的发展，得到一种水到渠成的重大收益。太安堂的发展历程，正是取法于自然、社会、哲学规律的精髓，融会变通，进而升华成不可复制、独一无二的具有企业特色的创值经略。如太安堂从产品经营到品牌经营，从产品价值发展到品牌效应。太安堂由皮宝到太安堂复名，再兼并扩张，由自身效应向社会效应的转变。这形成的专利、品牌、信用、等级、名望，随着时间的推移形成价值升级，进而成为巨大的公转财富。

内转，指的是通过整合内部资源重整运转。太安堂在完成兼并后，将五个兼并公司作为太安堂药业的子公司，捆绑上市，经过整合激发了企业的活力，产生强大的效应。目前，太安堂成立的发展中心，将金皮宝制药、太安堂医药药材、长白山及亳州两大品牌基地重新资源整合，激活强大的效应，收益大幅提升，这就是内转的强大作用。

联转，就是外转，是结合外界优势资源，互利共赢，从而产生强大的联合效应。太安堂同中国中医科学院资源中心合作，建立了两大品牌基地，就是近五百年太安堂特色技术与中国最优中医药资源合作的代表，强强联手，优势明显。太安堂金牌终端联盟是太安堂与医药产业同仁携手并进，联合拓展市场的体现，资源互补，优势联合。联转有着明显的规模、等级、价值效应。

整转，是指整体运转的模式。太安堂的整体发展经略就是整转，从"一五规划"到"二五规划"，再到整体上市，太安堂的发展目标是做大、做强、做久，充分调动一切资源，以实现整体高速运转的目标。

三、人才经略

太安堂在人才的布局上，着力打造生克制化的五行制化人才阵容。

太安堂的人才布局，取法五行制化理论，将太安堂人才按决策、产研、营销、文化、资本分为五类，其中产研人才属木、营销人才属火、决策人才属土、文化品牌人才属金、财务与资本运作人才属水，木生火，火生土，土生金，金生水，水生木，这五类人才相互促进，相互助长，研发核心技术提高营销竞争力，营销大发展促进生产规模的不断升级，绝技制药催生优秀的企业文化和品牌美誉度，而行业领军品牌的打造为更大空间的资本运作提供了项目，促进医药产业的迅猛发展。

太安堂今日之成就，正是以木生火，火生土，土生金，金生水，水生木的规律发展而来。创业之初，公司以产研立业，产研为木，木生火，公司当年凭借"皮宝霜"的成功研发，才催生了"一支药膏打天下"的营销团队，打出了"五凤朝阳"营销格局。火生土，几年后，随着营销团队的大发展，开拓巨大的市场，开始呼唤更高的公司总部架构，这直接催生了太安堂的高端人才，2000年，公司开始全速进军制药领域，为太安堂的复兴创建公司总部。2007年决定复名太安堂，将五百年太安堂文化激活，拓展现代企业先进文化，创立信仰，执行五行规制，大打太安堂品牌，2010年融资上市。这就是太安堂人才经略的历程。

今天，太安堂五行人才阵容运行更加从容有序，相生相乘，生化不息，各类人才共同助力太安堂的事业风生水起，升华腾飞。

四、营销经略

产品营销形成模式，模式推动整合，整合形成通路，通路促进营销，营销中心构筑品牌，产业的发展催生上市融资，形成一个动态的循环系统，这就是太安堂五行运作循环机理。

太安堂营销布局的经略是日月星辰、北斗七星、五凤朝阳、三足鼎立、一统华夏、江海经济。

巨龙滚滚呼啸，穿越挟带神州腹地之灵气，于入海处冲积出一片神奇的土地，它就是"长三角"，喷射出一颗巨大的明珠，这就是上海，太安堂"一统华夏"的营销总部就在上海。

从上海延伸出去，太安堂营销军团的足迹遍布神州大地，共有五大营销军团：非处方药营销军团、商务部营销军团、金牌终端营销军团、处方药营销军团、电子商务营销军团。这五大军团将专注于市场各细分领域，做深做透市场。

非处方药营销军团奠定市场基础，在产品定位上审时度势，根据自己的优势进行正确的产品定位，充分做透市场；商务部营销军团专攻名优产品，降低营销成本；金牌终端深化营销区域，促进营销广度；电子商务营销军团创新营销模式，开拓全新市场；处方药营销军团专注特色产品，提升营销高度。五大营销军团稳中求变，互通有无，共同开拓市场。

五、产品经略

在产品布局经略上，太安堂创立五大产品群体，近四百个生产批文。

不孕不育产品：太安堂麒麟丸及妇科特色产品群，基于独特的保密技术，结合现代科技的临床结晶，形成了一套系统完整的治疗不孕不育、创建优生优育的赐嗣技术，升华成以"麒麟丸"为代表的治疗不孕不育的名优药，从而催生了太安堂的第一个大产品。

太安堂以秘制麒麟丸所内蕴深邃的治疗不孕不育、促进优生优育的中医原理和技术，分享济世，实现赐嗣大众，奉献社会的心愿。

心脑血管系列产品：太安堂传承五百年核心技术，结合现代科技进行创新，从而形成了心宝丸、心灵丸、通窍益心丸等绝技特效的现代中成药，使其临床治疗的优势得以发挥和广泛应用，孕育了太安堂第二个大产品。

中药外用药产品：太安堂以传承五百年的《太安宝典》作为基础，汲取现代技术成果工艺，研制生产成蛇脂参黄软膏、解毒烧伤膏、消炎癣湿药膏、蛇脂维肤膏等产品，致力于解决困扰人们的顽固性、多发性皮肤疾病，因疗效好、口碑极佳，受广大皮肤病病人和皮肤敏感人士及爱美人士的欢迎。作为中药皮肤药的领军品牌，太安堂的产品多次荣获"烧伤外科发展贡献奖""皮肤科发展贡献奖"等诸多奖项，也实现了由"一支药膏打天下"到上市跻身社会公众企业的跨越。

野山参产品：太安堂携手中国中医科学院中药资源中心打造太安堂长白山人参品牌基地，集种植、加工、研发、销售于一体，全力研制极品参，而成为太安堂野山参极品品牌，以野山参养生技术为现代人祛病除疾、健康养生、延年益寿，谋造福祉。

特效中成药产品：太安堂传承中医药文化精华，融祖传秘方、宫廷御方、民间验方等众家之长，在中药现代化指引下，结合现代高科技制药工艺，生产涵盖中药妇科类、中药儿科类、中药胃肠道类、中药呼吸科类、其他中药特色品种等五类产品，形成较完整的中成药产品体系，灿若星辰，以杰出的中成药研发制造技术为人们的健康保驾护航。

太安堂的产品经略，加速了太安堂跻身中型药企的发展历程。

第五节　综合经略

阴阳五行学说作为中华哲学思想的精髓，其应用领域十分广泛。中华先哲们根据阴阳五行的理论纲要，拓展延伸至周易八卦、星象布局、术数原理、辨证化疾、运气学说等分支领域，由此应用至建筑格局、目标定位、疾病诊疗等多个层面，极大丰富了其实用性。

太安堂综合运用阴阳五行相关学说，在企业的营造法式、发展定位、扩展目标、医术诊疗方面融会贯通，升级为独具企业特色、实用有效的系统理论，获得实质性的运用效果。

一、易学经略

八卦是由阴阳演化而来，所谓太极生两仪，两仪生四象，四象生八卦，八卦成万物定。《周易》以阴阳二爻三用所组成的八种卦形：乾、坤、震、巽、坎、离、艮、兑，以这八种卦象为基础，两两组合，得六十四卦，天地间无穷的奥秘，尽在其中。

太安堂实施不二的崛起决策，以"日月星辰，北斗七星，黄道十二宫，天罡二十八宿，太极九宫"进行布局，实施对易学精髓的运用，生动直观地展现在公司的景观布局上。

一、博物馆一楼神医馆八卦布局

孔子曰：《易》始于太极。太极分而为二，故生天地。天地有春秋冬夏之节，故生四时，四时各有阴阳刚柔之分，故生八卦，八卦咸列，天地之道立，雷风水火山泽之象定矣。浩瀚宇宙间的一切事物和现象都包含着阴和阳，以及表与里的两面，它们之间既互相对立斗争又相互资生依存的关系，这即是物质世界的一般规律，是众多事物的纲领和由来，也是事物产生与毁火的根由所在。阴阳八卦图阐明宇宙从无极而太极，以至万物化生的过程。

太极八卦图被称为"中华第一图"。从孔庙大成殿梁柱，到楼观台、三茅宫、白云观的标记物；从道士的道袍，到相士的卦摊；从中医、气功、武术及中国传统文化的书刊封面、会徽会标，到韩国国旗图案、新加坡空军机徽、玻尔勋章族徽、太安堂博物馆，神医馆太极八卦跃居其上。

二、药王宫外八景之阴阳太极

太安堂药王宫位于汕头，分内外八景，外八景为"格物致知、决策九重、阴阳太极、南国古榕、杏林春暖、橘井泉香、东风邀月、太安圣殿"，在外八景中的"阴阳太极"一景，即体现了太安堂易学经略的治理思想。易学经略是中国传统文化最根本的特色，也是中国传统文化最根本的代表。儒家认为，天之根本德性，含在人之心性之中。天道与人道，虽表现形式各异，其精神实质却是一贯的，它消弭了主体与客体之间的界限，主张物我之间亲密无间。太安堂的易学八卦的发展思维，既符合社会、自然发展规律又契合中国传统价值观念，是太安堂复兴崛起的哲学之根。

药王宫外八景的"阴阳太极"象征着神秘的"东方魔符"，它其中含有中华民族的"天道、地道、人道"思想，它是中华先哲们创造的宏观宇宙和微观生命的衍化图，代表着中华民族对宇宙和人生的思考和探索。阴阳太极文化是东方文化的灵魂，蕴含着和谐、对称、平衡、循环、生生、稳定等原理，成为太安堂现代发展管理的哲学根基。

三、上海金皮宝制药八景之阴阳太极（东南园苑）

"太极生两仪，两仪生四象，四象生八卦，八卦化万物，万物归元，生生不息。"中华传统文化，博大精深，浩浩底蕴，溯源止于"河图洛书"。龙马灵龟负图出河，昭示宇宙奥秘。伏羲潜心探究起八卦，文王因而致演天道，孔圣乐水乐山述《周易》，朱子涧居灵润析易理。中华远古哲理，万世流芳，造福全球，成就了今天世界的发达和伟大！

花草不言，灵性天然。天地人道法自然，太极园苑藏乾坤。太安堂，悟五千年哲理，承五百年底蕴，积万千智慧，厚德载物，格物致知。潜显博弈，中华国粹夺品牌；阴阳太极，儒道经典成霸业。

二、星象经略

北斗七星是由天枢、天璇、天玑、天权、玉衡、开阳、摇光七星组成的。古人把这七星联系起来想象成为古代舀酒的斗形。北斗星在不同的季节和夜晚不同的时间，出现于天空不同的方位，所以古人就根据斗柄所指的方向来辨别季节。可以说，自古以来，北斗七星就是一盏"指路明灯"。

太安堂结合阴阳五行与星象学说，缜密思维，严谨格局，以保证企业的科学发展。

一、太安堂以日月星辰布局经略，形成日月齐辉、北斗七星的大格局。

二、在太安堂的北斗七星经略体系中：

以公司为界，总部就是北斗，其他皆是群星；

以医药为界，品牌就是北斗，产品就是群星；

以文化为界，信仰就是北斗，全员就是群星；

以资本为界，盈利就是北斗，项目就是群星；

以股市为界，总值就是北斗，绩效就是群星。

太安堂始终明确自己的社会定位和方向，北斗指引，群星辉映，绘就一幅和谐发展的星系运作图。

三、太安堂的日月齐辉、北斗七星的经略体系，其实是企业架构的战略布局。日月也就是公司总办，七星也就是七部。日月的光辉和星星的闪烁，科学匀称、协调和谐地相互辉映，太安堂才能绽放异彩。

四、太安堂的"天罡二十八宿"经略体系，包含公司内部详细的布局经略。

五、太安堂"黄道十二宫"的经略体系，最简单且最基本的划分法就是阴阳二分法。在占星学书籍中，就是男性星座和女性星座的划分。这主要运用于公司结构的外在布局经略。

阳性星座：戌宫　申宫　午宫　辰宫　寅宫　子宫

阴性星座：酉宫　未宫　巳宫　卯宫　丑宫　亥宫

阳性星座所表现出来的特性是：外露、主动、积极、活跃、独断、刚性；阴性星座所表现出来的特性是：内敛、寂静、细腻、慎重、多虑、柔性。

太安堂运用星象经略，构造起独一无二的企业格局。

三、术数经略

数是对事物的量化，是数量对事物属性的反映。由于事物的数量变化有一定限度，量变引起质变，成为新的物质。术数与阴阳五行有着密切关系。古人认为，"天道之动，则当以数知之。数之为用也，圣人以之观天道焉。"由数可认识事物的有关属性和规律。《淮南子·本经训》指出："天地之大，可以矩表识也。星月之行，可以历推得也。雷震之声，可以鼓钟写也。风雨之变，可以音律知也。"

相传伏羲氏根据阴阳变化的道理，创造出了八卦，就是用八种简单而颇具深意的神秘符号，来概括天地万事万物。伏羲氏创造的八卦，在洛阳一带有龙马负图的神奇传说。河图与洛书是中国古代流传下来的两幅神秘图案，也是阴阳五行术数之源。太极、八卦、周易、六甲、九星、风水等等皆可追源至此。《周易·系辞上》有云："河出图，洛出书，圣人则之。"

河图上的黑白点数阵蕴藏着无穷的奥秘。洛书上纵、横、斜三条线上的数字之和皆等于15，十分奇妙，蕴含了变幻无穷的智慧。

古人说，"天地之数五十有五"。也就是说，天地之数是55。从河图上来说，共有10个数，1，2，3，4，5，6，7，8，9，10。其中单数为阳，双数为阴。阳数相加为25，阴数相加得30，阴阳相加共为55，正好是天地之数。

河图洛书和二十八星宿有密切联系。银河系等各星系俯视皆右旋，仰视皆左旋。故顺天而行是左旋，逆天而行是右旋。所以顺生逆死，左旋主生也。

河图定五行先天之位，东木西金，南火北水，中间土。五行左旋而生，中土自旋。故河图五行相生，乃万物相生之理也。土为德为中，故五行运动先天有好生之德也。

土为中为阴，四象在外为阳，此内外阴阳之理；木火相生为阳，金水相生为阴，乃阴阳水火既济之理；五行中各有阴阳相交，生生不息，乃阴阳互根同源之理；中土为静，外四象为动，乃阴阳动静之理。若将河图方形化为圆形，木火为阳，金水为阴，阴土阳土各为黑白鱼眼，就是太极图了。此时水为太阴，火为太阳，木为少阳，金为少阴，乃太极四象也。故河图乃阴阳之用，易象之源也。易卜乃阴阳三才之显也。

在营销市场中，太安堂运用术数演进经略，实现七星伴月、五凤朝阳、三足鼎立、一统华夏、五维操盘，循环往复，生生不息。

太安堂的资本运作术数经略：略。

太安堂的"三五规划"术数经略：以二大建设、三大崛起、五大飞跃为主要任务，实现发展三部曲。河图洛书的一个重要启示就是通过阴阳术数构造体系来认识世界，改造世界，甚至可以创造世界，这同样适用于企业发展战略。

目标定基业，模式展双翼；真谛萃国粹，资本融产业；哲理道无形，太安爱无疆。

太安堂以术数经略指导企业建设发展，奋进前行。

四、辨证经略

阴阳思维贯穿中国文化的始终，其在中医诊法中也不例外，中医诊断中八纲辨证、六经辨证、脏腑辨证等处处包含着阴阳的思想。

八纲，即阴、阳、表、里、寒、热、虚、实，是辨证论治的理论基础之一。其中，阴与阳对，表与里对，寒与热对，虚与实对。八纲辨证，是将四诊得来的资料，根据人体正气的盛衰、病邪的性质、疾病所在的部位深浅等情况，进行综合、分析归纳为阴、阳、表、里、寒、热、虚、实八类证候。八纲辨证要首窥阴阳，以阴阳为准绳，才能洞察全局，做出正确的判断。

六经为太阳经、阳明经、少阳经、太阴经、少阴经、厥阴经的合称。六经各分手足，即我们通常所说的十二经。六经辨证是以阴阳为总纲，用太阳、阳明、少阳、太阴、少阴、厥阴作为辨证纲领，从邪正盛衰、病变部位、病势的进退缓急等方面对外感病进行分析辨别，并用以指导临床治疗的辨证方法。

脏腑辨证根据脏腑的生理功能和病理特点，辨别脏腑病位及脏腑阴阳、气血、虚实、寒热等变化，为治疗提供依据的辨证方法。脏腑辨证主要以五行学说为基础，将古代哲学理论中以木、火、土、金、水五类物质的特性及其生克制化规律来认识、解释自然的系统结构和方法论运用到中医学而建立的中医基本理论，用以解释人体内脏之间的相互关系、脏腑组织器官的属性、运动变化及人体与外界环境的关系。

五、运气经略

这里的"运气"，是五运六气的简称。解开五运六气的奥秘可以驾驭、掌握、运用运气学说。

"不通五运六气，遍读方书何济？"在古代的医学界就有此种说法。《黄帝内经》说："五运六气之应见。"又说："不知年之所加，气之盛衰，虚实之所起，不可以为工矣。"金元四大家之一河间刘完素在《素问玄机原病式·序》中说："识病之法，以其病气归于五运六气之化，明可见矣。"又说"不知运气而求医无失者，鲜矣！"

运气学说是中国古代研究气候变化及其与人体健康和疾病关系的学说，在中医学中占有比较重要的地位。运气学说的基本内容，是在中医整体观念的指导下，以阴阳五行学说为基础，运用天干地支等符号作为演绎工具，来推论气候变化规律及其对人体健康和疾病的影响。

古代医家据甲、乙、丙、丁、戊、己、庚、辛、壬、癸这十种天干以定"运"，以子、丑、寅、卯、辰、巳、午、未、申、酉、戌、亥这十二地支以定"气"，并结合五行生克理论，推断每年气候变化与疾病的关系。

五行与十天干相合而能运，六气与十二地支相合而能化。"运气者，以十干合，而为木火土金水之五运；以十二支对，而为风寒暑湿燥火之六气。"

太安堂荟萃五百年中医药技术，以运气学说为基础，在望、闻、问、切四诊的基础上增加天地自然运气情况这样一个重要参考系，对于各类疾病的分析和认识上就多了一面镜子，能够帮助医者更加精准地确定治则、治法，制定处方、用药，进而提高诊疗水平，取得满意疗效，使中医五运六气理论为现代防治疾病及预测做出应有贡献，使运气学说为企业管理、决策提供理论依据。"运气"学说可详见《皮肤秘典》之"驭运气、掌规律"篇章。

本章小结

阴阳五行学说的诞生、发展、演变、系统化是中华民族观察自然、思考总结的智慧结晶。中国古代的哲学以阴、阳两大系统来解释事物发展变化的规律，以木、火、土、金、水五种基本物质要素来解释万物构成、推衍规律，这种规律充盈天地，无所不在。

阴阳五行蕴含辩证思维、逻辑推理等哲学方法，又包含数学法则、物理规律等科学元素，可以说是万物遵循的基本法则，它从事物的存在与变化中，层层剖析深入，找出引起事物变化的本质，并捕捉其内在规律，与西方科学的基本粒子学说一样，都是"美丽优雅的普世真理"！

太安堂基于阴阳平衡的原则，制订整体战略，灵活变通运用于企业布局；又根据阴阳互根的理论，制订管理机制，刚柔并重，平衡企业管理，制订根本大法；并根据阴阳消长的发展趋势，以居安思危的心态来发展企业，保持企业康健发展。

按照五行推衍的情况，太安堂制定布局经略、五转经略、人才经略、营销经略、产品经略，以五行生制为原则，生化有序，持续发展。

结合易经八卦、星象学说、术数理论、中医辨证、运气学说，太安堂把阴阳五行理论充分运用于公司建筑、医学技术、企业格局的方方面面，有效地推动企业发展历程，为企业发展注入生生不息的创造力和蓬勃发展的生命力！

第四章　传统哲学经略

中国传统哲学一直在主导太安堂的发展。

儒家的孔子、孟子、董仲舒、朱熹、王阳明，他们传授的是"王道"；道家的老子、庄子，传授的是"柔道"；法家的管仲、商鞅、韩非子，传授的是"霸道"；兵家的孙武、孙膑，传授的是"诡道"；纵横家的鬼谷子、苏秦、张仪等，传授的是"箝人之道"；佛家的禅宗等传授的是"心道"。中国传统哲学，群星灿烂，异彩纷呈，具有极大的开放性、包容性和创造性，足以容纳古今中外一切有价值的管理智慧，在太安堂现代的管理实践中，其管理之道有着不可估量的价值。

半部《论语》定天下，培育了太安堂"威武不能屈，贫贱不能移"，勇于进取、刚健有为的浩然正气；一篇《老子》定格局，为太安堂确立了经营发展的大局观；一部《孙子》定胜算，为太安堂确立了制胜天下的竞争谋略和管理策略。

孟子说："虽有智慧，不如乘势。"《孙子兵法》曰："激水之疾，至于漂石者，势也。"速度决定了石头能否漂起来。同样的理论，决定了太安堂跃上新高峰。

计有千条，法具万端。鬼谷子曾说："作战的方法贵在于制人，而不是受制于人。先发制人就把握住了权柄，受制于人就会失败丧命。"全力驾驭形势是太安堂在发展中的关键所在。

在世界文明史的滔滔长河中，中国传统哲学，是治理天下（"治国平天下"），治理家事（"齐家"），治理人生（"修身"）的生命过程和实现自身价值的哲学。企业正确活用中国传统哲学，无不生气蓬勃，灵光闪烁，深邃无极。

传统哲学成霸业！太安堂以仁义道德为本，以法术势为纲，强化内部结构，夯实战略基石，掌控决策机制，实施运营管控，让哲学转化价值。

第一节　儒学经略

儒学是中华传统文化核心。在先秦，儒家是百家中较大的学派。西汉时，汉武帝采纳董仲舒的对策，罢黜百家，独尊儒术，儒学成为显学。此后在中国的历史长河中，儒家思想一直统治中国思想界，在中国历史上影响最大，延续时间最久。

儒家创始人是孔子。孔子具有丰富的文化知识，精通礼、乐、射、御、书、数六艺。《史记·孔子世家》记载："孔子以诗书礼乐教，弟子盖三千焉，身通六艺者七十有二人。"由此形成一个以孔子为核心的学派，后世称为"儒家"。孟子、董仲舒、朱熹、王阳明都是中华文化儒家的代表，传授"王道"。

太安堂创始人柯玉井公由儒入医，儒家精神在太安堂薪火相传。现代，太安堂以儒治企，重仁好义，儒表法里，升华整合儒法精神，注入企业发展壮大的魂脉中。

一、仁义经略

儒家的开创者是孔子。孔子曰："志于道，据于德，依于仁，游于艺。""志于道"，大意是人要有志于天地大道，要有做大事的志向，"据于德"，就是要把道德作为做事的原则；"依于仁"，就是要把仁爱之心作为做事的根本；"游于艺"，就是以一种艺术的方式去做事。像林语堂先生说的：每一个人的生命人格都是道家，每一个人的社会人格都是儒家。儒家的"礼治"主义、"德治"主义、"人治"主义、伦理思想结构等儒家文化，形成了一套统治中国几千年的儒家哲学。

仁，是孔子思想的核心。其基本思想是"己欲立而立人，己欲达而达人"和"己所不欲，勿施于人"，具体可以概括为恭、宽、信、敏、惠、智、勇、忠、恕、孝等。仁的具体含义是爱人，要有一种博大的同情心，有仁德的心会用爱心去待人，既自爱，又爱人，既自尊，又尊人。仁是一种宽恕，推己及人，尽己为人，而自己不喜欢的绝不强加别人。仁者把自己和天地万物看成一体，把仁的精神提升到超脱寻常的人与我、物与我之分别的"天人合一"之境。

儒家的智慧是极为深刻的。它是一种大智谋，谋心而不谋智，不是像法家或兵家直接以智慧让对方服从；而是谋圣，即从征服人心着手，让人们心甘情愿地奉献自我。它已经上升到了人性、人道的范畴。这就是儒家智谋的合理性之所在，也是其成为真正的大智谋的根本原因。

太安堂的核心就是"德"，也就是儒家仁义思想的升华表现，太安堂人誓言中有对人感恩、对己克制、对物珍惜、对事尽力的要求，就是儒家推己及人、仁爱自持思想的体现，也是柯玉井公所立堂训"秉德济世，为而不争"的传承与发展。

二、中庸经略

中庸思想堪称儒家思想中最精华的部分。"中庸"出自《礼记》第三十一章。开篇就讲"天命之谓性，率性之谓道，修道之谓教。道也者，不可须臾离也，可离非道也。是故君子戒慎乎其所不睹，恐惧乎其所不闻。莫见乎隐，莫显乎微，故君子慎其独也。喜怒哀乐之未发，谓之中；发而皆中节，谓之和；中也者，天下之大本也；和也者，天下之达道也。致中和，天地位焉，万物育焉。"世间万事万物的本质是"中"，而"和"乃一切事物要遵从的大道。天地的稳定长存，万物的生长繁衍都是靠"中和"才得以顺应天命，常居道中。

据说孔子当年入鲁庙，曾见一奇怪的器物，形似计时夜漏，却又不是。问人，答曰：此叫"敧器"。盛水至七八分处，最稳当，如黄钟端坐，正视四方；至九分处，达到鼎盛，但已出现动摇迹象；至十分处，便会哗啦倾倒，水泼而出。而后，又从原始起步，一滴一滴的水，滴入漏斗，渐满，渐盈，再倾倒，再复盈。如此周而复始，循环往复。孔子凝神良久，叹曰：此天地之理也！遂创中庸之道，广布天下。自然界的事物是这样，人世间的事情也是这样。太安堂承基立业的准则就是中庸之道。

宋代程颐解释"中庸"说："不偏之谓中，不易之为庸。中者，天下之正道；庸者，天下之定理。""中庸"里的中，就是不偏不倚，过犹不及；庸，就是平常、平庸。最和谐的生活从表面看平淡无奇，波澜不惊。围棋高手在博弈时总是举重若轻，游刃有余。平常与普通又常常是持中的结果，就像数学中的正态分布曲线似的，越是中间区域概率就越大，事件就更平常。

太安堂堂训"秉德济世，为而不争；医道即人道，尊德性而道学问；药理亦哲理，致广大而尽精微"成为太安堂以中庸之道治企的精髓。太安堂经营处世奉行中庸之道，高标处世，低调做人，博大广阔，精微极致，真实地为消费者创造效益，真实为社会做出贡献，不偏不倚，守正自持，为社会奉献济世良药。

三、大学经略

《大学》是儒家经典，为"四书"之一。其开篇写道："大学之道，在明德，在亲民，在止于至善。知止而后有定，定而后能静，静而后能安，安而后能虑，虑而后能得。物有本末，事有终始。知所先后，则近道矣。"这是儒家文化的深化发展，是为人处世之道的提炼。

"定"，是指定向。"知之，则有定向。"定向是一个清晰的目标、一个明确的方向、一个坚定的志向。太安堂有着一个明确的志向，那就是建成世界一流的以中药现代化为特色大型药企的崇高目标。

"静"是静心。朱子《大学章句》释"静"字说："静，谓心不妄动。"对于"静"，《礼记》云："人生而静，天之性也。"《论语》也说："仁者静"。在道教里，清静是修道的基础，"人能常清静，天地悉皆归。""静"是修身的重要境界，"静以修身"。"静"又是致远致高的重要途径，"非宁静无以致远"。太安堂历经五百年，传承至今，凭的就是"静"下一颗心：静下仁爱心、静下济世之心、静下惠众之心、静下通灵之心。太安堂踏踏实实做事，兢兢业业奋斗，历练五大核心绝技，研习核心技术，拓展太安堂现代化发展的道路。

"安"是随处而安稳。朱子《大学章句》释"安"字为"安,谓随处而安。"定和静是"安"的前提,"安"意味着稳健、长久、平恒。日月交替,万物生长,一切井然有序,是事物安于规律发展的结果。"安"又是一种演进,随处而安,寓韧性和柔性于一体,积极地随着规律变化而变化。太安堂"五维操盘",循三才之道,正是安于天、地、人规律走稳健长久的强企之路。"安"并非一成不变,而是随规律的变化而变化,这是太安堂人必须领会的精神。光有激情不行,更要有解决问题的能力;光执着价值不行,还要有和谐现实的智慧。太安堂领导者,既需要有对信仰的执着,又需要清醒的现实取向。要在理想中关注现实,也要在现实中追求理想。理想与现实之间的这种平衡,是太安堂领导力的最大特色。

"虑"是思考精审。朱子《大学章句》释"虑"字为"虑,谓处事精详。""虑"指人要通过思考、反思来创新变革,从而有新的收获。《管子·乘马》中说道:"事者,生于虑,成于务,失于傲。"指出事业产生于详细的谋划和思虑。苏洵在《项籍》一文中说:"项籍有取天下之才,而无取天下之虑;曹操有取天下之虑,而无取天下之量;刘备有取天下之量,而无取天下之才。故三人者,终其身无成焉。"谋虑的重要性和才干、气量旗鼓相当。"三五规划"时期,太安堂以高端兼并、整合资源,构筑成公司东西南北中全国五大主体药业强劲架构,实施新工业革命,由产品竞争力向全产业链掌控力转型,从品牌经营到资本运作,构建完善中医药产业链,正是统瞻全局、深入分析企业发展形势的结果。

曾国藩说:"定静安虑得,此五字时时有,事事有。离了此五字,便是孟浪做。"太安堂以大学之道,习修身之法,以此突破完善自我,实现个人价值、企业价值、社会价值。

四、心学经略

心学,作为儒学的一门学派,上溯自孟子,北宋程颢、南宋陆九渊、朱熹发展完善。至明朝,由王守仁(号阳明)首度提出"心学"两字,并提出心学的宗旨在于"致良知","无善无恶心之体,有善有恶意之动,知善知恶是良知,为善去恶是格物。"

明代的大思想家王阳明是儒家的重要流派"陆王心学"的集大成者。他提出了"心即理"的观点:"心即理也。此心无私欲之蔽,即是天理。以此纯乎天理之心,发之事父便是孝。发之事君便是忠。发之交友治民便是信与仁。只在此心去人欲存天理上用功便是……身之主宰便是心。心之所发便是意。意之本体便是知。意之所在便是物。如意在于事亲,即事亲便是一物。意在于事君,即事君便是一物。意在于仁民爱物,即仁民爱物便是一物。意在于视听言动,即视听言动便是一物。所以某说无心外之理,无心外之物。中庸言'不诚无物',大学'明明德'之功,只是个诚意。诚意之功,只是个格物。"他阐述了"心"与"仁义礼智信"等五德的关系:"仁义礼智也是表德。性一而已。自其形体也,谓之天。主宰也,谓之帝。流行也,谓之命。赋于人也,谓之性。主于身也,谓之心。心之发也,遇父便谓之孝,遇君便谓之忠。自此以往,名至于无穷,只一性而已。犹人一而已。对父谓之子,对子谓之父。自此以往,至于无穷,只一人而已。人只要在性上用功。看得一性字分明,即万理灿然。"

心学的核心是知行合一,是谓认识事物的道理与在现实中运用此道理,是密不可分的一回事。不仅要认识,尤其应当实践,只有把"知"和"行"统一起来,才能称得上"善"。太安堂创始人柯玉井公,汲取心学精华,亦官亦医,知行合一,大医精诚,设医施药,继承《万氏医贯》的核心技术精髓,传承运用。"问难愈多,则精微愈显。"历经五百年发展,太安堂的心学之道和核心技术不仅没有失传,而且《太安堂秘笈》、"太安堂核心价值观"磨砺得更加出色、专业、精细,在时代潮流中独树一帜,矫健前行。

五、儒法经略

"儒表法里"是中华民族的智慧结晶和独有的治国法宝。董仲舒提出罢黜百家,独尊儒术,以霸王道杂之,确定了儒法互通的新儒学。

儒家重礼好仁,可"道千乘之国",法家纲纪严明,可强国强民。"本之以仁，成之以法，使两道而无偏重，则治之至也。"法家刚强，铁骨铮铮，儒家柔韧，深入人心，二者相辅，刚柔并济，可奠定强国之基。

治企如治国，太安堂兼容并蓄，吸收提炼"儒表法里"的哲学精髓，升华成独一无二的治企方略。

"孔曰成仁，孟曰取义。"儒家以仁义为核心，以道德的甘泉滋养人心，塑造中华民族的人格和信仰。"法者，天下之度量，而人主之准绳。"法家注重纲纪法制，令出必行，法盛则政兴。太安堂以"秉德济世，为而不争"的八字箴言为核心价值观，将济世苍生的崇高理念沉淀在每名太安堂人的骨髓里，并升华成高尚的企业信仰。太安堂有着严格的管理制度和用人法则，奖惩严明，张弛有度，为全体同仁提供一个开放公正的发展平台。"儒法表里，道本兵用"是太安堂坚实的管理基石。

"儒表法里"不只是战略哲学，还渗透到企业内核，转化为实际价值，以优秀的业绩回报股东、回报社会。太安堂深化儒法总纲，深化营销改革，激发营销的强大后劲。在职能转变和机构改革中强化价值观，升华管理智慧，修炼个人人格，实现全局目标。效"以天下之至诚，胜天下之至伪；以天下之至拙，胜天下之至巧"，彻底改写营销理念，从而激活企业巨大潜能，进而在产品发展、资源储备、文化品牌、财务管理五大方面连续发力，转化价值，实现企业发展总目标。

第二节　法家经略

法家是先秦诸子中对法律最为重视的一派，倡导法治，并奠定以法治国的基础。法家的代表人物有申不害、商鞅、韩非子、李斯等人，经这些法家思想家的完善和梳理，确立了"法、术、势"为根本的法家思想核心，建立"以法治国"的规章体系。

法家和儒家不同，前者刚强，后者柔韧，两者各有权重，中国的统治者、思想家、哲学家把儒法两家的精神核心提炼、融合，形成了儒表法里的文化内涵。太安堂升华儒表法里的治企精髓，从法家思想中探索有效的治企纲略，以保证企业刚健有力地发展壮大。

一、核心经略

法家的思想先驱可追溯到春秋时的子产，实际发展者是战国前期的李悝、商鞅、慎到、申不害等，战国末期的韩非子是法家思想的集大成者。法家思想的核心有三：法、术、势。

法，即法律和规章制度。商鞅刚开始变法的时候，立木公告天下：如果有人把木头搬到北城，赏十金。人们议论纷纷，认为是个骗局，后来有人把木头搬到北城的时候，商鞅果然给了赏金。借着这个信任，商鞅开始了他的变法事业。法规的重要性可见一斑。

术是手段，也就是管理的方法。据说魏国的变法领导者李悝，希望人民能够学习箭术以应对敌人。于是，他告诉民众如果有诉讼而不可断决者，就通过射箭来决定。城里的人都苦练箭术。后来，秦国进攻魏国，魏国人因精于箭法而大败秦军。这就是管理策略。

势，是管理的目的。令出如山，这就是"势"，势就是绝对的权威。据说秦襄王患病时，百姓因担心而为他祷告。秦襄王听后大怒，责罚地方官，他认为百姓应惧怕君王而非爱君王。百姓这样的行为表示他的权威受到质疑，因此责罚他们，以绝爱民之道，立法势的权威。

与儒家相比，法家虽然强硬，但有特殊的优势。法家认为时移事易，解决问题的方法要随时间的发展而改变。"世事变而行道异也。"法家明确地提出了"不法古，不循今""时移而治，不易者乱"的主张，反对一成不变，主张锐意改革。

二、法纪经略

法家的核心之一就是"法"，依法治国可强国，依法治企可强企。

企业需要自己的基本法，这是从人治到法治的必经之路。什么是人治？简单说就是企业家的一枝独秀；什么是法治？就是依靠组织与制度打造强大竞争力。法治的根本在应用，而且在于每个人"自觉不自觉"的应用。所以，法治的根本首先在于自觉，而自觉的前提是建立起每个人对自己行为结果负责的机制。

太安堂的根本大法就是《太安堂基本法》。《太安堂基本法》指引全体太安堂人走上依法管理、法不阿贵、厚赏重罚、赏誉同轨，做强、做大、做久的光明大道。

《太安堂基本法》针对如何正确处理企业面对的各种新问题和矛盾，为企业的可持续发展探索有效的动力机制。对公司的核心价值观作了高度的凝练概括，对公司的运行机制和管理政策作了全面的总结。

《太安堂基本法》所阐述的就是如何坚持科学发展观、走可持续发展之道，企业如何以人才为中心，以知识为资本，以价值评价和按生产要素分配为动力的管理和发展模式；阐发的是如何保证企业沿着经实践检验行之有效的管理模式运作；阐发的是如何激发广大员工创新与创业、实现自我价值和报效国家民族的热情，进而确保企业不断创造辉煌的有效途径。

《太安堂基本法》（第一版）由六章七十二条构成，其内容涵盖了企业发展战略、产品技术政策、组织建立的原则、人力资源管理与开发，以及与之相适应的管理模式与管理制度等方方面面。其中心内容是企业的核心价值观。《太安堂基本法》从信仰追求、团队、精神、利益、文化、社会责任、利基战略等规范了企业的核心价值观。这一核心价值观要成为企业全体职工的基本行为准则。

中国古代法家以韩非子为代表，强调要制定一套严密的法规制度，但法家的思想毕竟与儒家有相通之处，因此法家思想强调的是法制与人本思想相结合。太安堂管理手段软硬结合，既重制度约束和经济、行政手段的运用，更重思想引导、精神激励。

小赢靠聪明，大赢靠品德，共赢靠机制；小富靠勤劳，大富靠智慧，共富靠制度。机制进步才是真正的进步，制度创新才是根本的创新。太安堂人应善取势而明于道，融汇、集成、聚焦构筑高效决策执行系统。

三、集权经略

中央集权的产生是法家提倡君主专制的衍生，韩非子认为：在社会局势混乱，地方割据势力较大的情况下，国家需要一个绝对集权的君主来统治，这个君主需要一个高度集权的职能机构辅佐。

秦朝开创了中央集权制的先河，公元前三世纪时期，在商鞅变法的推动下，初步确立了中央集权的雏形：中央将地方官员的委任权集中收归，保证了高度集权。这为日后秦有能力统一六国，建立一个统一的国家打下了良好的基础。当秦帝国正式建立的时候，已成为一个实际意义上的中央集权国家。

太安堂总体运营上实行"中央集权"制金字塔式的管理模式，"中央集权"制是太安堂总部决策管理机制的核心和基础。太安堂在总体运营上坚决执行"中央集权"决策管理模式，最高决策机构是董事会，决策委员会是重要的组织保证体系，为决策出谋划策，做好方案评估、方案论证和决策宣传，提供及时、准确、适用的信息支援，并对决策的执行进行指导和监督。太安堂的重要决策包括复名太安堂、上市融资、五大兼并、五一工程、确立基本法，通过这些决策，保证太安堂稳健运营。

四、创新经略

法家凭借"术"管理，也就要运用合理有效的管理手段。

《太安堂管理机制》是一套系统的"术"的管理体系，包括"人力资源管理机制""决策管理机制""财务管理机制""营销管理机制""生产管理机制""质量管理机制""物流管理机制""风险规避机制"，以"术"构建管理体系。

太安堂的《员工手册》更是一套"术"的管理规范，涵盖行为规范、人力资源管理机制、奖惩机制、合理化建议机制、安全管理机制等各大环节，各项制度层层细化，深入细致，以"术"规范企业的管理流程。

在"三五规划"的关键时期，太安堂实施《太安堂药业关于"三五夺标"全面深化改革的重大决定》，创建"太安堂二大细分产业经济发展体系"，建立太安堂中型药企营销规模管理体系，强化质量管理，建立公司研发创新体系，全速研发高科技产品，深化公司财务体制改革，加强公司知识产权的运用和保护，创新公司品牌文化机制，实现公司员工基本进入小康，高管精英逐步进入中产阶级的"三五"总目标。以"术"求变，创新管理，激活潜能。

《太安堂管理机制》等的颁布和实施是太安堂实现新经济、新体制与新机制进入正常运作的关键，确立了总体运营上实行"中央集权"制金字塔式的管理模式，标志着太安堂正在以"术"的管理从旧机制走向新机制的脱胎换骨的质变过程，标志着太安堂以"术"的全新管理格局进入正常的运作轨道，标志着太安堂崛起新时代的到来。

五、时移经略

法家提出了"不法古，不循今""时移而治，不易者乱"的主张，认为历史是向前发展的，既不能复古倒退，也不能因循守旧。

韩非子提出"法与时移则治，治与世宜则用功"，认为社会是变化发展的，政治法律制度和治国方法也应该随之变化，不能因循守旧，墨守成规。法律必须随着时代的发展而变化，才能成为治国的有效工具。

太安堂从柯玉井公施政起就具法家风范，正如他在《太安堂记》中就明确指出："夫医无法则乱，守法弗变则悖，循法之功不足以高世，法古之学不足以制今，盖疾万变药也万变也。"太安堂药业从"一支药膏打天下"到"两个品牌定江山"，从产品经营到产业经营，从品牌经营到资本运作，从淹没于历史的烟尘到品牌复兴，都是运用法家精髓的结果。

太安堂在"一五规划"期间是企业造局发展期，太安堂变法紧紧围绕企业奠基展开，从南方家族企业起步到迁都上海，变法造局为太安堂发展打下坚实的基础；"二五规划"期间，是太安堂的飞速发展时期，企业变法是从产品经营到产业经营、从产业扩张到资本运作、从走向社会化到科技进步展开，全面向企业复兴挺进。

2013年，太安堂驶入"三五规划"的高速发展期，向着"建成世界一流的以中药现代化为特色的中型药企"的宏伟梦想阔步奋进。太安堂根据公司战略方向、公司价值观、企业文化修订了《太安堂基本法》(第二版)，与时俱进调整战略框架，太安堂的总体发展战略是从产品经营到产业扩张，从品牌经营到资本运作，从资源整合到建立完整产业链，以鲜明特色跻身中国中药中型药企，进而调整组织架构，在营销、生产、研发、文化等方面时移而治，变法革新，向着太安梦奋进。

第三节 道家经略

"道家"是中国古代哲学的重要范畴，道家学说是春秋战国时期以老子、庄子为代表的哲学思想。道家文化始自华夏的祖先黄帝，老子则是总结发展了前人的经验，代表作《道德经》，始创道家文化。当道家文化传至庄子，代表作为《南华真经》，使道家文化得到进一步的升华和传播。

道家所主张的"道"，是指天地万物的本质及其自然循环的规律。自然界万物处于经常的运动变化之中，道即是其基本法则。《道德经》中说："人法地，地法天，天法道，道法自然。"就是关于"道"的具体阐述。

一、大道经略

道家的经典《清静经》中开篇就提出"大道无形"，即是说"大道"是世界上万事万物存在运行的最深刻、最本质的道理和规律，它本身没有形迹，也没有人类自私狭隘的情感和追求的浮名，但它是最伟大的，它是万物的主宰。

这里包含着两层意思，一是：道是万事万物最高的规律；二是：道是最无私、最博爱、最不沾名钓誉的存在。

太安堂作为一个中医药企业，要学习"大道无形"的精神，要遵循自然规律——自然的"道"，在中药的选择、采集、加工、炮制、配伍、现代化生产、贮藏等各个环节都遵道而行，精益求精，突破技艺、工艺极限，不断地探寻达到更深层次的道，追求"技进于道"的境界。因为中医药本身就是一个从中国传统哲学中衍生出来的分支，是受中国传统哲学指导的。中药制作工艺不单单是一门具体的技术操作，它要遵循众多的规律才能生产出优质的中成药，所以中药制药，在"道"的层面上，有很大的提升空间；医道即人道，尊德性而道学问；药理亦哲理，致广大而尽精微。——太安堂堂训就是基于此而来。

太安堂要遵循社会规律——社会的"道"。太安堂不仅要紧紧遵循社会规律，遵循市场规律，遵循金融法则，更应遵守社会道德和职业道德，才能进入道的大门而进步壮大。

大道无形，大爱无声，这不仅仅是道家的精神，也是儒家、佛家等中国传统文化一致的声音。孔子在《礼记·礼运》的大同篇讲："大道之行也，天下为公"，在其中描绘了一个"老吾老，以及人之老；幼吾幼，以及人之幼"的大爱无私的大同世界。太安堂将这升华为全体同仁的信仰，渗入全体太安堂人的灵魂。

二、不争经略

"为而不争"出自《道德经》第八章中载述："上善若水，水善利万物而不争。处众人之所恶，故几于道。居，善地；心，善渊；与，善仁；言，善信；政，善治；事，善能；动，善时。夫唯不争，故无尤。"水流润万物，献身天地间。寓意是真诚助人，使他人发展成功；而不与他人争名利、论高低……老子这段关于水的性格与人的涵养之间联系的阐述，非常富有哲理。

凡具有宽容随和，无我不争，诚信敬业，奋进不息的涵养者，定能心怀坦荡，乐观积极，身心健康，生命久长。这种心理状态恰似水"以柔克刚""海纳百川"的恢弘禀性，"大道似水""上善若水"的高尚风格，太安堂堂训包含了深刻的涵养修炼寓意。

"为而不争"蕴含三层深义：第一层是"上善若水，水善利万物而不争"，意为积极作为，不去争夺，是以理性的智慧、豁达的态度积极行为，遵循规律办事；第二层指"夫唯不争，故天下莫能与之争"，是一种超凡于世的人生境界，以"不争"的气度、能力、成就众望所归，人心所向，故而"莫能与之争"；而第三层是"圣人之道，为而不争"，蕴藏着老子学说中的帝王之道，所谓"普天之下，莫非王土；率土之滨，莫非王臣"，幅员辽阔的国土，成千上万的子民都是君王所有，帝王不需要争夺，一切都在其掌控之中。

"秉德济世，为而不争"，这是太安堂的缔造者柯玉井公一生的实践总结，并把它作为太安堂的宗旨和训条，太安堂的继承人有责任把它作为一种信仰传承下来。太安堂的企业文化是以太安堂堂训为核心内涵，是"忠、仁、义、德"儒道文化精髓的精致传承。当四百多年前柯玉井公把自己一生为官为医的光辉写照"秉德济世，为而不争"作为太安堂训条的时候，太安堂的企业文化就已经形成了；当一百多年前清代太安堂传人将"医道即人道，尊德性而道学问；药理亦哲理，致广大而尽精微"融入太安堂堂训时，太安堂的企业文化得到进一步延伸和丰富；当20世纪90年代，太安堂集祖传秘方精髓，以"做中国最好的皮肤药"为愿景，用"一支药膏打天下"造福民众，太安堂企业文化不断传承和发扬；当21世纪太安堂老字号复兴，以"弘扬中医药国粹"为使命，当太安堂信仰依存企业文化，太安堂人即以昂扬正气直奔大道，弘扬国粹，体现人生。太安堂的企业信仰不是凭空创造，也不是闭门杜撰，是吸收历史、总结现在、立志未来所提炼和升华出来的，是水到渠成，是顺理成章。

三、道医经略

道家与中医药的关系十分紧密，中医经典《黄帝内经》中就有多处道家修炼的记录，如其首篇即记载了上古神人的修道养生方法："余闻上古有真人者，提挈天地，把握阴阳，呼吸精气，独立守神，肌肉若一，故能寿敝天地，无有终时，此其道生。中古之时，有至人者，淳德全道，和于阴阳，调于四时，去世离俗，积精全神，游行天地之间，视听八远之外，此盖益其寿命而强者也，亦归于真人。"可见医道同源，无论是古代的医家还是道家，都以通过修身养性、性命双修的修炼方式达到生命质量层次的提高为目的之一。二者所不同的是，关注的层面不同。道家注重"形而上"，炼精化气、炼气化神、炼神返虚，以生命达到天人合一、神气合一、身心合一的无上境界为终极目标，使生命远离了生老病死的宿命。医家注重"形而下"，对病患怀有大医精诚慈悲仁爱之心，以自身对人体、对宇宙的认知，针对普通生命个体的虚弱病痛加以认识辨知和治疗。

道家文化对中医药学的推动和发展做出了不小的贡献。太安堂历代传人活用道家思想，汲取道家特色，在养生、治病、制药炼丹技术方面精进突破，实是道家的特色精华。

四、无为经略

"道常无为而无不为。"

道家认为，治理天下要以"慈"为本。老子曰："夫慈，以战则胜，以守则固。天将救之，以慈卫之。"这就是说，作为企业经营管理者，一方面要严于律己，宽以待人；另一方面，要在企业营造一种和谐的氛围，从经济利益上增强员工的凝聚力，使其以厂为家，这样才能做到"以战则胜，以守则固"。

经过多年的探索，在管理理念上，太安堂坚持"秉德济世，为而不争"的核心价值观，推行和谐管理。在管理制度上，通过完善激励、约束机制，确保公司核心人才稳定，有利于保护核心技术，提高了生产、经营、科研管理水平。公司管理团队具有丰富的企业生产经营管理实战经验、良好的经营风险控制能力，以及应对市场变化的应变能力，并具有超前的战略规划和敏锐的市场把握能力，以及不断进取的开拓精神和强烈的责任心、使命感，对市场需求和行业发展趋势有着全面深入的了解，善于灵活运用多个领域的经验，捕捉有利的商业机会，率领本公司取得更好的业绩。

"今天我选择挑战，道路充满艰辛，我要全力以赴，创造最好业绩，我要对人感恩，对己克制，对物珍惜，对事尽力，为建成世界一流的以中药现代化为特色的大型药企奋斗终身！"

这是太安堂人每天早上齐声宣读的誓言，也是太安堂人行为的指南。太安堂认为，如果你是一辆奔驰的跑车，我们就给你一条高速公路，使你畅通无阻，全程高速；如果你是核元素，我们就给你一座核电站，发挥你的能力，释放你的能量。太安堂大胆锻造使用人才，构筑强盛团队，放长手中的金链条，让每一个员工都为太安堂奋斗。在每一个人的前面都插上一面耀眼的彩旗，让每一个人都感受到前途的辉煌而激动不已，拉动企业的战车驶向成功的愿景。

五、大成经略

《道德经》第四十五章说道："大成若缺，其用不弊；大盈若冲，其用不穷。大直若屈，大巧若拙，大辩若讷。躁胜寒，静胜热。清静为天下正。"完满的东西，好似有残缺一样，但它的作用永远不会衰竭；最充盈的东西，好似是空虚一样，但是它的作用是不会穷尽的。最正直的东西，好似有弯曲一样；最灵巧的东西，好似最笨拙的；最卓越的辩才，好似不善言辞一样。清静克服扰动，赛冷克服暑热。清静无为才能统治天下。

《道德经》里说"上德无为而无以为"，最好的德行施为是人们感觉不到有德行的存在。中医学的经典著作《黄帝内经》中说"不治已病治未病"，也是这个境界。

太安堂堂训"秉德济世，为而不争"与"上德无为"之意异曲同工。二者的核心都是"德"，而德的内涵就是"忠诚"。

按流程执行，遵守规章制度，这就是对企业的忠诚。而对于企业中层管理人员来说，则更需要不折不扣地执行力，带领团队完成好上级交付的任务，并与其他部门团结协作。企业高层管理人员的忠诚表现则是要站在企业角度真正为企业做事，坚定不移地恪守企业信仰、恪守企业核心价值观，并坚定地传达给下属。

企业对员工的忠诚和员工对企业的忠诚是相依相承的。企业能够让员工看到未来的发展、能够给员工提供广阔的能力施展和自身提高的平台、能够为员工谋求越来越好的薪水福利等。企业的业绩靠忠诚的员工全力创造，企业的信誉靠忠诚的员工爱心维护，企业的力量靠忠诚的员工团结凝聚。只有企业有了更好的发展，员工自身的价值才能得以实现，人生才会大放光彩。

"大成若缺，其用不弊。"要求每个人努力去做一件大事，尽力做到最完美，总也会有瑕疵和不足，但它的功能、功效和意义却不会受影响。也可以说，再完美的东西，总要留一点空缺，这样反而会有一种张力，有一个后劲。工作中有缺点、有不足不怕，这在以后的工作中可以总结经验，不断改进和完善，但一定不要停步不前、故步自封，不求十全十美，但求做得更好。

第四节　兵家经略

兵家是中国先秦诸子百家之一。兵家的代表人物有春秋时孙武、司马穰苴，战国时孙膑、吴起、尉缭、公孙鞅、赵奢、白起，汉初张良、韩信等。今有兵家著作《孙子兵法》《孙膑兵法》《吴子》《六韬》《尉缭子》等。兵家著作中含有丰富的朴素唯物论和辩证法思想。

兵家思想首先在于军事，但其中蕴含的管理思想，直到今天仍对企业管理及其他领域有着重要的借鉴价值。企业的经营、营销最需要竞争意识和竞争谋略，兵家思想与企业的市场营销、品牌战略血脉相通，具有极强的借鉴价值。所谓商场如战场，正是道出了其中的奥妙所在。

一、奇正经略

孙子说："凡用兵，以正合，以奇胜。"无正不能出奇，无奇不能制胜，正中有奇，奇中有正，奇正交融，相互促进，整合协调，方能制胜。

企业经营要出奇制胜，不断寻求把握市场主动和价值创新的机会并转化为现实优势。

正面的硬碰硬不是解决之道，胜败之关键在于出奇制胜。奇是什么，就是价值创新，寻求把握市场主动的机会。而且，竞争也好，企业经营也好，是个动态的过程，这个"奇"需要不断地更新和超越。"故善出奇者，无穷如天地，不竭如江海。"用比较通俗的话来讲，就是要始终保持领先一点点，或者始终保持差异一点点，不断地寻求价值创新的突破点，才能称之为善战者。

在这个战略思想的指导下，太安堂全面实施"穷追不舍、快速扩张、集成聚焦、集资集智、战绩审计、低调处事"的具体战术，经常有狂热的、疯狂的、超前的、令人目瞪口呆的、难以想象的、不可思议的灵感和创举，以此一举打破僵局，取得惊人成功。从区域市场挺进全国市场，夺取全国产品强势品牌和知名企业品牌的公司总体发展战略顺利实施。在资本运作领域，也是奇招频出，迅速实施兼并，壮大产业规模。

二、先胜经略

《孙子兵法》曰："故善战者，先立于不败之地，而不失敌之败也。是故胜兵先胜，而后求战，败兵先战，而后求胜。"

"胜兵先胜而后求战"是《孙子兵法》中重要的战略原则，意思是打胜仗的军队总是先有了胜利的把握才寻求战机同敌人交战。战前要有准备，要创造必胜的各种条件，清除影响胜利的各种风险，造成未战先胜的局面，然后再战，则战无不胜。这一战略原则，高屋建瓴，也是太安堂企业战略竞争的最高法则。

正确的营销思想才能引导正确的行动。

善于用兵作战的人，在作战之前，先创造出自己能够夺胜的条件，有着必胜的信念、必胜的资源、必胜的环境，这样开战一定会如预期一样取得胜利的！

纵观太安堂的发展，每一次决策都是"先胜求战"，从当年营销在广州的"七星伴月"农村包围城市，到以湖南、广东、海南、广西、福建五省围绕以广州为中心的"五凤朝阳"，再到以华南、西南、华东的"三足鼎立"，直至"一统华夏"的市场格局，从迁都上海到"五大兼并"，"五个一文化工程"的开展，无不是实施"先胜求战"战略的经典运用。

三、伐谋经略

《孙子兵法》中重要的一点就是《上兵伐谋》，即用兵的最高境界是使用谋略胜敌。

《孙子兵法·谋攻篇》有言："故用兵之法，十则围之，五则攻之，倍则分之，敌则能战之，少则能逃之，不若则能避之。"十分形象地阐明了在敌我双方战略优劣势不同、力量对比悬殊的情况下，所应采取的不同策略与方法。《孙子兵法》针对不同环境条件下的诸多分析，就是为战略选择与决策做准备的，这就好比营销管理中的市场环境与竞争对手分析、组织资源、市场机会与自身优劣势分析一样，两者在运营思想与方法上是一脉相承的。太安堂在最初以中药皮肤药打天下的阶段，正是经过详细分析而做出的选择，制定皮肤药利基战略，发展"产品系列群"，实现产业集萃，包括上下游互补产品的生产商、现代科技、营销体系、先进管理等机构。由于构筑了先进的"产品系列群"，提高了核心竞争力，确保企业的持久动力，这是公司实施伐谋经略的过程。

立势制事，谋定而后动。太安堂产品占领市场，产品打假，五大兼并，开拓项目都是上兵伐谋的成功例证。

四、造势经略

《孙子兵法》上说："激水之疾，至于漂石者，势也。"水是柔弱的，但是激急的水流速度之快，甚至可以让石头漂浮起来，这就是势。孟子说："虽有智慧，不如乘势"，速度决定了石头能否漂起来。《孙子兵法》形篇第四"决积水于千仞之溪"，意为：善战者以形造势，指挥军队作战，就像决开在八百丈高处的溪中积水那样，以迅猛之势爆发出强大的冲击力，势如破竹，所向披靡，大局已定，胜利在即的壮观局面。

一个优秀的企业要会以形造势，利用自己的长处开辟优势，利用他人的力量壮大自己。太安堂东西南北中格局，正是运用社会布局造势，太安堂整体布局遍布中华东、西、南、北、中原的主要城市，以布局为企业造势。太安堂规模造势，近四百个产品体系灿若星辰，二十五个独家批文产品精品荟萃，通过五大兼并扩大经营规模，以万人营销大军打商战人民战争，五大绝技独树一帜，这正是以规模造势，引发强烈的社会效应。太安堂品牌文化造势，实行"五个一"文化工程，太安堂中医药博物馆、《太安大典》宏篇巨著、《太安堂·玉井传奇》电视剧、太安堂产业园、太安堂中医药文化旅游，五大文化工程不仅擦亮了老字号的金字招牌，而且激活了品牌的后劲实力。顺势而为其一，以形造势是其二，这是太安堂取得现今成果的造势经略。

五、用兵经略

同儒法表里相应，道本兵用也是治企的重要经略。道家至柔："上善若水，水善利万物而不争。""柔弱胜刚强"。道法自然，以柔克刚。兵家说过"厚而不能使，爱而不能令，乱而不能治，譬如骄子，不可用也。"与道家之柔相反，兵家刚硬。道本兵用，即刚柔并济，恩威并施。

道是规律，是准则。做人有人道，经商有商道，明道就是遵循自然规律和社会规律，明道可以生万物，可以成万事。太安堂具有自己的价值体系，即具有统一的理念和行为准则，这就是太安堂的"道"。

太安堂崇尚儒表法里，道本兵用，以道家治身，以兵家为用。道家可以立身修心，但不够刚硬，缺少进取精神，兵家奇谋为长，但不够和谐，只有两者并用，相辅相成，才能充分施展其功能。

太安堂是新经济时代的一个细胞，太安堂人为弘扬中医药国粹、健康美化人类、秉德济世、为国争光而尽力；为焕发太安堂青春，创建世界一流的中药现代化大型制药企业，报效国家，向股东负责体现价值而尽责。

太安堂不能"独尊儒术"，应儒表法里，道本兵用。没有儒表法里，道本兵用，太安堂则不能自立，不能自立就不能自强，不能自强哪能成就一番事业。太安堂应刚柔相济，刚柔相济才能自强不息，坚忍不拔。刚是太安堂灵魂的骨架，是公司的立世之本。

太安堂产品优异，广受消费者关注，在打假的历次运动中，太安堂态度坚决，措施强硬，清洗了市场的假冒产品，获得了消费者的信赖。太安堂在兼并中，原单位已退出的股东利用过去公章对太安堂进行非法商业敲诈，太安堂联同政法部门予以严打，取得了胜利。

遵循用兵经略荟萃传统哲学，是太安人实施产业扩张、实施资本运作、创建世界一流的中药现代化大型制药企业的法宝。

第五节　佛学经略

佛教是当今世界三大宗教之一，由释迦牟尼于公元前5—6世纪创建于印度，他被尊称为"佛"或"佛陀"，意思是"觉者"或"觉悟了真理的智者"。据载，释迦牟尼因亲眼目睹了世间生老病死等各种苦难，因此毅然出家，他在一棵菩提树下经过四十九天的沉思，参悟真理，即世间一切万物都是因缘而生，依据缘起论，佛教认为世间一切都是因缘和合而生，相互依存，互为因果。任何事物都不能脱离其他而独存，所以佛教提倡报恩思想。

佛学的奥义是见性即佛。禅宗有两句常说的话："即心即佛"，"非心非佛"。宋孝宗曾说："以佛治心，以道治身，以儒治世。"佛教思想博大精深，直指人心，净化心灵，安抚人心，具有调适心理的作用。

太安堂慧缘佛学，以佛治心，将企业精神上升为信仰，以佛学奥义渗入企业成长发展的核心。

一、佛心经略

佛教有一首偈子："佛在灵山莫远求，灵山只在汝心头。人人有个灵山塔，好向灵山塔下修。"灵山即吾心也。《坛经》言："不悟，即佛是众生；一念悟时，众生是佛。故知万法尽在自心，何不从心中顿见真如本性？"

禅宗创始人达摩祖师在少林寺曾面壁九年，不立任何文字，开创了"直指人心，见性成佛"的佛教奥义，在民间有"达摩西来无一字，全凭心意悟功夫"的说法。

见性成佛就是即心即佛，所谓佛是自性，莫向身外求，佛法的奥义来自于内心。

太安堂以佛治心，即治造福心、治智慧心、治纯净心、治包容心。

佛家认为人生胜境平常心："宠辱不惊，得失不计，默雷止谤，化毁为缘。"主张"万念归一，清心涤虑"。它否定人的现实生活，而追求的却是人的理想生活；它压抑的是人的现实生命，而企望实现的却是人的理想生命。佛家主张"长养慈心，勿伤物命"，目的是以慈悲为怀，普度众生。

佛家认为凡事有因果，"欲望"是与生俱来的，但人来到这个世界不是为了享乐而是为了感恩，所以要克己而宽以待人，抵抗心理的空虚和种种诱惑。

佛家提倡法身慧命，就是获得佛教所说的那种智慧。获得那种智慧，就是能够成佛。

以般若福慧来治心，如果心里没有般若智能，没有福德善念，就像一个工厂没有资源，没有原料，就不能生产好的产品。太安堂人心中充满"般若的泉水""智能的泉水"，就能涓涓不断地流出智能和福报。这就是太安堂能源源不断生产济世良药、造福人类的原因。

以菩提禅净来治心，人有时候有妄想，有烦恼，有是非，有差别，所以要有菩提正觉，要用禅定来养心，要用念佛的清净心来治心。就如一缸浑浊的水，把明矾放进去就清净了。对于妄念杂染的心，要用正念去清净，用菩提去清净，用念佛去清净，心自然就清净了。

以空无包容来治心，心胸狭小的人不能容物，假如心胸像虚空宇宙，就能包容世界万有。所谓"宰相肚里能撑船"，太安堂海纳百川，才能有容乃大。

二、普度经略

佛教有普度众生一说，指普遍引渡所有的人，使他们脱离苦海，登上彼岸。

唐初，大乘佛教尚未传入中国，中国盛传小乘佛法，小乘佛法只能自度，大乘佛法却能普度众生。唐玄奘西行五万里，历时十七年，到印度取真经，并穷一生译经1335卷，将大乘佛法带回中国，为的就是普度众生。

太安堂从柯玉井公起就与佛哲有缘，正如他在《太安堂记》写道："良相儒法道兵，安邦治国；良医悬壶济世，救死扶伤……凡大医者必当安神定志，无欲无求，先发大慈恻隐之心，誓愿普救含灵之苦。凡馆内求医，务须贫富一等，堂中取药，定是羸弱普同，亲如一家。愿杏林春暖福荫万民，橘井泉香普济众生。"学习佛家风范。太安堂十几代传人秉德济世，为而不争，从医制药就是苦口婆心，救苦救难的历程。太安堂药业将潮汕区域性医疗，转化为全国性的药物推广，正是慈悲为怀，普度济世，妙用释家禅机的决策。太安堂五大绝技造福于世，打造济世良药，为广大民众送去健康，为千万家庭赐嗣延寿，普度于世。太安堂中医药博物馆、药王宫的落成开光还离不开潮州开元寺首座惟忠大师、监院灵聪法师的鼎力。近五百年太安堂从医制药的历程就是一个秉德济世，普度众生的历史，虽不是佛门，但释家的影响，其功不浅。

三、慧通经略

众生超凡入圣的门户称法门。为世之准则者，谓之法；此法既为众圣人道之通处，复为如来圣者游履之处，故称为门。法门是修行者的入口。

商界也有经商法门。太安堂慧识法门，以此为梦想的突破口。慧是知识，知识是一个海洋，知识不仅在于它有多大的宽度，还取决于它能够攀升的高度，更在于它能下沉多低的深度。百度是最伟大的教授，但它只能是静态而不是动态，学问不等同于信息，既能改变你的观念，又能改变你的行为的才叫学问。顿悟只是理通的过程，要有见性，见行才能见性，社会需要的是智慧而不仅是学问。人要有高智慧，就要学"三经"，即天经《易经》、地经《山海经》、人经《内经》。掌握原理并把事物弄通，人法于巧，事理于通，才达彼岸；有了智慧还不够，还要升华，还要革命，还要直通灵气之巅，出现灵感，迸发火花，只有出现火花，才能精彩人生，才能不白来一回，才能辉煌事业而兼济天下。有鉴于此，学习成了当务之急，学习成了终身制。

慧通法门的要领，有规律的按自然规律、社会规律办；没有规律的用两条腿走路，一个是唯物主义，解决事物问题，一个是唯心主义，解决人心问题。世界是一个自动系统，唯物主义通过人的感觉、行动构造世界；唯心主义通过人的信仰、道德、理性、价值观来构造世界。

根据历史经验、当下行动，可以慧通未来；经过思考运用，可以慧通转值。在实际中，太安堂慧通地理，谋局布阵；慧通战略，企业的发展战略、化解营销危机战略、资本运作战略都是升华提炼的结果；太安堂慧通战术，另辟蹊径，找准突破口；慧通产品，打造麒麟丸、心灵丸、极品参、特效产品群体的大产品体系。

太安堂新时期杰出人才团队慧通法门，到达"慧通灵"的境界，就到了圆梦的原点。

四、忍舍经略

佛法精髓十分精妙，对人生有着积极的指导作用。

据《菩萨戒经》所载，佛陀修行时，曾经被五百个"健骂丈夫"追逐恶骂，不论佛陀走到哪里，他们骂到哪里。佛陀对此的态度是"未曾于彼起微恨心，常具慈悲而用观察"。忍让使佛陀修成正果。在太安堂的圆梦过程中，注定要有许多磨炼，但要使公司和个体生命获得价值最大化，就必须心胸坦荡，心灵活泼，要学会一笑置之，要学会超然待之，要学会转化势能。仁者懂得隐忍，智者懂得宽容。

佛家认为，万事万物皆在"舍得"之中成就自身。"舍得舍得，有舍有得，大舍大得，欲求有得，先学施舍。"有舍有得，不舍不得，大舍大得，小舍小得。舍得是一种人生智慧和态度。小取小舍是平庸人的心胸，舍而大取才是赢家具备的大气魄、大胸怀、大气象，是将相之气。若心胸之中只能装下柴米油盐，那就只能得到柴米油盐，心胸能包容天下得失，那就一定能够得到天下人的认同。故能舍一池之水，才能做一池之主，能舍一海之水，方成一海之王。现代创业者也要懂得取舍之道的真谛，要明白修炼胸怀要先修炼取舍。太安堂的发展正是不断取舍的过程，太安堂的战略离不开放弃，通过放弃找到重点和特色。太安堂人亦舍得，舍下小我，成就大我。

五、信仰经略

信仰包含两个层面的意思：第一层是"信"；第二层是"仰"。"信"是一种敬畏，一种发自内心的坚信。敬畏的是什么呢？敬畏一种伟大精神，或者一种比人伟大的存在。"仰"，就是向往，是一种发自内心的渴望，希望自己达到某一种境界，这才构成了信仰。

文化可以改变一个人的行为，信仰却可以改变一个人的本质。世界三大宗教信仰为人生提供终极基础。作为一种哲学范畴，宗教信仰，对追求人生目标、人生意义、生命价值有着极为重要的作用，它引导人们反省自我、超越自我、塑造自我、完善自我、实现自我，它是人们的精神柱石，是人的全部价值意识的定向形式。

　　企业管理的最高境界是文化管理，文化管理的最高境界是哲学管理，哲学管理的最高境界是信仰管理，信仰管理的力量就是神的力量，建立一支以振兴中医药为己任、以"太安堂信仰"为精神支柱、以"太安堂堂训"为准则，像狂热的宗教信徒般的优秀人才团队，进行商业人民战争，高度体现国家利益、企业利益和人生价值，这就是神的力量！神的力量就是战无不胜、攻无不克的力量，太安堂就是以信仰管理的力量实现愿景。

本章小结

在少林寺少室山有一副对联："才分天地人总属一理，教有儒释道终归一途。"儒家最主要的一个字是"伦"，也就是伦常。对企业的启示就是，每个人都应各安其位，赋予什么权力、职责、利益，就应遵守履行所属的责权利。

道家的核心是"命"，既是生命的"命"，也是修炼的"命"，要使人生过的有价值。

佛家的关键字是"性"，即"心性"，也就是修养。

中华哲学思想源远流长，博大精深，凝结了中华民族的最高智慧，隽永深邃，意味无穷。在漫长的发展过程中，涌现出许多重要的思想家，形成了儒家、法家、道家、兵家诸子百家的流派，各引一端，崇其所善。伴随佛教等域外宗教的进入，各种思想精神激荡碰撞，闪现出文明智慧的火花。

太安堂博采中华哲学的精髓，融会贯通哲学奥义，升华成儒法表里、道本兵用、以佛治心的企业哲学。太安堂"秉德济世"的企业精神和儒家的仁义精神本质契合，严格细化的管理制度与法家精神相通，"为而不争"的企业境界源自道家精髓，战略战术取法自兵家韬略，坚定信仰则与佛家有密切联系。

灿烂悠久的中国传统哲学浸润着中华民族的思维方式、民族心理、审美情趣和行为习惯。因此，中国传统哲学对太安堂的影响是深刻而深远的，在经济全球化时代，太安堂更加尊重民族传统文化，合力开发利用传统哲学的价值，把传统治理文化的精华与现代治理理论和实践经验结合起来，为企业经营服务。太安堂的企业精神宣告了一个中医药老字号可持续发展的信念，彰显着一种强力的中华民族的开拓进取精神。

太安堂在现代企业管理中，深入挖掘中华民族五千年文化的思想精髓，以学古贯今为明智，通乾达道以致用为理念，将中华智慧中最有主干的儒释道贯通在企业管理中，体现企业管理的广博与和谐，成就辉煌。

下篇　周易经略

第五章　乾坤经略

大哉乾元，万物资始，乃统天。（《易经·乾卦第一》）

至哉坤元，万物资生，乃顺承天。（《易经·坤卦第二》）

博大宽广、象征万物创始的乾卦，万物依靠它生长繁衍，它是统帅万物之本源。

广阔无垠的大地，是滋生万物的源头，万物依托它成长，它柔顺地秉承天道的法则。

"天行健，君子以自强不息。"这是《易经》里对"乾"的解说。"乾"的精神，刚毅勇健，一往直前，是中华民族的生命之源、文化之本、立国根基。

1995 年，太安堂集团创业，五百年老字号朝着复兴伟业大步迈进，十九年来，一个现代民族企业正昂扬奋进在崛起腾飞的征程上。面对机遇和挑战，全体太安堂人，以太安堂创始人柯玉井公所立堂训"秉德济世，为而不争"为核心价值观，齐心协力，锐意进取，太安堂中医药事业展现出勃勃生机。这一切源于中华复兴昌盛的滚滚国运，源于太安堂日新其德的完美意志，源于太安堂的崇高信仰，源于全社会的认可和支持，就是太安堂乾坤经略的转化价值。

乾之德，也就是前之德、先之德，义无反顾、勇往直前的精神。太安堂进行工业革命，建成全自动生产线，行动攻坚，在科学发展实践中进行伟大复兴。太安堂营销联盟，创新求变，在脱胎换骨整合突破中转轨夺标。太安堂五百年药济苍生、弘扬国粹，充分体现了企业文化能融入社会文化能海洋的使命感和责任感，回报社会，矢志不渝。太安堂勇于改命造运，信仰铸魂，与时俱进，在不断转变观念中凝聚前进动力五维操盘。太安堂资本鼎立，成功上市开辟资本运作新篇章。

"地势坤，君子厚德载物。"在《易经》中，坤卦与乾卦相对，如果说乾卦象征着初升的旭日、广袤的寰宇，那么坤卦则意味着沉稳敦厚、连绵不绝的大地。乾德如天高，坤德似地厚。乾德性豪壮，坤德品坚贞。乾德山难撼，坤德可海涵。

"坤厚载物，德合无疆。含弘光大，品物咸亨。"大地深厚且载育着万物，它的功德广阔无穷。它含藏了弘博、光明、远大的功能，使万物都顺利地成长。

正是因为大地的滋养和承载，万物才能够欣欣向荣，延绵不绝，繁荣不息。

五百年太安堂的乾坤文化深厚绵长，为太安堂孕育出深厚的企业理念、强烈的人文关怀、独特的核心技术，凝聚着潮汕山水的灵秀，沐浴着中华文化的芬芳，因而能生生不息，世代相传。

太安堂发展壮大的经验总结，乾坤经略催生了辉煌的业绩。绝技、信仰、经略、人才、资本，五运鼎立了太安堂强盛崛起的格局，铸就了太安堂的精神魂脉，更奏响太安堂腾飞最美的时代强音。"坤至柔而动也刚，至静而德方。"大地的德性是极为柔顺的，但变动时则显示出刚强；虽然极为安静，但柔美的品德传布四方。近五个世纪的光阴荏苒，每一缕风雨、每一次变革都铸就了太安堂品牌的传奇。秉承中华医药五千年瑰宝，承继五百年中医药精髓，太安堂"五大绝技"是独有的制胜法宝，绝技震乾坤，唯真名士自风流，独具特色的核心技术是太安堂谋强制胜的关键。

"乾以易知，坤以简能。"古代兵家运筹，一向只画上中下三策，虽只两三端，一经运作，天下得失立见。诸葛亮《隆中策》，不过三言两语，足以定天下大势。二大规律、传统哲学、乾坤立企、谦畜履鼎、革壮济恒，太安堂逐鹿问鼎、复兴为民的十二经略蕴含七十二法则，是太安堂完成十二大纲、夺取创建世界一流的中药现代化特色大型药企的经略体系。囊括了古今四方，六合之内，九鼎之轻重，已尽在这经略之中。

"经营太安，略有四海。"太安堂慧缘百家，在博采众长，解事读史，师法先贤，历史哲学，大国韬略中蕴含着企业繁荣强大的深刻理念。太安堂谦集精微，贯通升华，开创了文化、品牌、产品及发展的经略体系，升级为企业的发展战略，从而开启复兴崛起的时代大门。

在新时期，变革创新是太安堂的经略主题，在全球经济一体化、信息化、网络化的大趋势下，科学技术日新月异，经济生活瞬息万变，时代的步伐，圆梦的决心，催化着太安堂人信仰。

信仰是每个人心中的一片绿洲。太安堂人信仰是以太安堂堂训为核心，滋润太安堂人的血脉、渗透太安堂人的骨髓、烙印在太安堂人心头，以共同使命感为引导、以共同价值观为基础的崇高信仰。"志高则言洁，志大则辞宏。"太安堂的精英骨干以弘扬国粹为己任、以济世苍生为宏愿，乘风破浪，奉献济世，势如骏马驰山川。太安堂的有识之士胸怀凌云志，心潮逐浪高，朝着梦想的碧海蓝天扬帆展翅。

仰望信仰的星空，太安堂人正进入"本启慧、慧通灵、灵演艺、艺得神、神夺标"的崭新境界。人生天地间，天地因人而富有灵气，太安堂人因信仰而纯洁高尚，因坚持信仰而辉煌灿烂。

"三五规划"期间，太安堂将建成亳州药材基地、长白山人参基地、五大广场，实现联盟大发展、打造万人营销军团、完成工业革命、向医药电商平台进军，这些宏大的战略框架正一一实现。百年传承的核心绝技鼎立太安堂的企业根基，宽宏深邃的企业经略鼎盛太安堂的宏伟格局，而崇高坚毅的信仰之魂鼎定太安堂的梦想未来。"有其志必成其事"，太安堂人必将慧通全局、开疆拓土、谋强求变，共筑中国梦，同圆太安梦，一同开创太安堂辉煌璀璨的明天。

第一节　天地经略

《医原》曰："人禀阴阳五行之气，以生于天地间，无处不与天地合。人之有病，犹大地阴阳之不得其宜。故欲知人，必先知天地。"天地经略不仅蕴含了人类养生保健、延年益寿的规律，更对现代企业管理有着深刻的启示。

《庄子》曰："上下四方有极乎？""无极之外复无极也。"是知宇宙是无

117

边无垠的，无限的。

中国古代天文中也有着丰富的关于宇宙结构的设想。远在人类社会的早期，中国古代就逐渐形成"天圆如张盖，地方如棋局"的直观见解。

在长期的积累中人们发现，顺应自然，则健康长寿，防治疾病，以达到养生的目的，反之，则疾病滋生，危害生命。《医原》中说，"道之大原出于天，凡道之所分寄，亦必探原于天，医其一端也。盖天之道，不过阴阳五行，禀阴阳五行之精气。而人生焉，感阴阳五行之戾气，而人病焉。"

"考岐黄阐《内》《难》，阴阳有辨，五行有分，耳目口鼻之司，肌肤筋骸之会，消息燥湿之宜，凡缓和之所未发，仓扁之所难言，莫不因人见天，葆其天之所本有，治其天之所本无，以人治人，实以天还天而已。"

一、古代天文

盘古开天的传说，虽然是人类幻想的音符，但其中透射着先人对宇宙、对天文的探索。

混沌之初，天地未开。传说在遥远的太古时代，宇宙就像一颗硕大的鸡蛋，里面孕育了一位创世之神，名字叫盘古。盘古在沉睡了一万八千多年之后，终于苏醒了，却看见的是无尽的黑暗。他拿起一把巨斧，用力劈下，于是乎，"鸡蛋"中清新的气体升到高处，变成蔚蓝天空；浑浊的东西沉淀下降，变成苍茫大地。盘古担心天地会再度合拢，于是他施展法术，身体在一天之内变化九次，每当他的身体长高一丈，天空就随之增高一丈，大地也增厚一丈。过了一万八千年，盘古变成了一位顶天立地的巨人，双手托举起天空，俯瞰双脚下那广阔的大地，他将自己的肉身化作了美丽的人间万象……

现代科学证明，地球诞生于五十亿年以前，而人类只有五百万年的历史，五百万相对于五十亿，简直是电光石火的瞬间。

中国古人认为"天开于子，地辟于丑，人生于寅"，天地人"三才"造就了我国古代天文学的发展，可以说是世界天文史上最浓墨重彩的一笔，其体系严谨、细致，令人叹为观止。

二十八星宿是中国传统文化中的主题之一，并最早用于天文，所以它在天文学史上有举足轻重的地位。

二十八宿恒星：东方青龙七宿是角、亢、氐、房、心、尾、箕；北方玄武七宿是斗、牛、女、虚、危、室、壁；西方白虎七宿是奎、娄、胃、昴、毕、觜、参；南方朱雀七宿是井、鬼、柳、星、张、翼、轸。

"二十八宿"从字面上解释，就是二十八个星宿，每个星宿作为行星舍止之处所。实际上是古人将天球划分一定的星空区，就是把黄道、天赤道附近的星空，划分为二十八个星空区。

古人以恒星为背景，来观测日、月、五星的运行规律。在长期的观测实践中，先后从天赤道及黄道附近的恒星群中，选择了一百余星座、划分为二十八宿作为"坐标"，用以观测日、月、五星的运行。

流传至今的唐代二十八宿铜镜，是星象知识在用具装饰中的应用，并赋予其一种神秘的色彩。

远古时代的天文学知识，是纯粹靠肉眼观测获得的。天文仪器的产生也无疑是人类感官的延伸。

古代天文仪器大概可分为三大类：其一是"圭表"，即一根直立的竿子和与之垂直相连的尺子，通过观测太阳光照射直竿所形成的影子变化，可测定方向、节气、回归年长度等。其二是测定天体球面坐标和演示天体周日视运动的仪器。前者为仪，后者为象，合称仪象。第三类是专门计量时间的仪器，如漏壶等。

《史记·太史公自序》："太史公学天官于唐都，受易于杨何，习道论于黄子。"这里说明当时太史公就是把天文当做一门专科知识来学习的。隋唐时期天文仪器有许多新的创造。如隋文帝时耿询根据张衡制作过水运浑象的记载，重新制成一台不用人力的水运浑象，他还发明了马上刻漏，以作在行进中计时之用，世称其妙。他与宇文恺合作仿照北魏道士李兰的作品制作了称水漏器，这种称漏后来在唐代曾风行一时。

中国古代，我们的祖先就是"观象于天"而"法类于地"的，认为天象及其变化是与人事紧密依存的。

二、鉴古论今

暗淡中透着朦胧，恒远而又神秘，沉睡，觉醒，如梦如幻，宇宙总能带给人类无尽的遐想。世界上各个民族、各个时代都有种种关于宇宙形成的传说，中国的古老传说"盘古开天辟地"就是其中之一。

我国古代的宇宙理论是十分丰富的。据东汉蔡邕《表志》称："言天者有三家：一曰周髀，二曰宣夜，三曰浑天。"详载于《周髀算经》的叫盖天说，认为天如同一顶斗笠，大地则如倒扣的盘子，太阳绕北极旋转。浑天说的代表作是张衡的《浑仪注》，认为一个球形的大地位于浑圆的天球中央，并据此制造浑天仪，可以准确地度量天体的视运动。这些理论带有较大的局限性，宣夜说是我国历史上先进的宇宙结构理论。

《黄帝内经》许多篇章选择了宣夜说。如《素问·天元纪大论》说："太虚寥廓，肇基化元，万物资始，五运终天，布气真灵，总统坤元，九星悬朗，七曜周旋，曰阴曰阳，曰柔曰刚，幽显既位，寒暑弛张，生生化化，品物咸章。"《素问·五运行大论》说："夫变化之用，天垂象，地成形，七曜纬虚，五行丽地。地者，所以载生成之形类也。虚者，所以列应天之精气也……地为人之下，太虚之中……大气举之也。"

《黄帝内经》的这句话较浑天说要正确，因为它直言了地球在宇宙中间——太虚之中者也。又解释了太虚之中的地球为啥不掉下来呢？曰："大气举之也。"可见《黄帝内经》对宇宙的认识是多么辉煌。

《黄帝内经》称宇宙为太虚，其中充满了生化的"大气"。天地万物都由之发生，是宇宙的本元。太虚之中悬浮着日月五星及众多星辰，为太虚元气凝结而成。大地也位于太虚之中，由元气凭托着，日月五星围绕大地作周天运动，导致阴阳刚柔之化，昼夜寒暑之变，万物因之而生化不息。

"天气下降，地气上腾"。《黄帝内经》认为是在天动地静的相对运动中实现的。

"立端于始，表正于中"，由于地球的自转和公转，同一地区在不同时间所获得的太阳光照射就有多少的不同，这是自然界阴阳消长的主要原因。

"阴阳系日月"，月球对地球上的阴阳消长起着极为重要的调节作用。

《黄帝内经》认为朔望月有影响地球及人体的作用："人与天地相参也，与日月相应也。故月满则海水西盛，人血气聚……至其月郭空，则海水东盛，人血气虚。"指出月亮可引起地球的海水潮汐涨落，引起人体气血虚实变化。"月始生则血气始精，卫气始行；月郭满则血气实，肌肉坚，月郭空，则肌肉减，经络虚，卫气去，形独居，是以因天时而调血气也。"

人的生命规律是受天体影响的，人类生活在宇宙的大环境中，与天体间有某种必然的联系。现代研究也发现，许多天体都会对人体产生影响。

地球自转，出现了白天与黑夜。昼夜变化对人的最直接的影响就是睡眠与苏醒。昼夜交替也影响着人体的骨髓、脏腑、经脉、皮毛等。六腑属阳，五脏属阴，毛属阳，皮属阴，肉属阳，经属阴，骨属阳，髓属阴。白天阳气旺盛，属阳的器官就会活力旺盛，故白天应该养六腑、毛发、肌肉、骨骼；夜晚应该养五脏、皮肤、经络、骨髓。气属阳，血属阴，白天养气，夜晚养血。

太阳的活动是较重要的，除了人们熟知的日光外，太阳的黑子活动也可能对疾病有影响，日全食带来的剧烈天气变化和对地球电磁场的干扰对人类也会有影响。

"月有阴晴圆缺"，月亮的周期也可能与某些疾病有关。在新月、旧月时对人体影响最小。满月前后，人体气血津液活力旺盛，女子月经应在这段时间来潮，人的体力也应该在这段时间最好，思维敏捷。根据月象和情绪的关系，可按照中医五脏与情志的关系，应时调节情绪，以达到自身平衡状态。新月时应养心，过喜则惊恐之，不喜则怒之；前半月应养肺，散发悲伤之情，过悲则喜之，无悲则忧之；满月应养脾，时有忧思，过忧则怒之，无忧则喜之；后半月应养肝，适量散发怒气，过怒则悲之，无怒则惊恐之；旧月应养肾，不避惊恐，过惊则思之，无惊则悲之。

在漫长的岁月中，天气、气候对地球上生命的形成起着重要的作用，气候也影响人类的生理活动与疾病。

春秋时代，秦国名医提出的"阴阳风雨晦明"，在《黄帝内经》论述得更为确当，从"阴阳风雨晦明"发展为"风寒暑湿燥火"，"夫百病之生也，皆生于风寒暑湿燥火。以之化之变也。"可见古代医学家对气候变化可以致病这一点，是有充分认识的。

医学家一方面认识到天气变化可为致病的原因，另一方面也观察到同样在致病的天气条件下，疾病的发生却因人而异。就是说：外因是六淫，内因是人体的某种"虚"，人在体质衰弱、抵抗力不足的情况下，才容易得病。这就是《黄帝内经》反复强调的"风雨寒热，不得虚，邪不能独伤人"的真谛。预防为先，圣人治未病的思想，是《黄帝内经》的重要学术思想，指示人们应该顺应自然变化，保持心情愉快，形神统一，人和自然统一，才能达到预防疾病、健康长寿的目的。

不少疾病具有季节倾向。例如，消化性溃疡、腮腺炎、口角炎、过敏性疾病多发生于春季；消化系统感染、皮炎多发生于夏季；感冒、胃病、心脑血管病多发生于秋季；慢性气管炎、肺心病、哮喘、感冒等多发生于冬季，这些病称为季节病。

《黄帝内经》关于养生保健的基本思想是提挈天地，把握阴阳。《灵枢·本神》曰："故智者之养生也，必顺四时而适寒暑，和喜怒而安居处，节阴阳而调刚柔，如是则邪僻不至，长生久视。"《素问·四气调神大论》也说："夫四时阴阳者，万物之根本也。所以圣人春夏养阳，秋冬养阴，以从其根，故与万物沉浮于生长之门。逆其根，则伐其本，坏其真矣。"

四季气候的变化不可避免地对人的身体健康产生重要影响。稍有不慎，就会疾病缠身，反之如果在生活中，及时采取相应措施，随时间而动去增强体质，适应自然，就能达到益寿延年的目的。

三、天运天道

"天其运乎，地其处乎，日月其争于所乎，孰主张是，孰维纲是，孰居无事推而行是？"《庄子·天运》中的这段话意思是，天在自然运行吧？地在无心静处吧？日月交替出没是在争夺居所吧？谁在主宰张罗这些现象呢？谁在维系统带这些现象呢？是谁闲暇无事推动运行而形成这些现象呢？

所谓"天运"，其实就是各种自然现象的自动运行。四时之令、天道轮回都不是以人的力量可以改变的，故天运不可逆，但天道可以转轨，所以对天运正确的态度就是应该认识、遵循、掌握并利用它的规律。

(一) 五大行星变化规律

夜空中的满天星斗，让人不禁联想到缓缓流淌的银河。银河中群星闪烁，牛郎织女隔岸相望，东启明，西长庚，南有箕星闪亮，北有斗星高照。

金星光色银白，极为闪亮，在春秋以前已有记载。《诗经》有"子兴视夜，明星有烂"，"昏以为期，明星煌煌"。春夏金星黎明见于东方叫启明，秋冬黄昏见于西方叫长庚，所以《诗经》说"东有启明，西有长庚"。

木星古名岁星，或称岁。古人认为岁星每十二年绕天一周，每年行经一个特定的星空区域，并据以纪年。

水星一名辰星（营室），火星古名荧惑，土星古名填星，这些命名或依行星自身颜色，或从行星运行规律。

战国至秦汉之际，占星术在中国渐渐盛行，五大行星开始与神祇联系在一起。1973年长沙马王堆三号墓出土的帛书《五星占》，可称是迄今所知最早的星占学专著，其中将五星与五方、五行、五帝等作了严整的对应。

《黄帝内经》认为五大行星对地球的作用，主要表现为影响岁运、岁候的太过不及方面。

《素问·气交变大论》从四方面详述了五星影响地球岁运、岁候的效应和规律，各从其化的影响：岁（木）星之化为风；荧惑（火）星之化为热；镇（土）星之化为湿；太白（金）星之化为燥；辰（水）星之化为寒。

五运太过不及之年上应五星情况不同：岁运太过之年，主要受与岁运五行相同的运星影响。其星光芒明盛，所属地平分野有运气太过之灾，其次，上应畏星（胜己之星），畏星逆守时，所属地平分野有复气为害。如岁木太过，岁星光芒倍增，风气流行。太白金星逆守时，燥气来复，清炼之气肃杀风木之气。岁运不及之年，则运星减曜，畏星光芒明盛，岁候主要受畏星的影响，其所属地平分野有大运所不胜之气为灾。当运星复益光芒时，本运之气来复，其所属地平分野有复气为害。

据现代天文学、气象学的研究资料，五大行星对地球和太阳具有明显作用，科学家们利用五星的相似周期及其叠加值，预报太阳黑子活动，地球自转速度变化及降水量等气候变化，与实际情况基本相符。《黄帝内经》强调五星对地球的太过不及的影响的论述具有深刻的天体物理背景。

(二) 赤道天球坐标系

赤道是太阳在天球上周日视运动的轨道，取天球赤道为基本圈的坐标系叫赤道坐标系。

《黄帝内经》应用天赤道与天子午圈的北交点为坐标原点。它的特点是仅用赤经，不用赤纬，并凡不用度数表示天体的赤经，而用十天干和二十八宿作为赤经的标度。另外，《黄帝内经》应用赤道坐标系在赤经标度上经历了从不等距的二十八星宿到等距的把天球赤道划分为二十八舍的过渡。

黄道是太阳在天球上周年视运动的轨道，与天赤道呈23°27′的交角，黄赤交角是南北半球中度地带四季气候分明的成因。月亮绕地球运动的轨道叫白道，与黄道呈5°9′的交角。月亮在绕地球旋转的同时，还伴随地球沿黄道在天球上做周年视运动，反映在天球上，就是日月缠绕黄道做周年视运动。运动轨道就是所谓的太极曲线，"太极"由此而来。

《黄帝内经》主要应用黄道坐标系标度日月运行，协调朔望月与回归年的关系。它的标度方法有二。一个是标度日月运行的节律，以气候变化为基础，把黄道划为不同的节点系统，即"气位"。四时之位，即黄道上的春分点、夏至点、秋分点、冬至点；八正之位，即在二分二至的基础上，加上立春、立夏、立秋、立冬四立气位。《素问·六节藏象论》还将黄道划分为六节、十二节。六节即厥阴、少阴、太阴、少阳、阳明、太阳六节气位，十二节即将黄道自北向西、向南、向东划分为子、丑、寅、卯……十二次，日行每次为一节月。

《黄帝内经》以地平坐标系作为主要参考系，并使赤道、黄道坐标系与之形成特定的对应关系。这些对应影响与医学有关，日月星辰在各种天文节点上的相变，会引起气候、物候及五脏阴阳的突变。因此，《黄帝内经》广泛应用五行、六气、十天干—十二地支等多种节点系统，来标度各种坐标系，考察各种天文因素对生命活动的影响。

（三）天文历法

历法是人们根据生产、生活的需要，依据天象标记时间的方式。在《黄帝内经》中称为"气数"，即地面接受日光辐射的周期性变化。这个"数"来自实际测量、观察的记录。历法以日月星辰的运行为依据，反映天地阴阳之气消长的律数，可用以表示生命运动的节律。

1. 太阳历

太阳历把太阳周天视运动均匀地划分为若干等分，以标志时令。《黄帝内经》中的太阳历有两种形式：即二十四气历和九宫八风历。

二十四气历

《黄帝内经》说："五日谓之候，三候谓之气，六气谓之时，四时谓之岁。""时应气布，如环无端。"六气为一季，四季即二十四气。二十四气把太阳周天视运动轨道均分为十二段，以之为太阳历的十二个月。而后古人又把十二次一分为二，就形成了二十四气。二十四气可分为节气与中气两部分，太阳在每一次的初度为节气，到每一次的中间为中气。二十四气始于立春。按二十四节气划分时令，气候、物候变化，用以表示生物一年之中的生化节律，有明显的优点，所以《黄帝内经》许多篇章中有关疾病的死生预后等内容常以节气来划分。

九宫八风历

这是鲜为人知的一种古历，在《黄帝内经》中占有显著地位。九宫八风历把一回归年定为三百六十六日，自冬至日开始，将一年三百六十六日分配于"八宫"，规定北极中大星每过一宫主四十五日或四十六日，以此将一年划分为八节。它认为北极中大星过宫的交节之际，都有风雨相应，谓之八风。八风之来，如与北极中大星所在天区方向一致，则为天地正气，主长养万物；若与北极中大星所在天区方向相反，则为冲后之虚风贼风，有害于生物人体。

九宫八风历对指导人们在"北极中大星"过宫之际密切观测风向，判断天时的虚实顺逆，预防时令疾病和辨证施治有一定的参考性，甚至还能构建九宫八风数学模型，可用于推演全息脏象论和人体小宇宙等有关理论，这也正是中医学理论的特色之一。

2. 五运六气历

《黄帝内经》采用四分历，并独创发明了"五运六气历"。"五运六气历"也属于阴阳合历，以天干地支作为运算符号进行推演，阐明六十甲子年中天度、气数、气候、物候、疾病变化与防治规律，从时空角度反映天地人的统一。

《黄帝内经》运气历采用十天干与十二地支相配以记年、月、日、时的方法，以十天干配合五运推算每年的岁运，以十二地支配合六气推算每年的岁气，并根据年干支推算六十年天时气候变化及其对人体生命活动的影响。

五运六气历划分的原则是"分则气分，至则气至"，表示气数与天度相对应。五运六气历将一年分为六步，也称六气。

五运六气历的每一步气占四个节气的长度，大约是六十天，其所以取大率六十天的理由是与六十干支有一种对应关系。《素问·六节藏象论》中说："天以六六为节，地以九九制会。天有十日，日六竟而周甲，甲六复而终岁，三百六十日法也。"实际上是将太阳在天球上的视运行转化为气的运行，气的运行按《周易·系辞传》所说"变动不居，周流六虚"分为六步。

古代医家通过长期气象观察并对所积累的经验资料进行分析研究，创建了独特的"五运六气历"，在一定程度上揭示了气候变化的周期性规律，成为预测气候和疾病的基本模式和方法。运气学说客观地揭示了疾病与气候的相关关系，并根据气候变化的周期性规律预测疾病的发生、发展变化趋势，其基本学术原理中蕴含着丰富而深邃的科学内涵。

(四) 干支、节气

天干地支，原是古人用来记述年、月、日、时和方位的符号。年、月、日是历法三要素，干支是贯穿于古代历法一条主线。

干支符号及其符号系统的格局，是研究运气学说的首要问题。在六十甲子周期中，五运的天干之气是从甲开始的，六气的地支是从子开始的，天干与地支配合后，推演运和气的流转，便能确立每岁的气候变化，故称之岁立。

天干有十个：甲、乙、丙、丁、戊、己、庚、辛、壬，癸。

地支有十二个：子、丑、寅、卯、辰、巳、午、未、申、酉、戌、亥。

十天干是中国记录次第的序数符号，由序数来记录一旬的日次。十二地支来自十二个朔望月。十干与十二支相配，而成六十甲子，用以记录更长的时间周期。

时令是指季节和时序的变化。因为时序以十五日为一节，又称节气。一年有二十四个节气。《素问·六节藏象论》曰："五日谓之候，三候谓之气，六气谓之时，四时谓之岁。"自然界之所以出现季节和时序的变化，是因为天地阴阳之气的升降变化。正如《素问·六微旨大论》云："气之升降，天地之更用也。"一般而言，天地阴阳之气的变化是有内在的联系的，具有一定的规律与时序，每一段时序各有不同的主气。王叔和在其整理的《伤寒论》中描述到："春气温和，夏气暑热，秋气清凉，冬气冷冽。"这种春温、夏热、秋凉、冬冷的气候特点从天地阴阳之气的变化来看是："春夏则阳气多而阴气少，秋冬则阴气盛而阳气衰。"（《素问·厥论》）。可见自然界有它自身的阴阳变化规律。

二十四节气的命名反映了季节、物候现象、气候变化三种。反应季节的是立春、春分、立夏、夏至、立秋、秋分、立冬、冬至，又称八位；反应物候现象的是惊蛰、清明、小满、芒种；反应气候变化的有雨水、谷雨、小暑、大暑、处暑、白露、寒露、霜降、小雪、大雪、小寒、大寒。

《素问·六节藏象论》中有："天食人以五气，地食人以五味。"《素问·宝命全形论》："人以天地之气生，四时之法成。"说明天地自然为人类提供了赖以生存的必要条件，是人类生命之源。作为自然界的组成部分的人类当然也要受自然界的各种规律的影响和支配，自然界的任何运动和变化均可直接或间接影响人体。

（五）周期规律

盘古有训："纵横六界，诸事皆有缘法。凡人仰观苍天，无明日月潜息，四时更替，幽冥之间，万物已循因缘，恒大者则为'天道'"。所谓天道，蕴含着自然周期规律。

中国古代医家认为人和大自然是个有机的整体，自然界的变化会影响到人体，即"天人相应"，"阳气者，若天与日，失其所则折寿而不彰，故天运当以日光明。"

《内经知要》曰："天之运行惟日为本，天无此日则昼夜不分，四时失序，晦明幽暗，万物不彰也。"说明人身上的阳气，就像天空中的太阳那么重要，生气确于天，可能天上的太阳与人体的阳气有密切的联系。张景岳说："天之大宝只此一丸红日，人之大宝只此一息真阳。"亦可说明这一点。过去，人们观察到一些昆虫鸟兽在日食时发生了某些生态变化，后来经过研究观察到病人在日食所出现的症状，都可以用阳气虚衰或阳气受扰来解释。头位诸阳之会，清阳出上窍，所以多见头昏、头胀；胸亦清阳之位，所以多见胸闷气促；阳虚则外寒，所以出现怕冷的症状。中医认为经络实际是人体中气血运行的通道。气血的运行在这些通道时是有时间性的。随着地球的自转，地球、太阳对人体的相互作用也在不断地变化。在中午太阳引力对人作用最大，气血在人体比较肤浅区运行，即"走阳"，深夜影响最小，即"走阴"。

地球自转，给人们带来最直接的影响就是形成了白天和黑夜。昼夜交替影响人体的骨髓、脏腑、经脉、皮毛等。六腑属阳，五脏属阴，白天属阳的器官活力旺盛，所以，白天应养六腑，夜晚应养五脏。子午流注学说认为：经络气血运行各有其盛衰，以一天十二时辰流注十二经，即寅时从肺经开始，依次流注大肠经、胃经、脾经、心经、小肠经、膀胱经、肾经、心包经、三焦经、胆经而终于丑时肝经，次日复如是。古籍《灵枢》："经脉流行不止，与天同度，与地同纪。"中医学的宇宙观着重天、地、人合一，也就是人要适应地球与太阳的规律。

"男八女七"是中医学界关于男女生长周期的一种说法，源自《黄帝内经》，即男性的成长周期是八年；女性的生命周期数是七年。根据"男八女七"理论，男性的四八和女性的四七，可以看做是一个人在一生中的青春分水岭，具有里程碑的意义。人出生的时候阴阳运动是最旺盛的，然后慢慢的减弱，最后停止。人每度一个春秋阴阳本身就会发生一次变化。按三分九野的观点，对照人的生、长、收、藏四个阶段，再根据"男八女七"的规律，人生其气象天，天分天人地三层，每层应男子八岁女子七岁，人长其气象人，人收其气象地，人藏其气象泉，皆如此。

人要想健康长寿，就要保持阴阳的易变，又不能过度的耗损它。人们可以根据不同年龄的身体变化，调节营养、养生、保健，让身体按照自然规律，更好地生长变化。

四、华夏灵脉

在中国古代传说中，盘古开天地后，他呼出的气变成了风云雾，他的左眼变成了太阳，右眼变成了月亮，头发和胡须变成了夜空的星星，他的身体变成了雄伟的三山五岳，血液变成了江河，成为华夏大地的雏形。

华夏灵脉，首推三山五岳。五岳指泰山、华山、衡山、嵩山、恒山。三山指传说中的蓬莱、瀛洲、方丈三山，另有雁荡山、庐山、黄山被合称为三山之说。三山五岳山势险峻，山貌奇特。东、西、中三岳都位于黄河岸边，黄河是中华民族的摇篮，是华夏祖先最早定居的地方。三山处于南方，相对于中原稍远，是华夏民族发展迁移的标志。

李白在《登金陵凤凰台》写到，"三山半落青天外，二水中分白鹭洲"，描绘了三山的奇崛神秘。古代传说的东海中有蓬莱、方丈、瀛洲三山，为神仙所居，是"三神山"。山上有长生药，筑有黄金宫殿。《史记·秦始皇本纪》记载徐福带领五百童男童女寻访仙山灵药，结果并没有找到三神山，也没有采回长生药。

五岳是远古山神崇拜、五行观念和帝王封禅相结合的产物，以中原为中心，按东、西、南、北、中方位命名，"五岳归来不看山"，东岳泰山之雄，西岳华山之险，南岳衡山之秀，北岳恒山之奇，中岳嵩山之峻，早已闻名于世界。

佛教四大名山：五台山、普陀山、峨眉山、九华山，分别是文殊菩萨、观音菩萨、普贤菩萨、地藏菩萨的道场。随着佛教的传播发展，自汉代开始建寺庙延续至清末。现在受到国家的保护并进行修葺，已成为蜚声中外的宗教、旅游胜地。四大名山以奇伟壮丽的景观，厚重悠久的历史、辉煌璀璨的文化，成为中华民族的福地。

亚洲第一大河——长江，中华民族的母亲河——黄河，"鱼米之乡"的淮河，八百里洞庭湖……滋润了广阔肥沃的土地，养育了千千万万的华夏儿女，造就了无数的人间奇迹，书写了华夏文明的动人篇章。

五、地道规律

《管子·形势解》中说："地生养万物。"地就是人类生长活动的基础，即地球。

水天一色，青山绿水，湖光山色，江山如画，人们常用这样的词语来形容地球上的唯美的景色。中国的航天员从宇宙飞船上看到地球的景象时说："蓝色的海岸线和高山的轮廓都非常清晰。当飞船从地球的背面到太阳一面时，地球边界就会出现一道椭圆形的金色光环，它同在地球上看日出的感受不一样，非常壮观。"可见，地球上的江河湖海，三山五岳，将其构成了一幅精美的立体画卷。大自然造物，可谓精雕细琢，鬼斧神工。

古人云："凡有气，难道天；凡有形，难道地。"又曰："地气不上腾，则天色不低落，天色降而至于地，地中生物，皆天色也。"

清代学者石成金在其《乘天时》篇中是这样认为的："天地之生物，时而已。用其时，虽瘠土而收倍。失其时，则沃壤而徒劳。"

古人把"地"看成是"万物之本原，诸生之根菀"（《管子·水地》）。《左传·成公二年》："先王疆理天下，物土之宜，而布其利。"讲"土宜"正是为了尽"地利"，因为只有用其宜，才能得其利。古代地理，主要论述地域分区的地形、地貌、山脉、河流、物产，而这些特定的地理条件，又对大气中风、雷、云、雨等气象的复杂变化产生重要影响。

地势高低、气候寒热，与人的体质甚至和寿命长短有关系。《素问·五常政大论》说："一州之气，生化寿夭不同，其故何也？岐伯曰：高下之理，地势使然也……高者其气寿，下者其气夭。"

可见"地"与"人"之间有着紧密的联系，"地"影响着人的体质和寿命。

在《周易》六十四卦中，《谦》卦《象传》说："谦，亨。天道下济而光明。地道卑而上行。天道亏盈而益谦，地道变盈而流谦。"

这里的"地道"指的是大地的特征和规律、道理和法则。

《管子·霸言》曰："立政出令，用人道；施爵禄，用地道；举大事，用天道。"有注解说："地道，平而无私。"平就是平实，平实而无私，即是地道。

《管子·霸言》是最早提出"以人为本"的："夫霸王之所始也，以人为本。本理则国固，本乱则国危。"

《礼记·中庸》说："人道敏政，地道敏树。"意思是，以贤人施政的道理在于使政治迅速昌明，以沃土植树的道理在于使树木迅速生长。

这里的"地道"重点在治世理国，对管理企业及做人成功都有深刻启示。

人们常说"天道酬勤""地道酬善"，勤劳是通往成功道路的通行证。"地道酬善"，意思是人世间的道理会对善人善行有所回报，也就是善有善报的意思。这里的"地道"就解释为人与人之间相处要合乎一定的道德规范；"酬"即酬谢、厚报的意思；"善"是心地仁爱，品质淳厚的意思。"地道酬善"的意思就是说人与人之间相处，要合乎心地善良、宅心仁厚、相互善待的道德规范。

从健康角度而言，遵循"地道"即掌握了健康的生活方式。《黄帝内经》对于健康生活方式的观点就是：饮食法地道，居处法天道。这里的"地道"就是节气，也就是说人们平时吃东西要遵照节气规律去吃，尽量吃应季食品，这才是正确的饮食观念。

《灵枢·本神》曰："智者之养生也，必顺四时而适寒暑，和喜怒而安居处，节阴阳而调刚柔，如是僻邪不至，长生久视。"《吕氏春秋·尽数》提到："天生阴阳寒暑燥湿，四时之化，万物之变，莫不为利，莫不为害。圣人察阴阳之宜，辨万物之利，以便生，故精神安乎形，而寿长焉。"就是说顺应自然规律并非被动的适应，而是采取积极主动的态度，首先要掌握自然界变化的规律，以其防御外邪的侵袭。古有"大寒大寒，防风御寒，早喝人参黄芪酒，晚服杞菊地黄丸"的俗语，这就说明了饮食要遵"地道"，重视对身体的调养。

太安堂药业遵循"地道"——社会的"道"，社会的发展追求和谐稳定、健康繁荣。作为中药制药企业，太安堂药业以良药良法治病救人，为人民的健康事业服务，为社会的和谐稳定、健康发展做贡献。只有紧紧遵循社会规律，遵循社会主义市场规律，遵循金融法则，遵守社会道德和职业道德，遵循企业成长的规律，遵循人们的健康需求，遵循世界贸易一体化的法则，遵循中医药走出中国、走向世界的大势，秉德济世，为而不争，才能顺时而动，凤展英姿，实现治病救人、为人民的健康事业护航的雄心壮志。

第二节　鉴人经略

《道德经》有言："知人者智，自知者明。"中国古代有着丰富的察人智慧，积累了丰富的识人用人的理论和方法。历史上有作为的政治家和有识之士都明白，得人才者得天下，失人才者失天下。能否任用贤能是判断一个国家和企业前途命运好坏的最根本的依据。《尚书》中说："知人则哲，能官人。"《周书》中说："安危在出令，存亡在所用。"《吕氏春秋》说："得贤人，国无不安，名无不荣；失贤人，国无不危，名无不辱。"诸葛亮《出师表》曰："亲贤臣，远小人，此前汉之所以兴隆也；亲小人，远贤臣，此后汉之所以倾颓也。"唐太宗李世民说："致安之本，惟在得人。"明太祖朱元璋说："贤才，国之宝也。"

宋代陆九渊说："事之至难，莫如知人；事之至大，亦莫如知人。诚能知人，则天下无余事矣。"人才难得，关键在于难知。如果能知人，得人也就不是难事了。自古以来，用人难，是因为知人更难。知人在于如何判断，是为"鉴"，用人必先予以承认，即为"赏"。从形象仪容到谈吐举止，从才情胸怀到品行修为……无不凝聚着古今一贯的人生经验，无不闪耀着圣贤哲人的智慧之光，这是一笔丰富宝贵的古代文化遗产。

一、奥旨鉴人

《晋书·王戎传》记载："族弟敦有高名，戎恶之。敦每候戎，辄托疾不见。敦后果为逆乱。其鉴赏先见如此。"鉴别是赏识的前提，只有分辨出什么是人才，鉴识出人才的潜质，才能赏识人才，重视人才，重用人才。

唐代李翱《答韩侍郎书》："其鉴赏称颂人物，初未甚信，其后卒享盛名为贤士者，故陆歙州，常简州皆是也。"宋代黄庭坚《和答莘老见赠》："儿曹被鉴赏，许以综九流。"明代徐渭《送俞生之入楚》诗："归来逢鉴赏，几度抹山窗。"《三国演义》中，诸葛亮一介书生，不畏兵马乱世，出生入死，即为报答刘备的三顾茅庐的知遇之恩。可见文人对赏识是多么重视。

人才之"鉴"自古有无数典范。战国时期魏国李克，是国君魏文侯的心腹之臣，司马迁评价其："魏用李克尽地力，为强君。"班固称李克"富国强兵"。文侯时魏国能走上富国强兵之路，李克曾做出很大贡献。

曾经魏文侯问李克："先生曾经说过：'家贫思良妻，国乱思良相。'现在我选相不是魏成就是翟璜，这两人怎么样？"李克并未指出谁适合做国相，而是提出了鉴才的五视法，李克说："居视其所亲，富视其所与，达视其所举，穷视其所不为，贫视其所不取，五者足以定之矣，何待克哉！"魏文侯依照此五视的鉴别方法选魏成做国相。

《淮南子·道应训》记载，楚将子发十分爱才，喜欢结交有一技之长的人。有个号称"神偷"的人，其貌不扬，也被子发待为上宾。有一次，齐国进犯楚国，子发率军迎敌，不敌对方。子发旗下的谋士悍将全都束手无策，神偷却主动请战。半夜里，他将齐军主帅的睡帐偷了回来。第二天，子发派使者将睡帐送还给齐军主帅，并对他说："我们出去打柴的士兵捡到您的帷帐，特地赶来奉还。"当天晚上，神偷又去将齐军主帅的枕头偷来，子发再派人送还。第三天晚上，神偷连齐军主帅头上的发簪子都偷来了，子发照样派人送还。齐军听说这事，十分心惊胆战，主帅惊恐地说："如果再不撤退，恐怕子发要派人来取我的人头了。"于是，齐军不战而退。

赏识，就是要包容和善于用人。大胆地委以重任，消除任人唯亲、论资排辈等用人观。千里马不常遛也会长膘跑不快，人才不使用也会钝化沦为平庸之辈。但对人才要辩证地看，俗话说，人无完人，金无足赤。因此，对人才的赏识，就要求我们在使用时不求全责备，要学会宽容，用其所长，尽可能地包容其缺点和不足。

二、形神鉴人

"形神"是我国古代哲学的一对范畴。形指形体、肉体，神指精神、灵魂。作为哲学范畴的形神关系，可追溯到《管子》一书。《内业》篇说："凡人之生，天出其精，地出其形，合此以为人。"又说，"精"是一种精细的气，"精也者，气之精者也。"说明形神的意义，把精神归结为一种特殊的物质。

《庄子·知北游》提出："精神生于道，形本生于精，万物以形相生。"认为精神由道产生，形体由精神产生，精神比形体更根本。

（一）鉴形：物生皆有形，容貌者骨之余

神骨辨刚柔

古人常说，相面不如相骨。人的体能相貌，是由骨、肉内外连接而成的，骨与骨的连络，肉与肉的板结，骨与肉的内外包合，统一构成了人的外在相貌。由于骨起着框架和支撑的作用，因而"骨"相的优劣，成为人的体貌美丑的首要因素。大脑是人的中枢神经，是人的指挥系统，头部骨骼的优劣，又成为整体骨骼优劣的主导。传统医学认为，头为群阳会集之府，五行正宗之乡，头骨为整体骨骼的代表，面骨又是头骨的代表，因而面骨之优劣能鉴头骨之优劣，进而可鉴别全身骨骼之优劣。

姿容出七尺

人们的内心活动会反映在行为举止上，即使是刻意掩饰，也如"羚羊挂角"，终有迹可寻。容止不正，其人心怀鬼胎，用人者须加以提防。容止正派，其人内心纯正，一身正气，忠勇可嘉，不会见利忘义。容止刚猛的，勇武刚健；容止沉稳的，谨慎有节；容止圣端的，肃敬威严。同时，一个人的身体信息是可以反映出一个人的心理世界和身体健康状况。

凡是观人察质，姿容以七尺躯体为限度，人的胸腹手足，实际上与金、木、水、火、土五行对应，都有它们的某种属性和特征；人的耳目口鼻，都和春、夏、秋、冬四时之气相贯通，也具有它们的某种属性和特征。

合貌论两仪

观察一个人的"仪"，能鉴别他的心质好坏，修养高低。仪态端庄大方的，修养深而且素质高；仪态畏缩卑懦的，修养浅而且素质低。

古人说过："心质亮直，其仪劲固；心质休决，其仪进猛；心质平理，其仪安闲。"一般来说，耿介忠直的，仪态坚定端庄；果敢决断的，仪态威猛豪迈；坦荡无私的，仪态安详闲静。环境对仪态的形成有极重要的影响，所谓的"居移气，养移体"就是此理。高贵环境中的人自有一种逼人的气势和仪态。这可作为识别人物的一个外部根据。

邪正看眼鼻，真假看嘴唇

眼睛是心灵的窗口，英语里面也把眼睛比作"灵魂之窗"，或"情感之镜"、"智慧之塘"。眼睛被人称为"监察官"，意思就是鉴别"人之善恶"。一个人的眼神正心就正，眼神不正其心里必有难言之隐。

对眼睛的要求是含藏不露，黑白分明，瞳子端定，光彩射人。古人有这样的说法，头发代表大自然的草木，鼻子代表山岳，眼睛代表太阳与月亮，嘴巴代表江河湖海。一个人睡觉的时候，神态藏在心里，醒的时候，神态就表现在眼睛里了。从一个人的眼睛中，可以看出聪明或愚笨、善良或凶恶、忠诚或虚伪等等。

中国大儒"亚圣"孟子曾说："存乎人者，莫良于眸子。眸子不能掩其恶。胸中正，则眸子瞭焉；胸中不正，则眸子眊焉。"

古人认为："五脏之精，皆现于目。"《灵枢·大惑论》曰："五脏六腑之精，皆上注于目而为之精。""天得日月以得光，日月为万物之鉴；人凭眼目以为光，眼为万物之灵。"今以精神、气色、才智设九成之术以观人：一曰精神，二曰魂魄，三曰形貌，四曰气色，五曰动止，六曰行藏，七曰胆识，八曰才智，九曰德行。凡精彩分明为一成，魂神慷慨为二成，形貌停稳为三成，气色明净为四成，动止安详为五成，行藏合义为六成，胆识澄正为七成，才智应速为八成，德行可法为九成。

（二）鉴神：情态者神之韵

"神"，是由人的意志、学问、品性、修养、内涵、体能、才干、地位、社会阅历等多种因素构成的综合物，是人的内在精神状态。

精神是本质，情态是现象，要知人的本质，必须从神入手，而情态能佐神之不足。考察人物时，有浅和深两个层次，浅就是初观情态，深就是通过情态透析精神。情态的表现虽然百媚千红，千姿百态，却可以在瞬间中看到其变化。

心性忠诚正直的人，会表现出刚正不屈的仪态；心性善良的人，会表现出进取严谨的仪态；心性有条不紊的人，必定表现出泰然自若的仪态。

正直、果决、平和都是内在的心理状态，能表现出进猛、安详的外在仪态。正直的人必定表现出刚正不阿、威武不屈；完美的人必定展示出兢兢业业、小心谨慎；有德的人必会展示出严肃认真、气势高昂。

一个心质诚仁的人，必定会展现出温柔随和的貌色；一个心质诚勇的人，必定会展示出严肃庄重的貌色；一个心质诚智的人，必定会展示出明智清楚的貌色。

《庄子·秋水篇》曰："天下之水莫大于海，万川纳之。"海纳百川，有容乃大。做人理应持有谦虚之心、虚怀若谷，做事才能水到渠成、事半功倍。这正如大器才能受万物，空谷才能受巨声，干土才能受滋润，大海才能容暴雨，明镜才能容真像。做人要胸怀远大，做事要思虑精微。

三、声韵鉴人

人的声音，跟天地之间的阴阳五行之气一样，也有清浊之分，清者轻而上扬，浊者重而下坠。声音起始于丹田，在喉头发出声响，至舌头那里发生转化，在牙齿那里发生清浊之变，最后经由嘴唇发出去，这一切都与宫、商、角、徵、羽五音密切配合。识人的时候，听人的声音，要去辨识其独具一格之处，不一定完全与五音相符合，但是只要听到声音就要想到这个人，这样就会闻其声而知其人。

人的喜怒哀乐之情，必会在声音中有所体现，即使人为掩饰，也会有些特征。识别声音，这是观察人物内心世界的一个可行途径。

四、才情鉴人

才情，就是才华和性情。例如，唐代司空图《力疾山下吴村看杏花》诗之五："才情百巧斗风光，却笑雕花刻叶忙。"明代唐寅《过秦楼·题莺莺小象》词："潇洒才情，风流标格，脉脉满身倦。"明代董其昌《袁伯应（袁可立子）诗集序》："若以诗之才情而为文，吾知其俛拾青紫无疑也。"

汉高祖刘邦用人很有本事，他既能驾驭萧何、韩信、张良之类的人才打天下，也能起用叔孙通、陆贾之类的人才守天下。在他身边，既有能言善辩的纵横之士，也有不善辞令的忠厚长者。

英才以文才为名，以智慧特征为主，是思想者；雄才以勇力见长，以武略为名，是行动者。英才的代表是宰相，雄才的代表是将帅。

五、鉴人明道

《墨子·卷五》记载了这样一件事：春秋末期，晋国衰变，权力渐渐被智氏、范氏、中行氏、赵氏、韩氏、魏氏六家把持，六家不断互相攻伐。后来，智氏的智伯瑶先后灭了范氏和中行氏，又汇合三家的兵马，进攻赵襄子。这时，韩康子和魏桓子商议说："赵氏现在的命运，就是我们两家将来的命运。赵氏灭亡，我们也一定会灭亡。只有我们三家联合起来，共同打败智伯瑶，才能保证我们的安全。"于是韩、魏两家与赵氏里应外合，内外夹击打败了智伯瑶，三家共同瓜分了智氏的土地，壮大了自己，后来都成为战国七雄之一。墨子评论说："有才德的人，不以水为镜子，而是以人为镜子。因为以水为镜子只能照见自己的面容，而以人为镜子才能知道怎样做对自己有利，怎样做对自己不利。"

《旧唐书·魏征传》也有一段记载：魏征是隋末唐初著名的政治家，他尽心竭力辅佐唐太宗十七年，以敢于谏诤闻名，甚至不怕触怒龙颜，阻止或纠正了唐太宗许多错误行为和主张，为"贞观之治"的形成和巩固做出了杰出的贡献。他去世之后，唐太宗伤心地说："以铜作为镜子，可以端正衣冠；以历史作为镜子，可以知道国家的兴亡；以人作为镜子，可以知道自己的得失。现在魏征去世了，我失去了一面很好的镜子啊！"

古人云"尺有所短，寸有所长"，所谓"欲知大道，必先为史"。鉴人的目的一是发现人才、利用人才，而另一个目的则是完善自我。立大志、存高远，勤勉、律己、廉洁、仁孝……古之大儒荀子说过"君子博学而日三省吾身，则知明而行无过矣"。俗话说："静坐常思己过，闲谈莫论人非。"

在中国数千年的历史上，历朝历代的名人志士在治家、成业、修身、教子等方面有许多深刻的思想、精辟的论断和生动的实践、典型的事例，为我们留下了许多丰富而宝贵的经验教训。

古人云：志不立，天下无可成之事。说明立志对于一个人能否有所作为显得至关重要。诸葛亮在青年时代就具备了远大的志向，在未出茅庐之前就自比管仲、乐毅，要干一番大事业。远大的志向加上良好的机遇，使他成就了一番伟业。

孔子曾说过："修己以安人"，"修己以安百姓。"说明修养自身不仅能利己利人，还可利国利家，达到"以安百姓"的高度，所以弟子曾子才留下"吾日三省吾身"的名言。历览古今中外的杰出人物，他们之所以能成就伟业、名垂青史，就在于他们比常人更注重严于律己、宽以待人。这种立身处世的美德甚至终其一生，从而使他们的名字更加光彩夺目。

俗话说：业精于勤而荒于嬉。综观古今中外，凡成大器者，无不有着超乎常人的勤奋和毅力。人的天赋各有不同，但能否成才不仅与天赋有关，最终决定作用的还是后天的勤奋与努力。有些人幼年时天资聪颖，甚至被赞为"神童"，但因为不努力勤奋最终一事无成，王安石《伤仲永》一文中的方仲永就是典型的例子。有些人智力平平，但通过后天的勤学，最终成为大器之才，这方面的事例不胜枚举。晋代文学家左思，小时候顽皮淘气，不思上进，他的父亲提到儿子总是唉声叹气，流露出失望的神色。左思看到后，非常难过，就立下成才立业的决心。他发奋读书，终于成为一位学识渊博的人，文学巨著《三都赋》吸引人们争相抄阅，京城洛阳的纸张供不应求，一时间全城纸价大幅度上升，这就是"洛阳纸贵"的典故所来。

用人之先，在于识人。想要得到人才，首先要学会鉴别人才。识人是一种智慧，而在鉴别、发现人才、利用好人才的基础上，我们应该要从中吸取经验和教训，进而完善自我。《吕氏春秋》有"察己则可以知人，察今则可以知古"的名句。通过本章的"鉴人明道"，希冀对如何在大千世界、茫茫人海中识别有德有才之士，完善自我，进而达到事业上的成功，有所帮助。

第三节　大国国策

治企如治国，治国与治企在根本方略上一般无二，一脉相通，有异曲同工之妙。"得水生灵气，柳垂成诗意；解事宜读史，狂啸宜登台。"世界强国从成功走向辉煌的历史，对企业来说不仅具有非凡的吸引力，也具有极强的借鉴价值。

纵观世界强国的发展历程，都经历了独一无二的强国之路。英国是率先走向现代化进程的欧洲大国之一，在本土资源有限的情况下，英国通过抢占殖民地扩充海外领土，占据了涵盖亚欧大陆的丰富资源，积累了雄厚的原始资本，进而开展工业革命，完成了向现代强国迈进的华丽转身；美国在独立战争后，进行了长达六十年的疆土扩张和资本扩张，并通过体制创新等方式扶殖亲美政权，为日后的全球一体化中的霸主地位打下基础；俄罗斯凭借独特的地理位置，长期以来奉行对外扩张战略，为雄踞一方积累了强大的领土和物质资源；日本经过军事和经济扩张后，从岛国跻身为世界科技一流、资本一流、国民素质　流的经济大国，而中国虽然在近代一度处于落后状态，但中华民族自强不息，经过不断探索和尝试，终于走向一条复兴崛起的强国之路。

上兵伐谋，谋先于战。太安堂在发展历程中，从世界强国的崛起历程中汲取了丰富的经验，英国的创新精神、美国的独立之路、俄国的扩张突进、日本的学习图强以及中国自强不息、独树一帜的复兴之路，对企业发展均有借鉴意义。太安堂融会强国韬略精髓，效法变通，开创全新的企业发展战略模式，从产品经营到产业扩张，从品牌经营到资本运作，发展成为中国独具特色的高科技上市药业公司，并进入全面复兴的黄金发展期。

一、英国国策

英国是第一个迈进现代社会的国家，它开辟了一条前所未有的强国道路，一度成为世界经济的领头羊。

1. 扩张：1914 年，英国占领的殖民地面积达 3350 万平方公里，占全球陆地面积的四分之一，占各帝国主义国家掠夺的殖民地总和的一半，相当于英国本土的一百多倍；其殖民地人口共约四亿，相当于英国人口的九倍，而且英国的殖民地多是资源丰富、人口稠密的地区（比如印度），或是战略要地（比如埃及）。

2. 模式：建立庞大的殖民地经济模式。

抢占殖民地，建立殖民地经济模式：葡萄牙、西班牙、荷兰、英国，他们成为霸主的共同点是抢占殖民地，建立殖民地经济模式。

夺取地理要地，控制咽喉通道：得中东则得亚欧大陆，得亚欧大陆则得全球。

积累雄厚资本，打翻竞争对手：荷兰、西班牙、法国……一个又一个被英国人打翻在地。

实施工业革命：英国率先开始了工业革命，进入到了工业时代，由此在生产上进一步得到了优势。

到达霸主极限，英国的扩张达到了极限，国力达到了顶峰。

3. 建立铸币权

现在的经济体系的产业分工里，最高端的产业是负责"生产"货币。现在发达的国际经济模式，都由实体经济主导转变成了"虚拟经济"主导。谁在国际分工里垄断了货币的"生产"，谁就是这个时代的霸主。现在所说的"霸权"，实质是"货币霸权"。

二、美国国策

独立战争之后，美国迎来长达六十年的疆土扩张。

1. 先是不断向西部开拓，掠夺印第安人的土地。1803 年美国以 1125 万美元从法国手里买到了自密西西比河到落基山脉的整个地区，其中包括现在的路易斯安那。1845 年，吞并了原属于墨西哥的得克萨斯州。

2. 1846 年向墨西哥宣战，在 1848 年打败了墨西哥，战利品就是现在美国西海岸的各州，面积大概相当于那时墨西哥全境的三分之一。

3. 接着以"和平的方式"从英国手里获得了俄勒冈地区，到 1849 年基本上完成了美国本土的扩张。

4. 建立美国人的后院和扩张跳板。美国人从西班牙手里得到了古巴、波多黎各、关岛、夏威夷和菲律宾。1823 年门罗总统的《门罗宣言》，在 1898 年之后真正成为现实——美洲成为美国人的美洲，南美洲成为美国人的后院，美国可以独享这里的资源和市场。

而获得夏威夷、关岛和菲律宾，其战略价值则相当于战国时期秦国获得函谷关。这些岛屿是美国兵进亚欧大陆（中原）的战略跳板；这些岛屿又构成屏护美洲本土（关中）的战略屏障。这样一来，对于亚欧大陆这一文明中心，美国就可以做到进退自如，多受其利，而不受其害。

从西班牙那里接手南美洲以后，美国并没有像过去那样，把这些地方作为新的州并入自己版图，也没有像欧洲列强那样在被征服地区搞殖民统治，而是搞起了"体制创新"——通过软（拉拢）硬（武力）两手，在中、南美洲国家扶植亲美政权。

5. 通过亲美政权，进行直接控制。在推行自己"新体制"的同时，对于某些战略要地，美国依旧采取了直接控制——"软控制"的成本低，但却难以做到如臂使指，对战略要冲还是直接控制最保险。

三、俄国国策

俄罗斯借助地理优势，开辟一条适合本国国情的强国之路。

1. 东西文化：俄罗斯在地理位置上横跨欧亚大陆，并且正处于东西方的结合处。由于独特的地理位置，决定了俄罗斯"特殊"的国家身份。西南方是"西方文化的希腊文明"，东南方是以蒙古为中介的亚洲文化伸入欧洲的前哨。正如俄国思想家别林斯基所说："俄国的历史既是一部不同于西欧国家的历史，也不同于东方国家的历史，它是一部在东西方之间探寻，徘徊，以及东西方文化在俄国斗争融合的历史。"

2. 拓展扩张：俄罗斯历史学家柳切斯基说："一部俄国史，就是一部不断对外殖民、进行领土扩张的历史。"对外侵略扩张是俄罗斯历史上长期奉行的战略传统。但正所谓成亦扩张，败亦扩张，扩张为俄罗斯带来了称雄世界的领土和资源等物质条件，但也造成了它内政虚弱，经济凋敝和众邻疑惧的致命缺陷。

四、日本国策

日本由一个弱小岛国，跻身现代强国之林，其强国战略的效果不可小觑。

1. 超越：日本近代著名的启蒙思想家福泽谕吉《脱亚论》中就提出，"我日本虽地处亚细亚东陲，但其国民精神已摆脱亚细亚的固陋，而移向西洋的文明。"他呼吁："为今之谋，我辈不可犹豫，与其坐待邻邦之进步而与之共兴亚洲，不若脱其行伍，与西洋文明国共进退。对待支那朝鲜之方法，不因邻国之故而彬彬有礼，只能按西洋人待其之方法处理之。"

2. 途径曲直：从军事侵略到经济掠夺。

3. 一流：日本地理条件并不优越，国土面积仅 37 万多平方公里，不仅矿产贫乏，而且经常遭受地震火山和台风的袭击，同时它又是一个封建色彩浓厚的典型东方国家，居然成为科技一流，资本一流，人的素质一流的经济大国。

五、中国国策

长期以来，中华文明以其独有的特色和辉煌走在世界文明发展的前列，为世界文明进步作出过巨大的贡献。考察中国战略核心，不难发现"和"文化一直在中国战略方向上起着主导作用，这不仅开启了中华民族数千年辉煌发展历程，即使在近代遭受列强欺凌的严酷环境下，中华民族依然恪守这一战略原则，走上一条自强不息、复兴强国的正确道路，并迎来了复兴崛起的伟大时刻。

在经历了漫长曲折的探索过程后，中国不仅创造了经济腾飞的奇迹，而且在国际事务中的影响力与日俱增，全球都以新的目光关注中国的发展与变化。

在中国的崛起过程中，确立了和谐发展的战略思想。从新中国成立之初确立和平主义外交战略，到冷战时期的维护和平、促进发展的战略思想，再到如今和平发展、建设和谐社会理念的推行，中国以开放包容的姿态，谦和大气的胸怀，同世界各种文明、社会制度共存，在求同存异中共同发展，提出建设和谐世界的战略思想，走和平发展道路。在政治上，中国同各国相互尊重、平等协商，共同推进国际关系民主化；在经济上，中国与世界各国相互合作，取长补短，朝着互利共赢的方向发展；在文化上，中国海纳百川，兼容并蓄尊重世界文化的多样性，为人类文明的进步而努力。富国强军、繁荣经济、振兴文化、图强求变，中国的高速发展有目共睹。

悠久的历史、灿烂的文明、辽阔的疆域、众多的人口以及具有强劲生命力的战略决定了中国的重要地位。中国是一个充满活力的最大的发展中国家，是世界上为数不多的在经济、政治、文化、军事等不同领域具有综合实力和潜力的国家之一。中国的实力得到迅速提高，发展的潜力越来越多地显现出来，受到世界日益增多的关注。"穷则变，变则通，通则达。"中国以勇于变革的胸怀和气魄迎来复兴的伟大时刻！

大浪淘沙始见真金璀璨。世界强国的崛起蕴含三大关键要素：一是扩张，凡是大国必经扩张之路，世界大国均通过现代化扩张进程荣列强国之中。二是创新，创新是一个民族的生命，也是一个国家的未来，体制创新、技术创新、思维创新可赋予国家崭新的气象。三是学习，学习他国的智慧，领会大国的精髓，博采众长，谦集百家，自成一体，从而探索出适合本国特色的发展强国模式。

"日月之行，若出其中；星汉灿烂，若出其里。"太安堂在复兴之旅上，正是深刻领会了这三大精髓内涵，从而开辟了一条具有鲜明特色的企业发展之路。"纵观企业的历史，没有哪一家企业是靠自身扩张的方式成长起来的，也没有哪一家企业不是靠兼并而最后发展起来的。"产品经营和产业经营是太安堂发展崛起的必经之路，资本运作和兼并收购成为太安堂崛起的必要手段。太安堂通过兼并整合、产业扩张和实施资本运作，脱胎换骨，成功实现战略转型；依托百年老字号的深厚底蕴，太安堂在产品、技术、管理、文化等方面创新战略，令老字号焕发时代活力，享誉四方，名扬天下；以虚怀若谷的心态、以海纳百川的胸襟，学习先进的企业发展经验，与时俱进，成功实现自身的华丽蜕变。

百舸争流，千帆竞发。谦鉴大国经略，融会百家精髓，"三五"时期，太安堂将迸发出更为强劲的生命力，绘就更为绚丽的画卷。

第四节　帝王经略

在中国两千多年的历史长河中，曾产生了诸多雄才大略、丰功伟绩的明君贤帝，他们文韬武略，兴国安邦，以杰出的智慧和谋略开创盛世丰碑，谱写出波澜壮阔的历史华章。"以人为鉴，可以明得失；以史为鉴，可以知兴替。"他们的治国之策、安邦之道是一座博大纵深的智慧宝库，也为现代企业管理发展提供了源源不绝的鲜活灵感与理念。

秦始皇兼并六国，兴帝制、筑长城、书同文、车同轨，完成一统中华的重大历史使命，是绝无仅有的"千古一帝"；汉高祖刘邦马上得天下，马下定天下，知人善任，运筹帷幄，与民生息，改革弊端，开创了大汉王朝的辉煌盛世；唐太宗李世民虚心纳谏，厉行俭约，轻徭薄赋，开疆拓土，为后世明君之典范；元太祖成吉思汗，一代天骄，一生征战无数，建立前所未有的横跨欧亚的强大帝国；明太祖朱元璋以猛治国、重教兴文，是历史上最为杰出的君主之一。

这五位杰出的君主有着惊人的相似之处，他们都是优秀的政治家、军事家、改革家、管理家，他们知人善任，唯才是举；革故鼎新，改革制度；高瞻远瞩，开疆拓土；文治武功，全面治理，在政治、经济、文化、军事等方面都卓有建树，建立了符合时代国家特色的治理模式，从而开创盛世局面。

现代太安堂汲取古代名君的帝略精华，结合时代及自身特色，开创了科技强企、人才兴企、文化奠企、管理治企、产业振企的战略部署和发展格局，由此走上蓬勃发展的金光大道。

一、秦皇经略

唐代大诗人李白在他的《怀古》诗中赞叹："今日忆秦皇，虎视傲东方。一朝灭六国，功业盖穹苍。立志平天下，西北驱虎狼。役民数十万，长城起边疆。欲寻不死药，皇朝二世亡。不见始皇帝，天地一苍茫。"这首诗几乎将秦始皇的主要历史功绩和杰出历史地位概括无遗。

秦始皇嬴政，是中国历史上著名的政治家、战略家、改革家，完成中国统一的第一位"皇帝"。他十三岁登王位，三十九岁称皇帝，在位三十七年。他把中国推向了大一统时代，为建立专制主义中央集权制度开创了新局面，奠定中国两千余年政治制度基本格局，对中国和世界历史产生了深远影响。因此，他被明代思想家李贽誉为"千古一帝"。

（一）兼并六国

公元前246年，秦王嬴政（即后来的秦始皇帝）继位。他顺应时代发展的潮流，加紧统一的步伐。秦始皇采取远交近攻、分化离间、连横的策略，用金钱收买六国权臣，打乱六国的部署，连年发兵东征。经过多年的争战，从公元前230年灭韩至公元前221年灭齐，前后十年，完成了统一六国的事业，实现了华夏民族的统一、建立起了一个中央集权国家。

（二）政术大略

1. 首称"皇帝"

中国最早所谓的"皇帝"，是对"三皇五帝"的统称。秦始皇统一全国后，自认为"德兼三皇,功高五帝",将"皇""帝"这两个人间最高的称呼结合起来,作为自己的称号,自此以后"皇帝"取代了"帝"与"王",成为此后两千年来中国封建社会最高统治者(即"天子")的称呼。

"皇帝"称谓的出现,不仅仅是简单的名号变更,还反映了一种新的统治观念的产生。"皇帝"的称号,乃是秦王神化君权的一个产物。

秦王嬴政做了中国历史上第一个皇帝,自称"始皇帝"。他又规定:自己死后皇位传给子孙时,后继者沿称二世皇帝、三世皇帝,以至万世,"传之无穷"。为了使皇帝的地位神圣化,秦始皇还采取了诸如取消谥号、自称为"朕",原本"朕"是古人的第一人称,犹如"我",嬴政称"始皇"后,不许别人再用"朕"字。皇印曰"玺"等一系列"尊君"的措施,以此突出自己的特殊地位,强调皇帝与众不同,强化皇权在人们心目中的神秘感。

2. 中央集权

为了有效地管理国家,也为了替子孙万代奠定基业,秦始皇吸取了战国时期设置官职的具体经验,建立了一套相当完整的中央集权制度和政权机构。

秦王朝建立的这套中央集权机构的政权机构,以后一直被历代王朝所仿效。其中汉代的"三公九卿",基本上是照搬秦制。

(三)开疆拓土

1. 南征北击

公元前221年,秦始皇消灭六国,完成了统一中原的大业之后,就着手制定北讨匈奴、南平百越的战略。

公元前218年,秦始皇派大将蒙恬率三十万大军到河套征伐,取得大胜。又命大将屠睢和赵佗率五十万大军,发动了征服岭南越族的战争,为秦始皇完成岭南的统一大业提供了可靠的保障。

2. 修筑长城

秦灭六国之后,乃使大将蒙恬北筑长城而守藩篱,却匈奴七百余里。胡人不敢南下而牧马、士不敢弯弓而抱怨。为巩固河南地区,蒙恬奉命征发大量民工在燕、赵、秦长城基础上，修筑了西起临洮、东到辽东的万里长城。修建长城，对巩固秦北部边地发挥了重要作用。

（四）经济变革

1. 度同制

战国时期，各国的度量衡制度相当混乱。秦统一后，秦始皇以原秦国的度、量、衡为单位标准，推广到全国，作为标准器具。

2. 改币制

秦始皇采取了两种统一货币的主要途径：一是由国家统一铸币，严惩私人铸币，将货币的制造权掌握在国家手中。二是统一通行两种货币，即上币黄金和下币铜钱。铜钱造型为圆形方孔，俗称"秦半两"。

3. 车同轨

从公元前 222 年开始，秦始皇开始大幅修筑以国都咸阳为中心，向四面八方延伸出去的驰道，类似现代的高速公路。驰道并实行"车同轨"，均宽五十步。

战国时期，各国车辆形制不一。秦始皇统一全国后，定车宽以六尺为制，一车可通行全国。

（五）文化创新

书同文

商朝以后，文字逐渐普及。作为官方文字的金文，形制比较一致。但是春秋战国时期的兵器、陶文、帛书、简书等民间文字，则存在着区域中的差异，影响了各地经济、文化的交流，也影响了中央政府政策法令的有效推行。于是，秦统一中原后，秦始皇下令李斯等人进行文字的整理、统一工作。

秦始皇下令统一和简化文字，对我国古代文字发展、演变做了一次总结，也是一次大的文字改革，对我国文化的发展起了重要作用。

二、刘邦经略

汉高祖刘邦，汉朝开国皇帝，汉民族和汉文化伟大的开拓者之一、中国历史上杰出的政治家、卓越的军事家。他对汉族的发展，中国的统一强大，以及汉文化的发扬有突出的贡献。楚汉战争击败西楚霸王项羽后，统一天下，建立汉朝，定都长安，史称西汉。登基后一面戬除异姓诸侯王，一面建章立制，采用休养生息之策治理天下，迅速恢复生产发展经济，不仅安抚了人民，也促成了汉朝雍容大度的文化基础。毛泽东对刘邦的评价是"封建皇帝里边最厉害的一个"。

（一）知人善任

刘邦善于发现、留用盖世奇才。他知人善任，人尽其才；不拘一格，用人所长；坦诚相待，以心换心。文有萧何，计有张良，武有韩信，人才济济，他能一统天下是顺理成章之事。

刘邦的知人善任还表现在他的从善如流。他决定定都关中就是采纳了一个叫娄敬（因被赐姓刘，又称刘敬）的土卒的建议。刘邦起初定都洛阳，娄敬从山东赶来见刘邦，说刘邦得天下和先前的东周不一样，所以不应该像东周那样以洛阳为都城，应该到关中定都，这样便可以在秦地固守险地，国家才能长治久安。张良也赞同娄敬的建议，说关中是"金城千里，天府之国"，退可守，攻可出。刘邦听了表示同意，很快将都城迁到了长安。

（二）德主刑辅

刘邦攻入咸阳之时，便立即废除秦朝的苛法，与关中父老约法三章，封存秦朝的珍宝府库，对百姓秋毫无犯，深得民心。

在平定天下后，刘邦以儒家思想为主，以法家思想为辅，取消秦朝"严刑峻法"的做法，废除连坐法及夷三族，提出了"德主刑辅"。即以教化为主，刑罚为辅，达到宽柔相济，严松相当的统治效果。

（三）与民休息

刘邦废除秦朝苛法、豁免徭役，减轻人民的负担。释放奴婢，让士兵复员，给予他们土地及住宅，使他们从事生产劳作，迅速恢复提高国民经济。同时鼓励生育，扩大劳动力。他大力发展农业，抑制打击唯利是图的商人及残余的奴隶主阶级。刘邦还接受娄敬的强干弱枝的建议，把关东六国的强宗大族和豪杰名家十余万口迁徙到关中定居。刘邦使百姓得以生息，民心得以凝聚，国家得以巩固。

刘邦是中国历史上少有的杰出政治家，是真正统一中国的人，可以说他是"汉始皇"，创造汉民族的人。他在汉初制订的英明国政，不仅使饱受战乱的中国得以休养生息，还开创了以后"文景之治"的富裕，奠定了汉武帝反击匈奴的坚实基础。

清人王正诗赞曰：汉皇千古一英雄，休笑当年马上功。试问后来为帝者，谁人曾出范围中。

三、李世民经略

唐太宗李世民，是唐朝第二位皇帝，年号贞观。他名字的意思是"济世安民"。李世民是一位杰出的军事家，在位期间，对唐朝的建立与国家的统一，立下了赫赫战功，并取得了决定性的作用。他又是著名的政治家。玄武门之变夺位登基后，开创了著名的"贞观之治"，他虚心纳谏，厉行俭约，轻徭薄赋，使百姓休养生息，各民族融洽相处，国泰民安。对外开疆拓土，以灭东突厥与薛延陀，重创高句丽，设立安西四镇，被各族人民尊称为天可汗，为唐朝全盛时期的开元盛世奠定了重要基础，为后世明君之典范。庙号太宗，谥号文武大圣大广孝皇帝。

（一）为政举措

1. 从谏如流

唐太宗善于用人和纳谏，这既是"贞观之治"形成的原因之一，也是"贞观之治"的内容之一。他重用房玄龄、杜如晦、魏征、长孙无忌等能臣。房玄龄"孜孜奉国，知无不为"，魏征"每以谏诤为心，耻君不及尧舜"，李靖"才兼文武，出将入相"，戴胄"处繁理剧，众务必举"，都是一时之俊杰。

唐太宗十分注重人才的选拔，严格遵循德才兼备的原则。唐太宗认为只有选用大批具有真才实学的人，才能达到天下大治，因此他求贤若渴，曾先后五次颁布求贤诏令，并增加科举考试的科目，扩大应试的范围和人数，以便使更多的人才显露出来。正是这些栋梁之才，用他们的聪明才智，为"贞观之治"的形成做出了巨大的贡献。

2. 政治清明

贞观时期是我国历史上政治基本廉洁的时期，这也是李世民最值得称道的政绩。在李世民统治下的中国，皇帝率先垂范，官员一心为公，吏佐各安本分，滥用职权和贪污渎职的现象降到了历史上的最低点。

3. 分权制度

唐太宗在政治上实行三省六部制和科举制。三省六部制的实行，使宰相的人数比秦汉时期增多，便于皇帝控制。贞观王朝的三省职权划分则初步体现了现代化政治特征——分权原则。

4. 崇尚法治

唐太宗吸取隋朝灭亡的教训，非常重视老百姓的生活。他强调以民为本，常说："民，水也；君，舟也。水能载舟，亦能覆舟。"唐太宗即位之初，下令轻徭薄赋，让老百姓休养生息。唐太宗爱惜民力，从不轻易征发徭役。

（二）军事方略

唐太宗在位期间国土广大，边界线绵延曲折，地缘形势复杂。唐太宗地缘战略思想是其军事思想的重要组成部分，不仅在理论上取得了突破，达到了一个新高度，更重要的是在实践中获得巨大成功，业绩斐然。唐太宗的突出成就正在于他以超越前人的英武雄迈之气魄，重新开拓了中华民族的疆土，为后来中国版图的确定做出了重大的贡献。

（三）固本兴商

唐太宗在经济上实行均田制和租庸调制，使农民安定生产，耕作有时，促进了经济的发展。贞观时期，新兴的商业城市像雨后春笋般地兴起，沿海的交州、广州、明州、福州客商如云。首都长安、陪都洛阳积货如山，许多外国商人聚居于此，热闹非凡，是世界性的大都会。

自汉开辟的"丝绸之路"一直是联系东西方物质文明的纽带，唐朝疆域辽阔，在西域设立了安西四镇，丝绸之路上的商旅不绝于途，使丝绸之路成了整个世界的黄金走廊。

（四）文化昌盛

唐朝文化高度兴盛，除了接受大批的外国移民外，还接收一批又一批的外国留学生来中国学习先进文化，这种双向的交流也极大地丰富和发展了唐朝的文明。

唐太宗完善科举制度、大力兴办学校、普及官吏选聘，国子学、太学和地方学校之多，可谓极一时之盛。教育和科举为政治提供了优秀人才，产生中华民族的文化精髓——唐诗，对经济发展做出杰出贡献。

杜甫有诗赞曰："煌煌太宗业，树立甚宏达。"

明太祖朱元璋感慨："惟唐太宗皇帝英姿盖世，武定四方，贞观之治，式昭文德。有君天下之德而安万世之功者也。"

四、铁木真经略

元太祖孛儿只斤·铁木真（1162—1227），蒙古帝国可汗，尊号"成吉思汗"意为"拥有海洋四方的大酋长"。世界史上杰出的政治家、军事家。1206年建国称帝，此后多次发动对外征服战争，征服地域西达中亚、东欧的黑海海滨。1265年，元世祖忽必烈追尊成吉思汗庙号为太祖。

（一）崛起扩张

有人曾统计过，成吉思汗一生共进行六十多次战争，除十三翼之战因实力悬殊主动撤退外，无一失败。马克思在谈到成吉思汗时曾说："成吉思汗戎马倥偬，征战终生，统一了蒙古，为中国统一而战，祖孙三代鏖战六七十年，其后征服民族多至 720 部族。"

成吉思汗立国后，势力益盛，实行千户制，建立护卫军。开始对外发动大规模征服战争。经二十余年与西夏的战争，屡创西夏军主力，迫西夏国王乞降，除金朝西北屏障以顺利南下攻金。

（二）领户分封

军队是国家政权的主要组成部分。有兵就有权，兵强则国固。在以征服战争为主的历史阶段尤其如此。因此，成吉思汗统一蒙古草原后第一件事就是大封功臣、宗室，把在战争中已经实行的千户制进一步完善和制度化，创立了军政合一的千户制，先后任命了一批千户官、万户官和宗室诸王，建立了一个层层隶属、指挥灵活、便于统治、能征善战的军政组织。

（三）为政举措

1. 创建文字

蒙古族原来没有文字，只靠结草刻木记事。在铁木真讨伐乃蛮部的战争中，捉住一个名叫塔塔统阿的畏兀儿人。他是乃蛮部太阳汗的掌印官，太阳汗尊他为国傅，让他掌握金印和钱谷。铁木真让塔塔统阿留在自己左右，"是后，凡有制旨，始用印章，仍命掌之。"不久，铁木真又让塔塔统阿用畏兀儿文字母拼写蒙古语，教太子诸王学习，这就是所谓的"畏兀字书"。

"畏兀字书"经过 14 世纪初的改革，更趋完善，一直沿用到今天。成吉思汗死后不久成书的第一部蒙古民族的古代史——《蒙古秘史》，就是用这种畏兀字书写成的。

2. 颁布文法

据《史集》记载，1219 年，"成吉思汗高举征服世界的旗帜出征花刺子模"，临出师前，"他召集了会议，举行了忽里勒台，在他们中间对自己的领导规则、律令和古代习惯重新做了规定"，这就是所谓《札撒大典》。在蒙古社会中，大汗、合罕是最高统治者，享有至高无上的权威，大汗的言论、命令就是法律，成吉思汗颁布的"大札撒"记录的就是成吉思汗的命令。成吉思汗的"训言"，也被称为"大法令"。

3. 宗教政策

成吉思汗及其子孙建立的蒙古汗国横跨欧亚两洲，当时世界上的各种宗教在其统治的范围之内几乎应有尽有。宣布信教自由，允许各个教派存在，而且允许蒙古人自由参加各种教派，对教徒基本上免除赋税和徭役。实行这一政策，在一定程度上减少了被征服者的反抗，对蒙古贵族的得天下和治天下都曾发挥过不小的作用。

孙中山评价成吉思汗："亚洲早期最强大的民族之中元朝蒙古人居首位，""元朝时期几乎整个欧洲被元朝所占领，远比中国最强盛的时期更强大了。"

五、朱元璋经略

明太祖朱元璋，明朝开国皇帝。幼时家境贫困，曾为地主放牛，后入皇觉寺。二十五岁时参加红巾军反抗元朝暴政。1368 年，击破各路农民起义军后，于南京称帝，国号大明，年号洪武，统治时期被称为"洪武之治"。为加强中央集权，废丞相，设三司分掌权力。洪武三十一年（1398 年），朱元璋病逝于南京，享年七十一岁，庙号太祖。

（一）南征北伐

朱元璋胸怀韬略，深谋远虑，善于驾驭战争，掌握主动权。他采取谋士朱升提出的"高筑墙、广积粮、缓称王"极具战略眼光的策略建议，秘密扩张自己的实力，以九宫八卦阵训练明教圣战士，韬光养晦，以图大业。得大富商沈万三资助，并且遵照刘伯温"先汉后周"之策略，着手与江南各势力进行对抗。1366年，朱元璋一统江南。

洪武元年（1368年），朱元璋于南京称帝，成为继汉高祖刘邦以来第二位平民出身的君主。同年，大将徐达攻克元大都，元朝覆亡。

（二）废除丞相

明初，官僚机构基本上沿袭了元朝，朱元璋逐渐认识到其中的弊病，于是进行了改革。首先是废除行省制。1376年，朱元璋宣布废除行中书省，设立承宣布政使司、都指挥使司和提刑按察使司，分别担负行中书省的职责，三者分立又互相牵制，防止了地方权力过重。

此外，他仍沿用元朝制度，在中央设置吏、户、礼、工、刑、兵六部。颁布《大明律》等，对官吏管理进行规制。

（三）以猛治国

朱元璋自幼出身贫寒，对政治贪污尤其憎恶，其对贪污腐败官员处以极其严厉的处罚。在朱元璋主政期间，大批贪官被处死，包括开国将领朱亮祖，驸马都尉欧阳伦，其中甚至因为郭桓案、空印案杀死数万名官员。

"人在政举"，作为开国之君的朱元璋，借助自己的崇高威望，严惩贪官污吏。其决心之大、力度之强、措施之精确，收到了强烈震慑作用。

（四）阜民之财

由于幼年对于元末吏治的痛苦记忆，明太祖即位后减轻农民负担，社会经济得到恢复和发展，史称"洪武之治"。为了恢复和发展生产，朱元璋十分重视兴修水利和赈济灾荒。朱元璋的休养生息政策巩固了新王朝的统治，稳定了农民生活，促进了生产的发展。

明朝洪武移民是中国历史上规模最大，历史最久的一次有组织有计划的汉民族迁移行动，涉及人数达百万之众。在中国移民史上留下了浓墨重彩的一笔，为大明帝国成为当时世界最强盛的国家奠定了基础，为汉民族文化发展做出了贡献。

（五）重教兴文

朱元璋在创立明王朝的过程中认识到，元朝之所以灭亡，除了统治者本身的素质以外，整个社会失于教化也是一个原因。因此，一登上皇位，他就采取了一系列强制措施，兴建学校，选拔学官，并坚持把"教育工作"作为衡量地方官政绩的重要指标。明朝初期实行"科举必由学校"的政策，明太祖多次强调："古昔帝王育人材，正风俗，莫不先于学校。"他将学校列为"郡邑六事之首"，以官学结合科举制度推行程朱理学，并设立国子监等重要教育机构。

后世康熙帝历次南巡必拜孝陵，曾立碑"治隆唐宋"赞誉朱元璋。

百年沧桑，人间正道，数风流人物，还看今朝。这些杰出君王的丰功伟绩沉淀在历史长河中，而他们的思想和理念是弥足珍贵的智慧火种，也是太安堂复兴崛起的智慧蓝本。

第五节　运用经略

现代太安堂扬五千年之国粹精髓，承五百年技术底蕴，筑五大支柱，兴"五一工程"、经五大历程、历五大拐点。太安堂建立人才、资本、产业、文化、生态五大支柱，优秀的人才团队、强大的资本运作、完善的产业格局、深厚的文化积淀、崭新的生态体系，五大支柱夯实太安堂的产业基础和产业结构。五大兼并，提升太安堂产业扩张和资本运作的实力。"五一工程"，向世人展示了太安堂品牌文化与奉献之心。五大历程，呈现了太安堂辉煌荣耀的复兴之路。

一、天地经略的运用

太安堂集团植根于民族文化的大背景，顺天承运，顺势而为，致力复兴五百年中医药老字号——太安堂，谱写了一曲优美动听的民族乐章。

经略释义：含经营治理、筹划谋划之意。

1. 经营治理

《左传·昭公七年》："天子经略，诸侯正封，古之制也。"

杜预注："经营天下，略有四海，故曰经略。"

《汉书·叙传下》："自昔黄唐，经略万国。"

宋苏轼《议学校贡举状》："特愿陛下留意其远者大者，必欲登俊良，黜庸回，总览众才，经略世务。"

梁启超《灭国新法论》："英人经略印度之起点，在千六百三十九年。"

2. 筹划谋划

《晋书·袁乔传》："夫经略大事，故非常情所具，智者了于胸心，然后举无遗算耳。"

北齐颜之推《颜氏家训·省事》："守门诣阙，献书言计，率多空薄，高自矜夸，无经略之大体，咸秕糠之微事。"

《旧唐书·韦颙传》："性嗜学，尤精阴阳、象纬、经略、风俗之书。"

《太安经略》："经营太安，略有四海；登俊良，黜庸回；总览众才，经略太安。"

既然天运不可逆，对天运的正确态度就应该是认识它的规律，遵循它的规律，掌握它的规律，利用它的规律；天运虽不可逆，但天道可转轨，关键就是利用天道转轨的价值、利用天运的资源去服务于事业，这就是太安堂"顺天承运"的态度。太安堂海纳百川存大气，在借鉴"日月星辰、北斗七星"的天道格局的基础上，遵循从产品经营到产业扩张，从品牌经营到资本运作的发展战略，实施不二的崛起决策，运用到资本运作、营销布局、企业架构、战略扩张、品牌建设等诸多层面，顺天承运，推运太安堂的事业风生水起。

天运不可逆转，地运却可变迁。天运不论从宏观到微观都是无穷极的，地运宏观上受限而微观上不受限，故人力可改变地运。山不过来，我就过去，太安堂从七星伴月到五凤朝阳，从三足鼎立到一统华夏，灵活运用地运的变迁战略，驶入复兴繁荣的黄金发展期。

仰望太空，遥思日月；俯瞰大地，细察人生。懂得天地经略，就能认识"生命年表"，就获得一个特大而清晰的结论。由于自然造化的得天独厚，人类创造了文化，建立了社会，成了地球村的主人，就应该感恩天地造化之功。由于国运复兴，各行各业迅猛发展，人们对"赐嗣、优生、养胎、益寿、制药"等具体项目的核心技术需求极为迫切。

太安堂从事医药事业，赐嗣大众，益寿苍生，福泽天下，遵循天运地运等自然界的规律，就能得到自然界的特大恩宠，顺天承运，变迁地运，太安堂在天地经略在寻求大发展、大飞跃。

二、鉴人经略的运用

人才战略是太安堂发展战略中极其重要的组成部分，太安堂赏鉴人才、爱惜人才，为天下精英栋梁、有识之士提供一个实现自我的杰出平台。

太安堂新时期决策群体，新时期杰出人才团队，"不飞则已，一飞冲天；不鸣则已，一鸣惊人。"

1. 九观：太安堂以"九观"考察培养人才。

孔子曰："君子远使之而观其忠，近使之而观其敬，烦使之而观其能，卒然问焉而观其知，急与之期而观其信，委之以财而观其仁，告之以危而观其节，醉之以酒而观其侧，杂之以处而观其色。"

意为："君子总是让人远离自己任职而观察他们是否忠诚，让人就近办事而观察他们是否恭敬，让人处理纷乱事务观察他们是否有能力，对人突然提问观察他们是否有心智，交给期限紧迫的任务观察他们是否守信用，把财物托付给他们观察是否清廉，把危难告诉给他们观察他们是否持守节操，用醉酒的方式观察他们的仪态，用男女杂处的办法观察他们对待女色的态度。"上述九种表现一一得到证验，不好的人也就自然挑拣出来。

2. 六弊：太安堂以"六弊"作为人力资源管理的核心内容。

仁而不学，其蔽则愚；智而不学，其蔽则荡；信而不学，其蔽则贼；直而不学，其蔽则绞；勇而不学，其蔽则乱；刚而不学，其蔽则狂。

意思是："爱好仁德却不学礼度，它的弊病是会变得愚蠢；爱好聪明才智却不学礼度，它的弊病是放荡不羁；爱好讲诚信却不学礼度，它的弊病是容易被人利用，害己害人；爱好直率却不学礼度，它的弊病是说话尖刻刺人；爱好勇敢却不学礼度，它的弊病是捣乱闯祸；爱好刚强却不学礼度，它的弊病是胆大妄为。"

太安堂从三大领域之宏观到微观进行整治，引进正道。其一从产业、价值革命上，对公司近五百年传承的核心技术，对近四百个批文的产品如何适应九百六十万平方公里十三亿人口的需求市场进行科学的整合和匹配，把人的精力集中到工业革命、营销市场、资本运作，高速提升增长率，迅猛扩大净资产、总市值，培育中产阶级中去；其二在信仰夺标上，将以本启慧、慧通灵、灵演艺、艺得神、神夺标为经略，大力强化核心价值观，纯洁心灵，大打人民战争，全速夺取三五目标；从传统哲学上，继续实施儒表法里、道本兵用的方略，以三经、五要、王阳明的心学、老庄的道家思想整治太安。

3. 三经：太安堂以读"三经"，学"三通"作为高层培训课程。

天经：《易经》。

通天：通天者通时（周期），《易经》乾卦实际是社会事物发展的六个时期。

地经：《山海经》。

通地：通事物也，阴阳、五行。

人经：《内经》。

通人：通人者，最伟大也。《内经》通医、通人，儒释道法兵皆通人也。

西方人看问题是用静态思维，构成了庞大的体系；中华民族是用动态思维，太阳、月亮、天地、人都在动。

"三通"才能安邦定国，"三通"方为大儒，才成儒医、儒商，才成士人、君子、贤人。

4. 五要：太安堂以"五要"作为决策群体、新时期杰出人才团队定位级别的依据。

(1) 要忠于公司，坚定信仰，坚定立场，具遵律法，慧通灵，哲演艺之才；

(2) 要有正义公平价值观，理性克制欲望，利用社会给予的机遇，勇敢奋进，神夺标之能；

(3) 要有一颗将太安堂核技传承和合作开拓共赢的胸怀，实现梦想创造奇迹之雄心；

(4) 要将太安堂文化能融入国家浩瀚文化能海洋，再融进众生中秉德济世，为而不争和锈可遮光之术；

(5) 要博爱，平天下，民族使命感，道法自然，身外无物之德。

5. 夺标

"有其志必成其事"。太安堂从产品经营到产业扩张，从品牌经营到资本运作，要演化成宗教信徒般的巨大力量，大打人民战争，彻底全面复兴，实现"建成世界一流的以中药现代化为特色药企"的公司总目标。

三、大国国策的运用

大国崛起之策是太安堂做强的战略。

解事读史，借鉴大国国策，太安堂融资兼并，构筑三足鼎立的生产基地，彻底清除工业化障碍，开始工业革命，扩大产能，道化经营管理；实施"工商联盟计划"，构筑太安堂"特效中药营销组织"，建立立体营销网络，强势专利品牌，形成太安堂医药产业新的盈利机制；同时融进高超的资本运作，兵化经济形态，实施"三五新政"，儒化信仰价值，造福社会。资本运作，是太安堂做大的基本战略。

资本时代是太安堂发展升级的时代。太安堂实施的五大兼并：揭阳新华、汕头中药、上海今丰、韶关中药、广东宏兴，逐步从技术创新到市场创新再到资本创新的升华过程，正在以前所未有的凝聚力、辐射力、扩张力与驱动力承载起整个集团的资源配置，有效地引导整个太安堂经济的发展方向与发展进程。

太安堂决策群体进行了自身定位的转变，做到既是创业家、实业家，又要转向金融家、资本家。太安堂商业模式进行了质的改变，变成实业＋资本、实业＋金融、实业＋科技、实业＋NN。太安堂新时期从原来 大产业优化细分成 N 大产业。拓制药产业：五个药厂，四百个产品，N 个药品公司；人参产业：太安堂长白山极品参（野山参）基地；药材产业：太安堂亳州特色药材基地等等。

太安堂新时期执行总部的"二个转轨，二个高增长"决策。

二个转轨：产品向产业链转轨：即由"一支药膏打天下"向建立全产业链转轨；单一产业向细分产业转轨：即由一个医药产业向多个细分产业转轨。

二个高增长：营业收入高增长；利润增速高增长。

太安堂新时期调整经济结构，重视融资方式，盘活存量资本，用好增量资本，重视实体经济，加大高科技投入。

四、帝王经略的运用

纵观中国的发展历程，对"道"进行了七次再造。

西周时期：完成第一次文明的再造，确立了家天下的分封制模式各民族不断融合。

大秦帝国：完成第二次文明的再造，统一了文字、度量衡、官方机构、管理系统，版图扩大一倍。

汉王朝：汉武帝完成了儒家学说的再造，董仲舒使孔子的思想成为正统理论。版图再增。

大唐帝国：佛家文化的再造，由于是域外文明，与中国儒道两之间存在着紧张关系，不断冲突并融合。

宋明理学：王阳明进行第五次文化再造；然朱熹的理学思想使儒家思想趋于完善。

大清帝国：萨满教的文化再造，是最鼎盛的时代，版图扩大达1450万平方公里，国民经济与大英帝国各占世界的25%，总体上实现了民族的统一，但由于犯了闭塞不开放的错误，造成了众多的失败。

五四运动：开始了中华民族的第七次文化再造，引进了西方的现代思想。

解读太安，借鉴三五。

太安堂呼唤着大思想、大魄力、大经略的新时期指点江山的群体；呼唤着大智慧、大项目、大将级的开天辟地的杰出专业人才团队。

荀子曰：不登山，不知天之大也；不临深谷，不知地之厚也。

运用帝王经略，全面深化改革是解决太安堂发展面临的一系列突出矛盾和挑战、实现持续健康发展，实现太安堂伟大复兴的关键一招；是太安堂构筑成全国东西南北中公司五大主体药业体系，逐步形成全产业链，形成中型药企规模发展全局的根本出路；是太安堂实现"三五规划"提出的"建成世界一流的以中药现代化为特色的中型药企"总目标的关键经略。解放思想永无止境，改革开放永无止境，深化改革也应永无止境。

太安堂注重深化改革的统筹谋划、协同推进各项改革。太安堂尊重员工首创精神，最大限度集中太安堂人和全社会智慧，把公司内外一切可以团结的力量广泛团结起来，把一切可以调动的积极因素充分调动起来，形成推进改革的强大合力。通过全面深化改革，推进实践基础上的理论创新、制度创新、科技创新、文化创新以及其他各相关方面创新，始终把改革创新精神贯彻到治司理政相关各环节，把全社会的力量更好凝聚到实现太安堂"三五规划"确定的奋斗目标和工作部署上来。

五、运气经略的运用

驾驭运气，掌握规律。

北宋沈括的《梦溪笔谈》中谈到："医家有五运六气之术，大则候天地之变，寒暑风雨，水旱螟蝗，率皆有法；小则人之众疾，亦随气运盛衰。"人生于天地之间，中医讲究天人相应，自然的各种气候是对人体影响最大的因素之一，所以说人的健康和疾病在很大程度上受自然界的气候影响。

古人云，治疗疾病要因时、因地、因人制宜。所谓运用运气经略是根据气象变化对人的健康疾病影响而采取防治措施。不同的地理环境气候各异，而且即使在一个比较小的环境中，气候变化也可能有所不同，所谓"东边日出西边雨"，在同一个环境中，个人的体质不同也导致对环境致病因素的易感性不同，所以治疗疾病也要时、地、人合参，具体情况具体分析。

掌握了运气学说，我们就可以任意推算出任意一年一段时间的气候变化的大概规律，为疾病预防、为人们的日常生活服务。如果掌握了五运六气的知识，就可预知此年疾病的大概流行规律，进而确立出治法。如《素问·六元正纪大论》就确立了根据司天之气不同而行的用药法则：太阳司天之年，

"岁宜苦以燥之温之";阳明司天之年,"岁宜咸以苦以辛,汗之清之散之";少阳司天之年,"岁宜咸辛宜酸,渗之、泄之、渍之、发之";太阴司天之年,"岁宜以苦燥之温之,甚者发之泄之";少阴司天之年,"岁宜咸以软之,而调其上,甚则以苦发之,以酸收之,而安其下,甚则以苦泄之";厥阴司天之年,"岁宜以辛调上,以咸调下。"历代医家根据五运六气知识,不断创新,创制出新法,挽救了大疫流行时千百万人的生命。

疾病的发病与转化也与自然界的风寒暑湿燥火等有密切关系。五运六气的变化影响着各类疾病的发病类型、发展变化。太安堂科学认知五运六气,对各类疾病预防和治疗发挥指导性的作用。太安堂遵循自然规律,总结经验,了解气候周期性变化,弄清生物病原体轨迹,更好地掌握疾病的发生规律,掌握不同疾病的发生、防治规律,探索高科技方略,用辩证的方法去运用它,用现代科技手段去发展它,使中医五运六气理论为现代疾病防治及预测做出应有贡献,做中国最好的中成药,为社会尽力尽责。

本章小结

天地乾坤，化生万物。太安堂取法乾坤经略精髓，顺天承运，变迁地运，三才合一；借鉴古往今来大国经略、帝王韬略，融会贯通。历经五大拐点、实施五大兼并、进行工业革命、完成"五一工程"，太安堂奏响的是振兴中华中医药事业的最美最强音。

乾者，为天，为阳，蓬勃盛大的乾元之气，是万物所赖以创始化生的动力资源，拥有刚健有力、生生不息的动力资源。"大哉乾乎，刚健中正，纯粹精也。"伟大的天道，刚强劲健、居中守正、适中均衡，达到了纯粹精妙、精致不杂的境地。

坤策意为推演坤卦六爻所得的策数。乾卦的策数是二百一十六，坤卦的策数是一百四十四，总数为三百六十，相当于一年的天数。坤策即是统瞻全局的策略和宏观掌控。

太安堂从中国传统文化中汲取精髓，将哲学管理与企业管理进行结合，实行五维操盘，运局谋阵。《说文》言："五，五行也。从二，阴阳在天地间交午也。"所谓五行，即木、火、土、金、水五种元素，这五种物质相胜相生。古人认为，"五"为中数，天下万物离不开"五"，五方、五时、五体、五脏、五音、五味……试看草木之花也多为五瓣，是知五行是万物之宗，遵五行者，必为天地所佑而昌隆。

"坤"象征着大地顺承的特征，坤德是中华民族的又一种基本美德。乾德如天高，坤德似地厚。乾德性豪壮，坤德品坚贞。乾德山难撼，坤德可海涵。坤德是深厚、是坚贞、是海涵，坤德是宏博、是光明、是奉献。如果乾德是壁立千仞，那么坤德就是厚德载物。这与太安堂"秉德济世，为而不争"的核心价值观不谋而合。

太安堂创始人柯玉井在创建太安堂之初就立下堂训。秉德，是一种道德感，首要的就是做一个品德高尚的人。"秉德济世"，就是"秉承道德规范和精湛的技术，对社会、对人类、对世界做出贡献，以精湛的医术和仁爱之心，医济苍生，爱泽天下。"仁爱是儒家道德的核心内容，也是百家皆尊的道德准则。《礼记·中庸》说："仁者人也，亲亲为大。"意为仁是人与人之间相互亲爱。《论语·雍也》说："夫仁者，己欲立而立人，己欲达而达人。"《墨子·经说下》也说："仁，仁爱也。"仁爱融会于道德，则成为道德的主体。儒家以济世利天下作为人生最高理想，太安堂之"秉德济世"，与儒家仁义观完全一致。

"君子先慎乎德"，立德是太安堂立人的根基。兰之猗猗，扬扬其芳。高尚的道德情怀浸润每个太安堂人的心田，流淌在每个太安堂人的血液中，有德者自芳，正在世间播散着迷人的芬芳。

太安堂，充满着生机和活力，既传承着五百年的精粹血脉，又处处散发着现代化中医药企业与世界接轨的广阔视角与活力因子，历久而弥新，雕琢而愈润。古朴与现代，传统与时尚，儒释道哲学与现代尖端的管理经营理念，民族医药精湛的制药技术与现代的高科技，在太安堂完美融合。太安堂与中华民族的道德魂脉一脉相承，瑰宝典藏流光溢彩，彰显出深厚的魅力。

与时俱进的太安堂正不断优化着自己的基因。永不停顿，是太安堂发展的箴言。昨日是厚重的历史画卷，今日是蒸蒸日上、永不停歇的发展征程，明日是璀璨夺目的强盛之旅。

天地日月乾坤定，潮涌九州竞风流。中国正为实现伟大的"中国梦"而努力，秉承着"秉德济世、为而不争"的核心价值观，太安堂人将时刻牢记肩负的使命，在梦想的指引下阔步前行。

太安堂以天地乾坤经略作为企业发展的重要经略，坚持弘扬中华文化、弘扬中医药国粹、以人为本的科学发展观为梦想基石，铸就以振兴中医药为己任、以"太安堂信仰"为支柱，以太安堂堂训为准则的梦之队，营造充满归属感及幸福感、温馨美好的梦想家园，为中华繁荣、为中华昌盛、为人类健康、为人类美丽、提供世界一流的中药现代化特效中医药产品群体，高度体现国家利益、股东利益、同仁利益和人生价值，为创建一流的中药现代化大型药企而奋斗，为"中国梦"的早日实现贡献力量。

第六章　谦畜经略

"有其德而不居谓之谦。"——易学家程颐

"谦德"贯穿中国历史五千年，成为中华民族最为显著的民族性格之一。《易经》中的"谦卦"就倡导人们做谦谦君子，有而不居，满而不盈，实而不骄。

包天容海大畜志。

在《易经》中"大畜"是山中有天，无所不包的卦象。

"大畜，刚健笃实辉光。日新其德。"

"大畜"具有刚健笃实的美德，因而光辉焕发，这种美德日新月异。《易经》中对"大畜卦"的"畜"解释包含有三种意思：一是积累修养，畜德；二是集聚人才，畜贤；三是畜止冲动冒进，畜健。中国易家以东方哲人的智慧，辩证对待畜与止、静与动的关系。在大自然里，常可见到水在流动中先畜止于洼处，再漫出洼地继续奔流的现象。而在易家的思维看来，大畜的卦象正是如此。只要有大畜万物的海量，日新其德的毅力，以及强烈的求知欲和为人类服务的精神，不惧山险路艰，健而不躁，学而不止，畜而不息，勇于攀登，那么再高的的险峰，再大的困难也终究能克服。这就是畜止涵容之德，也就是"大畜之德"对于企业管理的丰富启示。

修养到刚健笃实，辉光日新，这是畜贤德极限；让人才来兴企，畜养刚健者的贤德，这是养贤，而不仅是在物质福利上的实惠。既能尚贤，又能养贤，才是真正的大畜。庄子说："水之积也不厚，则负大舟也无力。"这是企业中人才成熟和成长的客观规律，是企业管理德智畜养的"天道"。同时，畜积儒、释、道、法、兵各家巨大的资源，使积累的才德、人才、资源、力量都用于企业的发展，畜聚乾德，畜养贤人，畜止乾健，就能同心协力，利于行险涉难，有所作为，成就大业。

在世界文明史的滔滔长河中，中国传统哲学，是治理天下（"治国平天下"），治理家事（"齐家"），治理人生（"修身"）的生命过程和实现自身价值的哲学。企业正确活用中国传统哲学，无不生气蓬勃，灵光闪烁，深邃无极。

中国哲学是世界三大传统哲学（中国哲学、印度哲学、西方哲学）之一。它致力于研究天人之间的关系和古今历史演变的规律，形成了自己独具特色的自然观、历史观、人性论、认识论和方法论，特别重视哲学与伦理的联系。学习研究中国哲学史，吸精华，去糟粕，将为太安堂战略转型，创建世界一流的中药现代化特色大型药企提供智能的源泉。

中国哲学大约萌芽于殷周之际，成形于春秋末期，战国时代已出现百家争鸣的繁荣局面。发展已有三千多年的历史，大体可分为：先秦哲学、秦汉哲学、魏晋南北朝哲学、宋元明清哲学、中国近代哲学。

太安堂创始人柯玉井，是与明朝著名医学家李时珍、汪机等同一时代的医家，在明代医药学发展良好环境的滋润中成长，少时勤攻经史，随祖父学医。穷研歧黄、仓扁诸木，得其要旨。又博采众长，精于内外针灸诸科，遇殊症奇疾，每多效验，"活人数以万计。"自明代太医院的医案药方起，太安堂历代传人积累了大量中医外科医疗经验，皆以医案流传于后，其理论翔实，案例丰富，方药齐备，经验独到，其中不乏熟谙经典，勤于临证，发遑古义，创立新说者。

现代太安堂集团以太安堂堂训"秉德济世，为而不争"之精神，遵循"遵古重拓、方经药典、精微极致、大道无形"的太安堂制药大法真言，以中华中医药文化精神为立基点，左手传统医药精粹，右手现代医药科技硕果，以大道无形、上下求索实践为灵魂思想，融会贯通，一以贯之，开拓创新。

医药传家，立志于反哺天下，奉献社会，编纂中医药巨著《太安大典》，凝聚了太安堂近五百年十三代中医药核心技术，融易、儒、释、道、法、兵等传统哲学精髓，驾驭顺天道、调阴阳、运五局、驭运气、变地道，结合太安堂近五百年中医药的理论和实践积累，集诸家之长，开拓创新。"兹集敛博还约，汰粗为精，皆古名家杂著；辨脉论证，一以虚实为据，亲而用之，具得明验。"

太安堂继承中医经典理论与太安堂十三代临床诊疗经验，厚积薄发，勤求古训，融会新知，运用科学的临床思维方法，将理论与实践紧密联系，以显著的疗效诠释、求证前贤的理论，寓继承之中求创新发展，从理论层面阐发古人前贤之未备，对推进中医外科学的进步有重大意义。不仅如此，太安堂还将中国传统哲学中的儒、释、道、法、兵等理论融入企业管理中，求索现代企业管理发展的新路子。

第一节　谦畜嗣寿

救难济世，是流淌在华夏民族世代传递的血液细胞因子，也是中华文化世代传承的思想精髓。儒家的仁爱、济世、忠恕，道家的不争处世、清静无为，释家的大仁大爱、慈悲救难，墨家的兼爱、博爱等；从大慈大悲的观世音菩萨"一片善心一片爱，救苦救难济世人"，到"救难济世，恩佑众生"的妈祖女神，到诸葛孔明的"拯患救难，是唯圣人。阳复而治，晦极生明"，都呈现着一种救苦救难、大爱无疆的伟大胸怀。

老字号太安堂，继承而不泥古，创新而不离宗。五百年秉持"秉德济世，为而不争"的堂训精神，以弘扬中医药文化、传承中医药国粹为己任，汲取中华传统文化之精华，和着时代大爱、和谐的旋律，钻研医药、救难济世，五百年来为中国医药史的发展树起了一面光辉的旗帜。

太安堂谦畜嗣寿生产的麒麟丸是以祖国医学"肾主生殖"、"肝主疏泄"和"脾主运化"的理论为立法依据，以补肾填精、温阳解郁调经、益气养血为临床治疗法则，本方以菟丝子、枸杞子、覆盆子、锁阳、淫羊藿、墨旱莲、桑椹、党参、黄芪、淮山药、青皮、白芍、郁金、丹参、何首乌组方，专治男女不孕不育，为千万家庭排忧解难，喜圆亲子梦，尽享天伦乐。

一、麒麟送子

中国有句俗语："不孝有三，无后为大。"在中国传统的观念中，有无子嗣是一个家庭，乃至家族中的重大事件，甚至是头等大事。因为，这关系到一个家族的传承和延续。

然而现代社会中不孕不育现象在呈现一个上升的趋势，这不仅严重伤害患者身体的健康，也会导致家庭的不完整。不孕不育发病率上升的原因有以下几个主要因素：

内分泌失调。女性月经紊乱、排卵不畅导致不孕。

事业繁忙，错过了较佳生育年龄。社会压力，工作繁忙，体力透支，身体劳损，生育能力下降导致不孕不育。

男性精子数量、质量下降。

太安堂以麒麟丸为代表的不孕不育产品为社会大众喜圆亲子梦。在民间，"麒麟送子"本是美丽的传说，太安堂第七代传人柯黄氏妈却把它变为事实。

柯黄氏，是太安堂第七代传人，精通妇科、儿科，其治疗不孕不育症的医术最令人传颂，是清初潮州地区治疗不孕不育症的专家。

据史料记载，柯黄氏曾经治愈不能生育的育龄夫妇，使得多个家庭喜得贵子，一传十，十传百，柯黄氏擅治不孕不育症的名声愈来愈响，各地前来求医者不计其数。

柯黄氏擅长医药调治代谢障碍、内分泌失调、不孕不育等妇科顽疾，深得时人所爱，被誉为"送子圣母"。"麒麟送子"，太安堂以五百年核心技术药济苍生，为千万不孕不育家庭送去健康活泼的麒麟儿。

二、天伦之乐

人生的意义，在于尝尽酸甜苦辣人生百味，在于享受天伦之乐含笑而终。俗语言：人生如梦，莫大于天伦之乐。唐代大诗人李白有诗曰："会桃花之芳园，序天伦之乐事"。

孩子是一个家庭的至宝，有了孩子，一个家就充满了欢声笑语，充满了幸福快乐。繁忙的上班族，推开家门，迎面扑来的是一个娇小的身影和一声稚嫩的"爸爸""妈妈"，一天的疲劳顿时消除；热闹的公园里，幸福的小孩小手分别被爸爸妈妈牵着，快乐地荡着秋千，赢来多少羡慕的目光；阳光充盈的院落里，祖孙一老一少都在学习，趴在凳子上的小孙女在歪歪扭扭地写着作业，戴着花镜的爷爷在忙着浏览当天的报纸，还时不时地回过头来看看孙女写字的样子，脸上露出幸福的微笑。

尽享天伦之乐，是人生的最大乐趣。

感恩母亲，孕育了生命；感动生命，麒麟丸拯救了不孕不育！

每年，太安堂组织"麒麟宝宝回娘家"活动，这些宝宝在父母及亲人的陪同下，回到太安堂，表达对太安堂的感激之情。

俗话说："天上麒麟儿，地上状元郎。"不孕不育夫妇在服用了麒麟丸之后孕育的可爱宝宝，被人们喜爱地称为"麒麟宝宝"，这些家庭也自豪地自称"麒麟家庭"。目前全国已有三十多万这样的"麒麟宝宝"。

在参观了太安堂中医药博物馆之后，这些"麒麟家庭"才恍然大悟：原来疗效神奇的麒麟丸背后，是有着五百年深厚中医药文化底蕴的中医世家，生产麒麟丸的太安堂，是有着五百年中医药核心技术的特效中成药制药企业。

太安堂一直致力于不孕不育症的攻克、优生优育的研究和皮肤药的开发，成功运用了祖国传统中医中药理论方法，并与现代中药制药先进技术相结合，不断研制出具有特殊疗效的中成药。麒麟丸是太安堂的拳头产品之一，也是国内唯一一个男女同服的治疗不孕不育的中药保护品种，已经治愈了数十万对不孕不育夫妇，使他们圆了求子梦。

三、延缓衰老

衰老，是一种自然规律。从生物学上讲，衰老是随时间推移而表现为结构和机能衰退、适应性和抵抗力减退的复杂自然现象；从生理学上讲，衰老是从受精卵开始就一直进行着的成长发育史；从病理学上，衰老是应激与劳损、损伤和感染，免疫反应衰退，营养失调，代谢障碍以及疏忽和滥用药物积累的结果。

如何延缓衰老、保持延年益寿，甚至青春永驻，从古至今是一大热点。

中国传统医学对延年益寿的研究，有着悠久的历史、珍贵的文献记载和丰富的实践经验。《素问》明确指出女子以七、男子以八为基数递进的生长、发育、衰老的肾气盛衰规律，机体的生、长、壮、老、已，受肾中精气的调节，总结衰老的内因是"肾"气的衰退、趋弱。

良好的生活习惯、有效的保健措施、正确的药物辅助，都可以帮助人们达到延缓衰老、降低衰老性疾病发病率、提高生活质量的目的。《神农本草经》是抗衰老药物最早最宝贵的文献，书中就有关于抗衰老药物及其详细用法的记载。

麒麟丸，具有调节人的身体机能以达到延缓衰老和美容的作用。

从麒麟丸补肾养颜的角度看，其药物组成中，枸杞子被称为保健养颜的"红宝石"。旱莲草是中医古方美容中出现频率极高的一味药，其主要作用是补肾益阴，凉血止血。何首乌有补肝肾、益精血、乌须发的作用，能对抗人衰老引起的白发、齿落、老年斑等征象。覆盆子有补肝肾，缩小便，助阳，固精，明目之效，亦可使人面目美丽。桑椹子被称为"民间圣果"，桑椹性味甘寒，具有补肝益肾、生津润肠、乌发明目等功效。菟丝子功效，补肝肾，益精髓，明目。淫羊藿，主要作用是补肾阳、强筋骨，祛风湿。锁阳，又名"不老草"，有补肾、益精血、润燥养筋等功效。

八味补肾中药结合黄芪、党参健脾益气，淮山药补益肺脾肾，青皮理气，郁金理气活血，丹参活血养血，白芍调肝和血。共凑补益脾肾，调养气血、美容养颜之功。

麒麟丸经太安堂十六字制药真言的保密技术精细制作，成为"五大绝技"之首。麒麟丸不仅是送子的圣方，也是美容、延寿的灵丹。

四、健康养生

《庄子·养生主》"吾闻庖丁之言，得养生焉"，意即领悟了养生之道。嵇康的《养生论》论述养生尤为详尽而精准。何谓"养生"？养生，又称摄生、保生、道生、寿世、养性等：生，就是生命、生存、生长之意；养，即保养、调养、补养之意。一句话，养生就是保养生命，通过养生达到健康长寿的目的。

《黄帝内经》有关于养生的阐述："上古之人，其知道者，法于阴阳，和于术数，食饮有节，起居有常，不妄作劳，故能形与神俱，而尽终其天年，度百岁乃去。"《吕氏春秋》给医学的定义是"生生之道"，就是提高人类自身的生命力，达到延年益寿的境界。

养生分为很多种，食疗养生、运动养生、四季养生等，其中，药物养生是一种重要而有效的方式。麒麟丸，在人们养生方面发挥着非常重要的作用。

麒麟丸配方平和，组成以补肾药物为主，其效果显著。其功用主治不仅在于治疗不孕不育，还对调节内分泌、延缓衰老有着重要的保健作用。

麒麟丸还有健脾疏肝的作用。肾、肝、脾三脏是人体脏象系统中五脏中切关养生长寿的三脏，肾的讲述作用在前，兹不赘述。脾为后天之本，气血生化之源，脾运有力则纳化功能正常，气血生化有源，气和血达，人体康健难衰。麒麟丸有健脾的功用，养生作用益倍。肝主疏泄，调畅气机。俗话说，爱生气的人容易老，抑郁的人早白头，肝的疏泄功能不及或太过都会影响人的长寿。麒麟丸具有疏肝理气活血的功能，所以对于肝气不舒而致衰老加速的人也具佳效。

麒麟丸可有效调节、治疗中老年人更年期综合征症状。麒麟丸有疏肝解郁、益精防衰、调理气血之效，对内分泌失调导致的各种症状具有佳效。麒麟丸一药而具益肾、健脾、调肝之效，是医药养生之佳品。

五、优生优育

"优生"一词，由英国人高尔顿提出，原意是"健康的遗传"。怎样做到"健康"地遗传呢？就是通过选择性的婚配，减少不良遗传素质的扩散和劣质个体的出生，从而达到逐步改善和提高人群遗传素质的目的。通俗说，优生的"生"，是指出生，"优"是指优秀或优良，优生即生得优秀，使后代既健康又聪慧。

但是，随着现代社会形态及生活环境的复杂化，负面的环境因素越来越多，使得优生优育受到越来越多的挑战。优生优育，首先要求夫妻双方都拥有一个健康的体魄。这就要求夫妻双方在孕前必须把身体调节到最佳状态。太安堂谦畜嗣寿生产的麒麟牌麒麟丸就是治疗男女不孕不育症，同时具有调节生理的最佳中医药品。

第二节　谦畜救心

后稷教民稼穑，神农尝遍百草，挽黎民于贫困，救百姓于疾患。扶危济世，是中华民族源远流长的优良传统美德。

孟子言"老吾老以及人之老，幼吾幼以及人之幼"，扶老携幼是一种美德；《宋史》记雪中送炭之事，扶危济困是一种美德；《宋人轶事》有"孤儿寡妇船"，言范仲淹慷慨解囊、接济孤儿寡母以回故乡被传为佳话，这也是一种美德。

道法有云："扶危济困，造福一方。"太安堂始终恪守"秉德济世，为而不争"的堂训精神，发展太安医药，深研医药科技，为社会广大病患施药治病、扶危济世，广兴积德，救治无数百姓的生命。

现代太安堂，传承着太安堂的精髓，拓展着现代化的高科技，以特效的中药皮肤药、特效优生优育药及特效心血管药为主导产品，形成了企业品牌太安堂主导下的铍宝、麒麟、宏兴等子品牌体系，拥有近四百个药品品种的生产批件，其中包括五个国家中药保护品种、二十五个独家药品生产品种、八十三个《国家基本药物目录》品种、一百五十五个《医保目录》品种，严格执行"遵古重拓，方经药典，精微极致，大道无形"之十六字真言，以优质产品奉献社会，赢得广泛赞誉。心宝丸荣获"国家中医药管理局优秀产品""国家卫生部乙级科学技术成果"等奖项，心灵丸荣获"优质产品金质奖""国际长城金奖"。太安堂以治疗心脑血管病的八大产品谦畜救心。

一、麒麟心宝

心宝丸其药理最早源于汉代名医张仲景《伤寒杂病论》的四逆加人参汤（附子、干姜、甘草、人参）。《伤寒杂病论》第三百八十五条"恶寒脉微，而复利，利止亡血也，四逆加人参汤主之。"其义为："脉微"为阳虚，"恶寒"为阳衰，"而复利"是脾阳不足，周身阳气已衰，"利止"当为无阴可下利，血属阴，故为亡阳脱液，属少阴心肾阳衰之证，不但阳衰，阴液亦竭。

太安堂谦畜心宝，在百余年的临床实践中，从中医"心肾阳虚"理论出发，精心设计，合理组方，创造性地改古方中用于温补脾阳的干姜为肉桂、鹿茸，增强温补肾阳及引火归心的作用；改古方中用于益心气、补中焦的甘草为麝香、蟾酥和冰片，增加作用于心肌及通心脉作用；大胆采用有毒中药洋金花，有抗副交感神经（胆碱能阻滞）作用；并用三七改善心脏的微循环。各种中药合理配伍，共同起到温补心肾、益气助阳、活血通脉之效，临床广泛用于治疗心肾阳虚、心脉瘀阻引起的慢性心功能不全，窦房结功能不全引起的心动过缓、病窦综合症，以及缺血性心脏病引起的心绞痛及心电图缺血性改变等心脏疾病，产品疗效确切。

按照国家《中药新药命名规则》确定产品名称为心宝丸，1984 年正式获得广东省卫生厅批准并生产，真实反映了该药的功能，获得国家药品注册批准文号（国药准字 Z44022728）。产品上市销售三十多年，为数千万的心脏病患者带来福音，现已成为国内治疗"慢性心功能不全、心律失常、心动过缓、病窦综合症及缺血性心脏病引起的心绞痛等疾病"的常规治疗药物，成为中老年心脏病患者常备药物，产品属国家中药保护品种，现已列入《国家基本医疗保险药品目录》（乙类）。

二、宏兴心灵

传统中医学认为："心痹者，脉不通，不通则痛。"

心脑血管病，是一种严重威胁人类健康的常见疾病，具有发病率高，致残率高，死亡率高，复发率高，并发症多等特点。据统计，全世界每年死于心脑血管疾病的人数高达一二千万，俨然已成为人类健康的头号杀手。

中华老字号宏兴堂生产的心灵丸、通窍益心丸、丹田降脂丸、参七脑康胶囊、安宫牛黄丸等宏兴牌心脑血管类药，一直守护着人类的心脑血管的健康。

心灵丸、通窍益心丸，是宏兴堂自主研发的治疗心脏病的中成药，是根据祖国中医学"活血化瘀"理论，结合现代药理、药学、临床等项目研究成果设计而成的治疗冠心病良药。

心灵丸、通窍益心丸能活血化瘀，又能益气强心，通络止痛；且通不伤正，补不滞邪，治疗冠心病和其他心脏衰弱、心肌缺血引起的心绞痛、心肌梗塞、心律失常、胸闷、心悸、气促、眩晕、失眠及伴随的高血压症。

方中三七活血化瘀、消肿止痛；水牛角祛瘀化斑强心，二者配伍，清除瘀浊，气血流通，通则不痛，均为君药；人参大补元气，益气复脉，通心阳、复心气，血流络通，瘀滞乃行，为臣药；佐以熊胆清热平肝、解痉；麝香、冰片，芳香走窜，开窍回苏，止痛镇痉；蟾酥消肿止痛、强心，四药配伍，解除心络挛急；牛黄、珍珠清心开窍，宁心安神为使，诸药合用，共奏活血化瘀、益气通脉，宁心安神之功。

所获奖项：广东省优秀科技成果奖（1982）、广东省优秀新产品奖、广东省科委优秀科技成果奖、国家经委优秀新产品金龙奖（1983）、广东省优质产品奖（1984）、国家中医药局优质产品奖（1987）、全国首届中成药健康杯金杯奖（1988）、国家优质产品奖金质奖（1990）、长城国际金奖（1991）、中国名牌证书（1994）。

太安堂谦畜"心灵"，为社会大众护心保心。

三、通窍益心

通窍益心丸处方为麝香、牛黄、蟾酥、珍珠、冰片、三七、人参、水牛角干浸膏、胆酸钠等。功能与主治：活血化瘀，益气强心，通窍止痛；并可恢复心肌氧的供求平衡，改善心肌供血，恢复心脏功能。用于气滞血瘀，胸痹心痛，心悸气短，冠心病引起的心绞痛、心功能不全、心律失常见上述证候者。

太安堂谦畜"益心"，为心血管疾病患者送去福音。

四、丹田降脂

丹田降脂丸，是广东省医药科研项目，1985年6月通过广东省卫生厅组织、由广东省心脑血管病专家黄震东主任等十多位专家学者教授组成的省级鉴定组评审、鉴定。

鉴定组认为，丹田降脂丸是目前较理想的新型降脂中成药，具有疗效高、副作用小和服用方便的特点，且对高血脂症伴有冠心病、脑动脉硬化等的临床表现和血液流变学等检查均有明显改善作用。丹田降脂丸独特之处在于，该药由益气通脉、活血化瘀、健脾化浊、滋补肝肾的补泻兼施药物组成，具有降低血脂、抑制血小板聚集、改善血液黏稠度的显著疗效，为高血脂症、高黏血症患者的首选药物。

丹田降脂丸的组方，根据以补肾、养肝、柔肝、补脾，滋阴之法，根据"治未病"的理论从肝、肾、脾三脏论治。补肾以利于输布五液，肾气旺津液气化正常，五脏得以营养；补脾水谷得以正常运化，养肝气血津液输布四肢，而不滞留腹部，三者皆使膏脂代谢正常，从而血津以恢复正常。丹田降脂丸以人参、首乌益气健脾、滋补肝肾；丹参、田七活血化瘀、强心安神；川芎行气祛瘀、当归养血补血；五加皮祛风湿、补肝肾、强筋骨、活血脉；共奏调理后天气血之功。肾分阴阳，黄精、何首乌滋肾阴，肉桂淫羊藿温肾阳，以达调整先天阴阳之效。

所获奖项：1985年广东省重大科研成果奖、1987年广东省优秀新产品奖、1988年国家医药局（部）科技进步奖、全国首届中成药健康杯银杯奖、广东省优质产品奖，1989年国家中医药优质产品奖。

太安堂谦畜丹田降脂，产品在治疗高血脂等病症上有显著疗效。

五、参七脑康

参七脑康胶囊是宏兴制药根据清代医学家王清任对中风发病机制的"气虚归并"论和"气虚血瘀"论为指导，结合现代药学研制而成。参七脑康胶囊主要由人参、三七、制何首乌、川芎、红花、丹参、山楂、桑寄生、淫羊藿、葛根、水牛角、石菖蒲、冰片等组成，方中人参补气，三七、红花、丹参、活血化瘀，桑寄生、淫羊藿补肝益肾，葛根、石菖蒲、冰片、川芎活络通窍，山楂开胃降浊，水牛角清血府余热。诸药合用益气活血，滋补肝肾，用于气虚血瘀、肝肾不足型缺血性中风恢复期，症见半身不遂，舌强言蹇，手足麻木，头痛眩晕，气短乏力，耳鸣健忘。

所获奖项：广东省优秀新产品奖（2000）、国家重点新产品证书（2001）。

太安堂谦畜参七脑康，防治中风护健康。

太安堂谦畜救心，以独家核心技术济世大众，护心保心，降脂降压，防治中风，守护社会民众的心脑健康。

第三节　谦畜皮宝

太安堂始终秉承创始人柯玉井公"秉德济世，为而不争"的堂训精神，如今走上复兴崛起之路，同时将五百年太安堂积聚的太安医学奉献社会。

太安堂自公元 1567 年明隆庆年间创建以来，太安堂医馆历代为医者无不把经典著作作为必修的功课，不仅精勤不倦地学习医药典籍，博通医学源流，而且努力使自己具备精深的医药知识和高超的医疗技术，其凡精于内外科者无不兼工妇、幼等科。

太安堂的创始人柯玉井公之所以有很高的医学造诣，之所以得到隆庆皇帝的御赐堂匾，是因为他深研《内》《难》《本经》《伤寒》《金匮》等经典著作，从而学有根底，也因为他精求历代名医之论著而广采众家之所长，还因为他谦虚好学，以同时代的同道或前辈为师而积累了丰厚的经验。

太安堂创始人柯玉井公在《太安堂记》中引用医圣孙思邈的话说："凡大医者，必当安神定志，无欲无求，先发大慈恻隐之心，誓愿普救含灵之苦。"他告诫后代子孙："凡馆内求医，务须贫富一等；堂中取药，定是羸弱普同，亲如一家。"玉井公自己是这样做的，其后历代传人也都是这样做的，因此，不惟乡曲之誉甚佳，更赢得广泛的社会赞誉。

太安堂继承先祖医为仁术、济世为怀的大医品德，在新时期高举弘扬中医药国粹大旗，复兴太安堂，不仅用精湛医术治病活人，还要以优质中药产品康健人类。恪守"遵古重拓，方经药典，精微极致，大道无形"十六字制药真言，秉承五百年太安堂的精髓，创新现代医药科技，研制出一批又一批广为社会接受和赞誉的太安良药，为中华中医药和人类健康事业的发展发光发热，贡献力量。

一、消炎癣湿

皮肤病是大多数发生在人体表面的疾病，属中医外科学的重要组成部分。我国最早的皮肤病文献可能是安阳出土的甲骨文中有关"疥"的记载（公元前14世纪）。之后《周礼》，庄子《逍遥游》等多部著作中都有关于皮肤病方面的文字记载。中医文献内有关皮肤病的防治经验也早有记载。如《内经·素问·生气通天论》中说："汗出见湿，乃生痤疿。……劳汗当风，寒薄为皶，郁乃痤。"在"至真要大论"中又说："诸痛痒疮，皆属于心。"汉代《金匮要略》中有"浸淫疮，黄连粉主之"的记载。隋代《诸病源候论》中，对皮肤病已有详细的描述，提到的有疣、癣、疥、隐疹等几十种病。唐代的《千金要方》和《外台秘要》中记载了丹药、雄黄、矾石、硫黄等药治疗皮肤病，至今尚有临床实用价值。

消炎癣湿药膏是依据传统验方精选多种珍贵中药材加工的纯中药制剂，既收湿止痒，治疗皮炎、湿疹、皮肤瘙痒等皮肤病症，又可强效杀菌，治疗脚气、体癣、手癣等真菌感染类皮肤病，故名为"消炎癣湿药膏"。

二、蛇脂参黄软膏（原名皮宝霜）

"柯医师"牌蛇脂参黄软膏，传承自明代御医柯玉井的原"蛇脂膏"秘方研制而成，已有近五百年历史，是太安堂药业生产的精品护肤、皮肤消毒良药、圣品。选用百分之百天然中药成分，无添加的纯中药提取物，天然草药原味不使用任何人工香料加香，无添加，使用放心。

三、解毒烧伤膏

铍宝解毒烧伤软膏组方严谨，配伍合理，具有凉血解毒、活血止痛、祛腐生肌、促进组织修复的作用，并有抗菌、抗炎的效果，产品临床治疗烧烫伤，疗效确切，使用方便，安全性高。

解毒烧伤软膏的主要优点是止痛迅速，解毒力强，还能防止感染，促进烧伤创面愈合，缩短愈合时间，修复受损组织，创面无疤痕。

解毒烧伤软膏以较强的渗透力，作用于深层微循环，使血液循环的瘀滞逐步解除，变"不通则痛"为"通则不痛"，创面疼痛随之缓解。解毒烧伤软膏组方的合理在于，既有止痛解毒的组方，又有活血、凉血药物，同奏凉血解毒、活血止痛，"通则不痛"之效能。

四、克痒敏醑

"铍宝牌"克痒敏醑，是太安堂药业生产的抗过敏、治疗皮肤瘙痒的皮肤药，具有收敛止痒、消炎解毒之功效，用于急慢性湿疹、荨麻疹、蚊虫叮咬性皮炎、接触性皮炎所引起的皮肤瘙痒症。

五、蛇脂维肤霜

"柯医师"牌蛇脂维肤霜，是太安堂药业生产的护肤、维肤良药，传承明朝御医柯玉井原"蛇脂膏"精髓，采用纯天然中草药精华研制而成。

蛇脂维肤霜杀菌，消炎，止痒，清热解毒的功效，具有渗透、滋养、修复三重功能，活血益肤，针对肌肤干燥、皲裂、无名疮肿、瘙痒、冻疮、日晒伤等肌肤问题，全效养护受损细胞，修复问题肌肤。

太安堂谦畜"皮宝"，以优质产品康健人类，以精湛技术造福于世，为人类的健康事业做出重要的贡献。

第四节　谦畜品牌

作为中国最古老的中医药老字号之一，太安堂传承与延伸中医药文化中最为灿烂和经典的组成部分，五百年的太安堂血脉中沸腾着中医药国粹的激情和智慧，自始至终体现着一种中华民族的气质和精神，穿越浩瀚时空，以其顽强的凝聚力和隽永的魅力，折射出中华医药学的瑰丽画卷。

太安堂发展植根于民族文化的大背景，致力将中华医药文化的千秋功绩凝聚成一座历史丰碑，坚定不移地承担起弘扬中医药国粹的重任，推动一个古老而伟大民族的复兴。只有这样，太安堂才不愧五百年的光辉岁月，不愧太安堂血液中奔腾的中华医药复兴之魂。

光复百年老字号并不是简单地挂牌匾、换商标，而是要真正擦亮老字号的品牌价值，宣传老字号产品和文化，持续发掘老字号的厚重历史、灿烂的文化，矢志不渝地弘扬中医药国粹，在新经济时代重新焕发出秉德济世、创造价值的绚丽风采。

一、皇封御赐

在中国中医科学院、上海中医药大学等图书馆内各珍藏的一本医药典籍《万氏医贯》的序言里，作者明代御医万邦宁以自传的形式描述了他与梧州知府柯大人的相交渊源以及将这本书赠给柯大人的缘由。

万邦宁书中所说的这位"柯大人"，就是太安堂创始人柯玉井公的官纬文绍。

柯文绍（1512—1570），字道光，鸿号玉井，后人尊称为玉井公。嘉靖十六年（1537年），柯玉井考中广东省第九名举人。次年，考进太医院进行医学深造，在那里，他结识了万邦宁并得到万邦宁的赏识与爱护。嘉靖三十二年，柯玉井调任云南楚雄知县。嘉靖三十六年，任广西宜山县令。嘉靖四十二年，擢任梧州府同知署理正堂。柯玉井治理梧州府期间，敢于兴利除弊，为民造福。为铲除梧州人自古居住竹房木屋屡起火灾的根源，他带领百姓兴建砖瓦房，使民安居乐业。人民感恩戴德，立碑永恒纪念，碑文详载在《梧州府志》。又在藤县创办"友仁书院"，传医授业，振兴教育，培养人才。

万邦宁受到宫廷冤案株连，被处以杖刑流放广西梧州。幸逢故交柯玉井相救，柯玉井把年迈耄耋的万太医奉为上宾，多加照顾，两人相知莫逆，订为生死之交。火烧苍梧时，他们协力设医办药，救死扶伤，被颂为佳话。三年后，万邦宁奉召回朝升任太医院院使，他十分思念柯玉井公，感到"旧恩未获寸报"，因此把亲自"历修纂集所有御方祖训，亲治症验医案良方，药方药法一一刊刻，汇天地人三部，愚书其名曰《万氏医贯》"的一部汇集他毕生经验的医学巨著赠送给柯玉井，并希望柯玉井子侄后辈能把此书融会贯通，以医济世。

明隆庆元年（1567年），柯玉井回故里创建太安堂医馆，恭接皇帝御赐、太医院钦造的"太安堂"牌匾，并将万邦宁惠赠的御医宝典《万氏医贯》作为镇堂之宝，立堂训"秉德济世，为而不争"。

柯玉井公和万太医的精湛的医技医术、大医精诚的精神随着太安堂的代代传承而绵延至今。

二、百年老号

2009年12月28日，国家文化部非物质文化遗产督查组领导专家一行七人莅临太安堂，在视察了太安堂中医药博物馆以及检阅相关历史资料之后，感慨道：太安堂中医药文化遗产名列非物质文化遗产保护名录，当之无愧。

太安堂中药文化被认定为广东省级非物质文化遗产。

2009年10月，太安堂中药文化经广东省人民政府批准列入了广东省非物质文化遗产名录，太安堂中药文化获得"传统中医药文化"类非物质文化遗产证书。

太安堂荣获"潮汕老字号"称号。

2009年3月31日，广东省汕头市社科联和市旅游局为太安堂授予"潮汕老字号"荣誉称号。

太安堂千金茶、古楼山跌打丸秘方、古楼山跌打酒秘方、蛇脂维肤膏秘方被认定为"广东省岭南中药文化遗产"。

2009年4月17日，首批广东省岭南中药文化遗产保护名录在广东省正式发布，太安堂千金茶被认定为"广东省岭南中药文化遗产"。

中药文化遗产保护旨在让有价值的中医药文化得以传承，既能维系中华文化的发展脉络，又有助于中国民族企业的发展，让世界见证中国民族品牌崛起的力量。

三、"非遗"传人

太安堂中药文化是继承中国传统中医药文化精华，以太医院核心技术为基础，融汇潮汕中医药文化精髓，历经近五百年十三代一脉相承，以"秉德济世，为而不争"为内涵，以"遵古重拓，方经药典，精微极致，大道无形"为制药理念，具有鲜明特色的岭南中医药文化典型代表，被广东省文化厅评定为广东省非物质文化遗产。

2011年1月，广东省文化厅授予"广东省省级非物质文化遗产项目传统中医药文化（太安堂中药文化）的代表性传承人"证书。

太安堂中医药文化主要特征：

1. 太安堂医药核心技术来源于明朝太医院，具有"宫廷医药"文化特色。

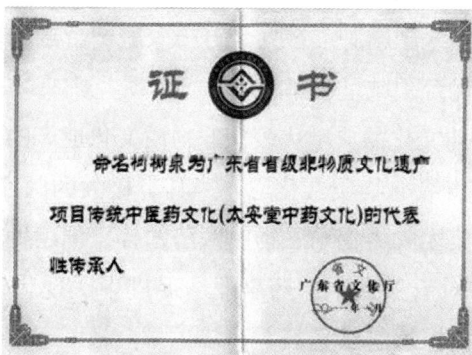

《万氏医贯》汇集了御方祖方、亲治医案和实证疗法等宫廷医药精华，是一部宫廷医药宝典，成为太安堂镇堂之宝。太安堂医药核心技术来源于明朝太医院。太安堂与太医院的渊源关系，使其蕴涵着宫廷医药文化的矜贵色彩。

2. 融汇中华传统文化精华和潮汕人文精神。

太安堂历经近五百年十三代传承发展，将中华传统文化的精华与中医药文化进行融合，融人道于医道，融哲理于药理，在潮汕大地生长发育，又自然融入了"精耕细作、精益求精、自强不息、勤奋向上"的潮汕人文精神，三者交融形成了独具一格的太安堂中医药文化。太安堂以堂训"秉德济世，为而不争"为核心文化，奉持"医道即人道，尊德性而道学问；药理亦哲理，致广大而尽精微"的人本思想，恪守"弘扬中医药国粹，创建世界一流的中药现代化大型制药企业"的信仰，以此构建了崇尚品德、爱国爱人、和谐发展、追求卓越的太安堂文化体系。

3. 技术和产品的传承。

太安堂核心技术源自明代太医院，经过十三代太安堂近五百年传承发展，形成了太安堂特色的中药炮制技术，秉承宫廷太医院中药炮制技术精华，太安堂制药大法十六字真言"遵古重拓，方经药典，精微极致，大道无形"就是要求对于药材选配的每一个环节都必须细致考究，认真鉴别药材产地、质量以至时令，务求药材道地正宗，严格依照御方古法配制，一丝不苟，精益求精，确保疗效显著。

太安堂药业的特效中药皮肤外用药产品，包括消炎癣湿药膏、蛇脂维肤膏、解毒烧伤膏等，其核心技术皆来自于太安堂近五百年的中医药实践经验的总结和提炼。太安堂麒麟牌麒麟丸为万千家庭圆了亲子梦，成为治疗不孕不育症、实行优生优育领域里领军品牌。

作为岭南中医药文化的典型代表、非物质文化遗产的代表性传人，太安堂中药文化已列为省级非物质文化遗产，具有极大的医疗价值、历史价值、社会价值。太安堂集团大力倡导弘扬中医药国粹，创建世界一流的中药现代化大型制药企业，对于振兴中医药事业，促进中医现代化、中药产业化发展，具有十分重要而深远的意义。

作为有五百年深厚底蕴的中医药企业，太安堂散发的独特文化魅力既是太安堂人引以为荣的资本，也是历史留给世人的一笔精神文化财富。"非物质文化遗产"、"潮汕老字号"和"岭南中药文化遗产"的授予，使太安堂品牌得到晋级，让太安堂人倍加珍惜，也给了太安堂奉献世人、造福社会的坚定信念。

四、核心技术

太安堂经五百年风霜却历久弥新，并在实现复兴崛起的航程中越行越光明和宽广，除了历代太安堂人不遗余力地传承发扬，也得益于在传承发展的过程中不断的积淀升华的太安堂独具特色的核心技术，从中药皮肤药，到特效中成药，太安堂以核心技术传承创新，鼎立崛起，成为具有核心竞争力的民族中医药品牌企业。

1. 博士后科研工作站

2008年广东太安堂药业股份有限公司被授予"国家高新技术企业"，国家人力资源和社会保障部批准广东太安堂药业股份有限公司设立"博士后科研工作站"，为企业培养和引进持续快速发展所急需的高层次科技和管理人才，提高企业技术创新能力，加快科技成果转化等奠定了基础。公司积极筹建博士后工作站，发挥自身科技优势，提供、创造和谐的工作环境，为博士的进站、在站课题研究等工作和生活上提供便利条件，全面带动企业的科技进步。

2. 广东省中药皮肤药工程技术研究开发中心

这是经广东省科技厅批准筹建的省级工程技术研发中心，隶属广东太安堂药业股份有限公司。中心拥有博士生、硕士生、高级工程师等科技人员四十余人组成专业研发团队，高端结盟全国各大院校、医院皮肤科和烧伤科相关的权威专家和教授，重点打造现代化的中药皮肤药产品，搭建起企业与国内知名专家、学者学术交流的平台。

3.国家中医药管理局中医药妇科用药重点研究室

在国家中医药管理局重点扶持下，中医药妇科用药重点研究室落户太安堂。

太安堂药业设有专门的研发中心，有固定人员编制和稳定研究方向，专门从事中医药研究并聚集多学科人才，按照中医药发展规律及学术发展需求，在重点方向及关键领域深入开展综合性中医药研究。中医药妇科用药重点研究室在太安堂成立后，将成为组织学术交流，运用传统和现代研究方法获取原始创新和自主知识产权成果，培养卓越科技人才的重要基地。太安堂将进一步加快中药妇科用药的科研的软硬件的建设，科研人才、技术、设备相结合，深入探索妇科用药的规律，不断创新，研发出更好的产品，做好药。

4.中国中药协会嗣寿法、皮肤药研究中心

这是中国中药协会设立于广东太安堂药业股份有限公司内的研究机构，旨在弘扬中医药传统文化，更好地满足人民群众优生优育、皮肤健康的用药需求。

中心在中国中药协会领导下，积极开拓，充分挖掘、发展和升华太安堂近五百年的中医药核心技术亮点，致力于优生优育、皮肤科用药领域的技术开发，推动学术理论向纵深发展，切实为中药产业的发展服务，为实现中药制药的规范化、标准化、产业化、现代化并最终走向世界做出贡献，为人类优生优育、健康美丽事业奉献力量。

5.中华中医药学会皮肤病药物研究中心

这是中华中医药学会设立于广东太安堂药业股份有限公司内的研究机构，旨在通过厂会合作，充分发挥企业作为科技创新的主体作用，迅速把科研成果转化为临床产品，加快中药治疗皮肤病的研发与推广。

太安堂经过五百年中医药核心技术的继承创新，已经拥有了一批治疗皮肤疾病的特效中成药，在中华医学会的支持下，与全国的专家合作，充分挖掘传统中医药瑰宝，致力于中医药外用皮肤病药物、制剂的开发、创新，为人类皮肤健康、美丽做出贡献，走产、学、研相结合的发展道路，共同开创中药治疗皮肤药的新纪元，造福大众。

6. 中国男性不育诊治联盟

中华医学会男科分会与太安堂药业等共建全国男性不育诊治联盟意义重大，目的是和谐社会、幸福中国。数十家医疗单位与机构加盟，初步建立了联盟的组织框架、确定了联盟运作机制、联盟章程等。联盟设立常设机构，定期召开学术会议，就相关领域医疗及科研的新进展、新动向及时关注，及时交流，共享成果。并设立各种优秀成果奖，以奖励在相关医疗和科研领域贡献突出者，以促进和推动男科研究和男科事业的持续发展。

中国男性不育诊治联盟诚邀全国有丰富临床经验、有高度责任感、志在发展男科事业的专家、教授，组建中国男性不育诊治专家委员会，对男性不育患者进行联合会诊，对男性不育课题进行协作研究。在此基础上，联盟将率领全国优秀的男科医疗单位和科研机构，以"关注健康，服务社会"导向，加速推进男科事业的发展，整合行业资源，扩大区域共享，规范行业标准，提高我国医疗机构的整体医疗水平。中国男性不育诊治联盟必将以高效的服务态度、专业的医疗技术，提高男性不育的治愈率，正如太安堂麒麟丸的优质疗效一样，送子送福、为亿万人民家庭带来健康美满生活的福祉。

五、太安荣誉

荣誉激励

（2008—2012）

中华中医药学会
皮肤病药物研究中心

省级非物质文化遗产

中国中药协会
嗣寿法、皮肤药研究中心
中国中药协会
二〇一〇年一月

国家中医药管理局
中药局中科用药重点研究室

授予广东皮宝制药股份有限公司
省知识产权优势企业
广东省知识产权局
二〇〇八年六月

中国男性不育诊治联盟

抗震救灾社会捐赠
先进集体
广东省慈善基金会
二〇〇八年十二月

认定：太宝堂集团有限公司
千金茶秘方
广东省岭南中药文化遗产

授予：金皮宝集团有限公司
烧伤外科发展贡献奖
中华医学会烧伤外科学会
二〇〇六年一月

广东皮宝制药股份有限公司
博士后科研工作站
POSTDOCTORAL PROGRAMME
人力资源和社会保障部
全国博士后管委会
二〇〇八年六月

市级非物质文化遗产
太安堂中医药文化

授予　金皮宝集团有限公司
皮肤科发展贡献奖
中华中医药学会皮肤科分会
二〇〇六年一月

广东皮宝制药有限公司
贵公司
店员推荐率最高品牌
皮肤类

2006-2007年度
科技工作先进单位

2003-2004年度
科技工作先进单位
汕头市金平区人民政府
二〇〇四年七月

2008年度
纳税大户

汕头市科普教育基地
汕头市科学技术协会
二〇一〇年一月

187

第五节　谦畜文化

太安堂堂训：

秉德济世，为而不争。

医道即人道，尊德性而道学问；

药理亦哲理，致广大而尽精微。

太安堂企业文化核心价值观就是以太安堂堂训精神为核心的价值观体系。

太安堂堂训融汇中国先贤哲学的精髓，为现代太安堂人实现宏伟蓝图做最有力的保障：最远大的目标与最务实的操作、最注重细节的执行很好地结合起来，通过坚持国内领先、世界一流的标准，努力做到经济发展高水平、文化发展高品位、人的发展高素质，企业战略转型、创建世界一流的中药现代化特色大型药企的目标就一定能够实现。

沐浴着博大精深的中医药文化成长起来的太安堂以其顽强的凝聚力和隽永的魅力，创造了历史的辉煌鼎盛，风雨兼程五百年，太安堂对中医药文化的继承、创新、弘扬，给太安堂品牌带来了源源不断的发展动力和成长活力。太安堂置身于世界经济一体化的历史大潮之中，面临着世界医药产业向大企业化发展的主流，面对国家医药行业的导向，肩负着振兴中医药国粹这一民族使命的重任。追求企业信仰和人生价值，太安堂继承的不仅仅是御方、秘方的技术精髓，更是"秉德济世，为而不争"的博大胸襟，是"医道即人道，尊德性而道学问；药理亦哲理，致广大而精微"的精益求精之品质；太安堂人继承的不仅仅是学习堂训，而是升华文化、建立"为创建世界一流的以中药现代化为特色的大型药企而奋斗"的信仰。

多年来，太安堂逐步构建企业文化理念体系、实施企业文化推进系统，使公司文化体系及其内涵传达到每一位员工，使员工全面掌握、深刻领会、高度认同企业文化，自觉按企业文化要求规范自身言行。根据新的形势任务和公司战略管理体系，完善、强化公司企业文化建设的工作机制，以企业文化理念体系为指导，完善公司组织结构、运营机制、管理机制和各项规章制度，改善公司的沟通渠道，通过开展各种类型的活动，营造和谐、学习、创新的浓厚组织氛围，提高公司向心力与凝聚力，促进公司系统文化建设的不断深化。并根据公司的发展状况与环境的变化，吸收有利于公司企业文化的新思想、新理念，完善公司企业文化体系和建设、实施的手段。发挥企业文化的导向作用、凝聚作用和激励作用，激发员工潜能，提高企业竞争力，树立公司文化品牌形象，提升企业价值。

太安堂文化品牌的"五个一工程"建设以及"纪念柯玉井诞辰五百周年暨太安堂中医药文化科普公益活动"的成功举办，使太安堂这历久弥新的尊贵品牌，焕发神奇光彩。

一、太安碑记

《太安堂记》

《太安堂复兴序》

明·嘉靖甲子岁，内宫突发"太医朱林案"，御医万邦宁无辜株连流放广西梧州府，恰遇火烧梧州，水漫苍梧，藤县瘟疫，黎庶处于水深火热之中，时任梧州府正堂柯文绍大夫（柯玉井公）与御医万邦宁鼎力设医办药，救死扶伤，治愈大批的烧伤、瘟疫和皮肤病人，并带领军民兴建砖瓦结构民宅，铲除梧州人自古住竹庐屡遭火灾的根源，人民感恩戴德，立石碑永恒纪念，碑文详载在广西梧州原府志卷十八。

据广西梧州府志、广西藤县县志记载，柯文绍（柯玉井）于隆庆元年（1567）在藤县创办"友仁书院"，至万历九年，专培养中医药人才，为民解除疾苦。

御医万邦宁回朝升任太医院院使（太医院院长），上疏隆庆皇帝奏明柯玉井政绩，皇帝御赐其亲著的中医药学瑰宝《万氏医贯》、太医院准备授予的《太安堂》牌匾于柯玉井公。

柯玉井公恭接《万氏医贯》、《太安堂》牌匾，回潮州府带领经御医万邦宁推荐于太医院培训、深造的子侄等创办太安堂，至今历十三代，计四百余年。

太者，意为高也，大也，极也，最也，泰也！太安堂之"太"其意有三：一是太医和太医院的核心技术；二是康泰、平安、泰然；三是指太空即天下。

安者，平安、安康也；太安者，国泰民安也。

"太安堂"，是由太医和太医院的核心技术创建起来的中医药圣殿，旨在弘扬中医药国粹，济世救人，为民造福。据潮州柯氏族谱记载，自明·柯玉井公创办太安堂起，《万氏医贯》世代相传，名医辈出，达官显贵、庶民百姓赴太安堂求医问药者络绎不绝，村前院后时常车马相接，人声鼎沸，救活民命，何止万千，秉德济世，造福万方，功德无量，有口皆碑；兼后裔七代进士，名人辈出，政坛鼎盛，相得益彰，太安堂名望如大鹏展翅，御水临风，扶摇直上，千古传颂。

时光荏苒，日月经天、沧海横流，四百余载之太安堂历史虽多姿多彩，然随国运几经风雨，几经沉浮，太安堂之百年老字号品牌也随之隐于岁月尘烟之中，有其实而未复其名，今太平盛世，中华复兴，愚系柯玉井公第十三代孙，也系太安堂第十三代传人，从医药历四十余年，承先启后，责无旁贷，经我集团申请，国家工商行政管理局批准，我集团于2007年3月6日复名历史百年老字号，正式更名启用"广东太安堂集团"。

原"广东金皮宝集团"称号将作为集团辉煌的历史记载、美好的记忆珍藏于太安堂集团之高阁。

"太安堂"将作为企业品牌，"金皮宝"将作为太安堂集团中医药产业第一支专业化主力军——"皮宝制药，专做皮肤药"的产品品牌，做中国最好的中药皮肤药！

太安堂复兴，先辈含笑，今人欢呼，万店庆贺，感恩政府，感恩天地。

太安堂复兴，我司将出版《太安大典》，将相关府志、州志、市志、族谱等记载史实、珍贵资料、图片、现存建筑、我家十三代《万氏医贯》手抄秘本摘要、名医、名方、名药奉献世人，并介绍当今太安堂名方、名药等；将投巨资拍摄电视连续剧《太安堂》，旨在弘扬中医药国粹，讴歌中国历史上的中医药学家，献给现代致力于中医药发展的工作者；也将复建"太安堂"，建设中医药发展史展览馆、太安堂发展史展览馆、广东省中药皮肤药工程技术研发中心、技术中心、博士后工作站、柯玉井公研究会等单位，复兴太安堂，再现历史辉煌。

雄心铸造事业，梦想孕育未来！

百年老字号太安堂，将代代相传，发扬光大，太安堂人将全力弘扬中医药国粹，大批的秘传御方、秘方、验方等医药资源将研发陆续上市，焕发太安堂青春，闪烁细分领域强势品牌群体，为民造福。

看今朝，太平盛世，中华复兴，金皮宝一脉相承，太安堂继往开来，从"七星伴月"到"五凤朝阳"，从"三足鼎立"到"一统华夏"，荟萃精英，开疆辟土，龙腾长城内外，虎啸大江南北！

展未来，品牌制胜，百二秦关终属楚，三千越甲可吞吴！金皮宝上下同欲，太安堂奇正用兵，正统均衡博弈论，奇才衔接价值链，誓做中国最好皮肤药，塑细分强势品牌群体，运局谋阵，五维操盘，金皮宝"蟾宫折桂"，太安堂"龙门夺魁"！

天道立目标、王道定战略、霸道掌中心、奇正用兵，承太安堂宏基崛起。
地道兴产业、诡道融商战、柔道控枢纽、先胜求战，续金皮宝辉煌腾飞。

柯树泉
2007 年 3 月 14 日

《聚贤亭记》

亭名聚贤，聚贤士也。

聚贤亭，观东海，赏黄浦，依江南，恋皮宝，汇申城之灵气，集水乡之秀丽，瑞气盈聚，黛烟挺秀，恭接四海英才，情牵五洲俊杰。

登斯亭，把酒临风，淙淙流水，碧波荡漾；黄鹂声声，翠柳依依；白鹭栖飞，层林尽染；品茗思"太极"，潜显博弈，格物致知；兴致观"雄风"，龙腾四海，虎啸五洲。抚今追昔，舞榭歌台，风云人物，还看今朝。

百年沧桑，人间正道。金皮宝扬五千年传统哲学之精髓，承五百年《玉井瑰宝》之底蕴，诚集天下贤能权贵，汇华夏精英，萃国学圣训，承易经哲理，纳地理灵气，宠江南风雅，融潮汕海韵，集大成于金皮宝，聚小焦于皮肤药，做中国最好的皮肤药，弘扬中医药国粹，为民造福，为国争光！

问楼外青山，山外白云，何处是唐宫汉阙？

看池边绿树，树边红雨，此间有舜日尧天。

立聚贤亭，永志千秋。

太安堂集团

柯树泉

丙戌年桂月立

《太安堂药王宫》碑记

中华医药，浩瀚无垠。神农尝百草，黄帝著内经；扁鹊察声色，华佗疗疮伤；仲景《伤寒论》，思邈《千金方》；时珍书"本草"，万氏撰"医贯"；神医药王，济世救民，缔造国医，功昭日月，千秋永垂！后世泽福祉建庙宇，感恩戴德，垂念传承。

据《海阳县志》记载，潮州药王庙设于开元寺，清咸丰十年分建于翁厝巷，南来北往万千商客，参拜药王祈求安康，时祭仪隆重，既为祭祀香火之会，亦成南北药材盛会，潮州药都名扬四方。然百年沧桑，战火频仍，药王庙濒临倒塌，几经修缮，几易其地，终湮没历史烟尘！

吾祖柯玉井公精研经史，荣登仕途，清正廉明，携宝典，创圣殿，立太安，施仁术，济苍生，"秉德济世，为而不争"，至今传承十三代，近五百年矣。愚系玉井公第十三代孙，幼承家学，从医历药四十余载，欣逢中华盛世，创建药业集团，为弘扬国粹，振兴中医药，复兴太安堂，兴建药王宫，戊子年春月破土，经年告竣。太安堂药王宫局从易理，卦推元亨，梅开五福，飞檐勾角，雕梁画栋，玲珑剔透，步步异景。

药王宫分内外八景，外八景为"格物致知、决策九重、阴阳太极、南国古榕、杏林春暖、橘井泉香、东风邀月、太安圣殿"；内八景为"杏林宗师、神医妙手、圣药灵丹、圣母送子、药王宝殿、瀚墨兰芳、玉井传奇、太安崛起"。药王殿中尊立伏羲、神农、黄帝及扁鹊、张仲景、李时珍等医圣药王塑像，皆以名贵黑檀木精琢而成，栩栩如生。杏林宗师、翰墨兰芳、《太安大典》、《万氏医贯》、柯氏针灸铜人为五大镇堂之宝。楹联牌匾，文韵萦绕，医药氤氲。诚为瞻仰圣贤感悟医道弘扬国粹传播文化之圣殿。

药济苍生，仁心仁术，青阳开国太；

王昭日月，圣典圣德，紫气佑世安！

公元二〇〇九年岁次己丑年春月

太安堂第十三代传人柯树泉盥手拜撰

《皮宝亭记》

亭名皮宝，皮肤之宝，品牌经略诗韵之礼赞也。

阴阳五行，《内经》圣典，中医玄机，中华之国粹也；膏霜酊醑，皮宝圣药，民族瑰宝，中药之灵丹也；集团开基，玉阙春光，鹏程万里，太安感恩，秉德济世也。

太安堂五百年，创业玉井公，四朝十五代，集团十六春，焉敢一日或忘呼？回眸太安之经略，"运九天布局，行改命造运，拓现代中药，展百年品牌，创科技上市，施资本运作，吸精华集道术，行奉献走大道，复兴崛起而惠报众生也。"是以皮宝亭之兴建，犹征程之里碑，航程之灯塔，正未可或阙也。

皮宝亭紫气东来，旨在弘扬国粹，迎接曙光；意在明天时、察地利、得人和而崛起；愿亭荟南国之秀丽，萃潮汕之灵气，观南海而赏三江，依岭南而恋鮀城，化成岐黄不争之术，造福四海，泽被五洲！

登斯亭，把酒临风，前观河图洛书，七星伴月，金光大道；后闻淙淙流水，黄鹂声声，皮宝天籁；左探观音送子，碧波荡漾，翠柳依依；右望黄道天罡，百鸟翔集，万象争辉；品茗观"麒麟"，玉燕投怀，兴致赏"宏兴"，凤舞五洲，抚今追昔，舞榭歌台，风云人物，还看今朝。

亭建成于壬辰孟春，葳事之日，述其牌略诗韵而泐诸贞珉。

公元二〇一二年岁次壬辰端月

太安堂集团柯树泉盥手拜撰

《麒麟园记》

盘古开天，煌煌之势，宛如巨龙君临东方；三皇五帝，德治天下，千年万载吟唱传奇。国有史，方有志，家有谱，柯氏年表，世系昭然。据《太安堂家谱》记载，自玉井公始，世代相传，名医辈出，秉德济世，有口皆碑。七代传人柯黄氏，祖述歧黄，精研经典，法于阴阳，和以术数，研制麒麟丸，成就嗣寿法，施仁术，济苍生，玉燕投怀，何止万千，繁盛人类，功载史册。愚欣逢盛世，兴建麒麟园，愿黄氏妈垂誉千秋。

麒麟园，九天布局，孕日月星辰，天罡黄道之天韵；局从易理，育元亨利贞，南国园林之风姿。敬仰麒麟门，荟百年展厅观礼圣地，萃龙钟凤鼓迎圣之道；高瞻中庭，展太安宾馆豪华大堂，示文渊书阁运筹之源；远望后宫，执秉德济世为而不争，着科技制药奉献之本；雄观中轴线，自外渐进，金轮照壁、麒麟殿宇、金光大道、圣母送子、黄氏慈仪、宗师玉井、玉兔下凡、黄帝大殿、百子浮雕；静察内布局，河图洛书，七星伴月，贵宾礼道，园林长廊，花圃竹林，莲池水井，金鱼戏水，荧屏花灯，错落有致；精微外布景，旌旗花圃，八卦飞星，麒麟丸雕，古榕苍劲，宛荡小溪，照壁浮雕，亭台水榭，天地相感，品物咸章；极致筑护苑，楼林立，势磅礴，显神韵，展雄姿，太平盛世，江山多娇。

麒麟园全景，三进古典，雕梁画栋，古色古香，神奇典雅，温馨恬淡，草木丰茂，生机盎然，天人合一，格物致知，药香千里，造福万方！

神医送子麒麟，圣药投怀玉燕。

公元二〇一二年岁次壬辰端月

太安堂集团柯树泉盥手拜撰

《宏兴堂记》

宏药三朝青阳开国太，兴医万载紫气佑世安。顺天承运，壬寅孟春，太安堂入主广东宏兴。

凤城潮州府，岭海一名邦，海滨之邹鲁，风光独旖旎，大明建太安，神州出名药，四朝十五代，一脉传承五百年，九苞应灵瑞，五色成文章。太安堂，堂名太安，祈天安地安人安也；堂名太安，求普救众生秉德济世为而不争也；堂名太安，施医道即人道，尊德性而道学问，行药理亦哲理，致广大而尽精微也。太安堂，发祥于滔滔韩江畔，腾瑞于滚滚长江口，拓科技上市，复兴而崛起。

凤城潮州府，大清孕宏兴，传医药经典，承制药精髓，迄今历三朝，三百五十载，辉煌灿烂，宏兴众先贤，历届掌门人，灵药济苍生，功德昭日月，千秋永记！溯其源，宏兴肇始于清康熙"大娘巾卫生馆"，邀盟紫吉庵，聚首宏兴栈，合营立宏兴，雄健谱华章；观其史，岁月沧桑，几经兵火，风雨飘摇；几度磨难，浴血奋战，百炼成金；察中周，宏兴渴望人才，呼唤资本，涅槃重生。

得水生灵气，柳垂成诗意，解事宜读史，狂啸宜登台。太安堂，顺天时，得民意，怀赤心，壬辰主宏兴，创立宏兴堂，纂宏兴堂记，立宏兴信仰，锁宏兴堂训，定宏兴真言，扬核心价值，融太安文化，冰态化液态，液态升气态，腾飞之千古铁律；运九天布局，行改命造运，操五行生制，驭集成聚焦，拓金字品牌，展资本运作，吸世界精华，纳传统哲学，心灵之碰撞，阴阳之升华，宏兴堂腾飞之千古经略；传核心技术，承文号宝库，拥无形资产，立独家专利，搏百亿市场，整内外资源，扬中华字号，回报众股民，报效全社会，中周之轮回，宏兴堂腾飞之千古良机。

智者无惑、勇者无畏、仁者无敌！九万里风鹏正举，但凭海运适南溟！

感恩潮府，感恩宏兴人，感恩潮城一草一木。

龙腾雷震中周顺天和术数；凤舞水兴甲子承运法阴阳。

公元二〇一二年岁次壬辰端月
太安堂集团柯树泉盥手拜撰

《念仙亭记》

念怀感恩举，仙载积德誉，亭含天地情，念仙亭，怀举载誉含情。缘于斗转星移，明初高士柯逸，化名何氏野云，脱志于尘埃之外，得趣于山水之间，仙风道骨，行善积德，造福苍生，民间尊称虱母仙，时何氏适经潮邑，突觉风光独旖旎，九苞应灵瑞，兴致之际，寻龙择凤沿奔福地，徐见祥云缥缈，柯三世祖逸叟公，春雨结缘，恭敬经年，何氏独具慧眼，觉逸叟宅心仁厚，德行懿节，屡试屡验，遂师授天文地理堪舆青乌之法，传麻衣悬壶奇门玄学之术，且为柯家堪定龙脉宝地，择吉肇造千秋基业，潮州井里柯氏遂蕃盛如瓜，瓞之绵绵，更于五世祖玉井公金榜题名，享誉朝野，立堂太安，秉德济世，迄今绵延五百载，名医辈出，族望炽昌，根基永固。昔玉井，设神龛，恭奉祭；今太安，建斯亭，念仙恩。仰仙亭，依岭南，恋桑浦，观江海，萃华夏；登亭雅兴，把酒临风，百鸟朝凤，中华奇葩，国粹复兴；释茗论古今，左顾千年韵，右挹万古川，普济脱苦难，灵丹济苍生；道抚琴咏心曲，秉太极论无为，定格物求致知，施极致为不争，行大道于无形；儒医易兮太安堂，尊德性兮道问学，致广大兮尽精微，仁心术兮开国太，圣典德兮佑世安。感念仙恩，立亭为记，世代永铭！

公元二○一三年岁次癸巳辛酉月立
太安堂柯玉井公第十三代孙柯树泉盥手拜撰

二、楹联艺术

太安堂圣殿大门长联：

太平盛世，沐帝恩聚贤能，进医林潜药谷，纳五精运四气，荟天仙依瑶池炼就一代宗师，师风百世又山仰！仰观无象，析橘井龙腾喜雨，俯察医馆，求树吐芳菲花似锦，灵椿少少耸九霄福荫华夏。问茫茫南海，海滨新城，何处飞来圣药？

安泰祥和，尊儒法推易理，执道术出奇谋，集千法成一家，借地势建圣殿弘扬万年国粹，粹韵千秋绍苑弹！弹赏楷模，愿杏林虎啸雄风，品鉴药坊，望泉涌玉液浆如琼，丹桂彬彬还一愿康安万民。看滚滚韩江，江畔古邑，此间辈出神医！

麒麟园长联：

麒行健声如雷腾九霄比翼翔黄道涉天罡登北斗九天担日月邀观音法阴阳送子开国太；

麟势坤韵似乐历千寿三才萃内经哲易理立中医一统动乾坤步老子和术数长生盛世安。

麒麟园中座大门对联：

玉井肇基一脉传承五百载
麒麟呈瑞九州仰止八千椿

太安堂中医药博物馆药王宫大门两侧圆柱对联：

药济苍生仁心仁术青阳开国太
王昭日月圣典圣德紫气佑世安

麒麟园圣药坊大门对联：

麒园耀南国敢效时珍长济世
麟药灿北辰遥承仲景建殊勋

三、八景散文

玉井肇基一脉传承五百载

麒麟呈瑞九州仰止八千椿

在 2012 年 2 月 5 日举行的"纪念柯玉井诞辰 500 周年暨太安堂中医药文化科普公益活动"总结庆典大会上，国家有关部门领导及各界相关领导专家为太安堂麒麟园开园剪彩。两千多名来宾入园参观，在惊叹麒麟园如园林般美景的同时，也为其浓厚而深邃的文化底蕴所折服，麒麟园内的一副副对联，如翰墨兰香，沁人心脾。

太安堂麒麟园按中国中医药产业标志性建筑设计，是太安堂集团打造的集中医药科研、生产、传统哲学等于一体的中医药产业园区。麒麟园园名源自太安堂的名牌产品麒麟丸——为千千万万不孕不育家庭送去健康聪明麒麟宝宝的特效中成药。麒麟是中国传统文化中的吉祥物，肩负"麒麟送子"之重任，象征着吉祥如意，幸福美满；园，为团团圆圆，圆圆满满之意，太安堂麒麟园预示着健康制药、送子送福、为亿万人民家庭带来健康美满生活的福祉。

太安堂麒麟园的布局依照中国传统文化的理念，是中医"天人合一"的缩影。麒麟园外景共有八个景观：

第一景：金轮照壁。麒麟园外景第一景"金轮照壁"，与麒麟园大门正对。照壁上雕有栩栩如生的腾云麒麟，上书"麒麟呈瑞"四个字，预示吉祥和福瑞，象征着送子、祥和、福禄、长寿与美好。金轮照壁，金色的阳光预示着国家繁荣富强，照耀着美好的未来；同时这也是麒麟园天人合一、九天布局、日月星辰中的重要一景。

第二景：悬壶济世。位于金轮照壁左侧，高 8.8 米（台高 5.6 米、葫芦斜高 3.2 米）金光闪闪的巨型葫芦，"悬壶济世"是中医的象征，这个大葫芦里盛装的就是太安堂专治不孕不育的妙药麒麟丸。"悬壶济世"是麒麟园外景第二景。

第三景：皮宝美亭。金轮照壁南侧一幢妙趣天成、景致幽然的小亭，名为"皮宝亭"，皮宝亭记录着太安堂复兴初期"一支药膏打天下"的峥嵘岁月。

第四景：九宫玄图。中国传统文化中著名的九宫图，这个图非常奇妙，里面的数字无论横加、竖加、斜加，三个格的数字加起来的总和都是十五。玄机九宫图，奥妙无穷，是我国先哲们发明的一种象数体系，用于预测未来、现在、过去的一种模式。

第五景：阴阳太极。在皮宝亭的旁边，由三种不同植物组成的图案，叫做"阴阳太极"。阴阳太极图：一对阴阳鱼环抱而立，阴中有阳，阳中有阴，被称为神秘的"东方魔符"，一阴一阳谓之道，体现了"天道、地道、人道"的思想，代表着中华民族对宇宙和人生的思考和探索，包含了深刻的人生哲理，厚德载物，格物致知，中华国粹夺品牌；阴阳太极，儒道经典成霸业。

第六景：麒麟大门。雕梁朱红圆柱、金碧辉煌、古色古香的麒麟园大门，就是五百年太安堂麒麟园的一个醒目标志。走进麒麟门，便进入了融会中国传统文化及中医药文化精髓的神奇天地。门楼高耸，九曲韩水，七星拱月，大气典雅。麒麟园体现了日月星辰，北斗七星的布局。

第七景：麒麟献瑞。在恢弘大气的麒麟殿宇大门口是两尊高大威武的麒麟，麒麟是古代吉祥物，它和龙、凤、龟并称"四灵"，是四灵之首。麒麟园大门前一对石雕麒麟镇园护卫，不仅寓意迎祥纳福，祈求风调雨顺、国泰民安，更包涵太安堂麒麟圣药送子送福送吉祥的美好心愿。

第八景：黄道十二宫。在天文学上，以地球为中心，太阳环绕地球所经过的轨迹称为"黄道"。黄道宽16度，环绕地球一周为360度，黄道面包括了除冥王星以外所有行星运转的轨道，也包含了星座，恰好约每30度。范围内各有一个星座，总计为十二个星座，称为"黄道十二宫"。

进入麒麟大门，就进入了一个既融汇中国传统文化又涵盖中医药医学精髓的神奇殿堂，麒麟园内八个景观：

第一景：龙钟凤鼓。麒麟园大门左右两边巨型古朴大气的钟和鼓就是太安堂的龙钟和凤鼓，龙钟重达三吨。钟鼓乃天地之音，蕴含天地节律，晨钟暮鼓，能够使人觉醒，催人奋进。龙钟里面刻有太安堂创始人柯玉井公创立太安堂时创作的《太安堂记》。

第二景：金光大道。进入麒麟园大门，呈现出凝聚着太安堂发展核心价值观的"金光大道"：有太安堂堂训：秉德济世，为而不争。医道即人道，尊德性而道学问；药理亦哲理，致广大而尽精微。有太安堂人信仰：为建成世界一流的以中药现代化为特色的大型药企而奋斗。

第三景：圣母送子。伫立在"金光大道"前面的是一尊典雅祥和的"圣母送子"青石雕像。这是新世纪以来二十万"麒麟宝宝"的家庭代表为纪念太安堂第七代女传人柯黄氏妈而雕刻的。柯黄氏妈研制的太安麒麟送子丸为千万不孕不育家庭送来了麒麟儿、状元郎。"圣母送子"能给人们带来吉祥如意和子孙后代。

第四景：神龟驮碑。轩辕殿前东西两侧这两只神龟，一个叫赑屃，一个叫霸下。赑屃，龙之九子之首，又名霸下，好负重。霸下和龟十分相似，但细看却有差异，霸下有一排牙齿，而龟类却没有，霸下和龟类在背甲上甲片的数目和形状也有差异。霸下又称石龟，是长寿和吉祥的象征。我国一些显赫石碑的基座都由霸下驮着，在碑林和一些古迹胜地中都可以看到。传说霸下上古时代常驮着三山五岳，在江河湖海里兴风作浪。后来大禹治水时收服了它，它服从大禹的指挥，推山挖沟，疏遍河道，为治水做出了贡献。洪水治服后，大禹担心霸下又到处撒野，便搬来顶天立地的特大石碑，上面刻上霸下治水的功绩，叫霸下驮着，沉重的石碑压得它不能随便行走。

在太安堂麒麟园里，左边的赑屃驮着的石碑上刻着《麒麟园记》，全文594字。展现了麒麟丸问世福民的一段历程，细述了麒麟园大气恢弘的布局与建筑，展示了麒麟园与中医药文化完美结合的奇思与妙想。右边则是太安堂创始人柯玉井公撰写的《太安堂记》。通篇665字，道出了柯玉井公悬壶济世，渴望天下平安的仁心，让人看到了太安堂尊崇五百年古训，造福百姓，福泽四方的无疆大爱。

第五景：河图洛书。沿着麒麟园建筑的中轴线直线前行，就是中座轩辕殿大门前的河图洛书，河图与洛书是中国古代流传下来的两幅神秘图案，河图洛书是中华文化，阴阳五行术数之源。

相传，上古伏羲氏时，黄河中浮出龙马，背负"河图"，献给伏羲。伏羲依此而演成八卦，后成为《周易》来源。又相传，大禹时，洛阳西洛宁县洛河中浮出神龟，背驮"洛书"，献给大禹。大禹依此治水成功，遂划天下为九州。又依此定九章大法，治理社会，流传下来收入《尚书》中，名《洪范》。《易经》中说："河出图，洛出书，圣人则之"，就是指这两件事。

河图上，排列成数阵的黑点和白点，蕴藏着无穷的奥秘。中外学者探索研究河图洛书后认为这是中国先贤心灵思维的结晶，是中国古代文明的第一个里程碑。

第六景：七星伴月。麒麟园的园内美景"七星伴月"，七星就是七座金鲤池，池里的水都是相通的，这七个锦鲤池正好构成北斗七星的形状。中国传统的堪舆风水学认为，得水生灵气，麒麟园北斗七星是以立春那天北斗斗柄的方向，精心施工而成。

第七景：雷公炮制。麒麟园整个院墙内，刻挂的是雷公炮制图，总共有225幅图。是依照《补遗雷公炮制便览》中的图刻的，这本书为存世孤本，现存中国中医科学院图书馆，其绘成年代比现在享誉世界的明代李时珍《本草纲目》还要早二年。这些雷公炮制图是根据雷公炮制法的描述，结合当时的中药炮制技术创作，为今人研究古代中药炮制技术和原理，传承炮制古法，提供了极有价值的示意图。是中药炮制技术的珍贵遗存，为今人的研究提供了许多新的资料。

第八景：秉德济世。麒麟园后宫圣药坊，矗立的大楼是生产基地，里面有三十多条现代化的生产线，太安堂人秉承"秉德济世，为而不争"的太安堂堂训精神，遵循太安堂制药大法真言，运用现代科技制作上乘好药奉献世人。

麒麟园全景，从古雅的装饰、清灵的布景，到现代化的建筑高大雄伟，蕴含太安堂开拓进取精神，让中医药文化在现代化的生产体系中绽放出瑰丽的璀璨光芒。三十多条现代化的全自动药品生产线，为生产最特效的中成药、为人类的健康美丽保驾护航。

四、企业歌曲

皮宝雄风

柯树泉 词
宇 鹏 曲

1=D 4/4

```
3.3  3 4  5  -  | 6.6  6 7  i  - |
我们  皮 宝，  专做 皮肤 药
我们  皮 宝，  专做 美容 药

6 6  6 7  i  7 i i | 7  7 7  7 6  5  - |
我们 皮 宝，做中国 最 好的 皮肤 药
我们 皮 宝，做中国 最 好的 美容 药

3 3  3 4  5  3 5 | 6 6  6 7  6  - |
我们 皮 宝，一支 药膏 打天 下
我们 皮 宝，三足 立鼎 遵古 法

6 6  6 7  i  6 i | 7 6  7 i  2  - |
我们 皮 宝，两个 品牌 定江 山
我们 皮 宝，半部 论语 成霸 业

5 3  3 2  i  - | i i  i 7  6  - |
放飞 梦想 啊， 天高 任鸟 飞
成就 未来 啊， 精英 更风 流

6 6 7  i  6 | 7 6  7 i  2  5 | i  - - - :|
皮宝风 乍 起，皮宝 雄风 震 五 洲

5 3  3 2 i  - i i  i 7  6  - |
啦……

6 6 7  i 6 | 7 6  7 i  2  5 | i  - - - ‖
啦……        皮宝 雄风 震 五 洲
```

太安堂进行曲

1=C 或 D 4/4 - 1/6
有力，豪迈而抒情

作词：柯树泉
作曲：冯一

崛 起 太 安 堂　　　崛 起 太 安 堂　 以
腾 飞 太 安 堂　　　腾 飞 太 安 堂　 以

振 兴 中 医 药 为 己 任，　 以 弘 扬 国 粹 而 自 豪。
振 兴 中 医 药 为 己 任，　 以 弘 扬 国 粹 而 自 豪。

运 局 谋 阵，　　 七 星 伴 月 到 五 凤 朝 阳
运 局 谋 阵，　　 产 品 经 营 到 产 业 扩 张

五 维 操 盘 三 足 鼎 立 到 一 统 华 夏。
五 维 操 盘 品 牌 经 营 到 资 本 运 作。

崛 起 啊 太 安 堂，　 为 中 华 繁 荣，为 中 华 昌 盛，做
腾 飞 啊 太 安 堂，　 为 人 类 健 康，为 人 类 美 丽，做

1.2　　　　　　 结束

中 国　 最 好 的 皮 肤 药。
世 界　 最 好 的 中 成 药。

太安堂之歌

1=bE 或 D 4/4

柯树泉　词
陈宇鹏　曲

| 5 3　3 4　3　2 | 3 - 5 - | 6 4　4 5　4 3 | 2 - - 0 |
龙腾　滚滚长　江　口，　花样　花花　珠江　边，

| 6 4　4 5　4 | 3 | 2 - 6 - | 2 2　2 3　4 4　3 2 | 2 - - 0 |
凤起　滔滔韩　江　畔，天蓝水碧,商烟滚　滚

| 1 6　6 6　6 6　6 7 | 1. 7 6 - | 7 7 7 1　7 6 | 7 7 6 5 - |
熊熊　火炬　点燃　心中梦想，　声声号角荟萃天地灵气，
浩浩　底蕴　闪烁　精英光彩，　滴滴心血凝聚人间真情，

| 4 5　4 3　2. 3 | 4 5　4 3 | 2 - | 2 - - 1 | 5 - - 0 |
江明　精时英，　激游能，　聚龙脉，
明　天时，　荟地利，　得人和，

| 5 6　5 3　5 - | 1 2　1 6 | 1. 6. 1 3 |
集　大战成，　学规则，　太安堂
精　战，　略，　细目标，所阳太板，

| 5 6　5 3　5 - | 1 2　1 6 | 1 - 1 6 6 5 6 3 | 2 - - 0 |
玉井瑰宝夺品　牌，　夺品牌，
儒道经典成霸　业，　成霸业，

| 0 2 - 6 | 1 - - 0 : | 0 2 - 3 | 1 - - 0 ‖
夺品牌。　成霸业。

天地志 中华情

五、《太安堂基本法》

《太安堂基本法》(第一版)概说

《太安堂基本法》(第一版)于 2008 年 1 月 1 日起执行。全法共计五节七十二条，第一节为公司宗旨，是全文纲领，明确太安堂核心价值观及发展战略；第二节是经营策略，阐述了公司发展的具体策略和目标；第三节为组织原则，展现了公司的组织架构和用人原则；第四节是业务控制，明确细化各项管理制度；第五节是法规修订，明确了本法的修订细则。

《太安堂基本法》以历史发展规律和市场规律为准绳，确定了太安堂集团的"核心价值观"；集萃了为实现集团"核心价值观"的古今战略战术，制定、实施"多元规模经济""玩命共赢经济""五行生制经济"等"三大经济"策略；全方位执行资本运作维度、业务活动维度、营销空间维度、组建方式维度、五行生制维度等五维操盘术；铸就太安堂集团创业灵魂基石、建立的风险规避机制。

《太安堂基本法》的出台，对规范公司的发展，为创建世界一流的中药现代化大型企业做出巨大的贡献。

《太安堂基本法》将指引全体太安堂人走上依法管理、法不阿贵、厚赏重罚、赏誉同轨，做强、做大、做久的光明大道。

《太安堂基本法》将规范全体太安堂人在"弘扬中医药国粹，以资本运营为手段，以产业经营为目的，建立以产业发展为核心的资本链，创建广东、上海两个'世界一流的中药现代化大型制药企业'生产基地，建造自己的实业王国"，"为创建世界一流的中药现代化大型企业"中做出巨大的贡献。

《太安堂基本法》(第二版)(概说)

《太安堂基本法》(第一版)自 2007 年 11 月 26 日出台，于 2008 年 1 月 1 日起正式实施，对公司"二五规划"的胜利完成起到重要作用。根据《太安堂基本法》所制定的修订原则，"每五年进行一次修订，修订的过程贯彻从贤不从众的原则。根据公司发展形势可以对本基本法及时完善和补充。"

2013 年，太安堂驶入"三五规划"的高速发展期，向着"建成世界一流的以中药现代化为特色的大型药企"的宏伟梦想阔步奋进。为继续坚持科学发展观、走可持续发展之路，夯筑太安堂管理基石，在第一版的基础上精炼、完善、升华，制订第二版《太安堂基本法》。

《太安堂基本法》第二版共分五章，第一章为太安堂文化法规，是全文的核心纲领，充分体现太安堂核心价值观和精神内涵、铸就太安堂创业灵魂基石的战略以及分配形式；第二章为太安堂行政法规，阐述了企业的组织原则，展现了公司的运营架构和人才建设模式；第三章为太安堂管理法规，体现了太安堂的管理法则及监管机制；第四章为太安堂增长大法，明确太安堂经济增长的各项要点；第五章为基本法执行法规，阐述了法规修订实施的相关细则。

《太安堂基本法》是公司多年成功经验的提炼总结，也是公司未来发展的行动指南，是全体员工的行动纲领，也是指导各项经营管理工作的基本准则，是公司各项制度流程的渊源，在公司内具有最高的法律效力。

学习：《基本法》是太安堂人笃定恪守的基本法规和行为准则，是太安堂安身立命的根本，是太安堂崛起夺标的基本大法，是全体员工都必须信奉的信条，全员必须认真学习，领会执行。

执行：本《基本法》自颁布之日起执行，执行时间从 2014 年 1 月 1 日至 2017 年 12 月 31 日四年。

解释权：本《基本法》解释权归集团董事会。

本章小结

在《易经》中，谦卦是唯一大吉大利之卦。谦卦上坤下艮，即上为地下为山，厚德载物的大地覆盖着伟岸不绝的山，逶迤连绵的谷，"谦"是大地一般的平坦厚重，而胸中自有峰峦丘壑，自有万丈豪情雾霭虹霓，它所隐喻的是宽广敦厚的胸怀气魄，承载的是宏大超凡的胸怀境界。

在太安堂的现代复兴历程中，谦德精神融入企业的肌理血脉，奠定了企业的精神理念。海纳百川，有容乃大，太安堂谦畜嗣寿，以济世苍生为目标，以传承近五百年的嗣寿秘术为千万家庭送上麒麟儿，让社会大众延年益寿，拥有健康的体魄；太安堂谦畜救心，心宝丸、心灵丸为代表的心脑血管系列产品载誉无数，护心养心，降脂护脑，为社会大众的健康保驾护航；太安堂谦畜皮宝，中药皮肤类产品为业界领军产品，靓肤康肤，护肤美容，广受消费者喜爱；太安堂兼畜品牌，拥有近五百年的悠久历史，御赐太安堂牌匾，宝典《万氏医贯》，是中医药非物质文化遗产的典型代表；太安堂谦畜文化，弘扬国粹，传承经典，以弘扬中医药文化为己任。

古人云："求一人一家之安，仅谓小安；求一族一乡之安，可谓中安；求一邦一国之安，乃谓大安。"五百年前，柯玉井恭接御赐"太安堂"牌匾和医学宝典《万氏医贯》回潮州创建太安堂，立堂训，在《太安堂记》中写道："堂名太安，祈天安、地安、人安也；堂名太安，求普救众生，秉德济世，为而不争也；……"太安堂的谦虚经略，追求的是天道与人道合一、社会和谐共生的"大安"。

谦德君子，善始有终，万事亨通。步入"三五规划"的重要历史时期，面对激烈的市场竞争和瞬息万变的商海，太安堂将秉承"秉德济世，为而不争"企业精神，以谦和的心态应对挑战，迎接机遇，服务社会，造福大众，沐浴着信仰的荣光，在梦想的碧海中扬帆！逐梦！

第七章　履鼎经略

"物畜然后有礼"（《易经·序卦传》）。

在易经的解释里，就某种意义上来说，履就是礼，履德就是礼德，在物产蓄积得较为丰富后，按礼制法律去履行自己的义务，言而有信，行而有礼，从物质文明走向精神文明，制礼习礼，行善养德。

鼎者，定鼎、鼎席、鼎业、鼎运、鼎盛之意也。传上古大禹以"黄金"铸鼎九只，喻天下九州，象征其中央权力，遂有"问鼎中原"、得鼎者得天下之说。

"鼎"是中国青铜文化的代表。它是文明的见证，也是文化的载体。"器制沉雄厚实，纹饰狞厉神秘，刻镂深重凸出。"从"禹铸九鼎"之后，鼎就由一般的炊器而发展为传国重器，成为国家和权力的象征，"鼎"字也被赋予显赫、尊贵、盛大等意义。

"鼎"更是《易经》中的一卦，"木上有火，鼎，君子以正位凝命。"意思是，《鼎卦》的卦象是巽（木）下离（火）上，为木上燃着火之表象，是烹饪的象征，称为鼎。君子应当像鼎那样端正而稳重，以此完成使命。《易经》中对"鼎"的诠释很透彻，还有"鼎颠趾，利出否"意思是，烹饪食物的鼎足颠翻，却顺利地倒出了鼎中陈积的污秽之物，便于除旧布新，反常的现象得以向好的方面转化。再深一步，"革，去故也。鼎，取新也。"这就是成语"鼎新革故"的出处，意思是变革或破除旧的，确定、树立新的，指事物的破旧立新。"鼎"成为与除旧的"革"相对应的布新的象征，构成了鼎新革故，相辅相成的哲学概念。也由此可看出，早在三千年前，中国就有革故鼎新的创新意识和主张。

后来，秦穆公听取商鞅主张"便国不必法古，利民不循其礼"，厉行变法，鼎新革故，终成一代霸业。

战国时代，"诸侯力政，争相并"的主要手段是战争，而赢得战争胜利的关键是实力。墨守成规、不思进取，必然导致国弱败亡。所以，各国都把鼎新革故、变法图强作为富国强兵的途径。

到了唐代，唐太宗采纳魏征之谏，不断兴利除弊，鼎新革故，初步形成国势昌隆，府库充盈，国力强盛的盛世局面。

北宋王安石鼎新革故的代表语"天变不足畏，祖宗不足法，人言不足恤。"被改革开放新时代的中国总理引用，表达坚定不移解放思想和改革创新的决心。

鼎新革故是社会发展的规律和动力。对企业来说，在迅速发展的前行中，更需要鼎新革故的精神、勇气和智慧。

太安堂在胜利完成"二五规划"大发展的历程中，无不凸显着鼎新革故的气息。革除旧弊，包括旧的模式、旧的思维观念，强调创新，"创新盈利模式是加速公司做大规模、提升高度、加大深度、高效整合医药产业、鼎立中型制药企业的造血系统。"

如果说鼎新时代需要有高尚的道德，那就是"鼎德"，也就是在鼎新时期迎风鼎力，当仁不让，点火燃薪，熬雉烹鲜，稳重谨慎，把握新时机，精研鼎新谋略，团结鼎新志士，把鼎新大业推向胜利的高尚美德。

太安堂在"三五规划"将奏响一曲激昂的乐章，革故鼎新激扬蓬勃活力，在鼎新中完成复兴大业，实现崛起，铸造辉煌。

第一节 皮宝履鼎

名医辈出的中医药世家太安堂，以深厚的中医药文化环境熏陶、哺育、鞭策着历代传人的成长，虽或一度隐没于岁月尘烟中，但是太安堂的传人并没有因此而忘记祖训，荒废医业，而是衣钵相传，以"药济苍生"为己任，恪尽职守，守护着中医药文明的薪火。

从专业院校到专科培训，从农村基层门诊到城市社区医疗，从治疗常见病多发病到中医外科、皮肤科和慢性病的专科治疗，从父辈的传承到名师的施教，从领导的关爱到群众的支持，融汇博大精深的中医学，荟萃祖传御赐《万氏医贯》、《玉井瑰宝》秘本的医药精髓，现代太安堂传人奠下了相关的中医药核心技术。

1995 年，汕头特区皮宝卫生制品有限公司成立。在技术推动型的医药产业领域中，拥有技术含量极高的独家品种，是企业核心竞争力的重要支点，因此，开始对太安堂中药皮肤药秘方进行研究，成功发明中药皮肤外用药"皮宝霜"。这个产品配方独特，疗效神奇，年销售额持续保持在一亿多元，奠定了企业发展的坚实基础。

1997 年，企业冲出汕头挺进广州，完成了以广州为中心的华南地区的营销布局。

2000 年，"广东皮宝制药有限公司"成立，真正实现了企业发展史上的第一次飞跃，完成了"从医到药"的转变。这之后，公司充分整合资源，使科研成果迅速转化为生产力，走上了高新技术产业化发展道路。形成了"铍宝消炎癣湿药膏""肤特灵霜""铍宝解毒烧伤膏"等疗效显著的高效中药皮肤药产品群。

从医到药，是太安堂发展历程上的第一大拐点，也是最具革新意义的里程碑事件，它不仅重新擦亮了"太安堂"这块传承了近五百年的金字招牌，更开启了一个辉煌时代的序幕。

一、皮宝开基

"云行雨施，品物流形；大明终始，六位时成，时乘六龙，以御天。"

乾卦是统帅万物之本源，它使云朵飘行翻动，使雨水施洒降落，各种事物各具形态而不断发展。明亮的太阳周而复始，乾卦各爻卦按不同的时位组成，犹如六条龙接连驾驭天地之间。

太安堂传人以祖传秘方结合从医经验成功研制了"皮宝霜"。以"皮宝制药，专做皮肤药，做中国最好的皮肤药"为利基战略，开始了"一支药膏打天下"的企业品牌和产品品牌的培育。高疗效的"皮宝霜"得到市场的欢迎，经过几年迅速发展，形成了以广州为核心的广东省内"七星伴月"的市场格局。进而走出广东，以广东为主体，形成华南五省"五凤朝阳"的营销格局，马不停蹄乘胜再铸造华南、西南、华东"三足鼎立"营销网络，直到拓展中原、夺取华北、占领东北，逐步形成"华夏一统"的市场营销体系。市场的拓展给予企业丰厚的回报，公司得到长足发展。

2000 年 1 月汕头市皮宝卫生制品有限公司兼并了揭阳市新华制药厂，获得十八个注册药品，在汕头建立制药生产基地，从卫生制品有限公司一跃成为制药企业，公司从智力、人力、财力、物力大投入，从厂容厂貌到硬件软件均顺利通过省、市药监局验收。拥有软膏剂、片剂、颗粒剂、胶囊剂、水剂、油剂、酊剂、卫生材料等生产设备，生产能力最大限度满足公司发展需要，为跻身细分领域强势品牌奠定了基础。

2000 年，公司从卫生制品有限公司发展成为制药有限公司。建立制药生产基地、组建营销队伍、完善销售网络、构筑现代营销管理模式，推出并升华皮宝品牌、取得基础建设的胜利，完成第一次战略飞跃，"一路春风走进制药新时代。"

通过脚踏实地、扎扎实实建立制药生产基地、组建营销队伍、完善销售网络、推出皮宝品牌、构筑现代营销管理模式，取得基础建设的胜利，龙腾虎跃，完成第一次战略飞跃。

二、皮宝蓝图

2001 年至 2003 年，对皮宝制药（太安堂）的发展来说至关重要，在这三年内，公司实现了走出潮汕，走向广州，并以此为基础，开始了进军全国的发展历程。

不到两年时间，一个占地一万多平方米，建筑面积一万多平方米的五条 GMP 生产线的主体厂房和五层主体办公楼，同时拥有 GMP 认证、拥有属于自己知识产权的新药批文和创立中成药现代化、国际化战略的生产工艺和专利技术，总造价五千万人民币的现代化花园式制药企业已经矗立在中国的南海之滨——汕头。

同时，营销中心坐镇广东，纵揽销售全局，左手扶西南，右手托华东，上定北土，下平南疆，智取中原之后，完善营销网络建设而跻身前列。

2002年7月6日，公司营销中心乔迁广州市天河华标广场荟萃阁23楼办公，这正标志着经过几年的拼搏，公司形成了以广州为核心的广东省内"七星伴月"的营销局面，进而走出广东，以广东为主体，形成华南五省"五凤朝阳"的大格局。

三、飞跃奋进

2003年，公司开始迈进第一个"五年计划"，进行第三次战略性飞跃，将从现代化、专业化制药企业发展为集团公司，再到适时股份制改造，抢占领导皮肤药细分市场。

从2003年开始，太安堂已迈进具有里程碑意义的"一五计划"期，成就着集团发展史上的一个黄金发展期；也是在这一时期，昂然前行的太安堂开始酝酿战略升级，做出了从"凤起滔滔韩江畔"到"龙腾滚滚长江口"的"迁都"决策，一个崛起中的民族医药企业宛如旭日，冉冉升起。

"企业要做大、做强，必须走产业扩张和资本运营之路；必须两者互为表里，相得益彰。""兼并，并不是简单地从规模的扩张中获得效益，而是资源的全面整合和实力的全面提升。"多年来的实践和深厚的底蕴，中国传统哲学和现代管理的相结合，公司开始实施"多元规模经济""玩命共赢经济""五行生制经济"等"三大经济"策略和"资本运作维度""业务活动维度""营销空间维度""组建方式维度""五行生制维度"等"五维操盘术"，使太安堂集团实施兼并整合、产业扩张、施拓资本运作、成功战略转型，开始脱胎换骨。

四、先胜伐谋

《孙子兵法》云："故善战者，立于不败之地，而不失敌之败也。是故胜兵先胜而后求战，败兵先战而后求胜。"善战者，谋定而动，先有了胜利的把握才寻求战机同敌人交战，是企业战略竞争的最高法则，是传奇品牌制胜法宝。

太安堂"先胜求战驭兵法"。太安堂品牌崛起，不是一时一事，一人一物之能，而是一个系统工程，它需要一个注定成功而后才求战的孙子兵法谋划。

集团成立以后，从走出汕头创立以广州为核心的广东省内"七星伴月"的营销局面，到构筑以广东为主体的华南五省的"五凤朝阳"的营销格局，再铸造以华南、西南、华东"三足鼎立"营销网络，直到拓展中原、夺取华北、占领东北，逐步形成"华夏一统"的营销市场体系。

在占领并巩固南方市场后，太安堂将目光投向了更远处——进军全国市场。根据五行学说理论，"东生南长西收北藏"，太安堂经过东生南长，其收获的地方应在西方，首推重庆与成都，左手牵西北，右手揽云南，面向东南亚，从西南向东南亚发展有着广阔的前景。

天道酬勤，经过七年的不懈努力，西南市场取得了长足发展，产品已渗透至经销商、连锁药店、医院，并享有了极佳的美誉度，与华南、华东市场共同支撑起集团的"三足鼎立营销网络"，为集团新一轮的发展奠定了坚实的基础。

营销界有句俗语，得三北者成诸侯。华北市场是无数企业的幸运地，也是更多企业的伤心地。在医药领域，华北属医药大区，拥有大批药企，这是一个诸侯林立的地区，从另一个角度看，这也是一个充满机会的地区，太安堂高瞻远瞩地看到了这个地区的战略意义，果断做出决定，出师华北，争霸天下。

成熟的运行机制，更体现在激励员工上，太安堂管理以人为本，充分尊重员工，信任员工，建立了一套科学的考核机制，几年时间，华北营销体系已初具规模，实现了集团营销体系的南北比翼。

五、皮宝落成

2003 年 1 月 22 日，在广东汕头金园工业区广东皮宝制药有限公司新址

215

胜利落成，GMP认证顺利通过，广东省药监局、汕头市政府、金园区政府、汕头市药监局等有关部门领导、社会各界嘉宾参加了落成庆典。

经过六百多个日日夜夜的奋战，终于建成了一座拥有一万二千多平方米建筑面积的制剂楼、提取楼等五个车间，引进先进设备，一次性通过"片剂、硬胶囊剂、酊剂、溶液剂（外用）、搽剂、非激素软膏剂、激素软膏剂、滴耳剂、滴鼻剂、中药提取车间"等十个剂型的国家GMP认证，总投资五千多万，年生产能力在两亿元以上，把公司推上一个新的台阶。

"新世纪战鼓欢声雷动，皮宝高速列车呼啸前行"，这奋斗的一路上领略着浩浩商海的酸甜苦辣，体验到大自然一年四季的风霜雨露，感受到如诗如画的人间真情，分享着用心血与汗水换来的快乐与温馨。

春游荒草地

志士当勇奋翼，披荆斩棘！

总部发出"进行第二次战略性飞跃"的动员令，绘制了未来三年公司发展蓝图，确立了我司"中成药现代化、国际化战略"，制订和实施2001年公司发展方案，全力"创立六大战略优势，抓好八大基础建设"，吹响向中药皮肤药进军的号角！成立营销中心，走独特、开拓、创新的"广东皮宝制药之路"。

夏赏绿荷池

英敏以德融偏，过关斩将！

营销中心加大油门，全速前进，直取三大战场；药厂新厂投产，全面实施"迈进现代化制药企业"方案。

"曾经沧海难为水，除却巫山不是云"歌颂了运筹帷幄、饱经风霜、久战沙场、且雄心勃勃的皮宝人，对艰苦创业的大无畏革命精神和皮宝公司创业必胜的坚强信念。

秋饮黄花酒

凡战者，以正合，以奇胜。

通过"发展战略研讨会决议"，确立了以新产品领导皮肤科用药市场，创立广东皮宝制药皮肤专科用药强势品牌，建成一个"以中成药创新为特色，以研究、生产、销售高效皮肤科内、外用药为主体的现代化国际化制药企业"的奋斗目标、发展战略和实施议程，呼吁全体皮宝同仁营造皮宝风情，完善皮宝文化，构筑皮宝锦绣人生。

三江滚滚，商海滔滔，时代在召唤，掀起学习"工商管理""儒商精神""孙子兵法"，提倡对中国传统哲学、现代营销理念进行整合，构筑公司"一办七部"新格局，创新皮宝制药之路。

冬吟白雪诗

无穷如天地，不竭如江河。

"纠偏带秋气，治乱行冬令，拼搏似夏火，处世系春风。"从"战鼓声声危机四伏，凯歌阵阵未雨绸缪"到"成败得失疏于一念，同心聚智终成伟业"，校正罗盘，修正航向，体现了皮宝人霜雪一化现青山的高尚情操，展示了皮宝人"拿得定，见得透，事无不成"和不屈不挠的英雄气概。

总任务大功告成，抒发"今日长缨在手，明天定缚苍龙"的英雄气概，展示"将进酒，杯莫停，与君歌一曲，请君为我倾耳听"的庆功宴上的欢乐场面。

商海的弄潮儿系住了金秋的缠绵，凝练着清晰的理念，孕育着皮宝的未来……

听，高山流水的主旋律，伴随着曲径通幽，时而金戈铁马，时而风花雪月，飞歌流韵，悠扬动听，宛似一缕缕幽香，浮漾着，弥漫着，渗透进皮宝人的肺腑，流泛起爽快与温馨……

新药的投产将为我们的营销战场输送重磅炮弹，机器的轰鸣交织着营销前沿阵地摧坚的炮火，汇成皮宝旋律的重低音，震撼着中华医药大地。

看，儒商班子的鼎盛阵容，三足鼎立的营销局面，"九龙吐珠"的销售网络，"股份制集团公司"为基础的财务管理体系，网络为中心的现代化管理、销量超亿，新厂落成、GMP认证、乔迁新址，领取批文，夺取品牌，多么宏大壮观的新年前景。

不能忘记，为了实现广东皮宝制药的伟大奋斗目标，有多少幕后英雄、台下巾帼，在倾力策划，在尽情讴歌……

人生的真谛是精神的追求，人生的价值是业绩的体现。皮宝制药实施履鼎经略，把儒、法、道这中国传统哲学的精髓，作为管理的制高点，静水深流，波澜不惊，转压力为动力，转思索为探索，作为朝气蓬勃的皮宝制药，憧憬的灯火长明，创造的思维涌动，显现了皮宝人在医药产业探索过程中的睿智和贡献，也寄托了人们对皮宝集团的期望。

《庄子·逍遥游》曰：鲲鹏"怒而飞，其翼若垂天之云"，"水击三千里，抟扶摇而上者九万里"，这正是前程无量的皮宝集团的生动写照。

第二节 一五履鼎

集团"一五规划"期间，总部迁都上海，全体同仁弘扬中医药国粹，复兴百年老字号"太安堂"，承接"堂训"，恪守"信仰"，打造了一批优势产品，在中药皮肤药、中药心血管药等细分市场上占据领先地位，铸造了百年老字号"太安堂"企业品牌和铍宝、麒麟二个知名家族品牌；培育了一批优秀人才，夺取"九大项目"、完成"一五规划"，推动了"太安堂"独特民族企业精神的发展。

一、迁都上海

2004年，是不平凡的一年。太安堂集团迁总部于上海，办公入驻在上海北外滩的浦江名邸。花舞茫茫的珠江，蕴成着太安堂人的柔性、韧劲；龙腾滚滚的长江，练就了太安堂人开阔的胸怀和豪迈的气概。不到四年时间，就跃上发展新台阶，展示了中医药事业发展美好前景。

一步一个脚印，一年一个飞跃。奉贤建新厂，虹口并药司，在上海这座中国改革开放的中心城市，新世纪远东地区商家聚集、商机无限的黄金码头，太安堂集团决策层运筹帷幄，获得了全国范围内的品牌拓展与产品营销、从产业经营到资本运作的双丰收。实现了广州与上海比翼双飞的营销局面和生产格局，为公司以后的大发展奠定了坚实的基础。

二、人才履鼎

太安堂对易、儒、释、道、法、兵等中国传统文化不断学习掌握，并将其精髓用于现代企业管理之中。

"德不广不能使人来，量不宏不能使人安。"太安堂济世为怀的精神理念感召了大批优秀人才，众多精兵良将、贤才志士如万川归海般汇集到太安堂，共同携手为天下苍生谋福祉。也正因此，太安堂选人用人首重品德。正如太安堂用人法则"认同公司核心价值观且有成绩者，重用；认同公司核心价值观且能力不足者，培养；不认同公司核心价值观而无成绩者，离开；不认同公司核心价值观而有成绩者，利用，但绝不容忍。"太安堂所需要的是德才兼备、德艺双馨的高素质人才，只有具备仁心仁术、无私奉献、先人后己博大胸怀的人才能成为太安堂真正的脊梁。

"良禽择木而栖"，优秀的企业文化、宏大的企业愿景是吸引大批人才涌入的重要因素，而优厚的待遇、先进的管理理念是留住人才的重要保障。太安堂科研生产基地内许多优秀的管理及技术人员皆是风华正茂、年轻有为的骨干精英，许多员工从一线人员晋升至管理层，构建自己的职业生涯规划，成为独当一面的专家能手。对于营销团队，通过调整薪酬模式、考核标准，培养优秀人才进军第三终端市场，打造出一支极具战斗力的生力军。而高端人才是太安堂梦寐以求的中坚力量，为此太安堂不惜重金进行招揽，并为其构筑成功平台。

三、复名太安

2007 年 3 月 14 日，广东太安堂集团有限公司向全社会郑重发出了一份"更名公告"：

国运昌盛，中华复兴。为弘扬中医药国粹，复兴明、清"太安堂"中医药圣殿，经集团董事会研究决定，集团申请，广东省工商行政管理局批准，原"广东金皮宝集团有限公司"法定名称于 2007 年 3 月 6 日正式更名为"广东太安堂集团有限公司"，特此公告。

太安堂属下的广东皮宝制药有限公司、上海金皮宝制药有限公司、广东皮宝药品有限公司、广东省中药皮肤药工程技术研发中心等构筑成为集团中医药产业第一支专业化主力部队——皮宝制药,专做皮肤药,"做中国最好的皮肤药"!

"太安堂"将作为企业品牌;"铍宝"继续作为皮宝制药——专做皮肤药的产品品牌。

复兴的"太安堂"集团,奋斗目标、发展战略、实施方案、企业文化将随着形势的发展而发展。集团2007年实施"多元规模经济""五行生制经济""玩命共赢经济"三大经济策略,完成九大项目,夺取中国皮肤药强势品牌不变。

为顺应新形势下的大发展,走中医现代化、中药产业化之路,在迎来柯玉井公诞辰五百周年之际,金皮宝集团正式复名为"太安堂集团",是珍视历史,面向未来,表现出太安堂人不遗余力地弘扬中医药国粹的使命和继往开来的创新精神。

岁月流变,物换星移。从"太安堂"到太安堂集团有限公司,在十三代太安堂人艰苦卓绝的追求下,在千万双眼睛的殷切注目下,百年老店用品质说话,用自己雄厚的实力和不断创新的精神保持老字号基业的长盛不衰,近五百年的岁月见证了"太安堂"品牌历久弥新的魅力。

秉承先祖光耀中医药技术,弘扬中医药国粹的理念,太安堂穿越了近五百年岁月时空,必将走向永恒。

太安堂集团在2004年迁总部于上海,在滔滔浦江边大展宏图;2007年正式复名启用百年老字号"太安堂",正是响应国家"名医、名药、名企"战略的号召,是继承传统的发扬民粹,是爱国主义的文化展览,是能悬壶济世的泽被今人,是"歧黄薪火,代代相传"的精神彰显。

弘扬国粹,复兴民族品牌,立志把"太安堂"建成现代中华民族药业一块响当当的金字招牌,是太安堂人共同的使命。

四、上海建厂

2006年1月8日，在位于上海市奉贤区庄行镇的上海金皮宝制药厂内，举行上海金皮宝制药有限公司落成剪彩暨集团创业十周年的庆典活动。在雄壮的《太安堂之歌》歌曲声中，一座高6.16米的塑像被揭开红绸，这尊塑像就是太安堂创始人柯玉井公，"承玉井公宏基崛起，立太安堂伟业腾飞。"从此，在玉井公的注视下，太安堂走上一条金光大道，在这条金光大道上，太安堂越走越宽广，越走越辉煌。

2007年3月，太安堂集团企业内部刊物正式更名为《太安堂》，在三月特刊的封面上，写着这样一段话："太安堂"复兴，公司将复建"太安堂"，出版《太安堂》，拍摄《太安堂》，建设太安堂发展史展览馆、中药工程技术研发中心、博士后工作站、柯玉井公研究会等，太安堂中药将以御方、祖传秘方、验方为后劲，以生产数十个国家中药保护品种和国家独家生产品种为动力，为民造福，再现历史辉煌。

五、誓师夺牌

2007年6月8日，太安堂集团兼并汕头麒麟药业有限公司成功，并宣告广东太安堂制药有限公司成立。这标志着太安堂集团实施2007年总体战略、为"二五规划"打下坚实基础的战略性的胜利；标志着集团"实施太安堂中药特效药产品大格局总体战略"取得丰硕成果；标志着太安堂集团实施产业扩张、资本运作操盘速成的经典案例取得成功；标志着太安堂集团收集、整理、升华"太安堂"老字号历史上像珍珠般荟萃于南方民间的中医药精髓的开始。

这次兼并的成功，使太安堂集团拥有了自己第三个生产基地——中成药生产基地广东太安堂制药有限公司。调整完善产品体系，以品牌主打产品带动推进相关系列产品的上市和推广，建立富有竞争力的集团核心产品体系。

唐朝严从《拟三国名臣赞序》："圣人受命，贤人受任；龙腾虎跃，风流云蒸，求之精微，其道莫不咸系天者也。"矫健有力，生气勃勃的太安堂营销团队，如龙腾虎跃驰骋在营销沙场。

营销变革，渠道创新，实现商业和品牌双扩张。建立"媒体、学术推动，渠道分销为主，重点终端建设为辅"的新营销模式，从区域市场的精耕细作转向全国性品牌经营的扩张。聚焦终端，整合终端资源，全力抓住全国零售重点客户、大卖场、连锁店等重点终端的建设，积极跟进第三终端网络渠道的建设，纵横拓展商务分销、专卖合作等业务，多层次多角度全方位抢占市场份额，改变市场营销格局，构筑全国性"太安堂立体营销网络"。借鉴先进的管理理念，导入高效的营销管理工具，构建现代化营销信息管理系统，提高营销科学决策能力，实现精确营销和品牌扩张的目标。

第三节　二五履鼎

2007 年 11 月 26 日，太安堂集团"二五规划"暨 2008 年发展战略实施大会胜利召开，大会出台了《太安堂基本法》《太安堂集团管理机制》《集团"二五规划"发展战略总纲》《集团 2008 年发展战略》四个历史性重要文献。

《太安堂基本法》确定了太安堂集团的"核心价值观"，集萃了为实现集团"核心价值观"的古今战略战术，铸就太安堂集团创业灵魂基石。《太安堂基本法》如同一个国家的宪法，必将规范公司的发展，指引全体太安堂人走上依法管理，使企业做强、做大、做久的光明大道，为创建世界一流的中药现代化大型制药企业做出巨大贡献。

《太安堂基本法》是指导太安堂集团坚持科学发展观，走可持续发展之道的纲领性文献；是太安堂集团与时俱进、奋勇跨越的宣言书，具有划时代的历史意义。

《太安堂集团管理机制》是集团建立科学的运行系统，使企业走上现代化企业管理之路。

《太安堂集团"二五规划"发展纲要》指明了太安堂集团在未来五年的发展方向、奋斗目标、战略策略，昭示的是未来成功之路，是全体太安堂人的共同行动纲领。

《太安堂集团 2008 年发展战略总纲》是指导集团 2008 年全面完成目标

和任务的行动指南，它吹响了集团推进"二五规划"建设的新号角，激励全体员工振奋精神，扎实工作，为企业做大做强打下坚实基础。

2008 年—2012 年是太安堂集团第二个五年规划。五年期间，太安堂走产业经营和资本运营之路，锁定世界一流的细分领域，突出特效中成药产品的优势，加快市场拓展，实现产业纵深发展，矢志不渝地弘扬中医药国粹，坚持"太安堂发展观"，建设太安堂中医药圣殿，为中华繁荣昌盛、为人类健康美丽提供世界一流的中药现代化的特效中医药产品。

在第二个五年计划期间，太安堂以强劲金融资本为动力，以独特核心技术产品为武器，以特色中医药文化为品牌，全速高效整合的太安堂医药产业链，向鼎立充满特色的中药现代化中型制药企业挺进。

一、建立信仰

"太安堂信仰"，是太安堂振兴中医药国粹的一条崭新的光明大道，是太安堂人最明智选择的伟大事业，是承继先贤，秉德济世，为而不争，体现人生价值的大舞台，这是太安堂人毕生守候的崇高信仰。

"太安堂信仰"，是企业文化被太安堂全体员工认同，并在共同的使命感、共同的愿景、共同价值观的基础上，建立起来的崇高信仰；是太安堂人从内心对其极度相信和尊敬，并将之内化，作为自己行动的榜样和指南，并为之奋斗。

"太安堂信仰"，是以太安堂信仰管理的经营哲学去凝聚人，去塑造人，去打造一支以太安堂信仰武装起来的德才兼备的团队，像一群狂热的宗教信徒，以超出利润为目的的精神追求，去追求太安堂人的共同愿景和伟大目标，秉德济世，为而不争，同时获得社会的认同和接受，使员工因为太安堂信仰而获得自豪感和归属感。

人生天地间，天地因人而富有灵气。太安堂因信仰而神圣、自觉，因坚持信仰而辉煌、灿烂！太安堂人因信仰而清纯、高尚。

《论语》里有个故事叫做"子贡问政"：孔子的学生子贡问，一个国家要想安定，政治平稳，需要哪几条呢？孔子的回答很简单，只有三条：足兵，足食，民信之矣。第一，国家机器要强大，必须得有足够的兵力做保障。第二，要有足够的粮食，老百姓能够丰衣足食。第三，老百姓要对国家有信仰。子贡故意考老师，说三条太多了。如果必须去掉一条，您说先去什么？孔夫子说："去兵。"就不要这种武力保障了。子贡又问，如果还要去掉一个，您说要去掉哪个？孔夫子非常认真地告诉他："去食。"宁肯不吃饭了。接着他说："自古皆有死，民无信不立。"没有粮食无非就是一死，孔子认为死亡不是最可怕的，最可怕的是国民对这个国家失去信仰以后的崩溃和涣散。

物质意义上的幸福生活，它仅仅是一个指标；而真正从内心感到安定和对于政权的认可，则来自于信仰。这就是孔夫子的一种政治理念，他认为信仰的力量足以把一个国家凝聚起来。

企业文化只有上升到信仰才有力量，因为这时候它们才进入了员工的心，成为员工的行为指南，甚至是成为员工的自觉习惯，这样的员工，自然会按照企业文化的要求采取行动，企业文化也才能发挥作用。

企业的竞争最终必将发展到道德的竞争和文化的竞争，德者天下认可。从注重产品、注重服务、注重管理发展到注重文化，最后将发展到注重商业伦理，乃至注重企业信仰。这是为人类的健康事业做奉献的太安堂人必不可少的素质。

太安堂的企业文化就是使全体员工有共同的使命感、有共同的愿景、有共同的价值观；在此基础上，以堂训武装头脑、以堂训为职业信条，建立崇高的信仰：

为创建世界一流的中药现代化大型制药企业而奋斗！

二、上市融资

按照"二五规划"发展要求，太安堂以产业经营为目的，以资本经营为手段，运局谋阵，五维操盘，成功打造以产业发展为核心的资本链，建立中药皮肤药和特效中成药的核心产业。同时，工业革命突飞猛进，营销格局进化升级，管理体制逐步健全，文化建设日新月异，太安堂集团各项工作在深化改革中实现稳步推进，全面实现了太安堂"二五规划"所制定的各项发展目标。

2010年6月18日上午，在深圳证券交易所三楼上市仪式大厅，随着交易显示屏鲜红数字的不断跳动和如潮掌声的响起，太安堂实现了成功上市，公开发行2500万股，成功募集资金7.455亿元，为太安堂成功打造了资本运作的平台，获得了"鼎立充满特色的中药现代化中型制药企业"的滚滚能源，为"创建世界一流的中药现代化大型制药企业"开辟了广阔前景。

公司A股成功上市，给公司的发展带来了千载难逢的发展机遇，"公司能不能做大做强，在很大程度上取决于能不能稳健高效地推进资本运营的步伐。"上市，是机遇也是挑战。太安堂只有始终保持清醒的头脑，利用好良好的资本平台，加深对资本运作的深刻理解，以稳健、成熟、务实的步伐，通过高效率的运作，锁定五大产品市场，运用资本杠杆夯实中型药企基础，铸造太安堂企业形象和产品品牌，实施营销推广，最大程度地夺取市场份额，获取优厚利润。

2012年11月30日，广东太安堂药业股份有限公司收到中国证券监督管理委员会《关于核准广东太安堂药业股份有限公司非公开发行股票的批复》（证监许可【2012】1561），核准公司非公开发行不超过3900万股新股。在未来的六个月内，公司将严格按照报送证监会的申请文件实施行发行股票。

此次募集资金主要用于"太安堂中成药技术改造项目""宏兴中成药技术改造项目"等六个项目。这些项目的实施将有利于太安堂药业打破产能瓶颈，提高成本控制能力和产品创新能力。

资本时代是太安堂发展升级的时代。太安堂正在逐步从技术创新到市场创新再到资本创新的升华过程，正在以前所未有的凝聚力、辐射力、扩张力与驱动力承载起整个集团的资源配置，有效地引导整个太安堂经济的发展方向与发展进程。

三、五大兼并

企业要做大、做强，必须走产业扩张和资本运营之路，太安堂兼并收购不断扩张，产品线日益丰富。在上市之前，成功整合揭阳新华中药厂和汕头中药厂的医药资产，形成了以皮肤药为主体，心脑血管药和不孕不育药为辅助的产品体系。上市之后，公司在努力扩大现有品种产能，积极构建销售渠道的同时，不断展开兼并收购，先后收购了雷霆国药的有效资产和药号、控股了宏兴集团，销售收入和利润都实现了稳步增长。

五维操盘奇招揽"麒麟"

2007年，公司复名"太安堂"之后，兼并整合了汕头市麒麟药业有限公司（原汕头中药厂），产品品种得到进一步丰富，在原来的中药皮肤病外用药的基础上增加了心血管及不孕不育症治疗药物。通过整合汕头市麒麟药业，公司获得了108个注册药品，其中大部分是丸剂，包括心宝丸、二级中药保护品种麒麟丸和祛痹舒肩丸等独家品种，保证了公司中长期的发展。当年心宝丸和麒麟丸的销售即实现迅猛增长。

此次兼并是太安堂走产业扩张和资本运营之路、运用资本运营理念，采用灵活、巧妙的资本运营策略和手段，五维操盘的胜利之举，为企业注入了新的活力，实现又一个飞跃。

打破观念、融资、营销、产品、规模五大瓶颈，五维操盘奇招揽麒麟，实施品牌经营，使太安堂走上"独立而强大的中药制药工业的霸主行列"之路。

虹口兼并药企折桂浦江春

2007年，在上海虹口区成功兼并上海今丰医药药材有限公司，成立上海太安堂医药药材有限公司，成为太安堂药业旗下两支营销专业队伍之一。公司凭借雄厚的科研、生产实力，丰富的产品体系，利用上海的区位优势，发展对上海各级医院、社区医院的药物配送的同时，积极开拓OTC市场和对全国的分销网络，形成药品全国大分销格局。

以中药皮肤药及特效中成药为两大核心产品体系，全力打造"太安堂"企业品牌及"铍宝"、"麒麟"两大全国强势品牌；以强大的地面部队打造商业、医院、OTC及第三终端三支专业化营销团队，构筑全国立体营销网络，积极拓展国外市场，采用包括技术合作等多模式的合作方式，将中医药精髓向全世界推广。

购买雷霆国药形成优势互补

2011 年 4 月，公司与广东雷霆国药有限公司（原韶关中药厂）签订"转让协议"，购买雷霆国药拥有的《药品生产许可证》涉及的"片剂、硬胶囊剂，颗粒剂，散剂，茶剂，丸剂（蜜丸、水蜜丸、水丸、浓缩丸），糖浆剂，酒剂"等八个车间的制药资产，包含制药设备和与上述八个剂型相关的七十个产品生产技术（批准文号）。雷霆国药始创于 1970 年，是广东省粤北地区最大的中成药生产基地之一。雷霆国药目前拥有九种剂型生产线，年生产能力超亿元，并与中科院、南方医科大学建立了紧密合作关系，成功开发出七十多个优质产品，其中五个产品获得国家中药保护品种，十三个产品入选国家基本药物目录。独家产品"冠心康片"，已收录国家部颁标准，获得国家中药保护品种、广东省科技成果奖。

通过本次并购，公司又获得七十个注册药品，与现有产品实现了互补。全面充实公司在心血管疾病用药、肝炎用药、呼吸科疾病用药、健康补肾用药领域的药物品种，增强了公司在中药特色药物方面的优势。

控股宏兴老字号焕发生机

为响应国家关于"十二五"中医药事业发展的有关文件精神，执行太安堂"二五规划"发展战略目标，太安堂药业于 2011 年 11 月收购控股广东宏兴集团股份有限公司。宏兴集团是中国著名的百年老字号企业，三百多年来，为中医药事业做出了重要贡献。

具有三百五十年历史的广东宏兴集团股份有限公司以传承岭南中医药文化为特色，由"宏兴药行"（天和堂）、"大娘巾卫生馆"、"紫吉庵"（长春堂）三家老字号合并而来。拥有中成药、保健品、中药饮片三个生产基地和宏兴集团、医药站、连锁药店三大销售平台。主要生产和销售蜜丸、片剂、口服液、散剂、颗粒、糖浆等十个剂型，拥有二百零三个药品批准文号。其中，丹田降脂丸、心灵丸、滋肾宁神丸、参七脑康胶囊、复方鹧鸪菜散、调经白带丸等十二个品种为国家独家品种；丹田降脂丸、滋肾宁神丸、参七脑康胶囊等三个品种为国家中药保护品种；心灵丸、通窍益心丸两个品种是国家保密处方品种；列入 OTC 的共有一百二十八个品种，列入医保的共有九十四个品种。

太安堂药业此次收购，大大丰富了公司的产品线，心灵丸、丹田降脂丸、通窍益心丸、参七脑康胶囊、滋肾宁神丸等多个独家品种和中药保护品种，这些重要品种的生产和销售，将使公司的心脑血管产品线得到极大地丰富和完善。立足于宏兴集团的未来发展，将加大对宏兴集团的资本投入，以良好的职业管理团队以及完善的销售网络和品牌效应，通过资源整合，引入现代管理手段和经营模式，在未来五年内实现宏兴较大规模的扩展，将宏兴打造成世界一流的中药现代化大型制药企业，为复兴老字号、振兴中医药做出更大贡献。

四、整合鼎立

伴随着产品体系的不断丰富和营销规模的扩大，是太安堂产能的一次次升级。2003 年 1 月，皮宝园五个车间，九个剂型一次性通过 GMP 认证，顺利投产；2006 年 8 月，上海金皮宝制药有限公司通过国家 GMP 认证，正式投产；接着，太安堂药业新厂区投产；2010 年通过竞拍获得麒麟园，筹建全自动软膏剂生产线、全自动丸剂生产线、液体制剂全自动生产线、洗剂全自动生产线等，到 2012 年下半年，公司具有三十多条生产线的规模，产能获得长足发展，为公司做大做强创立坚实的生产基地。

从"一支药膏打天下"到荣登"中药企业领域产品最多的企业之一"，从"专做皮肤药"到发展成为涵盖多领域用药的综合性中成药企业，太安堂十多年的产业扩张之路凯歌高奏，风生水起。

五、百年盛典

2012 年正月十四日（公历 2 月 5 日）是太安堂创始人柯玉井公诞辰五百周年纪念日。在国家中医药管理局的大力支持下，2011 年 5 月 22 日，由中华中医药学会、中国中药协会、中国中医药科技开发交流中心、中国中医药报联合主办，太安堂集团有限公司、广东太安堂药业股份有限公司承办的"纪念柯玉井诞辰500周年暨太安堂中医药文化科普公益活动"启动仪式在北京钓鱼台国宾馆隆重举行。

纪念柯玉井诞辰500周年暨太安堂中医药文化科普公益活动历时一年，陆续在广东汕头、北京、上海等地展开"携手医院，服务社区卫生中心"活动、中药健康教育进社区（进家庭）活动、中药健康教育进郊区（进农村）活动、"治未病"健康系列活动、五月"皮肤健康周"宣传活动等。为弘扬中医药国粹、振兴中医药事业、挖掘保护中医药文化遗产，普及中医药知识不遗余力，这些工作得到了"中医中药中国行"组委会的充分肯定。

启动仪式上，举行了授牌仪式。太安堂投资制作的电视连续剧《太安堂·玉井传奇》、编纂的《太安大典》分别获得"中医中药中国行"弘扬中医药堂文化优秀电视作品奖、"中医中药中国行"优秀科普作品奖，广东太安堂药业股份有限公司也由于在"中医中药中国行"活动中的突出贡献，获得"特殊贡献奖"。

太安堂药业向"中医中药中国行"组委会捐赠了一批（治疗不孕不育症特效中成药）麒麟丸，通过"中医中药中国行"进乡村、进家庭活动，帮助更多的家庭喜圆亲子梦。同时，还向"中医中药中国行"组委会、中国国家图书馆、中国中医科学院图书馆、北京中医药大学博物馆、上海中医药大学图书馆、汕头市图书馆、汕头大学图书馆捐赠了"卷数最多的中医药堂文化"系列图书《太安大典》以及弘扬中医药堂文化的电视剧《太安堂·玉井传奇》。

2011年6月22日，在"纪念建党90周年暨中医中药中国行走进西柏坡"活动中，太安堂药业捐赠一大批特效中成药，感谢革命老区人民对中国革命做出的突出贡献。

2012年2月5日，"纪念柯玉井诞辰500周年暨太安堂中医药文化科普公益活动"总结庆典在广东省汕头市隆重举行。三千多位来自国家和有关省、市相关部门领导、专家及医药界、工商界、金融界的嘉宾出席了本次活动。太安堂的壮举也得到了各界和相关政府部门的支持与赞赏，国家中医药管理局、"中医中药中国行"组委会等都对活动的进行给予了大力的支持并给予了高度的评价。

第四节　三五履鼎

《太安堂"三五规划"发展纲要》中提出三五发展总目标是"建成世界一流的以中药现代化为特色的中型药企",并制定了五大实施工程。"二大建设,三大崛起,五大飞跃"是 2013 年主要任务和奋斗目标。要求"要遵循自然规律和社会规律,以更大的勇气和激情,更高的智商和情商,开拓进取,齐心协力全力贯彻实施 2013 年发展方案,夺取'三五规划'的开局胜利。"

"寸璧出瑶吟,太安成大业。"太安堂人将满怀深情、坚定不移演奏"三五规划"发展三部曲:"目标定基业,模式展双翼;真谛萃国粹,资本融产业;哲理道无形,太安爱无疆。"

一、一大运作

"寸璧出瑶吟",其意是精巧珍贵的璧玉可制作、加工、雕筑成精致贵重的民族乐器——瑶琴,既可弹奏且可伴唱,又可作为一种乐器珍品传承,道出了玉筑可成器的真理。这里延伸"国粹成大业",就是珍稀而圣洁的太安堂,以五百年磨炼成长的文化、国粹中医药核心技术为底蕴,从产品经营到产业扩张,从品牌经营到资本运作,可成为中企直至大企的哲理,反映了全体太安堂人立志为中国中医药事业奋斗并对中医药事业必胜的坚强信念,进而升华成"为创建世界一流的以中药现代化为特色的大型药企而奋斗"的太安堂人信仰,演化成宗教信徒般的巨大力量,认真精细运作,彻底全面复兴,在公司"三五规划"期间为社会做出更大奉献的决心。

(一) 目标定基业　模式展双翼

1. 太安堂的发展路子

从皮宝制药专做皮肤药,做中国最好皮肤药,到太安堂制药,宏兴制药,专做中成药,做世界最特效中成药,到太安堂药业,专做特色药材,做世界最特色中药材;太安堂药业,专做太安堂参,做世界最特效野山参。

太安堂要实现"三五规划"总目标,要实现 2013 年各项任务,要抓好科学运营模式，才能使规模和利润和谐协调，双翼齐飞。

2. 太安堂"三五规划"全产业链战略

人才战略

太安堂人的先天生理素质和后天文化素质传承着柯玉井公"太安堂记"、"太安堂堂训"、"太安堂十六字真言"、《宫廷御方秘法》和《万氏医贯》的精髓，更需要传承来自全国各地炎黄优秀精英的绝技和才华，发扬着儒表法里、道本兵用的中国传统哲学的精神，共同开拓"太安堂核心价值观"，以升华的核心技术化为无穷动力，通过改变提高人的生命质量，进行产业化、规模化、集约化项目，转化为无穷的价值奉献社会，推动"三五规划"。

太安堂"三五规划"的人才战略是公司发展战略中极其重要的组成部分，"兵不在多在于精，将不在勇在于谋"，太安堂尊重人才，理解人才，大胆授权，激发潜能，将人才的价值最大化，让人才与企业一同成长。以优厚的待遇和渗透人心的企业文化、企业精神吸引人才。诚集天下贤能权贵，汇华夏精英，集大成于太安堂，引聚人才纳百川，才能星辰万盏。

总体发展战略

从产品经营到产业扩张，从品牌经营到资本运作，从整合资源到创建完整产业链，以鲜明的专业特色跻身中国中药中型药企，为建成世界一流的中药现代化特色大型药企而奋斗！

具体发展战略

太安堂"三五规划"的精细化运作，体现在三大具体战略：一是工业革命与农工商并举，实现药材与成药、名贵药材与特色药材、制造与流通、产品与期货的规模互动，凸显成本竞争力。二是利用产品优势延伸发展健康产业，拓展产品经营的市场空间，实现健康品牌产品形象的创立及推广。三是打开文化营销，进军大众公益事业，传播太安堂健康理念，实现品牌价值的几何级提升。

持续成长发展战略

太安堂"三五规划"的空间在于通过并购有效资产并整合改善营运结构，提升资产整体竞争力，进而推动产业的逐渐升级。目前并购要解决的重点是，产品系列完善与工业产能规模的匹配；品牌营销拓展与商业渠道布局的链接；产业链构建与战略资源储备的协同等。

成功靠战略，视野决定战略，战略的成功靠模式，模式的成功靠管理，管理的成功靠体系。

太安堂的产业升级

太安堂产业升级的概念要突出。一是经营效益水平。如：产品的高边际和高毛利、专利技术形成的低成本、独家产品形成的大市场；二是品牌影响水平。如：品牌终端影响力、独家产品目标市场影响力、公司在行业及专家中的知名度等。三是资本、资产及产品经营的协同水平，即具有太安堂资产特色经营模式的盈利水平。

太安堂的产业升级，需要"从中端崛起到高端崛起"。太安堂的产业升级，一定要抓好发展历程的科学安排，才能顺利达标。

3. 太安堂"三五规划"发展历程的科学安排

太安堂"三五规划"发展历程的科学安排，要顺应"天运是永恒存在，天运不可逆，但天道可以转轨；天运不可逆，地运却可变迁，地运则既有灭而复生的规律，也有灭而不再复生的规律；必然机运又与生命同步，人生命精神不灭，必然机运就永远存在着再生的无穷变化，而且再生现象为诸运之首"的三才规律。

（二）真谛萃国粹 资本融产业

真谛其意是真实的意义和道理；真谛萃国粹，其意是以真实的意义和道理荟萃太安堂中医药产业。资本融产业其意是以雄厚资本融入打造太安堂中医药产业，高级别成就太安堂，使太安堂早日实现愿景。

1. 做人办企的真谛

遵循自然规律和社会规律，遵循百年老字号传承机制的内在机密，执行太安堂基本法，是太安堂做人办企的真谛。

天运不可逆；地运可变迁；人气可集成。营造和谐小康，打造中产阶级，奉献社会，体现人生价值是太安堂做人办企的又一真谛。

2. 模式决胜的真谛

太安堂发展模式：集大成者成霸业。

3. 精微极致的真谛

精微极致的高科技密集型中药产业链。

"二大建设"：建立亳州、长白山两个"制高点"市场即（"节点市场"）、形成中医药产业链。

"三大崛起"：特效中成药、亳州药都特色药材、长白山太安堂人参产业。

"五大飞跃"：技术、产能、营销、文化、资本。

"二大建设，三大崛起，五大飞跃"是太安堂"三五规划"的主要任务和奋斗目标，其内在的战略关系是，"二大制高点市场建设"匹配支持"三大崛起"，而"五大飞跃"是上述产业链发展营销规模和增加经营利润的保证。实现这个奋斗目标，将大幅度增加太安堂的资产规模，大幅度提升太安堂的盈利能力，大幅度发展太安堂的融资规模。同时实现太安堂商业与工业的协同盈利战略。

（三）哲理道无形　太安爱无疆

道生于哲理的升华，德生于大度的胸襟，慈生于真诚的博爱，善生于本性的包容。人道讲中庸、世道讲和谐、养身之道在中和。

1. 学习周易，研究周易，正确运用周易。

整套的儒家学说源于易理，自然科学也源于易理，基础科学和实用科学无不源于易理。因此易被人们誉为"群经之首，大道之源"。

"易与天地准，故能弥纶天地之道。仰以观于天文，俯以察于地理，是故知幽明之故。原始反终，故知死生之说……"

"易之不易"是说虽然一切事物都在不停地变化当中，但可不是没有遵循地胡乱变化，千变万化当中，有一样东西是不变的。这不变的东西就是规律，规律不变，一切事物都是遵循着规律变的。

智者无惑、勇者无畏、仁者无敌。利他之心，是打开"智慧的宝库"大门的钥匙。自利则生，利他则久。

学习周易，研究周易，正确运用周易是太安堂做久的根本战略。

2. 学习道德学，研究道德学，正确运用道德学。

道德学既是生命的哲学，也是智慧学，本义上的道德之心，乃是道身与德身的完整统一，是生命的成熟境界，也是生命的智慧。道德观就是价值观，中国传统的道德观念与行为方式就是中庸之道。

太安堂经营之道就是以儒治企，以法治乱，以道治身，以佛治心。简言之，儒表法里，道本兵用这就是太安堂的经营之道。

太安堂的又一经营之道，就是建立一个特旺的流动大气场，进行智慧与财富的流碰，激起精彩的价值火花！就是带领员工把文化、哲理转化为价值。没有将文化转化为价值的文化，都是苍白的文化，没有将价值奉献社会的公司，都是不完美的公司。

太安堂是一个有历史积淀的品牌，"儒表法里，道本兵用"的经营哲理是太安堂五百年"秉德济世，为而不争"文化的写照，关键是要将太安堂文化转化为太安堂品牌的价值。当前要在这方面创新三点：一是将"秉德济世，为而不争"具体为太安堂经营守则；二是鼓励员工积累践行太安堂文化的典型案例；三是将"儒表法里，道本兵用"的经营之道融入"五大飞跃"，实现太安堂管理创新，创立太安堂新时期的经典效应。

3. 太安爱无疆

太安堂人的本体说到底也是人生命的集合，个体生命是一个小单元，太安堂生命是一个小群体，国家生命是一个大群体，它们之间就必然有一个运动、反应、变化的过程和结果。太安堂虽是小群体，但这载体有其特殊的医药核心技术和核心价值灵魂，就是有着特殊的文化能，其文化能随着其生命、其成果继续传承于世且被世人珍爱拥护，这对其子孙后代和群体生命及事业发展发生了不可估量的生命力，从而融入了国家群体生命的浩大文化能海洋。

太安堂身处超级变迁时代，但变迁归变迁，哲理还是归哲理，太安堂要实现"三五规划"总目标也要历经王国维所说的"三境界"："昨夜西风凋碧树，独上高楼，望尽天涯路；衣带渐宽终不悔，为伊消得人憔悴；众里寻他千百度，蓦然回首，那人却在，灯火阑珊处。"太安堂要实现2013年总任务也要遵循易学规律。

渐者，进也，渐长渐进，渐改渐进，渐长渐成。进得位，往有功也，进以正，可以正邦也；九五渐居尊位，阳刚正中，会合必吉祥。

泰者，通也，两气交融，阴阳和合；泰者，小往大来，吉，厚也；泰者，天地交而万物通，上下交而其志同，美在其中，畅于事业，发于通泰；泰者，平也，平而安之也；泰者，实其内而虚其外，审时度势，持盈保泰也。

美丽上海立太安，美丽广东出圣药，美丽中国产灵丹，麒麟心宝心灵丸，日月九天扬天下。

美丽上海立太安，美丽广东出圣药，美丽中国产灵丹，皮宝癣湿太安参，北斗七星照乾坤。

浩瀚的药海在弄潮，国家昌盛啊，南太北安天地志！秋月春风中华情！

太安堂人上下同欲，坚信"寸璧出瑶吟，国粹成大业"的哲理，一同演奏"三五规划"发展三部曲，胜利完成"二大建设，三大崛起，五大飞跃"各项战斗任务，为建成世界一流的以中药现代化为特色的中型药企而奋斗！

二、二大产业

太安堂的二大产业是特效中成药产业、野山参等中药材产业。

太安堂的特效中成药产业涵盖中药心脑血管类、中药不育不孕类、中药皮肤病用药、中药妇儿科用药、中药呼吸科类、中药胃肠道类等多个领域，在国内率先开发成功心宝丸、麒麟丸、消炎癣湿药膏等多种名优产品，通过长期高强度的投入，产品投放市场受到医生患者的欢迎。在心血管病用药领域，心宝丸已经成为业内首推的心血管疾病急救用药；在不孕不育用药领域，麒麟牌麒麟丸产品质量卓越，是目前中国唯一的男女同时服用的不孕不育用药；在皮肤病用药领域，已形成了规模化、系列化的产品群，是中国最具规模的皮肤病外用药生产基地，成为国内皮肤类产品种类最多、剂型最全、综合生产和研发能力最强的企业之一；在药妆领域，推出蛇脂维肤膏等十余个植物提取系列产品，生产技术水平和效果在国内都居前列。

太安堂野山参等中药材产业包括极品野山参等贵细中药材。太安堂携手中国中医科学院资源中心建成长白山与亳州两大品牌基地，以保证提供精微极致、品质优良的贵细药材。太安堂长白山人参品牌基地位于抚松县，以出产优质野山参而闻名天下，品牌基地涵括人参种植、人参生产、人参加工、人参销售等环节，制造社会大众需要的放心药、良心药。太安堂亳州药材基地种植培育各类中药贵细药材，道地药材，为太安堂制药提供持续的、强大的后劲和驱动力。

太安堂的二大产业从源头上确保了太安堂药品的选材质量，为社会大众提供优质放心药。

三、三大延伸

步入新阶段，面对新形势，太安堂的未来发展既要遵循企业发展的普遍规律和借鉴知名企业的特色模式，又要寻找出适合自己发展的独特模式。现代太安堂从"皮宝制药专做皮肤药，做中国最好皮肤药"到"太安堂制药、宏兴制药，专做中成药，做世界最特效中成药"，以及"太安堂药业，专做特色药材，做世界最特色中药材"；"太安堂药业，专做太安堂参，做世界最特效野山参"的又一条发展新路子和发展新规划，"三大延伸"全面推进太安堂全产业链建设，实现复兴、崛起、腾飞之梦。为此，太安堂在抓好抓牢专业建设的基础上，全面开拓太安堂全产业链，自2012年开始着手打造"太安堂长白山人参产业园"项目和"亳州太安堂特色药材基地"项目，目的在于进一步增强太安堂的综合竞争力、拓展太安堂的经营领域、构建太安堂的业务价值链、促进太安堂快速发展、增强太安堂的持续发展能力。

随着太安堂步入"三五规划"新时期，太安堂"亳州特色药材基地"项目全面启动。在充分分析亳州特色药材及自身优势的基础上，五百年太安堂又一次实现了自身优势资源的整合，完成与千年药都特色药材资源的优势对接，打造具有太安堂特色的"完整产业链"。

太安堂要建"精微极致的高科技密集型中药产业链"，其中"二大建设"就是建立亳州、长白山两个"制高点"市场，形成中医药产业链；"三大崛起"是特效中成药、亳州药都特色药材、长白山太安堂人参产业。通过技术、产能、营销、文化、资本的"五大飞跃"保证此产业链的发展营销规模和增加经营利润。实现这个奋斗目标，将大幅度增加太安堂的资产规模，大幅度提升太安堂的盈利能力，大幅度发展太安堂的融资规模，同时实现太安堂商业与工业的协同盈利战略。

四、五大广场

2013 年，太安堂进入第三个五年发展规划期。公司依据发展需要，在实施二次革命、推进产业转型、实施全产业链建设的同时，持续加大企业形象塑造和文化品牌建设力度，积极推进宣传企业品牌和文化的"五大广场"建设。

太安堂"五大广场"，即上海的潮州路"太安堂广场"、广东潮汕"太安堂广场"、长白山"太安堂广场"、亳州"太安堂广场"、西部"太安堂广场"等。这"五大广场"是全国各地特色的资源与太安堂的核心优势相结合的产物，也是太安堂"五行生制经济"策略的又一业绩体现。

上海地处东方，属木。浦江之畔、海泰国际大厦坐落着太安堂集团的总部，它是太安堂集团的神经中枢，控制着集团的决策和运作命脉。繁华的潮州路，坐落着太安堂广场，这里有即将落成的太安堂大厦，届时这里将成为太安堂营销中心的大本营和太安堂药品商城所在地，它统筹着太安堂营销渠道和路径。

广东潮汕地处南方，属火。在古老的潮安坐落着太安堂潮安温泉文化休闲广场，届时它将成为粤东、岭南，乃至全国知名的文化休闲娱乐中心，汇聚着中国传统中医药文化、独具特色的太安堂中医药及养生文化，也必将吸引着世界各地的游客、商家、社会各界人士慕名前来，传承国粹，感受文化。

亳州地处中原，属土。亳州不仅是中华哲学家老子的故里，也是太安堂与中国中医科学院合作开发的太安堂亳白芍产业的重要基地，它将实施"太安堂大健康产业战略"方面的中药养生、美容护肤、会展中心等领域的重要举措。届时，其将被打造成为中国最高等级的中医药文化高峰论坛之一、会展中心，打造成为国际化水准的集会展、销售、旅游、度假、休闲于一体的中医药养生中心，在推广中医药学术文化交流、中医药养生服务的同时，为亳州中医药文化及旅游产业做出积极的贡献。

成都地处西南，属金。西南包括成都、重庆等地，都是太安堂医药市场的重要组成部分，是太安堂"五行生制经济"策略的重要一环。自古以来，蜀地重养生，与五百年中华老字号太安堂有着文化上一脉相承的契合点。西部太安堂文化广场落成以后，必将成为西南包括内地宣传太安堂中医药文化、塑造太安堂形象和贸易的重要阵地和窗口。

长白山地处东北，属水。这里不仅坐落着长白山太安堂人参文化广场，还有太安堂与中国中医科学院协作开发的长白山太安堂人参产业基地开发项目，它有着国际一流的人参质量检测中心、贸易中心，为人参质量的把关起到重要的作用，为人民的生命健康保驾护航。届时，太安堂这个品牌，"太安堂"极品参将成为中国人参产业中一个响亮的品牌而饮誉国内外，成为中国人参产业界、太安堂一面鲜亮的旗帜。

依五行学说：木生火，火生土，土生金，金生水，水生木；金克木，木克土，土克水，水克火，火克金。这五大广场，依相生相克之理，金旺得火，方成器皿；火旺得水，方成相济；水旺得土，方成池沼；土旺得水，方能疏通；木旺得金，方成栋梁。

五、鼎立中型

太安堂"三五规划"（2013–2017年）将继续弘扬中医药国粹，以太安堂堂训等为核心价值观，以太安堂信仰为神圣天职，为全面建成"世界一流的以中药现代化为特色的中型药企"的宏伟目标而奋斗。

太安堂在"三五规划"期间，将实现销售目标N亿、利润目标N亿、资产目标N亿、市值目标N亿，从而在2017年构筑成公司东西南北中全国五大主体药业强劲架构，形成中型药企。

在具体发展战略上，太安堂将扩建五大药厂，强化近四百个生产产品的强大优势，集中突出以不孕不育、心脑血管、中药外用药、极品参养生、特效中成药为代表的五大核心绝技。在新工业革命战略指引下，规模扩张，提升产品及成本优势；结构优化，农工商并举，升级产业链竞争优势。

以五大广场为中心，拓建五大贸易中心。这将结合"太安堂大健康产业"的发展前景，依托太安堂基地的自然资源、生态资源、旅游资源和中药药材品牌资源，打造成国内一流的中药产业经营基地、现代化贸易中心，集会展、旅游、度假、养生于一体的中医药养生学术基地。

太安堂将构建东西南北中的企业格局，点燃商战人民战争的熊熊火焰，打造千军万马的营销大军，来实现营销的大飞跃。

资本运作属系统工程，太安堂资本运作形成发展资金的强大后劲，获得企业做强做大的滚滚能源和实力支撑。

太安堂的经营之道就是经营公司文化的灵魂，就是以太安堂文化升华员工的灵魂，引导员工把灵魂转化为价值。太安堂管理学院、《太安大典》、太安堂中医药博物馆、太安堂极品参馆、太安堂绝技馆、中医药文化旅游线路，太安堂的文化品牌建设将走向规模化、集约化、专业化的水平，弘扬国粹，催生太安堂大品牌、大文化、大前景的崭新未来。

第五节　绝技经略

太安堂绝技，即秉承中华医药五千年瑰宝，传承太安堂五百年中医药核心技术，打造济世良药，为广大民众健康谋福祉，鼎立太安堂谋强制胜。

太安堂"五大绝技"是独具特色、不可复制的制胜法宝：

——秘制麒麟丸，治疗不孕不育特效中成药，为千万家庭圆亲子梦，享天伦乐。

——心脑血管系列，以心宝丸、心灵丸为代表的九大类产品，载誉无数，备受推崇。

——中药皮肤药系列，提炼康肤靓肤核心技术精髓，驻颜护肤功效卓著，为业界领军品牌。

——太安堂极品参，百年渊源，为社会大众保健强身，延年益寿。

——特效中成药系列，经典产品独家传承，品种齐全种类丰富，为人们健康保驾护航。

企业做大做强的资本是独一无二的核心技术，太安堂以独有的五大核心技术为社会源源不断输送济世良药，打造强大的企业竞争优势，令五百年老字号在新时期迸发出璀璨夺目的光彩。

秉承"秉德济世，为而不争"、"医道即人道，尊德性而道学问；药理亦哲理，致广大而尽精微"的堂训精神，遵循"遵古重拓，方经药典，精微极致，大道无形"的十六字制药真言，太安堂打造出中药治疗不孕不育药、心脑血管系列、中药外用药、极品参养生、特效中成药五大绝技，以最精湛的技艺、最博大的胸怀、最真诚的心怀将优质产品奉献社会。

沐浴源远流长的中医药文化，风雨兼程五百年，太安堂壮大崛起并步入"三五规划"的崭新历程，正源于其始终紧握并不断积淀升华独具特色、不可复制的核心技术，人无我有，人有我精，创新突破，生化有序，以核心技术传承创新，鼎立崛起，发展成为具有最强竞争优势的民族中医药品牌企业。

一、不孕不育药绝技

生命是世间最伟大的奇迹，孕育生命美好而神圣。从古至今，生儿育女、繁衍后代一直是人类的头等大事。然而，不孕不育却困扰着诸多家庭，成为许多人沉重的心理负担。现代社会，不孕不育症的比率逐年上升，整个社会都面临着"不孕不育"的严峻考验。

太安堂汇集古今传统医学知识，基于独特的保密技术，结合近五百年的临床实践，形成了一套系统完整的治疗不孕不育、创建优生优育的赐嗣技术，升华成以"麒麟丸"为代表的治疗不孕不育的名优药。

太安堂中药不孕不育技术结合传统中医药与现代医学理念，针对现代人的具体特征对症施药，灵活多变，针对性强，效果显著，太安堂以秘制麒麟丸，内蕴深邃的治疗不孕不育、促进优生优育的中医原理和技术，分享济世，实现赐嗣大众，奉献社会的心愿。

二、心脑血管药绝技

心脑血管疾病是一种严重威胁人类，影响民众健康的疾病，全世界每年死于心脑血管疾病的人数高达一千五百万人，心脑血管疾病已成为人类死亡病因最高的头号杀手。

随着中医药自身的发展和完善，中医心血管疾病的理论和实践已取得较大进展与突破，越来越多的成果证明中医治疗心脑血管疾病有其独到之处。

心脑血管药绝技是太安堂产品之"红日"。心脑血管疾病类药是太安堂产品星群中一支强悍的中坚队伍，其系列产品获得多项荣誉。如其中心灵丸为太安堂旗下品牌宏兴的独家原研品种，属国家保密工艺品种，为广东省著名商标，获"国家质量金质奖章""长城国际金奖"；丹田降脂丸入选国家医保目录，荣获"国家保护品种""全国独家产品"等荣誉称号。

太安堂心脑血管疾病类药有心宝丸、心灵丸、通窍益心丸、冠心康片、冠心康胶囊、解毒降脂片、参七脑康胶囊、丹田降脂丸、复方丹参片。

太安堂治疗心脑血管疾病的药品品种丰富，通过对中药作用构制的进一步研究和探索，形成了独特的体系和理论，不断深入研究产品，拓展疗效和受众，加快开发新药的速度。

三、中药外用药绝技

太安堂创始人柯玉井公一生亦官亦医，秉德济世，其光辉政绩和医学思想，是柯氏子孙及太安堂的宝贵精神财富。他在梧州救治皮肤病和烧伤病患者时，配制的药方、研磨的药膏，成为现代太安堂集团"铍宝消炎癣湿药膏"和"解毒烧伤膏"的药方渊源。

太安堂继承先祖医为仁术、济世为怀的大医品德，在新时期高举弘扬中医药国粹大旗，复兴太安堂，以优质中药产品康健人类。

太安堂集团与中国中药协会携手，成立了中国中药协会嗣寿法、皮肤药研究中心，该中心成立的目的是提倡、研究、宣传与推广中医药在优生优育、保健美容、延年益寿与皮肤病防治方面的应用，继承与发扬中医药的预防、诊治和保健的作用，弘扬中医药国粹。

中华中医药学会皮肤病药物研究中心就是中华中医药学会与百年老字号太安堂协作，充分发挥企业作为科技创新的主体作用，迅速把科研成果转化为临床产品，加快中药治疗皮肤病的研发与推广。太安堂有五百年中医药核心技术的传承，有能力、有实力承担起皮肤药的研发课题，与中华中医药学会皮肤科分会的专家一起，共同为中医皮肤科的发展，为解除广大皮肤病患者的病痛继续做出不懈努力。给广大皮肤病患者带来一个明媚的春天，使中医皮肤科的发展走向一个新的高度。

四、极品参养生绝技

"三丫五其叶，佳者名大山，服之令人寿，可驻童时颜。"人参在中国已有四千多年的食用历史，被称为百草之王，其因疗效神奇、珍贵罕见，自古以来就被中华民族奉若至宝，备受推崇。太安堂携手中国中医科学院中药资源中心打造太安堂长白山人参品牌基地，集种植、加工、研发、销售于一体，培育极品参，以野山参养生技术为现代人祛病除疾、健康养生、延年益寿，谋造福祉。

在"大健康产业战略"的指引下，太安堂正朝着中药养生、美容护肤、男女健康等领域发展拓建，与时俱进的太安堂中医药现代化养生体验，天人合一的未来中医药养生研究和开发，打造国际化高端的中医药学术科技产品文化交流平台，依托长白山优越独特的人参资源、生态资源、旅游资源和品牌资源，太安堂将创建高起点、高档次、高水准的国家级中医药养生产业基地。

设立在太安堂麒麟园中座月亮湾的太安堂极品参馆，以五行规制布局，设有珍宝馆、济世堂、荟萃殿、品牌厅、养生阁，品物咸章，梅开五福。

五、特效中成药绝技

太安堂传承中医药文化精华，融祖传秘方、宫廷御方、民间验方等众家之长，在中药现代化指引下，结合现代高科技制药工艺，研制涵盖中药妇科类、中药儿科类、中药胃肠道类、中药呼吸科类、中药特色品种类诸多品种的产品体系，灿若星辰，以杰出的中成药研发制造技术为人们的健康保驾护航。

（一）妇科特效药

太安堂妇科类产品实力强劲，以一脉相承的独家秘方配合现代科技，研制出方便有效的女性治疗及保健产品，旗下中华老字号宏兴的王牌名药享誉四方。主要产品包括调经白带丸、千金止带丸、妇科白凤口服液、乌鸡白凤丸、乌金丸、痛经丸、十二太保丸、参茸保胎丸、产后补丸等优质产品，对女性月经不调、补血养阴、安胎保健等妇科症有很好的疗效。

（二）儿科特效药

儿童是祖国的未来，然而儿童体质弱、抵抗力差、易于患病让许多家长忧心不已。儿科类药是太安堂产品星群竞争实力的中坚力量。柯玉井公创立太安堂时，太医院院使万邦宁惠赠《万氏医贯》一书，正是儿科专著，百年老字号太安堂擅长儿科，颇具特色。太安堂旗下的宏兴牌复方鹧鸪菜散是百年名药，驰名中华，"宏兴鹧鸪菜，驱虫消积快，宝宝最喜爱。"

（三）呼吸科特效药

呼吸科类药是太安堂产品星群中一支矫健的队伍，其包括解热消炎胶囊、翠莲解毒片等防治感冒类的药品，还包括白绒止咳糖浆等治疗咳喘的产品。

（四）胃肠道类特效药

胃肠道类药是太安堂产品星群中一股不可或缺的力量。随着人们生活节奏的加快，胃肠道疾病的发病人群趋于多群体、年轻化的态势，对于胃肠道疾病治疗药物的需求也越来越大。太安堂胃肠道类产品依据丰富的临床经验，对药材提取工艺，制剂工艺进行考察，制定完善的定性定量方法，具有健胃、宽肠、疏肝、利胆等功效，是潜力巨大的现代中药剂型。

（五）特色品种类

太安堂的特色品种独树一帜，声名卓著。祛痹舒肩丸、滋肾宁神丸、长春宝口服液（长春宝丸）、痔瘘舒丸、龟鹿宁神丸、舒筋活络丸、加味藿香正气丸、上清丸等许多都是独家产品，特色鲜明，效力专宏，深受广大患者信赖欢迎。

太安堂现代化中药，是继承、创新和发展，遵古法制却不落于窠臼，融合古代炮制理论精华与现代先进制药技术，使剂型最为合理，疗效最为显著。其安全有效的共性得到广大消费者信赖，给无数家庭带去了健康、美丽和幸福。

太安堂中药秘制法采撷历代医家所长，根据中医辨证论治、标本兼治的原则，运用中药配伍炮制的理论，秉承明代太医院的精细制作工艺，经过近五百年的实践总结，形成了一套自家独有的太安堂制药大法。

太安堂制药，利用"经验组方"，选用"道地药材"，加工"遵古法制"，生产过程严格遵守国家《药品生产质量管理规范》。太安堂制药奉献给大众的是安全的药，有效的药，放心的药。

药材的质量对于治病养生非常关键。只有对药材的种植、采收、炮制、储藏等每个环节严把质量关，才能保证药材的质量稳定、有效、可靠。

太安堂人始终恪守着"秉德济世，为而不争"的堂训，体现"遵古法制，良心制药"的精神，贯彻执行太安堂的制药准则，并落到实处。

"遵古重拓、方经药典、精微极致、大道无形"，这十六个字是太安堂制药法的内容，是太安堂制药秘法的概括，也是中华几千年来中药制药大法的集中体现，是现今中西贯通以来中药现代化发展趋势的集中体现。有一句话讲得好，民族的才是世界的，家族的传承也就是民族的，有国宝、民族文化精粹的存在才能描绘出世界的精妙多彩。太安堂制药这十六字真言缺一不可，已成为太安堂集团研制药品的金科玉律，是太安堂系列产品具有神奇临床疗效的根本所在。

工欲善其事，必先利其器。太安堂的不孕不育药绝技、心脑血管系列、中药外用药、极品参养生绝技、特效中成药绝技等五大核心技术构建起牢不可破的技术壁垒，以绝无仅有的专业技术为社会大众奉献济世良药，以创新求变的开拓能力革新突破，为品牌的复兴打下雄厚的技术实力。

"从一支药膏打天下"到灿若星辰、品类齐全的现代中成药格局，从祛病治疗的经典产品到涵盖养生保健的"大健康"系列，太安堂的药品源于传统，立足现代，提炼名方、秘方、验方的精髓，注入现代科技之光，产品疗效确切、服用便捷，在同类产品中体现出独特优势。

其所以能够在同类产品中独树一帜而产生无以伦比的独特优势，其一是因为太安堂积自身五百年底蕴之厚重，使自身的潜能得以有效的发挥，而且每个环节都做到了极致。

其二是因为太安堂人谨遵柯玉井公"秉德济世，为而不争"祖训，时时刻刻，每人每事以"德"字为先。唯"德"，能特立于天地，唯"德"，能产生正义；唯"德"，能蕴毓奇才，唯"德"，能养浩然之气；唯"德"，能葆济世之想，唯"德"，能普救含灵之苦；唯"德"，能服务社会，唯"德"，能取信于民。更兼上善若水，利万物而不争，以其不争，故天下莫能与之争。所以太安堂历五百年而不衰，而日盛日隆。

其三，是因为"十六字真言"是太安堂的理论精髓、行动指南，每一个环节都要发挥到极致。从地道药材的选购都能不避寒暑，跋涉山林，非上品不收。组方，则遵秘方而革新，不获显效奇效而永不满足，永不言弃。其如制药之精，流程之细，亦皆无以复加，如此而产生独特优势，则在所必然。

拓展技术层面，深化绝技内核，太安堂要展现出核心技术非凡的后劲，充实丰富产品体系，灵活变通研发领域，开拓市场方向，慧通绝技，真正做到人无我有、人有我精，从而开创高科技、一流的杰出品牌，鼎立太安堂壮大崛起的厚实根基。

本章小结

　　岁月如歌，太安堂集团在中华复兴的征途上，从"一支药膏打天下"到独具特色中成药专业化药企上市公司，太安堂一程山水一程歌，不断发展壮大、复兴崛起的背后蕴含着一个重要的哲理：信仰铸太安，科技扬国粹。

　　太安堂从产品经营到产业扩张，从品牌经营到资本运作，运局谋阵、五维操盘的同时，聚焦文化的深层价值，以东方传统哲学为文化底蕴，依托五百年积淀的中医药文化精髓，融汇现代高科技技术和企业管理理念，从文化管理到哲学管理，从信仰管理到探索高科技，以惊人的睿智和信仰所凝聚的战斗力，铸成喜人的特效中成药产品群体，承基立业，弘扬国粹，使太安堂魅力四射，历久弥新。

　　文化一定要转化为价值，否则，就会苍白无华、失血乏力！多年来，太安堂深度挖掘中医药文化遗产、升华五百年历史底蕴，营造丰富饱满的文化载体，太安堂的企业内刊作为重要的文化宣传阵地，是企业的风向标及业界交流的平台；中医药博物馆的建成引发社会广泛关注，作为重要的学术研究交流基地意义非凡；《太安堂·玉井传奇》在全国热播并创下收视新高；《太安大典》108部巨著的出版发行掀起太安堂中医药文化的热潮；柯玉井公诞辰五百周年庆典等一系列大型活动提升了太安堂的知名度和影响力。文化建设"五个一工程"不仅提升转化为品牌价值，更为太安堂"三五规划"的实施带来良好的经济效益和社会效益。

　　春雷一声动乾坤，百年梦圆扬天下。太安堂优秀丰富的文化资源闪烁在中医药相关领域，释放出巨大的正能量，不断提升转化为有形的太安堂商业价值，升级为公司的核心竞争力，实现太安堂跨越式发展的新突破。2013年，太安堂全力贯彻实施"二大建设、三大崛起、五大飞跃"的发展方案。"太安堂金牌终端联盟"活动相继启动，并以星火燎原之势迅速点燃全国市场。太安堂深厚的中医药文化底蕴、扎实的客情基础、广阔的营销前景，叩开合作伙伴的心扉；文化理念遵古重拓，大道无形；营销人员恪守信仰，以诚动人；文化氛围和谐挺进，大爱无疆；太安堂文化、科技综合的价值和魅力彰显，汇聚成推动太安堂金牌终端联盟温暖的洪流。

　　只有"文化能"的爆发才能成就经典，只有信仰管理与高科技的融汇才能铸就奇迹。"太安堂虽是小群体，但这载体有其特殊的医药核心技术和核心价值灵魂，就是有着特殊的文化能，其文化能随着其生命传承于世且被世人珍爱拥护，这对其群体生命及事业发展发生了不可估量的生命力！"太安堂弘扬中医药国粹，升华文化内涵，用文化软实力、中药现代化领飞"三五"新航程，为社会为人类做出更大的贡献。

　　这就是太安堂集团十九年来的履鼎经略。

第八章　革壮经略

天地革而四时成。顺乎天而应乎人。(《易经·革卦第四十九》)

"革，改也。水火相息而更用事，犹王者受命，改正朔，易服色，故谓之革。"革卦异卦相叠，下卦为兑，兑为泽；上卦为离，离为火。火上腾而水下浇，水火相克，火大水干，水大火熄。阴阳之道，万物有恒，万物变化，有生有灭，生者复灭，灭者复生，野火不尽，春风又生。

"井道不可不革，故受之以革。"革，是社会进步之源，是大易生生不息的流转变化之道。夫妻不睦需要变革，君臣不睦需要变革，唯如此，家庭方可延续，王朝才能代兴。正所谓"物穷则变，变则通，通则久"。

《象》曰："君子以治历明时。""历"者天事，"时"者人事，要想取得事业的成功，必须具备两大因素，一要把握时机，推行变革，待时守分，必能畅通；二要存诚守正，遵天命，依天时，守正道，以孚诚之心取信于人，方能取胜。

"物不因不生，不革不成。"革字通更，是改，是变。古人云"卅年一世而道更"。革，意为去旧迎新，去旧更新时总会有牺牲、必然有阵痛，阵痛蜕变，创新发展。一个企业的发展，也必然会面临和经历这样的变革和阵痛，在蜕变中成长，在阵痛中发展。

"大壮，大者壮也。""大者正也。"(《易经·大壮卦第三十四》)

《易经》上卦为震，震为雷；下卦为乾，乾为天。天上鸣雷，声威显赫。云雷涌动，群阳盛壮，阳为大，大者壮也，霹雳之威震与天齐，以喻国威显赫，则臣民振作；阳气盛壮，则万物生长，所以卦名曰"壮"。下乾为刚，上震为动，既刚健而又行动，也是壮大的意思。这种壮大利于贞正，以守正为本，只有守持正道，才能保持壮大的发展势头，所以说"大者正也"。

《序卦传》又言："物不可以终遯，故受亡之于大壮。"阳气逐渐回升，事物发展壮大，平稳上升。

大壮伟业雷鸣天。大壮即阳气大壮之义。正气昂扬向上，一派阳气充盛的大好景象。大壮时期是正道大行于世，伟业不断壮大，形势向好的一面演变的时期。

壮，"大也"（《说文》），"健也"（《广雅》），"凡人之大谓之壮"（《方言》），"三十曰壮"（《礼记》）。事物发展都有一个由弱变强、逐步成长壮大的过程，《尔雅》以八月为壮，《礼》曰三十为壮。

《幼学琼林》："孤阴则不生，独阳则不长，故天地配之以阴阳。"生而为人，少而好学，如日出之阳，壮而好学，如日中之光。作为企业，秉天命，守正道，求知识，探真理，自强不息，厚德载物。企业发展处于上升时期，要用发展和辩证的眼光来看待一切，不可用强，力避操之过急、行之过猛的偏激之嫌，避开阳气过刚而招致的物极必反、进退两难之困，须持之以中、守之以正，循礼而动，依礼而行，方能保持大壮之势，使之雍容正大。阴阳相生，刚柔有度，可大可久，方能日月常新，创造一番阳气冲盛的大好景象。

梁公《变法通议》言："法者，天下之公器；变者，天下之公理。"历史的洪流冲刷一切，物竞天择，适者生存。雄鹰因陡峭山崖磨炼了自己的翅膀，骆驼缘漫漫黄沙坚实了自己的脚掌，太安堂不断在前进中改变自己、调整自己、壮大自己、发展自己。太安堂不断革壮命运、革壮思路、革壮药厂、革壮营销、革壮宣传方式、革壮公司体系，创新发展，发愤图强，奠定了成就辉煌的基础。

第一节　命运革壮

先天为命，后大为运。命运，是一个人的生命经历，命，指生命，运即经历。孔子曰"不知命无以为君子"，芸芸民众，各司其命。俗话说："命好不如运好。"命是车，运是路；命是舟，运是水。

太安堂积极调整自身发展态势，顺应天命，改命造运。利用时间、空间规律，依据天道运转和环境优势，不断调整、改变自身发展命运，顺天命而动，水到渠成，事半功倍。

一、命运二规律

《中庸》首句"天命之谓性"。郑康成曰："天命，谓天所命生人者也，是谓性命。木神则仁，金神则义，火神则礼，水神则信，土神则智。"《孝经》曰："性者生之质，命、人所禀受度也。"

人的命运，取决于其先天生理素质和后天文化素质为代表的命，与以无意志的自然规律和有意志的社会规律为代表的运，在或自主或不自主的碰撞结合中所产生的结果。

1."命"：泛指人的生命质量，包括肉体、灵魂、欲望、情感、智力、气魄、胆略、德性、性格以及意志、气质、血统等。

2."运"：泛指其人的体外要素，包括天运、地运、家运、国运、必然机运、偶然机运以及气数、定数、劫数等。

3.命运的可主宰性。命运有其二重性，一部分命运确实是人力创造的；有一部分命和运又确实是天生的；天生的又有已知、未知、不可知之分，故人生的命运既有可主宰的部分，也有不可主宰的部分。

4.命运的定性原理。在静止时，命与运完全独立，互不关联；然而在活动时则是形影不离相互交错，人生的命运定性都是由其二者之间的相互碰撞、相互结合后的变化而形成的性质而定的。这就是命运的定性原理。

5.命运的变化原理。俗话说："好命造好运，好运得好福，种瓜得瓜，种豆得豆，善有善报，恶有恶报。"这是命运的普遍规律。而命运的特殊规律则是："善不一定得善报，恶不一定得恶报，好命也不一定造好运，好运也不一定得好福。"反之，劣命也不一定无好运，厄运也不一定无后福，一切都有反常变化。命运特殊规律几乎渗透了人生以至社会命运的各个层面，甚至有时让人难以接受，故对命运人们常有问天之怒，此皆由这特殊规律所致。

命运普遍规律、特殊规律两个流域为何都是江水滔滔，其根本的成因在于"肉体、灵魂、欲望、情感、智力、气魄、胆略、德性、性格以及意志、气质、血统"等命的要素与"天运、地运、家运、国运、必然机运、偶然机运以及气数、定数、劫数"等运的要素运动变化的结局，包括命与运各自内部运动变化和命与运之间的运动变化所导致的结局。如灵魂和肉体的冲突而致善恶之报的后果，国运和天运的悖谬，时运和机运的乖戾，导致气数与命运的结局，而气数与命运既有定数又有再生的规律，又引起了不同的结果。复杂的运动玄机，对抗的运动强度，纷繁的运动变化，规律的必然导向以及不可抗拒的自然灾害和战争，导致出现了"吉、凶、祸、福、成、败、得、失"的结局，从而形成了普遍规律和特殊规律两个流域。这就是命运变化的原理，这就是命运的辩证法。

二、命运可改造

命可改，运可造。改命的核心是如何提高每个人的个体生命质量。比如太安堂人从大专攻读本科，从硕士研取博士，从博士到学习终身制，从整体打造到专业攻关，都在提高文化内涵和个体生命质量。造运的核心是如何创造群体的社会福运。比如太安堂人遵循社会规律和自然规律，抓住时机，顺应形势，顺应改革，开拓前景，从凤起滔滔韩江畔到花舞茫茫珠江边，再到龙腾滚滚长江口，都是在"改命"和"造运"的过程。

人的命运，取决于领会命运辩证法的核心实质，就是从"自然——社会——人"即天、地、人三才关系中，划分并驾驭好"自然辩证法"和"人文辩证法"两个范畴。

天运是永恒的存在，天运不可逆，但天道可以转轨。天运不可逆，地运却可变迁，地运则既有灭而复生的规律，也有灭而不再复生的规律。必然机运又与生命同步，人生命精神不灭，必然机运就永远存在着再生的无穷变化，而且再生现象为诸运之首。

先天家运先你而在，后天家运由你主宰，家运的气数又取决于代代命质的遗传变异和与身外储运的碰撞结果，可以有川流不息的千年血统，也可一朝中断而永久寂灭，命质从根本上决定了大局。

命运是客观的存在的，但命运又是可以被人掌握和征服的。一个人把握了自己的命运，当动则动，当静则静，趋吉避凶，化险为夷，都是完全可以的。人之命运就如同四时天气，如气象预测工作做得好，则晴阴风雨了然于胸，下雨天还会忘记带雨伞吗？任何事物都是有规律性的，凡事物有所立必有所破，只要用心去研究去掌握，世上没有开不了的密码箱。

如何改变命运？首先人要知命。知命就是你要给自己定位，要知道你自己想要什么，想成为一个怎样的人，是否愿意为此而付出代价和努力。如果愿意这就叫命。从而要认命，认命就是认下你命运的清单，无论坎坷险阻都不回头也不放弃。最后就是改命，因为你已经知命、认命了，那么你就有资格去改命。改命是一个长期的过程，并非朝夕之事。改命就是主动创造把握人生曲线的高峰值，实现命运的突破与超越。人的命运百分之三十是注定的，百分之七十是你自己能够掌握和了解的。人人都有成就自己未来人生的资格，人人都有站在金字塔尖的可能。

三、精微改命法

太安堂人的先天生理素质和后天文化素质传承着柯玉井公《太安堂记》《太安堂堂训》《太安堂十六字真言》《太安堂秘笈》和《万氏医贯》的精髓，也传承着来自全国各地炎黄优秀精英的核技和才华，发扬着儒表法里道本兵用的中国传统哲学的精神，开拓着《太安堂核心价值观》，以《太安堂人信仰》的无穷动力，推动《太安大典》核心技术的升华，通过产业化、规模化、集约化转化为无穷的价值实现太安堂的奋斗目标而奉献社会。这就是太安堂百年字号命运机理的内在密码。

以传承近五百年的中医药核心技术为依托，以现代科技文明之光为手段，弘扬中医药国粹，秉德济世。

"假舆马者，非利足也，而致千里；假舟楫者，非能水也，而绝江河。"这在于成功的精微改命法。

回溯太安堂的发展历程，同样可见精微改命法的运用。元末明初，柯氏始祖辛吾公从福建莆田县南迁进入潮州井里，以务农为生。至三世祖逸叟公，家道渐殷实。明永乐年间，虱母仙何野云云游桑浦山，与逸叟公结识甚欢，为他择定吉宅宝地，井里村柯族从此根基永固，繁衍甚盛。1537年，五世祖玉井公考中举人，官至梧州府同知署理正堂，后受赠御医宝典《万氏医贯》，创建太安堂，修建宗祠家庙。玉井公后裔人才辈出，前后共七代进士，太安堂历代传人皆成名医，族望炽昌。这，就是太安堂人精微改命的过程。

从太安堂集团创业开始，公司发展都与"水"紧密相关，"三江二海"，即长江、珠江、韩江、东海、南海，其势浩荡，九曲回肠。

从当年走出汕头创立以广州为核心的广东省内"七星伴月"的营销局面，到构筑以广东为主体的华南五省的"五凤朝阳"的营销格局，再铸造以华南、西南、华东"三足鼎立"营销网络，直到拓展中原、夺取华北、占领东北，逐步形成"华夏一统"的营销市场体系。从"凤起滔滔韩江畔"到"花舞茫茫珠江边"，再到"龙腾滚滚长江口"，这"三江二海"的资源奠定了宏观整体格局。这，就是太安堂的精微改命的历程。

从一支药膏打天下、两个品牌定江山到日月星辰、北斗七星的精微改命；从皮宝制药到五大兼并，构成全产业链的精微改命；从家族式管理到儒表法里、道本兵用再到企业现代化管理的精微改命；从产品经营到产业经营到品牌经营再到资本运作的精微改命；从微小企业到上市公司的精微改命法，太安堂在中医产业化、中药现代化的道路上，越走越宽，气势如虹。

四、极致造运术

明代哲学家王艮说："天民听命，大人造命"。

清代哲学家、思想家王夫之说：宇宙万象"日日新而不已"，人人可以"造命"。

清代经学家、易学家焦循认为：社会万象皆为数理，"能造命则仁矣"。

清代思想家、哲学家颜元在命观上指出：先畏命、安命、知命，然后可造命。他认为，人是天地之缩影，人具有天地之精华而为万物之灵。人要是真正地了解了自己的命运之后，就会安于自己的处境而不会自生烦恼。命运对不恶不善之常人来说是注定的，这种人是顺气数而终；大善大恶之人是超出数理之外的非常人，这种人的命运就掌握在他自己手中了。常人皆有不知足之心，自然就会有忧虑祸患。治病在清心，清心在知命。造命回天者，主

253

宰气运；知命乐天者，与天为友；安命顺天者，以天为宅；奉命畏天者，敬天为君。

古人讲究"天人合一"，天人和谐。天有三宝：日、月、星；地有三宝：水、火、风；人有三宝：精、气、神。

大易讲三运，天有天运，地有地运，人有人运。天运，指宇宙气场；地运，指地球气场；人运，指人体气场。天运主时间，地运主空间，人运主富贵贫贱。天运、地运、人运三者间，息息相关。具体而言，天运主要预测何时出现战争、饥荒、天灾人祸、朝代更迭等天下大事。地运主要是风水环境对人的影响。而人运当然就是指人的命运，人生的起起落落。

天运是不能选择、不能改变的，是先天性带来的条件，而这个先天性带来的条件，在人出生的那一刻，就已经沉淀在人的基因里，如人的样貌（样貌好能带来更多的社会条件）、人的体质（健康的体魄能增加活动力和执行力）、人的父母（有良好基因的父母，能建立良好的童年生活基础）、人的个性（人的个性由基因密码决定）等等。

地运是根据玄空飞星中三元九运入中的情况来计算的。地运的长短，是以中星和向星的关系来决定。在二十四山向中，每一山向都有特定的中星与向星的关系。比如，子山午向，一运一白水星入中，向星为五，中隔一运、二运、三运、四运，每运二十年，合八十年。往后不管何星入中，地运都是八十年。

俗语言：一方风水养一方人，一方地运影响你的命格。《灵城精义》："地运有推移，而气候从之；天运有转旋，而地气应之。"天运不可改，但地运可以改变，通过言行主动影响周围环境，从而改变人的运势。

人运，即人的命运。天命论认为，一种是定数，即人一出生，刹那间命运已定。如人的生辰八字，它记载着人一生中的大概的运程。生辰八字转化为阴阳五行，即木火土金水，五行生制，吉凶祸福，不可改变。我们在大自然中生活，就要受自然规律的约束，受阴阳五行的生克。

天运最大，地运次之，人运又次，作为个体的人，遵循天命，恪守地运，依循定数，一切以自然规律、社会规律为准则，进行改命造运，才能趋利避害、事半功倍。但人立天地间，万物之灵，要发挥积极能动性，发挥自身潜能，去努力，去创造，唯有聚天运，笼地运，凝人运，方能诸事顺畅，人生腾达。

极致造运术中有堪舆造运。堪舆学起源很早，《尚书》中就有"成王在丰，欲宅邑，使召公先相宅"的记载。至汉朝，司马迁的《史记》中也有"孝武帝时聚会占家问之，某日可取乎？……堪舆家曰不可"的记载。那么何为堪舆？《淮南子》中有："堪，天道也；舆，地道也。"堪即天，舆即地，堪舆学即天地之学。它是以河图洛书为基础，结合八卦九星和阴阳五行的生克制化，把天道运行和地气流转以及人在其中，完整地结合在一起，形成一套特殊的理论体系，从而推断或改变人的吉凶祸福，寿夭穷通，这也是太安堂集团造运术的理论指南。

堪舆学俗称风水学，由此可见风和水的重要性。其实，研究风和水的根本目的，是为了研究"气"。《易经》曰："星宿带动天气，山川带动地气，天气为阳，地气为阴，阴阳交泰，天地氤氲，万物滋生。"因此，可以看出气对人的重要性。气与风水有着千丝万缕的密切联系。古书载：气乘风则散，界水而止。古人聚之使不散，行之使有止，故谓之风水。又说："无水则风到而气散，有水则气止而风无，故风水二字为地学之最。而其中以得水之地为上等，以藏风之地为次等。"《水龙经》也有"水飞走则生气散，水融注则内气聚"，"未看山时先看水，有山无水休寻地"等等，都说明了风和水的重要性。

在现实生活中，从宏观上讲，靠水的地方就比不靠水的地方要发展得快。比如香港、台湾、韩国、新加坡，在二十世纪中叶，亚洲经济普遍不景气的情况下，得风气之先，于六七十年代经济飞速增长，一跃而成为亚洲经济的排头兵，给整个亚洲经济带来新的活力，为世界所瞩目，被称作亚洲四小龙。然而研究发现，他们所处位置不同，语言文化不同，经济体制也不同，但是却有一个惊人的共同点，那就是他们都是环海地区。这种现实情况与风水理论不谋而合。而今，经济发展日新月异的我国，也是沿海沿江地区较内陆发展更为迅猛。太安堂的沿海经济带和沿江经济带发展战略，就是取其义、效其法。

地运有短长，最长者一百六十年，最短者二十年，两数相合共一百八十年，玄空学称为"小三元地运"。若地脉绵长，气势磅礴，八方中有左右城门二宫齐到，又是全局生成合十，其地运悠长，可得五百四十年，或一千零八十年。比如历代京都便是如此，此为"大三元地运"。太安堂"花舞茫茫珠江边"和"龙腾滚滚长江口"的广州、上海，亦属此相，这二地后坐地脉绵长，前方江海（或江河）三叉交汇，地运长久、兴旺发达，延绵千年。

太安堂的极致造运术，还曾借鉴名城结构，造运太安堂新格局。美丽的西湖三面环山，一面濒城，两堤卧波，三岛浮水，四时绝境，历代诗人对此华章彩句吟咏不绝。

西湖中的苏堤和白堤，将整个西湖划分为外湖、北里湖、岳湖、西里湖、小南湖等五个湖面。后世所建的外湖中的小瀛洲、湖心亭及阮公墩三个人工岛屿，恰似神话中的蓬莱三岛，鼎足而立，让俗世之人萌生神仙之愿。

杭州西湖十景和名胜造就了"水光潋滟晴方好，山色空蒙雨亦奇"的诗情画意之境。

"欲把西湖比西子，淡妆浓抹总相宜"。西湖无论是阴晴显晦、雨雪雾霭，还是春夏秋冬的季节变异，都堪称自然天成的人间"绝景"。

地势上，杭州北连太湖，南滨钱塘江，西接天目山，东向大海。杭州的"地望"襟江带湖，集山川江湖于一体，是难得的风水宝地。

这里山清水秀，人杰地灵，物华天宝，自古就带有煌煌赫赫的皇家之气。"上有天堂，下有苏杭"，这是中国妇孺皆知的赞美苏杭的民谚。十三世纪意大利著名旅行家马可·波罗则认为杭州是"世界上最美丽华贵的天城"。

杭州干龙天目山为杭州龙脉之始，吴山则为入城之龙，钱塘江为杭州之水龙，西湖之水则平添杭州风水之佳妙。

"大树华盖闻九州"的天目山树木以"古、大、高、稀、多、美"称绝于世，有四溪、五潭、六洞、七涧、八台、九池、十二岩、二十七石、二十八峰等。仙人顶有历代"天下奇观"之美名，登临此顶昂首远眺，顿觉天高地远，苍溟无极，必有"一览众山小"之感。

杭州西湖依山带水，山因水活，水随山转，纵横交错，人文并茂，对太安堂宏观整体格局、人才格局、营销格局、研发格局、生产格局、产品格局、管理格局、资本运作格局、生态格局的构筑有着深刻的悟意。太安堂的发展格局借鉴杭州的"硬件和软件"才成就杭州式的名局。杭州西湖的布局文化，为太安堂的整局运作打下的基础功不可没。太安堂在烽烟四起的全球商战中能逐渐成为中国皮肤外用药市场强势品牌之一，这与太安堂"山不过来，我就过去"的改运所带来的系统资源息息相关。

2011年，太安堂打造中国中医药产业的标志性建筑——麒麟园，以太安星象布局为指导，以"日月星辰，北斗七星，黄道十二宫，天罡二十八宿"进行布局，这就是太安堂"天人合一"改变地运而生化无穷的极致造运术。

五、文化定命运

文化决定命运，战略决定成败。

当太安堂集团全面夺取"一五发展战略规划"既定目标的胜利之后，顺利进入"二五规划"发展时期，作为精神与灵魂的支撑，企业文化在战略实施中发挥重要作用。

被管理界誉为"管理之神"的杰克·韦尔奇说，企业成功最重要的就是企业文化；企业的根本是战略，而战略的本质就是企业文化。

当企业发展到一定程度的时候，需要借助现代传媒手段来整合、传播自己的声音、思想、智慧等，企业经营自身造就了企业文化，优秀的企业产生优秀的文化。

企业文化只有上升到信仰才有力量，因为这时候它们才进入了员工的心，成为员工的行为指南，甚至是成为员工的自觉习惯。这样的员工，自然会按照企业文化的要求采取行动，企业文化也才能发挥作用。

太安堂的企业信仰是企业文化的凝练和提升，太安堂的企业文化是以太安堂堂训为核心内涵，是"忠、仁、义、德"儒道文化精髓的精致传承。

太安堂集团不仅传承五百年中医药核心技术底蕴，更承继中华传统文化底蕴。新的经济形势下，太安堂富有独特精神特质和厚实底蕴的太安堂企业文化定将成为太安堂集团的特异竞争力，成为企业差别化战略的核心，成为创建世界一流的以中药现代化为特色的大型药企的独有优势。

企业文化是作为管理手段来运用的，是用来指导企业运营实践、规范员工行为的，是实实在在、可见可闻可感的，是企业在长期的生产经营实践中，逐步形成的、为全体员工所认同并遵守的带有本组织特点的使命与愿景、精神与价值观、运营理念及其在生产实践、管理制度、员工行为方式上的体现和企业对外形象的总和。

作为一种文化氛围，企业文化不是管理方法，而是形成管理方法的理念；不是行为活动，而是产生行为活动的原因；不是人际关系，而是人际关系反映的处世哲学；不是工作，而是对工作的感情；不是地位，而是对地位的心态；不是服务，而是服务中体现的精神境界。总之，企业文化渗透于企业一切活动之中，而又流溢于一切活动之上。企业文化是企业的灵魂，是推动企业发展的不竭动力。

太安堂升华核心价值观，要实现伟大的目标，必须有一种大市场、大手笔的战略。我国新型医疗体制改革、国家的扶持政策、政府不断加大对医疗卫生事业的投入，给太安堂提供了前所未有的发展机遇，太安堂将似朝阳喷薄而出，红遍东方。

这，就是太安堂改命造运的文化经略！

第二节　思路革壮

俗语言：思者，人之师。思，"容也"，"言心之所虑，无不包也"（《尚书·洪范》），"睿也"，"凡深通皆曰睿"（《说文》）。

思想决定未来，智慧决定高度。行者无惧，思者无畏，学者无怨，无惧无畏者，知获无边。趟过荆棘、踏破铁鞋的行者往往卑微而执着，挣脱束缚、冲破桎梏的思者往往大气而狂狷，推陈出新、寻求真我的学者往往谦虚而谨慎。

"境随心转，命自我立。"太安堂五维操盘，运筹帷幄，顺应时代发展的潮流，紧随民族崛起的步伐，谨记五百年太安堂的历史使命，及时更新经营理念，变革发展思路，全面整合产品经营、产业经营、品牌经营，实施资本运作，运用五行生制经济理论，积极打造太安堂医药全产业链。

一、产品经营

传承五百年中医药核心技术底蕴，经五大兼并，太安堂拥有中药皮肤药、心脑血管系列用药、治疗不孕不育症用药、极品野山参、特效中成药五大绝技产品，目前拥有十八个剂型，三百八十多个药准字文号，加入其他文号超出了四百个。

圣药投怀玉燕，神医送子麒麟。太安堂的麒麟丸和心脑血管药系列以及北斗七星等二十五个独家产品，犹如日月星辰为人们的健康保驾护航。

太安堂现代化中药，是继承、创新和发展，遵古法制却不拘于传统，融合古代炮制理论精华与现代先进制药技术，使剂型更为合理，疗效更为显著。其安全有效的共性得到广大消费者的信赖，给无数家庭带去了健康、美丽和幸福。太安堂人也在继往开来，不断从古方中提炼、研制新品种，力图全面深入防治各种疾病，把祖国中医药事业推向发展的康庄大道。

二、产业经营

太安堂经营产品，进而经营产业。自 2004 年起，太安堂迈开了从产品经营到产业扩张的步伐。

太安堂应把产品经营升级到产业扩张的高度上来，否则将会失去发展的方向。公司将资本和技术进行产品开发和产业开发，将自身角色转移到产业思维上，全力构筑"三大立体网络枢纽"，吸取资本和社会资源，撷取行业机会，获得产业收益，从而扎扎实实奠基持续发展的基石。

突破科技瓶颈，实现产能扩张。"科学技术是第一生产力"，对于企业而言，在全球化商战中，强手林立，竞争残酷如血，而掌握关键核心技术，无疑是企业立于不败之地的根本。在致力于中药皮肤药技术领域的科研攻关的基础上，找到了中药皮肤药技术创新的主攻方向和"路线图"，为实现"经营产业"的目标打下科技基础。

太安堂"二五规划"扬帆起航，成功实现了从建立中药皮肤药，到扩大创建特效中成药为核心产业的重大经营战略转型。太安堂人从裹足徘徊的皮肤药狭窄天地中解放出来,找到了一条属于自己的发展之路,赢得了历史性跨越,取得令人瞩目的成就。

在开拓销售渠道、生产技术创新、控制供应链、品牌文化开发、财务和资本运作等方面,都进入了一个新的阶段。强化系统战能力,以系统战的策略发动进攻。营销中心吹响了全面进军第三终端市场的号角。抓住利润增长点,铸造营销立体枢纽,构筑"五大据点",完成既定销售额和利润。实现观念、模式、领域、销量、利润五大突破。研发中心全面升级,拥有了国家人力资源及社会保障部授予的博士后科研工作站和广东省中药皮肤药工程技术研究中心两个高技术含量的研究开发平台。

产业扩张是太安堂的必由之路。通过扩张策略夺取产业扩张的胜利,决胜的基础是开局扩张的成功运作;决胜的动力是进行资本运作后的整合重构;决胜的关键在于转换观念,在于由太安堂人的意志、信仰和中华民族魂建立起来的太安堂独特民族企业精神的诞生和发展。

太安堂坚定不移地走"以产业经营为目的,以资本运营为手段,打造以产业发展为核心的资本链,建立中药皮肤药和特效中成药的核心产业,建成世界一流的以中药现代化为特色的中型制药企业"之路。太安堂人在解放思想、管理创新、品牌释放、市场开拓的历程中,拓展广阔的视野,踏上产业升级的征途,以崭新的精神面貌和饱满的热情,穿越历史的时空,奏响了太安堂复兴崛起的时代强音。

三、品牌经营

秉承中华医药五千年瑰宝,承继五百年中医药精髓,太安堂因精细的制药工艺、专业的服务理念、疗效上乘的产品赢得广大消费者的尊重和信赖,也奠定了品牌优势和发展前景。

随着中国经济的飞速发展,"太安堂"作为历史悠久的老字号品牌,在继承优良传统的同时,不断融合现代化的品牌经营理念,为品牌注入时代活力。从品牌标识的构建到品牌战略的形成,太安堂以技术打造品牌,以服务提升品牌,使百年老字号焕发时代风采。太安堂独特的企业标识寓意着蓬勃兴旺的企业未来，蕴含"安泰祥和"的企业理念以及太安堂独有的核心价值观。

太安堂在铸造品牌的过程中，在强调突出古老历史的同时，更要让人们感受到太安堂充满活力的品牌延续，感受到太安堂走在时代前沿创新的步伐与偕进。

太安堂集团的品牌，可分三个层次，即集团品牌"太安堂"、家族品牌和产品品牌。这三个层次之间相辅相成，从而在整体上提高了太安堂公司的整体形象和市场竞争力。同时，各家族品牌之间又相对独立，"分工"明确、"权责范围"划分清楚，只在各自的产品领域内进行延伸，从而避免了资源重叠浪费等消极因素的蔓延。

执行实施专业化管理法则，借用专家外脑，对品牌进行专业化的打造、推广和维护。品牌管理发展到今天，专业化程度已经越来越高，要使自己的品牌从众多品牌中脱颖而出，必须付出更多的艰辛和努力。

营造声势法则，在短时间内，集中力量制造轰动效应，迅速扩大品牌知名度。

知名度是品牌的重要组成部分，一个品牌必须被消费者知道、认识、接受，才可能占领市场。

太安堂在企业经营中，把品牌经营放在至高无上的位置。有形资产不具备恒定性，企业真正的"恒产"是品牌，即使有形资产损失殆尽，品牌的价值也还存在。经营品牌，是为企业注入持续发展力量的重要手段。

太安堂集团的"太安堂"LOGO 商标是获得国家工商行政管理总局商标局颁发的商标注册证。太安堂作为企业品牌，其商标 LOGO 以御赐"太安堂"、"中医药圣殿"和"初升的太阳"三要素构成的太安堂标识，昭示着由太医和太医院核心技术建立起来的百年老字号"太安堂"的深厚文化底蕴。"中医药圣殿"主体造型是宫廷太医院的缩影，其基座由"太安堂"的汉字拼音缩写字母"TAT"为设计构思变化而来，代表了企业稳固、厚重、踏实的品牌性格，表现出稳健发展的态势和底蕴深厚的文化传承以及稳定可靠的产品质量。而"初升的太阳"则象征着太安堂事业如旭日东升，充满了生命的活力、蓬勃向上的气势和日新月异的面貌。企业的精神、理念、历史等等一切美好的元素融汇于标识中，充分体现出太安堂"承载历史，开创未来"的文化内涵，显示太安堂"秉德济世，为而不争"的博大胸襟。

一轮红日，喷薄而出，使大地顿时充满了光明与热力，处处是生机勃发、繁茂明盛的气象。这就是易家用卦象思维之笔，借晋卦坤下离上之结构，描绘出来的壮丽情景。"晋者，进也。明出地上。顺而丽乎大明，柔进而上行。"这是《易·序卦》里对"晋卦"的阐释。这一景象与太安堂的品牌形象非常吻合。太安堂的品牌经营正如这"初升的太阳"，一路"晋"行，"明出地上"，越来越发射出其奋进、耀眼的光芒。

多年来，太安堂先后荣获"国家高新技术产业""国家火炬计划重点高新技术产业""广东省创新型企业""广东省民营科技企业""广东省食品药品放心工程示范基地""广东省医药行业先进企业"等荣誉称号，从著名商标到驰名商标，享誉四方。

太安堂正在用不断彰显的品牌魅力，书写更为辉煌的品牌新篇章。《庄子·逍遥游》曰：鲲鹏"怒而飞，其翼若垂天之云"，"水击三千里，抟扶摇而上者九万里"。太安堂总部成功迁都上海之后，转轨换挡，推行战略联盟，活跃经济脉络，拉动、整合内外资源，拓展全国性的营销、生产、科研、社交领域，创建集团生态圈，以高科技为手段，做中国最好的皮肤药，由省级著名商标跃上国家驰名商标，由高新技术企业向国家星火计划立项，夺取全国性皮肤药细分市场强势品牌。

四、资本运作

太安堂"二五规划"制定了"以产业经营为目的，以资本运营为手段，打造以产业发展为核心的资本链，建立中药皮肤药和特效中成药的核心产业"的发展规划，实施"从产品经营到产业扩张，从品牌经营到资本运作"的经营战略，以"法家夺品牌""资本建枢纽""信仰立伟业"为战略总纲，运局谋阵，建成一统华夏的营销市场格局，开拓国外业务，逐步跨进独立而强大的中药制药企业行列，向实现创建世界一流的中药现代化大型企业的目标进发。

任何企业家做到一定程度，最终一定走向资源配置，而资源配置离不开资本运作。

《鬼谷子·谋篇》中说，作战的方法"贵制人而不贵制于人。制人者，握权也；见制于人者，制命也。"全力驾驭形势是太安堂在并购中的关键所在。太安堂的高层领导遵循"事虽利而势难行，近稍遂而终必失，则不可动"，"识未究底，谋未尽节"，不轻率行事，明确并购方法，并购中把社会资源作为核心竞争优势，并力求高起点。

在这样的战略理念指引下，太安堂在"二五规划"期间，承受住了激烈竞争和千艰万险的考验，成功而理智地逐步实现资本运营立体而快速扩张，迅速发展和壮大，汇三江之水凝练成财，采五岳之石升华成宝，济众生之愿立德立业。

五、资源整合

资本运营是以资本运作为手段，为企业经营服务。马克思曾指出："假如必须等待积累去使某些单个资本增长到能够修建铁路的程度，那么恐怕直到今天世界上还没有铁路。但是资本集中通过股份公司转瞬之间就把这件事完成了。"

资本运营是以资本导向为中心的企业运作机制。"产品经营、产业经营、资本运营是太安堂崛起的必经之路。"

"纵观企业的历史，没有哪一个企业是靠自身扩张的方式成长起来的，也没有哪一个企业不是靠兼并而最后发展起来的。"美国经济学家、诺贝尔奖金获得者斯蒂格勒如此总结和褒奖国内外企业资源整合的路径。太安堂人更深深懂得这个道理。

太安堂集团要做强、做大，必须走产业扩张和资本运营之路，必须善于运用资本运营理念，采用灵活、巧妙的资本运营策略和手段，源源不断给企业注入新的活力，实现一个又一个飞跃。太安堂走资本运作之路重在实施与医药产业相互运作、相互促进的策略，重在实施该策略后达到和谐协力、水乳交融的目的，从而顺利完成太安堂"二五规划"的奋斗目标。

太安堂在"二五规划"中提出："太安堂扎扎实实弘扬国粹,应在运局谋阵中进行五维操盘。以五行学说的精髓、西方管理相关的精华全方位贯穿太安堂五大维度。"

这"五大维度"指资本运作维度、业务活动维度、营销空间维度、组建方式维度、五行生制维度。

掌控了资本运作维度,太安堂以弘扬中医药为历史使命,建立一整套能认可和促进太安堂价值的金融和资本体系来支撑企业做大做强的强大空间、信心和动力,并在运作金融资本中取胜。

管仲曰:"圣人能辅时不能违时,智者善谋,不如合时。"太安堂人善于谋划,善于顺势而为,善于借力而为。太安堂逐步做大做强,在很大程度上取决于能够稳健高效地推进资本运营的步伐。

进入产业经营为目的、资本运作为手段的经营殿堂,建造自己的实业王国,以升华超越利润为目的的精神追求,为弘扬中医药国粹,为人类健康,为人类美丽,做中国最好的皮肤药,做世界最好的中成药,承接对社会对国家的责任。这,是太安堂的追求。

资本是现代市场经济运行与发展的第一推动力。

太安堂走产业经营和资本运作之路,重在实施这两者运作相互促进的策略与方案后达到和谐协力、水乳交融的程度,从而顺利完成太安堂"二五规划"的奋斗目标,以崭新的姿态屹立于中国医药企业之林,扬帆起航,从生产、营销、资本运作、品牌、企业文化等都发生了历史性的巨变,创造了"芳菲花似锦,玉液浆如琼"的局面,一个世界一流的中药现代化大型药企即将破茧而出,开创了太安堂五百年中医药历史新纪元。

第三节　药厂革壮

梦想定太局,实干兴太安。2013 年是"三五规划"的开局之年,也是太安堂梦想的起航之年。面对新形势、新局面,太安堂药业紧跟时代步伐,统一思想认识,以"建成世界一流的以中药现代化为特色的大型药企"的伟大"太安堂梦"为共同的梦想。

为适应"三五规划"发展的需要，太安堂人激励斗志，持续深入开展工业革命，深化太安堂总部改革、宏兴药厂改革、皮宝改革，实施一系列配套改革，积极拓展太安堂医药全产业链，推进长白山太安堂极品参产业建设、药都亳州太安堂特色药材产业基地建设，同时积极推进营销联盟打造、完善公司架构、升华品牌文化、强化资本运作，以最激情满怀的心态、最团结务实的行动，投入到"太安堂商战人民战争"的汪洋大海，实现太安堂"三五规划"的宏伟目标。

一、太安革壮

太安堂从产品经营到产业扩张，从品牌经营到资本运作，运局谋阵、五维操盘的同时，聚焦文化的深层价值，以东方传统哲学为文化底蕴，依托五百年积淀的中医药文化精髓，融汇现代高科技技术和企业管理理念，从文化管理到哲学管理，从信仰管理到探索高科技，以惊人的睿智和信仰所凝聚的战斗力，铸成喜人的特效中成药产品群体，承基立业，弘扬国粹，使太安堂魅力四射，历久弥新。

太安堂优秀丰富的文化资源闪烁在中医药相关领域，释放出巨大的正能量，不断提升转化为有形的太安堂商业价值，升级为公司的核心竞争力，实现太安堂跨越式发展的新突破。

秉承太安堂堂训精神，牢记"遵古重拓、方经药典、精微极致、大道无形"十六字真言制药大法，太安堂在药品生产方面严格管理、严格控制，做到产品质量稳定、疗效稳定。

太安堂在汕头建设有三个生产厂区，皮宝园、麒麟园、博物馆厂区，拥有软膏剂、丸剂、片剂、胶囊剂等十八个剂型，均一次性通过国家新版GMP认证。太安堂建成三十多条全自动生产线，对技术人员进行全员培训，大幅提升产能，保证市场需求，完成了从劳动密集型向国家科技现代化企业的转型。太安堂提高产品质量，降低损耗，增加企业效益，提升员工的待遇和福利，成为具有强大发展后劲的中药现代化企业。

二、宏兴革壮

太安堂收购宏兴时，宏兴具有三大劣势：管理成本极高、工作效率低，市场营销理念落后、市场占有率不高和人才稀缺。如何革壮宏兴，成为当务之急。

太安堂传人的血循环流淌着潮州人热爱潮州的热血，太安堂将与宏兴人融为一体，顺天承运，遵循天人合一、品物咸章之规律，秉德济世，励精图治，为振兴中医药产业，复兴宏兴尽力尽责，奉行公开、公正、透明的原则，全力回报新老股东，奉献社会。

宏兴的崛起正呼唤着先进核心人才团队，呼唤着改革的最基本的资金支撑，呼唤着脱胎换骨的长远战略规划，呼唤着现代营销不断创新的商业理念和经济发展模式，呼唤着上下同欲、集成聚焦夺取伟大目标的企业价值观。

完成对宏兴的并购后的太安堂，拥有近四百个产品品种，发展成为涵盖多领域用药的综合性中成药企业。太安堂入主宏兴之后，不仅使老字号焕发新生机，也使太安堂在复兴的征程上更迈出跨越性的一步。

太安堂将宏兴纳入"建成世界一流的以中药现代化为特色的中型药企"的伟大目标之中，纳入"三五规划"（2013—2017）的宏伟规划之中，凤凰涅槃，重振雄风，创造佳绩，报效社会。

宏兴集团严格遵循太安堂"三五规划"战略思想，统一认识，树立"共筑太安堂宏大梦想"坚定信念，紧紧围绕公司加大生产、科研、营销力度，提升人员素质，品牌文化建设，推进工业革命，强化企业管理等方面全面展开。

宏兴集团经过两年的整合后，逐步走出企业低谷，焕发出令人惊叹的活力和魅力。

三、皮宝革壮

"皮宝制药"在实施利基战略、奠定公司在中药皮肤药细分领域领军企业的过程中发挥了巨大作用。

"成功是熬出来的，做企业走正道就是炼狱，但归宿是天堂；走歪门邪道是天堂，但归宿是地狱。"

皮宝制药的发展大致要经历了四个阶段，即产品阶段、品牌阶段、资本运营阶段和文化建设阶段。前两个阶段属于皮宝制药发展的初级阶段，后两个阶段属于皮宝制药发展的高级阶段。

上海金皮宝制药 2006 年 8 月正式建成投产，最初产品单一、年销售规模小，经过多年的砺炼重建，已发展成为拥有过亿产能、厂房和设备的大型生产研发基地。借助太安堂的品牌知名度及核心技术优势，研发、生产并推出钕宝牌系列产品，丰富金皮宝制药产品线，促进金皮宝制药大发展及保障"三五"发展目标的实现。为保证优质产品，金皮宝从源头确保产品质量，率先通过 GMP 认证，严控质量关，产品精益求精。公司不断进行产品科技创新，争取政府科技创新和技术改造等多方面的支持，获得上海市高新技术企业认定，取得政府补助资金，还被列为上海市奉贤区专利管理试点企业。

企业文化建设是企业经营的最高阶段，就是把战略、思想等赋予到企业经营管理的内涵中去，将之提升到更高的阶段。事实上，"做中国最好的皮肤药"这一企业文化理念很早就提出来了，企业文化作为皮宝制药发展的第四阶段，既是独立的一个阶段，又渗透到其他每一个阶段。上海金皮宝现在作为太安堂管理学院的教学基地，承担培养骨干、输送人才的重任，是企业文化的战略基地。

"发展才是硬道理"，步步催人奋进，成为皮宝制药发展的坚强动力。"与时俱进"，使皮宝制药的经营思想力求与社会发展同步。"在科学的道路上，没有平坦的大道，只有那些不畏艰难的人才有希望到达光辉的顶点"。皮宝夺取全国产品强势品牌和皮宝知名企业品牌，与"大思路、大格局、大手笔"走集成的道路紧密相关。皮宝重视创新，创新不是发明，创新来自集成，创新是通过对自己已有产品或者技术的组合，来产生新的产品和新的功能。

上海金皮宝制药全速革壮，变革理念，奋勇出击！

四、亳药革壮

在国家中医药管理局和亳州市人民政府的支持下，由广东太安堂药业股份有限公司与中国中医科学院中药资源中心共建项目——中医科学院中药资源中心太安堂亳白芍品牌培育基地，通过对"亳白芍"科研体系、"亳白芍"标准体系、"亳白芍"生产体系、"亳白芍"仓储物流体系、"亳白芍"品牌展示平台五个体系的建设，以构成服务于"亳白芍"等中药材产业的五位一体综合平台，全面推动"亳白芍"品牌培育基地的形成和壮大。

太安堂"亳白芍"品牌基地的建设将起到深化、整合、引领的作用，有力推动亳白芍中药材产业的发展。同时，该项目服务于国家医疗服务体系，服务三农，服务地方经济，契合国家中医药的相关政策，符合亳州发展规划，具有显著的社会效益和示范意义。

太安堂拥有五百年传承的中医药核心技术底蕴，深厚的中医药核心技术，资本市场的鼎力支持，"秉德济世，为而不争"的太安堂企业文化，为创建太安堂亳白芍品牌培育基地奠下坚实的基础。太安堂亳白芍品牌培育基地的创建和鼎立是一个系统工程，太安堂以科学的发展观，在国家中药管理局、亳州市政府的支持下，在中国中医科学院中药资源中心的主导下，从白芍种苗繁育研究到种植栽培技术，从加工工艺研发到质量标准的制定，拔尖升华，系统打造亳芍成套核心技术，以扎扎实实的工作作风，全面整合内外资源，聚焦集成，以鲜明的专业特色跻身中国中药现代化行列，为振兴地方经济，为圆中医药中国梦，为社会、为股民奉献力量。

在国家有关部门的支持下，太安堂科研中心（皮肤病、不孕不育、心脑血管病等中医药专业论坛）与国家有关中医药研发机构的有机结合，融海派文化、中医药传统文化、中医药资源、现代特色中药材等于一体，为弘扬中医药文化，挖掘中医药文化遗产，开拓现代特色中药材领域，为中医药走出国门，对话世界文明，济世苍生提供有效平台。将国家中医药论坛的旗帜插进亳州药都，使国内外中医药界领导专家云集活跃在亳州市，从而逐步将亳州打造成国家中医药活动中心，成为国家中医药形象代表。亳州市中药材产业乘势而上，推动第三产业，拉动地方经济，太安堂顺势而为。

太安堂药都特色药材基地将荟萃相关中药产业，突出饮片炮制规模制造、优质、特色药材及饮片规模经营，全国 GAP 药材集中经营，特效中药、中成药集中营销；集信息、研发、整合、孵化以及生产、物流、营销于一体等等。

依托亳州优越独特的自然资源、生态资源、旅游资源和中药药材品牌资源，奉献太安堂五百年中医药核心技术，发挥太安堂传承十三代的宫廷医药养生秘法经验，结合中医药特色优势，创建高起点、高档次、高水准的国家级中医药养生基地。继承传播中医药文化精髓，发扬光大中医药国粹，通过加强中医药文化的交流与传播，扩大中医药文化的影响，推动中医药文化在世界范围内的传播，为中医药健康全人类做出贡献。

五、极参革壮

抚松太安堂长白山人参产业园有限公司与中国中医科学院中药资源中心在抚松建立太安堂长白山人参品牌基地合作项目。

该项目也得到了国家中医药管理局的高度重视和大力帮助，在国家中医药管理局和吉林抚松县政府的支持下，中国中医科学院中药资源中心太安堂长白山人参品牌培育基地挂牌成立。项目将通过对长白山太安堂极品参科研体系、标准体系、生产体系、仓储物流体系、品牌展示平台五个体系的建设，构成服务于长白山太安堂极品参产业的五位一体综合平台，全面推动长白山太安堂极品参品牌培育基地的形成和壮大，致力于打造中国著名的道地药材品牌基地。

太安堂将大步迈入覆盖上游种植开发、中游生产加工及下游金牌终端联盟等的全新经营领域、构建强大业务价值链、驶入高速发展的新时期。

第四节　营销革壮

营销，是企业发展的生命通道，是企业生存的重中之重。所以，企业必须高度重视自己的营销，为企业奠定坚实而强大的发展基石。今天，是一个信息爆炸、急速变革的时代，市场变化更是复杂万变。营销再也不是单一的技巧了，营销是一种创新性的战略。

面对瞬息万变、竞争尖锐的多元市场，太安堂人在公司总部的直接领导下，以变应变，不断更新思路、创新营销，积极提高公司品牌和知名度，在营销观念、营销人才、模式、管理、待遇等方面，以全新的姿态迎接更加广阔的营销空间和市场挑战。

一、人才革壮

国之兴，在得人；得之则兴，失之则亡。企业也是如此。太安堂能有今天的发展和规模，关键在识人、知人、得人和用人，荟天下之才，共铸信仰。

太安堂选人用人集中体现了对人才品能的"才""能""心""力""德"等进行全方位的考察。有才，有德，有心，有力，有能，是太安堂人才选任的基本标准。

要造就出类拔萃的企业，就必须本着求贤若渴、唯才是举的态度，穷思竭虑为企业发现、培养和寻求急需的人才。要发现人才，首先就要观人、识人，然后才是合理用才，让人才同企业一同成长，实现人生价值。

观人之术，古已有之：武丁见傅说，破格录用；文王闻姜尚，拜为太师；先圣孔子，善于观人，其"视其所以，观其所由，察其所安"之言，被奉为观人的圭臬。

观人有观人之术，用人有用人之法。前人常言，观相不如观气，观气何如观心。气清而厚者为上，清主贵，厚主寿；心浑厚而愚者有后福，外薄而心地厚者，当察其行。

观人之法又有"观人九征"。孔子曰："凡人心险于山川，难于知天。……故君子远使之而观其忠，近使之而观其敬，烦使之而观其能，卒然问焉而观其知，急与之期而观其信，委之以财而观其仁，告之以危而观其节，醉之以酒而观其侧，杂之以处而观其色。九征至，不肖人得矣。"

虽说"知人难于知天"，但把这忠、敬、能、智、信、仁、节、侧、色等九个方面逐一对照考察，优与劣，立竿见影。

　　"非但慷慨献良谋，意气兼将身命酬。"太安堂精英发挥自己的聪明才智，为实现"太安堂梦"而努力奋斗着，出于对知遇之恩的感激，也是为了实现自身人生价值。

　　太安堂始终坚持"以人为本"的企业发展理念，将发掘人才、吸纳人才、塑造人才和为人才成长搭建广阔的发展平台，让人才与企业一同成长，一起发展。

二、营销革壮

　　市场营销观念，是指企业进行经营决策，组织管理市场营销活动的基本指导思想，也就是企业的经营哲学。它是一种观念，一种态度，或一种企业思维方式。

　　营销界流传着一句话："一流企业做文化，二流企业做品牌，三流企业做产品。"文化营销，也是市场营销的最高境界。企业的营销活动不可避免地包含着文化因素，企业应善于运用文化因素来实现市场制胜。

　　整个营销活动中，文化渗透于其始终，产品蕴含着文化。日本学者本村尚三郎曾说过，"企业不能像过去那样，光是生产东西，而要出售生活的智慧和欢乐"，"现在是通过商品去出售智慧、欢乐和乡土生活方式的时代了"。营销更是饱含着文化，营销活动中尊重人的价值、重视文化建设、重视管理哲学及求新、求变精神，已成为当今企业经营发展的趋势。

　　在太安堂发展壮大、复兴繁荣的背后蕴藏着一个重要的战略理念：文化先行，营销制胜！

　　"文化是民族的血脉，是人民的精神家园。"在太安堂，文化不仅是企业生生不息的制胜之魂，更是长盛不衰的鼎立基石。在进行产业扩张、技术革新、绝技高效的同时，太安堂聚焦企业文化的深层价值，以东方传统哲学为文化底蕴，依托五百年积淀的中医药文化精髓，制定实施文化革壮系列方案，承基立业，弘扬国粹，构建起独树一帜的企业文化，释放出鲜活生动、历久弥新的隽永魅力。

　　优秀丰富的文化资源辐射至产业、营销、人文等各个领域，释放出巨大的能量，最终转化为有形的商业价值，升级为企业的竞争资本，实现太安堂跨越式发展的全新突破。太安堂金牌终端联盟启动以星火燎原之势迅速点燃全国市场，其成功举办正是太安堂文化先行、营销制胜战略的有力证明。扎实的客情基础、高涨的参会热情、广阔的营销前景，在活动推进过程中，强烈的文化气息贯穿始终：文化载体为营销法宝，成为营销人员的敲门砖，叩开客户的心门；文化理念潜移默化，营销人员身体力行，以诚动人；文化氛围大象无形，为品牌注入深厚的内涵与价值，淬炼全新光彩。品牌营销定胜局，文化营销铸灵魂。

三、模式革壮

变革模式，突破既定框架，是太安堂做大做强、发展壮大的重要原因。

太安堂开展多元化营销策略，开辟了营销中心——发展中心——电商中心的三大模式。

太安堂营销中心利用全国销售网络覆盖到全国各省份，以医院、商业、OTC、金牌终端专业化团队，实现多模式合作：太安堂以全国各城市主要医院为战略经营单位，树高端品牌，药品广受赞誉；在OTC市场，以连锁及零售药店为重点，太安堂全面推广特效药，成为OTC市场的重要品牌；太安堂采取战略联盟合作，以专柜形式入驻全国各大药房，发展稳步推进。太安堂金牌终端联盟以星火燎原之势迅速点燃全国市场，凭借独特高效的运作模式、专业齐全的服务网络，吸引众多客商踊跃加盟，共同开创精诚合作、共谋发展的崭新局面。

为了提升营销优势，集中营销能量，"三五规划"期间，太安堂成立了"太安堂发展中心"，将企业内的上海金皮宝有限公司、吉林长白山公司、安徽亳州公司、上海太安堂医药药材公司等全面整合，激活能量，形成大规模的发展中心营销效应。

立足时代，创新求变，太安堂电商中心在电子商务风生水起的大背景下应运而生。太安堂电商中心将建立涵盖网络宣传平台、网络渠道搭建、自有物流系统、在线客服系统、官方品牌网站的全方位电子商务系统，进军网络营销，拓展营销模式，增强盈利能力。在新市场，新模式的互联网中，搭建有中药特色的互联网门户，树立太安堂在国内乃至国际上的中药影响力，积极开拓海外业务，完善国际战略布局，加速公司跨越式发展的步伐，向一统华夏、世界一流的目标大踏步迈进。

四、管理革壮

"管理"一词，古代法语意为"领导、执行的艺术"，拉丁文意为"以手领导"。综合理解，管理，即通过组织、调度和运用各种人力、财务、原料、实体、知识、资产或其他无形资源的活动，以高效地达成某种目标的过程。

管理的核心是"人的管理"，以人为本，铸造企业发展的灵魂。

荀子曰：不登高山，不知天之高也；不临深谷，不知地之厚也。全面深化改革是解决太安堂发展面临的一系列突出矛盾和挑战，实现经济持续健康发展，实现太安堂伟大复兴的关键一招；是公司构筑成全国东西南北中公司五大主体药业体系，逐步形成全产业链，形成中型药企规模发展全局的根本出路；是公司实现"三五规划""建成世界一流的以中药现代化为特色的中型药企"总目标的关键经略。公司深化改革永无止境，解放思想永无止境，改革开放也应永无止境。

企业管理最高的境界是文化管理，文化管理的最高境界是哲学管理，哲学管理的最高境界是信仰管理，信仰管理的力量就是神的力量，建立一支以振兴中医药为己任、以"太安堂信仰"为精神支柱、以"太安堂堂训"为准则，像狂热的宗教信徒般的优秀人才团队，进行商业人民战争，高度体现国家利益、企业利益和人生价值，这就是神的力量！神的力量就是战无不胜、攻无不克的力量，太安堂只有以信仰管理的力量才能夺标。

太安堂的管理是一个系统工程，文化管理后必定是价值管理，激发员工的潜能，让员工能力发挥最大化，为太安堂的发展贡献自己的才智，同时实现自己人生的最大价值。

五、待遇革壮

"我劝天公重抖擞，不拘一格降人才。"

太安堂渴望着新时期指点江山的决策群体，开天辟地的杰出人才团队！其人才之源均应选聘于创业时代英才的再培养和拔尖，精选于现有团队苗子的打造与磨炼，更应聘于全社会杰出人才的适时、适量、适度引进，资源整合，将核心资源放在核心位置，将核心人才放在核心岗位，但不论如何荟萃，都要统一核心价值观。

太安堂人要逐步打造成中产阶级，要夺取公司"三五规划"总目标，要共承历史重任振兴中医药国粹，只有雄心不行，只有学问和智慧不够，它需要"五运鼎太安"而进入"本启慧、慧通灵、灵演艺、艺得神、神夺标"的境界，需要打破太安堂总体素质、管理机制、收入利润三大瓶颈，方能做强、做大、做久，方能圆太安堂梦。

第五节　文化革壮

《周易·系辞传》载："上古结绳而治，后世圣人易文以书契，百官以治，万民以察。"古人用"结绳"以记事，无文字。后世创制各种符号，这种符号逐步演变成文字。《三国志》："先主（刘备）亦以为奇，数令漾宣传军事，指授诸将，奉使称意，识遇日加。"文中"宣传"始具现代"宣布传达"之义。

《现代汉语词典》对"宣传"的解释，"宣"指公开说出来；传播、散布出去。"传"指一方交给另一方。所谓"宣传"一般有两层意思，一是"宣"，二是"传"。企业宣传，对于企业形象的塑造和企业产品品牌的打造起到至关重要的作用，因此，现代企业面对愈来愈激烈的市场竞争，不仅利用各种渠道宣传自己的品牌、塑造自己的形象，而且在稳步前行中不断创新自己的宣传模式，与时俱进，以求更广泛地宣传自己，让社会和大众了解自己。

太安堂依据市场发展形势和自身实际战略需求，不断变革自己的宣传方式，拓宽宣传渠道，利用雄厚的历史底蕴和文化优势，率先占领文化宣传制高点，打造《太安堂》内刊对外宣传的平台，利用小说、影视媒介等通俗艺术的优势宣传自己的品牌，同时积极开展太安堂中医药文化旅游，拓展宣传思路，吸引了广大游客，取得了很好的宣传效果。此外，太安堂在未来的"三五"期间，依据太安堂文化品牌优势，倾力打造太安堂五大广场，宣传大众，造福社会。

一、内刊革壮

《太安堂》内刊创刊至今已有十余年，已出版一百多期，作为企业形象的宣传窗口和沟通平台，《太安堂》内刊承载了营销支撑、业界交流、品牌传播、形象提升等方面的重要使命，以鲜明的导向性、丰富的内容、独特的视角展现出太安堂发展壮大的进步历程和全新风貌，为企业软实力建设起到重要作用。

《太安堂》内刊旨在更加有效地推进太安堂的企业文化建设，推进太安堂特色营销工作，提升太安堂企业的品牌知名度、美誉度，提升太安堂综合竞争力、凝聚力，即"内传外宣"。

依据公司长远发展战略规划的需要，《太安堂》内刊在以往经验积累的基础上，依据太安堂"三五规划"和公司发展的新形势，积极开拓，改版升级，依据实际需要不断开设新栏目、升级新版面；将积极拓展思路，积极配合公司企业品牌宣传的需要，做出进一步的改版与提升，期期有进步，期期有亮点，坚持"强化主题意识，突出每期重点""创新办刊思路，拓展编辑视阈""贴近企业基层，发挥实用性""调整栏目版块，增强可读性"的办刊思路，使《太安堂》内刊在运用中突破、在实战中成长，为太安堂企业文化建设和品牌打造建功立业。

二、小说革壮

小说，是企业形象塑造和品牌宣传的重要阵地，也是企业文化和企业理念的重要载体，在企业发展、企业凝心聚力、塑形铸魂过程中发挥着重要的作用。

太安堂药业，依据自身发展的实际需要和雄厚的历史文化底蕴，不断创新发展，组织专业人才创作"太安堂中医药"主题小说，在"二五规划"期间，太安堂已经完成《柯半仙传奇》《麒麟丸传奇》《太安堂·玉井传奇》等一系列优秀小说作品，深受广大读者喜爱，取得了显著的效果。

太安堂小说创作的重头制作——《太安堂演义》上部于 2013 年 11 月由作家出版社出版发行，与广大读者见面。

《太安堂演义》（上）采取传统章回体小说形式，运用优雅凝练的仿古语言，描绘了五百年中医药老字号——太安堂创立发展的历史和曲折历程，讲述了明朝年间太安堂创始人柯玉井、清朝时代第七代女传人柯黄氏和第八代传人柯仁轩、民国时期第十代传人柯廷儒等太安堂人行医济世、大德广行的传奇故事，勾画出围绕《太安堂秘笈》而演绎的儿女情长风俗画和家事变迁世相图。

小说中书写的医学药方、实用偏方数十余副。各章回均以诗词为引，使用的诗歌、曲赋、琴曲、对联等计一百五十余首。整部小说将中国传统文化的中药、诗词等精华融为一炉，具有丰富的欣赏意义和极高的学习价值。

小说主线副线分明，人物生动饱满，情节跌宕起伏，不仅有缠绵悲欢的爱情，还有刀光剑影的武侠传奇；不仅有古代宫廷臣子的狭隘奸诈，也有现代革命党人的大爱无私；既有《红楼梦》的柔美色彩，又有《三国演义》的侠义风气，丰富地展现了自明朝至民国时期太安堂历代传人悬壶济世的历史传奇。

三、影视革壮

影视，是一门综合性很强的视觉造型艺术，它融汇了文学、表演、美术、音乐、摄影等多种艺术手法，通过镜头的组接创作出动态的、连续的、不受时空限制的画面，从而在最大程度上满足人们的视觉需要。

太安堂投巨资拍摄了一部长达二十八集的电视剧——《太安堂·玉井传奇》，全面展示了中医药源远流长的经典魅力，系统阐释了一个中医家族百年传承、秉德济世的大医情怀。该剧以"医案最多的弘扬中医药堂文化电视剧"获得"大世界基尼斯之最"(中国之最)证书。

《太安堂·玉井传奇》历经两年的前期筹备和创作,主创人员前往广东潮州、云南楚雄、湖北黄冈、广西梧州、江苏南京、北京等地收集历史文献、民间轶事和中医医案,掌握大量历史史料和素材。在剧本写作过程中又分别在北京、上海、广州、汕头等地召开了近二十次剧本研讨会,终于形成了这部中医药题材的经典作品。《太安堂·玉井传奇》通过国家广电部的立项批准后即广受关注,得到了国家卫生部、中国中医药管理局主要领导的大力支持,并获得国务院老领导、老专家等的支持和鼓励,同时也得到了上海市有关部门、广东省党政领导及政府有关部门、汕头及潮州市党政领导及政府部门的大力支持。

《太安堂·玉井传奇》于2009年7月10日在潮州电视台"黄金剧场"首播,随即潮州及其周边地区电视台也相继播放,遂掀起了一阵《太安堂·玉井传奇》收看热潮,其风情浓郁的潮汕民俗、跌宕起伏的人物命运、精彩曲折的故事情节等,吸引了广大观众,好评如潮。据央视索福瑞CSM数据统计,《太安堂·玉井传奇》播放期间,创下了12.92%的最高收视率,平均收视率为8.49%,创造了潮州电视台电视剧收视率新纪录,比历史收视最高纪录翻了一番。

四、旅游革壮

中医药文化旅游是以丰富的药物资源和博大精深的中医药文化为载体,集旅游、度假、休闲、疗养、保健、娱乐、文化、科普等于一体,其主要目的在于弘扬中华中医药文化、传承中医药国粹。

五百年太安堂依托其雄厚的文化和核心技术优势,积极开拓和探索中医药文化旅游,积极弘扬中华中医药国粹和文化,全面展示太安堂五百年的发展历程和中医药、养生保健的传统文化,塑造太安堂药业的企业形象和产品品牌,从而达到普及中医药科学知识、振兴中医药事业的目的。

太安堂创新中医药文化推广模式,举办"太安堂中医药文化探秘之旅"大型中医药文化宣传推广活动,以此打造中医药文化旅游精品,强化中医药文化旅游品牌建设，普及中医药文化知识，让中医药国粹真正深入人心，走进千家万为户。

太安堂中医药文化探秘之旅融传统现代元素、历史人文景观、中药文化精粹、潮汕民俗风貌于一体，行程中包含恢弘典雅的太安堂中医药博物馆、太安堂极品参馆、太安堂绝技馆、三十六条全自动生产线，浓缩百年中医药技术精华，展现出中华国粹的神韵和内涵。高大雄伟、精密布局的太安堂麒麟园，是集中医药科研、生产、传统哲学等于一体的中医药产业园区，折射出传统文化的现代魅力。碧波荡漾，景色宜人的井里水乡，太安堂旧址、柯氏宗祠、柯氏家庙、大夫第等历史保护建筑错落有致，令参观者在游览人文自然胜景之余，深刻感受潮汕民俗和中医药文化的独特吸引力。

太安堂中医药文化探秘之旅，结合传统文化与现代旅游业，为中医药宣传普及提供了新思路和新方向。

五、广场革壮

为进一步扩大太安堂的文化品牌，公司集中策划打造五大太安堂广场，即上海潮州路太安堂广场、广东潮汕太安堂广场、亳州太安堂广场、西部太安堂广场、长白山太安堂人参广场。五大广场的建造，是太安堂企业形象展示最直观的途径，也是企业品牌宣传最为生动的窗口，更是太安堂秉德济世的五大体现。

太安堂长白山中医药文化广场是太安堂药业立足于现代太安堂的核心技术优势和长白山人参产业的地缘优势、资源优势，依托历史悠久的太安堂文化和深厚的长白山文化底蕴，旨在打造一个以太安堂野山参产业、文化产业为支柱，充满生机、充满文化内涵、以人参产业为特色的国际一流的现代化工业园区和商业广场，涵括人参种植、人参生产、人参加工、人参销售等环节，同时拥有广泛的中药养生、美容护肤、男女健康等领域发展潜力和发展空间，推进人参产业现代化、中药现代化。

亳州太安堂文化广场，是太安堂亳州特色药材基地的配套设施。在拓展实施"太安堂健康产业战略"方面有中药养生、美容护肤、男女健康等领域的发展空间，不仅将建成中国最高等级的中医药文化高峰论坛、会展中心，打造国际化水准的集会展、旅游、度假、休闲于一体的中医药养生中心，在推广中医药学术文化交流、中医药养生服务的同时，也为亳州中医药文化产业及旅游业实现突破做出贡献。

"加速上下游产业链建设，攫取全产业链价值"，这是太安堂"三五规划"的重要指导思想之一，也体现了太安堂医药产业未来发展的一体化战略思想。以潮汕、上海、吉林、亳州等生产基地为核心，构筑全自动生产特色格局，全力加速上下游产业链的布局，攫取全产业链价值。

本章小结

革壮，是对事物本质上的改变。《易经·革卦》有云："天地革而四时成，顺乎天而应乎人。"变革顺应天时、应乎人道，符合自然和社会规律。太安堂发展至今，正是顺应天、地、人三才规律，不断深化改革、拓宽思路、发愤图强，才有了今天的成就与辉煌。

2013年，全体太安堂人在"太安梦"的指引下，锐意进取、革故鼎新，推进生产、营销、文化、品牌等一系列改革措施：拓人参产业、建亳芍基地，构筑强大全产业链格局；建金牌终端，推电子商务，构建营销大联盟；兴五大绝技，强研发体系，升级企业技术含量；撰演义经典，著宏篇巨著，提升老字号品牌知名度；施资本运作，建五大广场，完善大产业格局。太安堂在"建成世界一流的以中药现代化为特色的中型药企"的总目标的指引下，以改革为基础，以创新为动力，图强发展，谱写又一崭新篇章。

"凝心聚力再进发，改革又到闯关时。"太安堂要实现"三五规划"的总目标，就意味着改革必须向纵深处推进，要步入攻坚期和深水区。任务艰巨，更激发改革雄心壮志；时不我待，正敲响改革紧锣密鼓。天命不可违，天道可转轨。太安堂产业要全面升级，构筑特效中成药产业为主，野山参中药材产业为副的二大细分产业经济发展体系，夯实太安堂医药产业的坚实基础；以五大绝技产品为支撑，太安堂将建成中型药企的现代营销格局；以全面提升产能为导向，太安堂将完成工业革命和中药现代化的新进程；健全研发创新体系，全速研发高科技产品。此外，在财务体制、知识产权、品牌文化方面，太安堂全面变革，深化改革后劲，持续有效发力，从而突破现有模式、固有体系，以驶入企业发展的高速道。

行之有效的变革需要智慧与勇气，更需要全体同仁的上下一心。太安堂人唯有改变思维、创新思路，才能适应新形势；唯有苦练绝技，扎实内功，才能创新产品体系；唯有改变营销观念、转变模式，才能成就营销大联盟；唯有完善制度建设，才能牢固树立公司形象，提升公司综合实力。

太安堂驶入"三五规划"发展的关键期，太安堂人必须将改革创新的理念融进太安堂药业的各项计划中，以高瞻远瞩的深邃眼界洞悉时代发展的契机，以勇于搏击市场风浪的胆识和魄力突破重围，以夺取必胜的坚定信念取得跨越式发展的胜利。

第九章　济恒经略

济，在这里有三层含义：济世扶危、既济、经世济民。

"水在火上，既济。"（《易经·济卦》）意思是水位于火的上面，象征事业成功。

所谓易理，其实也可以喻为济理，也就是如何渡过象征困难和障碍的大江，去济困救穷，拨乱反正，顺应自然和社会的规律，促成其发展而完成大业的道理。

"达则兼济天下"（《孟子·尽心上》）事业有成时更要施惠于天下，行济世救人之美德。

在《春秋列国形势》中，记载着一条古老的河流：它发源于河南，穿越山东而入渤海，地图上标注为"济水"，俗称"大清河"。济水与江水、河水、淮水并称华夏"四渎"，在今天的济水发源地（济源市）还建有济渎庙。

济水干涸，几近消失，何能同列"四渎"？唐太宗李世民问了大臣们同样的问题："天下洪流巨谷不载祀典，济水甚细而尊四渎，何也？"许敬宗回答说，济水虽细，却能独流入海。在济水的身上，折射出的不单单是那种不达于海誓不罢休的顽强精神，还有那虽只一脉、三隐三现却"至清远浊"、坚守其节的高洁情操。

太安堂创建于明隆庆元年（1567），迄今历十三代近五百年历史。五百年来，太安堂勤于开拓、勇于探索，为《易经》"知周乎万物，而道济天下"、"天道下济而光明"做了最为精准的阐释："知周万物"，就是周知医学；"道济天下"，即是在前者成功的基础上，悬壶济民，以"为医之道"为普天下的患者解除病患。五百年来，太安堂正是笃于信念，求道求智，以救济天下为己任，奉献济世，济世扶危，经世济民，才深受社会赞誉、万民拥戴。

"济"，既饱含着太安堂"秉德济世，为而不争"的奉献之心，又蕴含着实现这种"经世济民"理念的能力与实力。

"恒，久也。刚上而柔下，雷风相与，巽而动，刚柔皆应。"（《易经·恒卦第三十二》）

恒是恒久的意思。阳刚居上而阴柔处下，雷震风行交相配合，谦逊以动，阳刚阴柔完全得以应合，这都表明了恒常持久。

在易学恒道思想的深刻影响下，中国人历来重视守恒道、树恒心、立恒基、置恒产，把循恒道、开恒业、有恒心、持之以恒当做恒德高深、人格饱满、事业成功的标志。道家始祖老子也说："恒德不离，复归于婴儿。……恒德不忒，复归于无极。"认为只要时刻不离恒道恒德，就能复归天性，修达正道，树典范，化万物。

为弘扬中医药国粹、振兴中医药事业、挖掘保护中医药文化遗产，太安堂编纂出版《太安大典》中医药文化巨著，普及中医药知识，提高人们健康水平。《太安大典》将太安堂近五百年历十三代传承下来的中医理、法、方、药等珍贵文化遗产，太安堂发展历程、传统哲学和各大名著等相关资料进行整理编纂，循五行相生机理，按医、药、史、鼎、新五部十五类编排，共一百零八卷。由上海世纪出版股份有限公司科学技术出版社出版发行，以"卷数最多的中医药堂文化系列图书"获得大世界基尼斯之最证书。

《太安大典》是太安堂十三代传人行医历药的心血凝聚，有太安堂创始人柯玉井公在太医院深造时积累的宫廷验方，有太安堂十三代御赐、祖传秘方验方医案，还有太安堂历代名医的手抄医方，太安堂产品核心技术、保密技术等等，其中以《太安堂秘笈》《太安堂经略》为代表的"日月双璧"以及《嗣寿秘典》《皮肤秘典》《诊法秘典》《外科秘典》《三才秘典》《养心秘典》《太安宝典》为代表的"北斗七星"，集成古今中医药理论精髓，聚焦太安堂五百年中医药核心技术，传承发扬优秀中医药文化，济恒为民。

第一节　为天地立心

北宋大儒张载曾以"为天地立心，为生民立命，为往圣继绝学，为万世开太平"四句概括儒者所承担的社会使命。

"为天地立心"其意源于《周易》，易经勾勒出一个涵盖天、地、人"三才"的宏大宇宙模式。天、地、人是一个整体，可解释为自然界、人类社会与个人三者的关系。张载在其《横渠易说·上经》中提道，"天地之心惟是生物。"可见天地有心，其心在生灵。人为万物灵长，人正是天地之心的集合和升华。

立心"能使天下悦且通"，让社会由内而外、发自肺腑产生文化觉醒，从而支撑民族、国家乃至世界的价值观体系。

如何才能立心？天地生化万物，为天地立心，即通过人发挥主观能动性来协调万物，通过人的疏导努力，让万物生生不息，和谐有道。

太安堂五百年来传承兴盛，隐没复兴崛起，正是洞悉天、地、人三才运行之奥妙并将其融入历代太安堂的实践中，谨遵天、地、人和谐发展之道，与天地同轨，与社会共进。崇尚天地人的兼容与融合，倡导以个人的存在与宇宙的法则为至尊至大。正如："观天地之象，通古今之事，权事而立制，度形而施宜，以统天下、理万物、应变化、通殊类。"

太安堂"为天地立心"即秉道德之心，深入拓展中国古人天地的精神，宇宙的情怀，为社会大众确立一个正确的生活方式，以仁心仁术济世苍生，造福民众。

一、天地仁心

"仁"是儒家思想的精髓，也是中华民族传承千年的美德。

在中国古代文献中有许多关于"仁"的思想记载。《诗经·郑风·叔于田》曰："洵美且仁"，《诗经·齐风·卢令》曰："其人美且仁"，这里的仁与美相联系，仪文美备的意思，仁是由内而外流露出的气质与风度。《国语·晋语一》："爱亲之谓仁"，爱亲意为孝敬父母，凡孝顺长辈者可谓仁。

　　春秋战国时期，孔子把"仁"定义为"爱人"，孟子把"仁"同"义"联系起来，把仁义看作道德行为的最高准则。其"仁"，指人心，即人皆有之的"恻隐之心"，仁爱之心；其"义"，指正路，"义，人之正路也"。

　　时代发展到今天，"仁"的意义逐步升华。真正的"仁者"，正面达观，活跃着正能量，正向引导一切。

　　太安堂为天地立心，首立仁心。"仁"是太安堂精神的核心。

　　《太安堂记》开篇："堂名太安，祈天安、地安、人安也！"可见，太安堂受儒家文化影响和胸怀天下的气度。柯玉井在文末写道："余深怀为天下苍生福祉胞舆之心，立堂施医于民，继万氏续瑰宝，愿学而珍之，传而承之。"这更是太安堂仁心济世、修心自强、平正通达、广施博济的写照。

　　《论语·雍也》："子贡曰：如有博施于民而能济众，何如？可谓仁乎？子曰：何事于仁？必也圣乎！"博施济众，救民疾苦，体现的是圣人的一颗仁者之心、济世之志。明代医家龚云林也曾在其《论医家十要》中言道："一存仁心，乃是良箴，博施济众，惠泽斯深。"

　　"富裕不忘桑梓人，心系社会一片情。"太安堂始终以"秉德济世，为而不争"的宽阔胸怀，积极承担社会责任，多年来一直参与"中医中药中国行"等活动，热心支持社会公益事业，赢得社会广泛赞誉。

　　"秉德济世"就是秉承道德规范和精湛的技术，对社会、对人类、对世界做出贡献，以精湛的医术和仁爱之心，医济苍生，爱泽天下。仁爱融汇于道德，则成为道德的主体。自宋以来，由于儒家思想"孝以事亲，忠以事君"的影响，疗君亲之疾也是尽忠孝之道。儒家是以济世利天下作为人生最高理想，太安堂之"秉德济世"，与儒家的仁义观是完全一致的。

　　太安堂五百年药济苍生，弘扬国粹，在发展壮大的同时，仁心济世，奉献社会、回报社会，承担社会责任，矢志不渝。

二、厚德立心

　　德本含心，"德"的字形由"心"、"彳"、"直"三个部件组成。"心"表示与情态、心境有关；"彳"表示与行走、行为有关；"直"，"值"之本字，相遇相当之义。德本意为"心、行之所值",是关于人们对心境、行为与水平或状态的判断。

德来源于自然,于万物生谓之德。《道德经》曰:"道生之,而德蓄之,物刑之,而器成之。是以万物尊道而贵德。"就是说,"道"产生万物,"德"抚养万物,物质构成万物的形态,形象完成万物的品类。所以,万物都尊崇"道",而贵重"德"。《灵枢·本神》曰:"天之在我者德也,地之在我者气也,德流气迫而生者也。"是知"德"、"气"为自然生人之本。

德是一个人的修养、品质与品格。"要立人,先立德;要做事,先做人。"只有具备了高尚的品德,心灵才会变得宁静,才会达到一种较高的精神境界。孔子"七十而从心所欲,不逾矩。"圣人到七十岁时才能顺心而为,而不逾越法度。普通人更要在生活中不断总结经验,反省不足,加强道德修养。

德为心地之光明气象,为人之善念善端。故厚德者,必心地坦然,身心康泰,寿域自延。

中国传统文化将德分为五种,又称五常,曰:仁、义、礼、智、信。中国传统的五行学说认为:木德曰仁,火德曰礼,土德曰信,金德曰义,水德曰智。对人善者曰仁、对人慨者曰义、对人尊者曰礼、对人明者曰智、对人诺者曰信。

孟子曰:"恻隐之心,人皆有之;羞恶之心,人皆有之;恭敬之心,人皆有之;是非之心,人皆有之。恻隐之心,仁也;羞恶之心,义也;恭敬之心,礼也;是非之心,智也。仁义礼智,非由外铄我也,我固有之也,弗思耳矣。"(《孟子·告子上》)

何谓仁?

仁者,仁义也。

儒家重仁,仁者,爱人也。简言之,能爱人即为仁。

何谓义?

义者,在人家需要时,及时出手,帮助人家,即为义。

何谓礼?

礼者,示人以曲也。

古之礼,示人如弯曲的谷物也。只有结满谷物的谷穗才会弯下头,礼之精要在于曲。

何谓智？

智者，知晓日常的东西也。把平时生活中的东西琢磨透了，就叫智。

观一叶而知秋，道不远人即为此。

何谓信？

信者，人言也，一诺千金谓之信。人必须讲信，讲诚信。子曰：人而无信，不知其可也。

《太安堂家训》写道："不忠不孝不传，不仁不义不传，不勤不专不传，贪酒好色不传，欺世盗名不传。""淡泊明志，立德立业；宁静致远，立功立言；传承文化，医药报国；弘扬国粹，奉献社会。"在今天这个充满诱惑的时代，《太安堂家训》更是太安堂人立德的指南，是处事的指南，时刻鞭策大家祛除那些束缚自己的杂念和贪欲，德高才能心静，德高才能神凝，道德修养得到提高，心灵也会得到升华。

回顾太安堂五百年历史，尽展千年医药之神韵，融贯古今智慧，历代传人多名医硕儒，博学多识，工书能文，志趣高洁，谨记"医道即人道，尊德性而道学问，药理亦哲理，致广大而尽精微"之堂训，尽展"秉德济世，为而不争"之胸怀，拯黎元于仁寿，济赢劣以获安。太安堂亦如日中天，医业发达，科目繁多，尤以心血管科、皮肤科、妇儿科奏效如神，名扬天下。

"君子先慎乎德"，厚德方可立心。

三、强大信心

从洪荒时代到现代文明，从刀耕火种到信息时代，人类一直仰望着信仰的星空，创造了一个又一个文明的奇迹。孔子一生以"朝闻道，夕死可矣"为信仰追求，成为中华民族的儒圣，儒家文化因此长盛不衰。大航海时代，科学的信仰带领着冒险者在惊涛骇浪中完成了环游世界的壮举。近现代，追求自由的信仰让亚非拉民族取得独立解放，人性的光辉奏响七彩的乐章。

信仰的火种遍播四方，也在太安堂中生根发芽、开花结果。五百年薪火相传，生生不息，走过风云岁月，经历跌宕起伏，从中药作坊到国家高科技上市公司，是信仰的召唤在引领百年老字号前进的步伐。

太安堂从1567年柯玉井公创办至今，岁月的洗礼激发强化着太安堂的经典流传，因蕴藏千年国粹的文化积淀而成熟，因闪烁现代文明之光而年轻。

太安堂人信仰是太安堂人共同拥有的精神家园，企业信仰的塑造是卓越企业的重要标志。拥有信仰的企业，员工拥有共同的价值观，拥有真挚的忠诚度和稳定的归属感；拥有信仰的企业，能提高生产效率，增加产品价值，增强企业的竞争力。

"为建成世界一流的以中药现代化为特色的大型药企而奋斗"是太安堂人神圣的信仰。太安堂的信仰就是使全体员工有共同的使命感、有共同的愿景、有共同的价值观，在此基础上，实现企业的鼎力崛起，振兴中医药国粹。

有句谚语说："那统辖思想的，比统辖城池更有力量。"太安堂传承五百年的堂训"秉德济世，为而不争"统辖着企业的思想，也是企业信仰的根源。

"凡为医道，必先正己，然后正物。"对于制药企业而言，一丹一丸皆关系到百姓的健康和生命，所以从生产一线到后勤基地，从研发中心到营销前线，每位员工精益求精，严控各个环节，不敢有丝毫懈怠，信仰有力量指导着所有人的一言一行。也正因此，太安堂的产品疗效确切，质量过硬，享誉四方。

世界三大宗教的圣地耶路撒冷每年都迎来数百万朝圣者前赴后继，其虔诚令人震撼，这正是信仰的指引。太安堂的人才团队正如"狂热的宗教信徒般"，甚至高于宗教的信仰。太安堂的营销人员跋山涉水，深入各个乡镇基层，将太安堂的济世良药送到民众的手中，是因为他们深信太安堂的良药可以造福于民，坚信自己是传播健康的使者，要将希望和梦想传遍千山万水。"心正思无邪，意诚言必中。"坚定的信仰令他们身上凝聚了令人感动的能量，太安堂品牌因此名扬四方。

太安堂信仰植根于绝无仅有的核心技术，"真金不怕火来炼"，在大浪淘沙的激烈竞争时代，太安堂不断发展壮大得力于独有的核心技术。每年，无数家庭受惠于太安堂的麒麟丸，生下活泼可爱的宝宝，重拾亲子梦。每年，许多心脑血管患者在服用太安堂的良药后，逐步恢复健康。太安堂的极品参、皮肤药、特效中成药种类齐全，质量上乘，在同类产品中脱颖而出，正是由于产品配方的独特、疗效的一流，成为太安堂前行的动力源泉。

太安堂有着"建成世界一流的以中药现代化为特色的大型药企"的宏伟梦想，而信仰的钥匙已开启这扇梦想之门。"三五规划"启动以来，全产业链建设加速推进、工业革命的实施、营销大军所向披靡、大文化大品牌的提升，对梦想的坚定信仰让太安堂一步一个脚印，向着目标勇往直前。在信仰的指引下，太安堂呼唤着有大思想、大魄力、大经略能够在新时期指点江山的有识之士，呼唤着大智慧、大项目、大将级开天辟地的杰出专业人才团队，一同驶向梦想的圣地。

梁启超曾说："信仰是神圣的，信仰在一个人为一个人的元气，在一个社会为一个社会的元气。"其在企业也是一个企业的元气。太安堂的信仰之光熠熠生辉，成为企业鲜活的生命能量。

四、奉献赤心

只要一滴甘露，就能复苏一个干涸的灵魂。只要一口水，就能重获一个人对世界的爱。奉献，润泽着万物的生命，太安堂把奉献作为生命的理由和源泉。

奉献的出发点是无私的，是没有考虑能不能得到回报的，只是想着一个人活着应该做点什么，应该活得有价值，有意义。孟子讲过，人做不了"挟泰山以超北海"这样人力所不能及的事情，但却能够做并且应该做"为长者折枝"这样力所能及却又意义非凡的小事。人的能力才干有大有小，不能强求。但是不管地位如何、职位如何、环境如何，都可以做点有益于社会有益于他人的事。小事积攒多了，就成就了大事，成就了大的美德。

"太安堂总有一天会强大起来，太安堂应将99%奉献给社会！"这就是五百年老字号"太安堂"的奉献精神。太安堂在世界发展观、消费观和医疗保健观发生巨大变化的时代背景下，在"以人为本"，高质量的生存方式的社会发展洪流中，将祖传秘方和核心技术奉献社会，弘扬中医药国粹，投身于"中医中药中国行"活动，让世人了解中医、认识中医、感受中医，让中医药惠及千家万户，为大众健康服务。投资拍摄大型中医药题材电视连续剧

《太安堂·玉井传奇》，编纂《太安大典》，系统全面宣传祖国传统中医药文化，造福社会。

五、通灵慧心

慧心原为佛教用语，"教汝痴众生，慧心勤觉悟。"其意为心体空明能达观真理，即具有一颗感悟真理的智慧之心。佛家称心地透彻明净透发出的大智慧为"般若"，其大乘经典《摩诃般若波罗蜜多心经》意即为大智慧到彼岸之印心经典。道家将具备人生智慧之人分为三个层次：上士闻道，勤而行之；中士闻道，若存若亡；下士闻道，大笑之。不笑不足以为道。凡拥有大智慧者，可看破迷雾重重，可拨云见日，可否极泰来。

睿智非人生之小聪明识见，乃透悉世情人心之慧眼，菩提入世，慧洒人间，既如红楼梦中所说的"世事洞明皆学问，人情练达即文章，"有超凡的阅历和见识；又有"行到水穷处，坐看云起时"的那种淡然和超脱；更有"先天下之忧而忧，后天下之乐而乐"的为民众、为天下的气度和雄心。

真正有智慧的人，面临生活中的种种烦恼、困惑乃至劫难，都会以一种豁达超脱的态度去面对。"风来疏竹，风去而竹不留声；雁渡寒潭，雁过而潭不留影。"

春秋末的名臣范蠡，就是一位具有人生大智慧的人。他为楚国人，出身贫贱，与楚国的宛令文种一起投奔辅佐越王勾践。当时的越王勾践被吴王夫差所败，处于穷途末路之际。范蠡倾心辅佐，劝勾践忍辱负重，陪其在吴国为奴三年，"忍以持志，因而砺坚，君后勿悲，臣与共勉！"

三年后归国，他与文种拟定兴越灭吴九术，并为其中之一的"美人术"亲自寻访德才貌兼备的美人，后访得西施，献与夫差。"范蠡事越王勾践，既苦身戮力，与勾践深谋二十余年，竟灭吴，报会稽之耻。"功成名就之后，他在人生的最高峰急流勇退，他深知勾践为人"长颈鸟喙"，可与共患难，难与同安乐，"飞鸟尽，良弓藏；狡兔死，走狗烹"，遂与西施一起泛一叶扁舟于五湖之中，遨游于七十二峰之间。

后其带领子孙务农兼经商，期间三次经商成巨富，三散家财，自号陶朱公，乃我国儒商之鼻祖。世人誉之："忠以为国；智以保身；商以致富，成名天下。"

明代心学的集大成者王阳明先生也是一位具有人生大智慧的人。他是一位文人，却不读死书，文武兼备，谙熟兵法，骑射功夫一流。宁王叛乱时，他在只有一小支军队且无准备的情况下迅速召集民兵与农民充作大军，与宁王对峙，最后取得胜利。他同时还是一位大儒，创立学院，讲授心学。

可见具有人生智慧，明心见性，才能成就智慧人生。举世非之而心不惑者谓之明；群疑未解而计先定者谓之智。太安堂之所以能复兴，能谱新篇，皆因掌门人有大智慧，每能独具慧眼而有明智之举。

太安堂风雨兼程五百年，正是凭着一颗独有的慧心开创了不同凡响的新篇章。不仅如此，太安堂凭借慧心升华知识体系，慧通灵，转化实际价值，成长蜕变，开启企业做大做强的必由之路。

"授人以鱼，不如授人以渔。"掌握解决问题的方法，一切困难都可迎刃而解。世间万物离不开两个字——规律。历史有历史的规律，自然界有自然界的定律，企业的成长也有规律可循，太安堂正汲取古今中外智慧韬略，审时度势，借鉴大型企业的崛起之路，形成独具特色的战略格局，走上做大做强之路。

内心世界大的人，从上而下；内心世界小的人，三十分钟回到原点。有的人遇到挫折一蹶不振，有的人愈挫愈勇无坚不摧，这都取决于一个人内心的强大与坚韧。太安堂堂训"秉德济世，为而不争"正是企业精神、人生价值的一种升华与体现。市场竞争愈是激烈，太安堂愈是精益求精；社会风气愈是浮躁，太安堂愈是严谨规范。上善若水，利万物而不争。水具有宽厚、利他、前进的多种美德，太安堂人亦应具备这样的美德，以海纳百川的胸襟迎接挑战，以兼济天下的抱负为社会送去济世良药。"自新应似长江水，日夜奔流无歇时。"更应如江河般奔腾不息，朝着梦想前进，从而实现自我价值，造福民众，无愧于天地。

"为天地立心"是太安堂济世苍生的首要使命。立仁心，博施济众，恩泽四方，可救济苍生；有德之心，如海纳百川，可济世苍生；强大的信心为太安堂提供源源不绝的动力和能量；奉献心行无疆大爱，温暖民众；通灵慧心升华价值，转化为实际能量。太安堂为天地立心，为民众献大爱。

第二节　为生民立命

立命，即修身养性以奉天命。《墨子·非命上》："覆天下之义者，是立命者也，百姓之谇也。"《孟子·尽心上》："夭寿不贰，修身以俟之，所以立命也。"

为生民立命，"生民者，百姓众生也；命者，生存也；为生民立命者，活百姓、使其仰足以可事父母、俯足以可畜妻子，此之谓也。"太安堂为生民立命的行为，在于以优质高效的产品解除疾苦，在于以太安堂绝无仅有的养生益寿术为民众活命续寿。

"为生民立命"，还有"安身立命"的意义。史称，张载"喜论命"。"命"，主要指人的命运。历史上长期流行的是命定论，认为人只能听凭命运的摆布。然而，只要通过自己的道德努力，人就能够在精神价值方面掌握自己的命运从而赋予生命以意义。因此，"为生民立命"是说为民众选择正确的命运方向，确立生命的意义。

敢于挑战，是一种睿智；敢于承担，是一种胸怀。"为生民立命"，是太安堂的核心价值追求，也是企业发展、复兴、崛起的原始动力。如果没有一颗奉献心，没有一颗承担社会责任的心，企业是没有脊梁和内质的，也是走不远的。太安堂五百年十三代兴盛不衰的内在机密最重要的是锈可遮光，光而不耀，就是承担社会责任，服务社会，以对社会的贡献为最高价值。

一、益寿养命

生命是什么？在中国古文献中记载，"人之生也，气之聚，聚则为生，散则为死……故曰通天下一气耳。"还有记载为"人之生，其犹冰也，水凝而为冰，气积而为人。"这里把生命的形成比作结冰的过程，也有把生命比作火的。"天地之大德曰生"，故《黄帝内经》曰："天之在我者，德也；地之在我者，气也；德流气迫而生者也。"如"人含气而生，精尽而死，死犹撕，灭也。譬如光焉，薪尽而火灭，则无光矣。故灭火之余，无遗炎矣；人死之后，无遗魂矣。"

生命奇妙莫测，生命的源头在哪里？生命之花开于地球上。生命神圣伟大，爱护生命、保养生命、延年益寿、活得健康、活出质量是每个人最为重视的问题。

太安堂承接五百年核心技术和深厚的中医药文化底蕴，以独特的养生益寿法为民众保养生命，达到健康益寿的目的。太安堂益寿诀总结了太安堂历代积累流传下来的深厚悠久的养生文化，拔其精粹，集中论述了太安堂关于养生益寿的人文精神和科学理论与实践。

太安堂养生法源于博大精深的中医养生文化。太安堂的养生观概括起来有天人合一、阴阳平衡、身心合一三大法则。

所谓"天人合一"的养生观，是指宇宙是个整体，天、地、人息息相通，人的生息活动要与自然界的存在变化相和谐。所以太安堂养生强调人要遵从四时阴阳五行化生收藏等自然规律，与天地自然相协调，才能健康长久的保存生命，否则如违背天地四时规律，逆时背地养生，则正是早衰之节。

"阴阳平衡"的养生观，是指事物的阴阳平衡是其和谐存在的基础，人体要健康就必须要保持阴阳平衡，即阴平阳秘的状态。否则，阴盛则阳病，阳盛则阴病，阴阳的偏盛偏衰都会造成人体疾病的状态。

"身心合一"的养生观，是指人的生理和心理是人体的两面，两者相互影响。在养生中，不但要注意有形身体的锻炼，也要关注无形心灵的修养，身心齐健，才会真正达到健康长寿的目的。

太安堂养生法以上述三大法则为指导，根据阴阳、五行、脏象、经络等中医理论，融汇了许多宝贵的养生精髓，采取食养、药养、针灸、按摩、气功、运动、房事等诸多养生形式，最终形成了自己独特的养生文化，称为太安堂五行益寿诀。

太安堂五行益寿诀具体包括医药养生、运动养生、饮食养生、心理养生、房事养生等五个部分。

太安堂的医药养生术是木德之仁心仁术。太安堂自创建近五百年来，运用寓天地之精华于一体的草木和血肉有情之品，来作为济世拯生之用，积累了丰富的中药加工炮制，道地药材的选取，方剂配伍，延年益寿方剂的研制、实践等经验，创立了《太安堂秘笈》等延年益寿方剂，完成了一系列膏方的研制，在医药益寿、调理养生方面技高底厚。

太安堂的运动养生术秉承了中国传统养生的优良基因。太极拳、八段锦、气功等促进了人体的健康。太安堂传人主张心静体动的运动观，心情闲逸，体动有节，动静结合，张弛有序，自可身体康健，百病不生。

太安堂的饮食养生术独具一格，不仅汲取了儒释道的饮食养生观，且融合潮汕地区饮食文化之精髓，融会贯通，别出心裁，创立了千金茶等名方。

太安堂的心理养生术源于中华传统养生，饱蘸其中精汁。

太安堂的房事养生术充分吸收传统房事养生的要诀，为男女阴阳和谐、优生优育、延年益寿提供了保证。

太安堂五行益寿诀又名太安堂麒麟养生术，麒麟养生，借瑞兽之吉名以喻中医药的中正守民、仁心厚护，济民长存。

现代人追求的健康时尚的白金人生，就是需要这种忠正慈爱、性质纯良、秉德济世的麒麟养生法来打造。

太安堂养生术，详载于《嗣寿秘典》。

二、圣药活命

中华民族圣药秘技源远流长，自古上至朝廷、下至民间，流传保留了许多圣药救人的经典方剂。太安堂充分吸取了中医药国粹精髓元素，形成了丰富多彩的验方圣药。

太安堂以秘制麒麟丸，内蕴深邃的治疗不孕不育、促进优生优育的中医原理和技术，分享济世，实现赐嗣大众，奉献社会的心愿。太安堂麒麟丸运用中医学"肾主生殖"的理论，采用补肾填精，温阳调经，益气养血之品组方而成，全方既温养先天肾气以生精，又培补后天脾胃以生血，并佐以调和血脉之品，使精血充足，冲任有养，胎孕易成，同时又有抗疾病防衰老、强身健体之功。

太安堂在百余年治疗心脏病、慢性心功能不全、心律失常的临床实践中，博采众长，依据中医微循环论及中医活血化瘀学说，以经典古方为基础，经过创造性改良，研制成治疗心血管疾病方面的名牌产品心宝丸，为数千万的心脏病患者带来福音，成为中老年心脏病患者常备药物。

太安堂的蛇脂参黄软膏集《太安堂秘笈》及宫廷美容御方（秘方）精髓于一身，融合现代高科技技术，产品适用于顽固性皮肤病，皮肤干燥、手足皲裂、皮肤冻伤等，有康肤护肤的显著疗效。

太安堂铍宝解毒烧伤软膏组方严谨，配伍合理，具有凉血解毒、活血止痛、祛腐生肌、促进组织修复的作用，产品临床治疗烧烫伤，疗效确切，使用方便，安全性高。

太安堂技效产品群种类丰富，品种齐全，药方配伍生动严谨，涵盖嗣寿、皮肤、心脑血管、妇儿科、胃肠科、呼吸科等多个门类，防病治病，为人们延寿养命。

太安堂圣药济世活命，为人们的健康保驾护航。

三、巨著立命

文以载道，言由心生。太安堂为生民立命不仅在于用良药救济苍生，更在于以宏篇巨制《太安大典》奉献太安堂医药技术于世，为更多民众送去健康和福音。

道智相济，慧通天下。太安堂人在吸纳明代宫廷御医经验的基础上，加以创新和发展，不断研制出新的太安堂名药，并将核心技术、名方秘方挖掘整理编纂成《太安大典》系列文化丛书。

近哲章太炎先生指出："中医之成绩，医案最著。欲求前任之经验心得，医案最有线索可寻，循此钻研，事半功倍。"古人把他生平最得力之作笔之于书，积存为医案，医案最好读，少了穿凿附会的东西，而更直接的是医疗实践。

《太安大典》在国家中医药管理局、中国中医科学院的支持帮助下，将太安堂近五百年历史十三代传承下来的中医理法方药等珍贵文化遗产、太安堂发展历程、传统哲学和各中医药经典名著等相关资料进行整理编纂，循五行相生机制，按医、药、史、鼎、新五部编排。其中"医部"分"经典、秘籍"二类；"药部"分"药苑、名药"二类；"史部"分"渊源、传奇、复兴"三类；"鼎部"分"基石、讲坛、文治"三类；"新部"分"立德、立功、漫画、立业、立言"五类。共五部十五类，一百零八卷。

太安堂自公元1567年明隆庆年间创建以来，太安堂医馆历代为医者钻研医术，研习医理，研制出济世良药，为人类造福。

太安堂的创始人柯玉井公之所以有很高的医学成就，之所以得到隆庆皇帝的嘉许并钦赐堂匾，是因为他深研《内》《难》《本经》《伤寒》《金匮》等经典著作，从而学有根底，也因为他精求历代名医之论著而广采众家之所长，还因为他谦虚好学，以同时代的同道或前辈为师而积累了丰厚的经验。

柯玉井公在《太安堂记》中引用医圣孙思邈的话说："凡大医者，必当安神定志，无欲无求，先发大慈恻隐之心，誓愿普救含灵之苦。"他告诫后代子孙："凡馆内求医，务须贫富一等；堂中取药，定是羸弱普同，亲如一家。"玉井公自己是这样做的，其后历代传人也都是这样做的，因此，不惟乡曲之誉甚佳，更赢得广泛的社会赞誉。

柯玉井毕生勤勤恳恳，孜孜以求，锲而不舍，精益求精，不仅取得了医学上的成就，更身怀不为名利、不求富贵的高尚品质，拯黎元于仁寿，济羸劣以获安，把抢救患者生命视为自己义不容辞的职责。他以身作则本着同情和博爱之心，像看待自己亲人一样认真对待所有患者。把病人的痛苦当做自己的痛苦，为病人治疗时聚精会神，摒弃一切私心杂念。其扶危救急、济世活人的高尚情操，受到人们敬仰。留给太安堂后世传人"秉德济世，为而不争"的宝贵精神财富，直至今日这样的祖训仍然指导着太安堂人，在医德备受关注的今天树立了一个正面的榜样，维护了医者本该有的高大无私的形象。

太安堂继承先祖医为仁术、济世为怀的大医品德，在新时期高举弘扬中医药国粹大旗，复兴太安堂，不仅用精湛医术治病活人，还要以优质中药产品康健人类。恪守"遵古重拓，方经药典，精微极致，大道无形"十六字制药真言，秉承五百年太安堂的精髓，创新现代医药科技，研制出一批又一批广为社会接受和赞誉的太安良药。一百零八卷《太安大典》将五百年太安堂积淀下来的中药精华以及太安堂相关中药专家、学者的科研精华涵纳进来，将它们无偿公之于众，无私奉献给中华医学和社会，为中华中医药和人类健康事业的发展发光发热，贡献力量。

《太安大典》，不仅涵括传统医、药、养生等方面的史籍资料，还展现了五百年太安堂的注重文化建设、努力培养和打造企业文化品牌、树立企业良好形象的努力。这些方面，不仅大大调动广大职工的积极性、创造性，使企业始终保持旺盛的生机，同时，在稳固凝聚力，促进企业快速、稳定、健康发展方面发挥了重要的作用。

四、三才谐命

《三才秘典》集成太安堂五百年来观天查地鉴人之三才精华，探索天、地、人三才之道。

中华传统哲学博大精神，浩如汪洋，哲学信仰的力量如同神力可以改变人生，改写生命。中华哲学的集大成者是三经，即天经、地经、人经。

天经即《易经》。庄子认为"《易》以通阴阳。"阴阳蕴含事物发展的所有规律，识《易》可通天。"天行健，君子以自强不息"，系辞云："乾知大始，坤作成物。乾以易知，坤以简能。易则易知，简则易从。易知则有亲，易从则有功。有亲则可久，有功则可大。可久则贤人之德，可大则贤人之业。""天人合一"，"内圣外王"，"内外兼修"……因《易》而奠定了中国传统文化的结构，使上下五千年的文明一脉相传，造就了博大精深的中国文化，形成了稳定的社会结构，使华夏儿女得以休养生息、安居乐业薪火相传，塑造了富于创造和顽强的民族精神，哺育了一代代英雄儿女。

地经乃《山海经》。《山海经》是一部记载中国古代国神话、地理、植物、动物、矿物、物产、巫术、宗教、医药、民俗、民族的著作，反映的文化现象地负海涵、包罗万象。其涉及多种学术领域，如哲学、美学、宗教、历史、地理、天文、气象、医药、动物、植物、矿物、民俗学、民族学、地质学、海洋学、心理学、人类学等等。由于该书成书年代久远，连司马迁写《史记》时也认为："至《禹本纪》，《山海经》所有怪物，余不敢言之也。"《山海经》通事物也，通地也，包含着大地万物的发展规律。

人经为《黄帝内经》。《黄帝内经》通人，故而最为重要，天干、地支、甲子、奇门遁甲齐集此书。其包括阴阳五行、藏象经络、病因病机、诊法治则、预防养生和运气学说等，强调人体本身与自然界是一个整体，同时人体结构和各个部分都是彼此联系的，以阴阳五行来说明事物之间对立统一关系，研究人体五脏六腑、十二经脉、奇经八脉等生理功能、病理变化及相互关系为主要内容。研究自然界气候对人体生理、病理的影响，并以此为依据，指导人们趋利避害。

三经者，天、地、人三才之道。三才者，立天之道曰阴与阳，立地之道曰柔与刚，立人之道曰仁与义。三才的关系是：先天地而后万物，万物盈天地之间，人居万物之中。天道地道，表里相谐，道通为一。人禀天地正气以生，天赋人以仁义之性，使人发挥德性共存共容。

三才之道，强调人与自然规律的一致性。生活于天地之间的人类则是万物的灵长，是宇宙精华之所在，是智慧和灵性的化身。人，心化于地，灵化于天，人之心灵，不知三才避忌，必犯灾害。人一定要遵从自然规律，天有三宝，即日、月、星，反映自然界四季气候的变化，地有三宝即水、火、风，三才互通平衡，则万物通畅。

柯玉井在《太安堂记》中说："必穷其因，尽心辨证，究其源，尽力论治，方能上不愧于天，下不愧于地，内不愧于心。"

太安堂五百年来传承兴盛，复兴崛起，太安堂历代传人洞悉天、地、人三才运行之奥妙并将其融入历代太安堂的实践中，谨遵天、地、人和谐发展之道，与天地同轨，与社会共进。崇尚天地人的兼容与融合，倡导以个人的存在与宇宙的法则为至尊至大。正如："观天地之象，通古今之事，权事而立制，度形而施宜，以统天下、理万物、应变化、通殊类。"

三才包含了中国文化的精粹与内涵，只有识三才，理解"天、地、人"三才的内在关系和运行规律，才能立行于世，立命改命。

五、得道永生

《释系辞上》云："《易》之道，三才之道也；三才之道，一阴一阳之道也；

一阴一阳之道,道之大全也。道之大全,天得之而天,地得之而地,人得之而人。又成于性者,有仁知圣贤之异,道尽于斯矣!"

性命之理,即天地人之道。

《黄帝内经》在对人体生理的总认识上也是通过吸收《易》学"同声相应,同气相求"(《乾·文言》)、"天地人合一"的"三才之道"来完成的,认为天人同构,天人之气相通,人只是天地自然的一个组成部分,并与天、地之气息息相通。

太安堂为生民立命以及对天地人、性命之理的理解,就是贯穿于生命的源头——孕育、生命的质量——养生、生命的保障——医药等,在理论与实践、集成与聚焦相结合的阐述之中。

五百年传承的太安堂,行医用药的传奇世家。太安堂历代传人励精图治,名医辈出,为潮汕地区历代民众的生命健康做出了卓越的贡献。

"随风潜入夜,润物细无声。"太安堂人一直以大医精诚的慈悲爱心藉医药之天缘善业、默默滋润着被病痛折磨的民众的生命之芽。

老子曰:"人法地,地法天,天法道,道法自然。"人类的养生长寿、继嗣生子的目标实现是成熟健康生命的本能要求。

中医经典理论和中华养生哲学自太古始,早就建立了"法于阴阳,和于术数"道法自然的健康生存模式,"与天地和其德","仁者寿",遵从天地自然四时阴阳五行化生收藏的自然规律,顺时养生,因地因人制宜,起居有时,饮食有节,不妄作劳,少私寡欲,七情无过,静坐导引,净心涤念,修身养性,持神盈满,保持机体的精气神,减少消耗等等。

太安堂道法自然,药载精华,在传统中药炮制的基础上,采撷各家所长,秉承明代太医院的精细制作工艺,经过近五百年的实践总结,形成的一套自家独有的制药理论体系。精选"道地药材",制药"遵古法制",并与时俱进,不断创新提高。太安堂制药讲究"精细"二字,不论是加工炮制,还是炼丹制药,都必做到"遵古重拓,方经药典,精微极致,人道无形。"这十六字是太安堂制药法的精髓所在。用仁心仁术保证药品质量,太安堂人仍坚持贯彻祖训,默默掘出当今医药行业中的一眼清泉,重信誉、重质量如同大浪淘沙后显现的金子,在行业中灼灼闪烁。

太安堂人为国为民的壮志豪情并不是空中楼阁、海市蜃楼，而是有着坚实可靠的产品基础，这些产品正在并将持续为人类的健康美丽、延年益寿、延嗣送子的事业做出广泛而持久的贡献。

人类精神世界的最高价值在于永无止境的追求。圣人孔子的追求在于"天下为公"的大同世界，"故人不独亲其亲，不独子其子，使老有所终，壮有所用，幼有所长，矜寡孤独废疾者，皆有所养"。而老子主张的理想国是"小国寡民"，人皆"甘其食，美其服"，"鸡犬相闻，老死不相往来"的自由美好状态。这些都是人类政治世界追求的美好理想。

身心的健康永存也是人类最本质的美好追求。在对人类健康长寿的不懈追求上，中国有着悠久的传统，儒释道武医对强身健体、长寿不老的追求，在上下五千年的漫漫历史长河中，烁烁闪耀，给我们留下了不曾间断的无可估量的宝贵财富。

中国人不仅追求长生，还追求血脉的传承，宗祠的传递。血脉火炬的传递，凤凰涅槃重生，是中国人另一种更根深蒂固的永生之道。

世界的大同，身心的和谐，是现代社会努力奋进、美好追求的最强音。作为很有价值的医药行业来说，致力于人类的健康长寿，奉献于人类的正常繁衍，是医药界的义勇军进行曲。

太安堂"为生民立命"，既是为民众的健康研制圣药，以传世的秘术为社会大众奉上益寿保养之法，也是以融汇天、地、人三才的中华哲学精髓为民众开拓养生的方向，为大众点亮养生的指路明灯。

立命，不仅要保养生命、重视健康，更要掌控命运，改命造运，这就是太安堂的精神内核。

第三节　为往圣继绝学

"为往圣继绝学"，文化传承的"往圣"，指历史上的圣人。圣人，其实就是指人格典范和精神领袖。为往圣继绝学可理解为："继往圣学术而开新学术"，钩沉传统而经业现代之理念，以新掘旧，以旧开新，此为绝学。

柯玉井公在《太安堂记》中写道："余深怀为天下苍生福祉胞舆之心，

立堂施医于民，继万氏续瑰宝，愿学而珍之，传而承之。"太安堂中医药文化历经五百年风雨沧桑，薪火相传，如今成为宝贵的非物质文化遗产，是弥足珍贵的绝学。

《万氏医贯》成书于 1567 年，是由明代太医院院使、著名医学家万邦宁汇集亲治验证、御方祖训、医案良方、药方药法编撰而成的医学巨著，分"天"、"地"、"人"三卷，全面系统论述人体内外各种病症、发病原因、治疗方法，在中医学领域提出一些首创性的见解。柯玉井公获赠《万氏医贯》后潜心研习，加以深化，历代传人著成《太安堂秘笈》，这两大巨著在柯氏家族传承至今。太安堂历代传人根据祖传的绝学秘技，悬壶济世，救死扶伤，以高超的医术和崇高的医德而载入史册，备受世人尊敬。

现代太安堂荟萃五百年中医药文化精髓，承继绝学，与时俱进，突破变革，博采众长，结合传统中医理念和现代科技，在嗣寿、皮肤、外科、诊法、养心等中医治疗和药用领域卓有建树，使太安堂绝学秘技在新时期绽放璀璨光彩，造福人类，造福社会。

一、嗣寿绝学

《嗣寿秘典》是太安堂对嗣寿绝学的继承和发展。

嗣，即后嗣、子嗣，子孙后代的意思；

寿，即延年益寿，年岁，生命，活得长久之意。

自古至今，"嗣"、"寿"就是人们永远追求的梦想。太安堂嗣寿绝学是在中医学理论体系、中医学哲学的基础上成长和发展起来的，具有太安堂特色的关于孕育和健康养生比较成熟和系统的理论体系，意在将太安堂五百年、十三代传承的优生优育、延年益寿的秘方、秘法公之于世、福泽广众。

太安堂赐嗣法又称麒麟赐嗣法，太安堂麒麟赐嗣法，是太安堂一整套系统的治疗不孕不育、创建优生优育的育儿方法，因其借用了麒麟送了的神话传说，兼有优生的寓意，所以称为"麒麟赐嗣法"。太安堂独家出品的治疗不孕不育、促进优生的特效中成药麒麟丸以"麒麟"为名，也是寄予了此类美好的愿望。太安堂麒麟赐嗣法是太安堂历代传人汇集古今传统医学知识，结合近五百年的临床实践的经验基础上，摸索总结出来的。它由太安堂麒麟赐嗣法概论、医药强身术、文化灵心术、和谐房事术、太安养胎术等五部分组成。

医药强身术中，麒麟丸——打破不孕不育的枷锁，走向优生优育；文化灵心术中，文化出和谐，灵心育后代，指出心心相印，遵循优生优育原则，充分激活潜能，达到灵肉和谐、男精壮、女血调的美酒盈缸的状态是"麒麟送瑞子"的必备条件之一；和谐房事术可通过科学的房事优生优育；太安堂养胎术以保胎教胎的技巧促进胎儿健康。

太安堂麒麟赐嗣法借助中国传统哲学观念，认为"阴阳者，天地之道也，万物之纲纪，变化之父母，生杀之本始，神明之府也。"即孕育是成年男女正常的生理功能，只要男女达到"阴阳和"的条件，就可以孕育产子。太安堂赐嗣法中的诸多方法，虽然种类多多，如万花筒般迷人，但综合起来说都是通过各种措施使人达到阴阳调和、气血舒畅的最佳生育状态，达到优生的目的。

太安堂麒麟赐嗣法论治不孕不育不拘泥于成法，采用"种子之方，本无定轨，因人而药，各有所宜，故凡寒者宜温，热者宜凉，滑者宜涩，虚者宜补，去其所偏，则阴阳和而化生著矣"的灵活多变的方法原则，灵活用药，效果显著。太安堂以秘制麒麟丸，内蕴深邃的治疗不孕不育、促进优生优育的中医原理和技术，分享济世，实现赐嗣法造福人类、奉献社会的心愿。麒麟赐嗣法撷取中华传统养生之精髓，含蓄古往今来数百年之底蕴，独树一帜，自成特色，虬枝凛出，有引人寻微探秘之古韵。

麒麟养生术思想境界是秉承了道家修身，佛家养性，儒家格物、致知、诚意、正心、修身、齐家、治国、平天下的认识路线，是在多年理论和实践积累的基础上，凝汇太安堂人的精神观和自然观而成的。它集合了五行养生的智慧，同时又不拘泥于五行，有了很多延伸和扩展，合于天地四时阴阳。养生之学法无定法，心无常心。以天心为人心，顺其自然，才合于养生之道。太安堂养生法是法无常规，无所不包，以五行为框架，但不以五行为拘执。麒麟养生，借瑞兽之吉名以喻中医药的中正守民、仁心厚护，济民长存。

二、康肤绝学

《皮肤秘典》是太安堂外科康肤靓肤绝学的继承和发展。康肤，就是指皮肤病的治疗，太安堂运用传承五百年的中医药核心技术，对皮肤病的诊治，把人体整体经络、脏腑、气血、津液的改变联系起来，既重内治，又重外治。

中医外科有关皮肤疾病的论述，早在《黄帝内经》中有不少记载。《黄帝内经》中可以见到"诸痛痒疮皆属于心"。隋朝的《诸病源候论》记载"头面上疮系内热外虚，风湿所乘"。"肺主气候于皮毛，气虚者肤奏开，为风湿所乘，皮主肌肉内热则脾气温，脾气温则肌肉生热也，湿热相搏，身体皆生疮。"这就说明了皮肤病与内脏的关系，也说明了古人早已开始认识内因是发病的根据，外因是发病的条件。这就是"有诸内必形于外，没有内患不得外乱。"即皮肤病是表现在外，形成于内。太安堂从明代太医院开始积累中医药靓肤、康肤核心技术，以及太安堂厚积薄发的深邃理论、哲学基础和丰富的实践经验，按中医学之理、法、方、药编纂成典，并根据当代人的生活，身体状况总结升华成治疗皮肤病的核心技术。

明朝是皮肤科美容医学的集大成的时代，中医皮肤美容方面的积累十分丰厚，在美容皮肤科领域出现了百花竞放的局面。如明初编著的《普济方》，就是中国美容方的大汇总，里面汇编七百余首美容方；而与柯玉井同时期的著名医学家李时珍编著的《本草纲目》，里面亦含丰富的中药美容靓肤内容，里面记载了一百六十五种中药有悦肤靓色的功效；明代陈实功所著的《外科正宗》，不仅是治疗皮肤科疾病的集大成者，也含有不少中医靓肤美容的内容；明太医院吏目龚廷贤著的《鲁府禁方》，里面含美容方十三首，疗效显著，流传甚广。太安堂的创始人柯玉井公就是生长在这样的时代背景下，在他一生从医历药的实践中，对中医皮肤科用药和中医美容也颇有研究，卓有建树。柯玉井公在太医院学习期间，深受良师益友的熏陶和感染，勤于研医、奋勇实践，积累了大量临床验方，为太安堂靓肤康肤核心技术打下良好的理论和实践基础。

太安堂历经近五百年，传承不断，与时俱进，善于不断吸取同时代医学的巅峰成就，潜心向薛己、汪昂、陈实功、祁坤、高秉均等众多医家学习，不断掌握新的外科皮肤科诊疗技巧，积累了大量治疗皮肤疾病、中医药美容靓肤方面的实践经验、效方验方和制剂工艺。太安堂秘传的康肤法不但继承发展了中医外科学的精髓，擅长辨证论治皮肤病，对皮肤疾病的反复发作、疑难杂症等颇有心得和治验，还充分挖掘中医理论中阴阳五行、五运六气的精粹，医易相通的智慧，风水堪舆等与人皮肤疾病的关系等，使皮肤病辨治的思路视野更加开阔，防治的水平更上一层楼。除此之外，还根据多年的皮肤科治疗和制药经验，研发了皮宝霜等一系列中药皮肤药精品，受到广大皮肤病患者的欢迎和信赖。

三、养心绝学

《养心秘典》是太安堂养心秘术的总结。天地之性人为贵，天地之心仁为贵。长寿之道，无穷奥妙。究其本源，先养其心，守其神。中医的最高境界是养生，而养生的最高境界是养心。所谓：下士养身，中士养气，上士养心。法从心生，心净则身净，心胸豁达，睿智勇敢，情趣高洁，形体安定，起居有常，自然百病消除。马克思说："一种美好的心情，比十副良药更能解除生理上的疲惫和痛苦。"足见良好的心态、愉悦的心情对于人的身心健康有多么重要。对此，巴甫洛夫也有名言："愉快可以使你对生命的每一跳动，对生活的每一印象易于感受，不管躯体和精神上的愉快都是如此，可以使身体发展，身体强健。"

何谓"养心"？《黄帝内经》云："恬淡虚无"，即平淡宁静、乐观豁达、凝神自娱的心境。"养心"就是拥有心理平衡的重要方法。常保持心理平衡的人五脏淳厚，气血匀和，阴平阳秘，能健康长寿。

《素问》云："主明则下安，以此养生则寿。""主明"就能心宁神安，因为精、气、神为人身之宝，精足、气充、神全，是养生延年益寿之根本。本固而精生，精生而化气，气生而化神，神全而身健，故心为人之主宰，亦为精气神之主宰。《道家养生学概要》云："心为人之主宰，亦为精神之主宰，炼精炼气炼神，均需先炼心开始。"《古今卫生要旨》云："养生家当以养心为先，心不病则神不病，神不病则人自守。"说明以养心神为先，心神平和，情绪稳定，脏腑和调，气血通畅，可以增强人体的抗病能力，就能保持身体健康，这是养生长寿的关键。故养生必先养心。

中医所说的心是五脏之一，按其功能可分为"实质之心"与"神明之心"两类。"实质之心"是从形态学即解剖学的意义上而言的，指的是血肉之心，古人形容它形圆而尖，犹如含苞待放的莲花，倒垂于胸中的两肺之间，并有心包裹护于外。心与血脉相联系，有"主血脉"的功能。"神明之心"则是说，心还是个接受外界事物的刺激并做出反应，进行心理、意识和思维活动的脏器。因此，心有"藏神"、"主神明"的功能。此外，心在形体方面与脉管相合，其华在面，开窍于舌，在志为喜，在液为汗，与小肠（腑）相表里。在自然界则与夏气相应。上述的内容便是以心为主体而形成的一个生理系统。其中，主血脉、主神明则是主宰着人体生命活动的两大功能。

人的生命在于养，养生之根本在于天地人和谐，尊重人之本性，做真实的、诚实的人。"以佛养心，以道养身，以儒养家。"其中"道"就是自然、法则、规律。由此看来，养生最重要一点是自然心态。心态是健康长寿的基石，对于现代都市人来说，谁拥有了良好的心态，谁就拥有了健康与长寿。

太安堂养心绝学包括健体养心、德艺养心、奥哲养心、中药养心四大层面。健体养心以节欲、凝神、静功、养神等方面来涵养心神；德艺养心以厚德、情志、才艺、睿智、平常心来调养心性；奥哲养心即通过转变观念、树立信仰、和谐人际、广结善缘等命由心造，洗心改命的方式重塑命质；中药养心即通过太安堂心宝丸、心灵丸、通窍益心丸、冠心康片、冠心康胶囊、参七脑康胶囊、丹田降脂丸、解毒降脂片等太安堂护心名药守护着广大心脑血管疾患的珍贵生命与美丽心灵。

四、外科绝学

《外科秘典》是太安堂对外科绝学的继承和发展。"外科者，以其痈疽疮疡皆见于外，故以外科名之。"明代医籍《外科理例》这样定义。

外科医学，中国古代早已有之，《黄帝内经》记载有针砭、按摩、猪膏

305

外用、醪药、手术等外科医法,《灵枢·痈疽》所载外科病名即有十七种,对外科医学有进一步的认识和了解。另外,中国古代还涌现出一系列的外科医学著述,如南北朝时的《刘涓子鬼遗方》(第一部外科专著)、隋朝的《诸病源候论》(第一部病因病机学专著)、唐代孙思邈的《千金要方》(第一部临床使用医书)等等。

太安堂外科绝学深得太医院核心技术之真传,也来自历代太安堂传人集成中医药两千多年各大名家浩如烟海,深不可测的精湛技术。从近代来说,更来自历代太安堂传人集成清三大外科学术流派,其中对陈实功《外科正宗》为代表的正宗派,集成了其重视脾胃,主张外科以调理脾胃为要的学术思想、辨证论治及其卓越成就;对王维德为代表的全生派,集成了其创立"凭经治症,天下皆然;分别阴阳,唯余一家"的以阴阳为主的辨证论治法则,将常见的外科疾病根据临床表现分为阴阳两大类,主张以"阳和通腠,温补气血"的原则治疗阴证,创用阳和汤、阳和丸、醒消丸、小金丹、犀黄丸等方药;也对高锦庭为代表的心得派,集成了其"疮疡实从内出论"的学术思想,将温病三焦辨证学说融合于外科的辨证施治之中,将温病卫气营血学说,运用于火毒炽盛型疮疡、疽毒内陷等的治疗,倡用犀角地黄汤、安宫牛黄丸、紫雪丹、至宝丹等治疗疽毒内陷、疔疮走黄。集萃名家,在实践中再行探索升华。

柯玉井公穷研岐黄,扁仓诸术,深得要旨,又博采众长,精于内外针灸诸科,遇殊症奇疾,每多效验。太安堂的每一位传人,年轻时各拜三名以上的社会各地名师为师傅,崇师学艺深造,集萃百家,提纯升华。太安堂外科核心技术也来自历代太安堂传人集成传承儒家文化,谐用法家精髓,活用道家思想,运用兵家谋略,妙用释家禅机,也来自彝、苗等少数民族的理论与验方,联名家,集大成,构筑中医药生态圈。

现代太安堂结合近五百年之中医外科的理论和实践积累,开拓创新,"兹集敛博还约,汰粗为精,皆古名家杂著;辨脉论证,一以虚实为据,亲而用之,具得明验。"太安堂中医外科核心技术是太安堂中医核心技术的重要组成部分,传承发展至今。

五、诊法绝学

《诊法秘典》是太安堂对诊法绝学的继承和发展。中医诊法是中医学的组成部分，是指中医诊察和收集疾病有关资料的基本方法，以中医理论为指导，主要运用"四诊"的方法诊察疾病，探求病因、病位、病性及病势，辨别证候，对疾病做出诊断，为治疗提供依据。

数千年来，中医在诊法方面积累了极为丰富的经验。《灵枢·五色篇》曰："五色各见其部，察其浮沉，以知浅深；察其泽夭，以观成败；察其散抟，以知远近；视色上下，以知病处。"《灵枢·五色篇》还说："色从外部走内部者，其病从外走内；其色从内走外者，其病从内走外。"五百年太安堂传承的诊法秘典不但善于从阴阳对立中抓住四诊的要领，而且还特别重视从阴阳的转化中把握病情的进退。

太安堂在十三代传承的行医历药的实践中，积累了丰富的、宝贵的诊法经验，十分重视局部与整体、内与外的统一，不仅强调"四诊合参"，更注重自然环境和个体差异所造成的影响。太安堂独具特色的诊断疾病的方法，以及其蕴含的深厚文化底蕴，随着医学科学的发展，发挥着越来越大的作用。

观局部，通整体。太安堂诊法绝学其一是从人体局部观察了解人体整体信息的中医诊断方法，包括面部明堂诊法、舌诊、耳诊、手诊、脐诊等，这些诊断方法在中医诊断学中起到了至关重要的作用。

法阴阳，和术数。其二是中医的阴阳学说来辨证望诊的"阴阳望诊"。中医诊病最关键的疾病诊断方法——阴虚症与阳虚症的判断，即通过观察各大经络循行体表的毛发、皮肤、肌肉等情况判断各个经络的气血盛衰情况，从而对身体各个经络的虚实状况一目了然。

观五行，明制化。世界万事万物由金木水火土五行元素组成，五行之间存在生克制化关系而保持运动平衡。太安堂诊法从五行之间深层次的错综复杂的生克制化联系来进行中医诊断。

辨五行，定格局。太安堂"五行望诊"的五色诊、五官望诊、五体望诊、面部对应五脏诊法、五色主病法等，可根据时间、方位、颜色、滋味、情绪等五行元素的干预影响来判断疾病的转归方向——好转或恶化的具体方法，根据五行间的生克制化关系来确定治法，对疾病进行防治干预，使疾病转逆为顺，使人体恢复健康。

融八卦，汇医易。通过面部八卦划分方法、中医手掌心望诊的八卦宫位图、中医眼诊的八廓学说等诊断方法以及历代医家根据易理卦象诊断辨证的方法，确立方剂的药味选择、方药组合及方名，达到治疗的最佳效果。

正如一代仙师何野云先生所讲："研习者必精通天地五行、五运阴阳、易理堪舆等术才能将其发扬光大。"中华的文化是相通的，百门技艺，堪舆风水、兵略阵法、音律、园艺、书画、棋艺、医药、武术、天文历法等莫不与中华的精气阴阳、九宫八卦、河图洛书、五行生克、五运六气等原始文化相关。中华文化为体，百家技艺为用，体用结合，才能源源不绝，与时俱进，长盛不衰。

中国医药学文化源远流长，中医的诊断其理论文化哲学基础不外乎于精气阴阳、五行八卦之理，中医诊断境界的提高也需要贯通中国文化中天、地、人的智慧。

太安堂"为往圣继绝学"，是融汇中医药文化传统精髓，传承太医院核心技术，历经时代淘洗粹炼而发展的现代中医药学。

太安堂绝学包含益寿赐嗣的嗣寿绝学、康肤靓肤的皮肤绝学、养心护脑的养心绝学、博采众长的外科绝学、独树一帜的诊法绝学，太安堂将五大绝学提炼应用，匹配五大绝技、五大产品，从而为社会带来更为优质、上乘的济世良药。

第四节　为万世开太平

"太平"二字谓时世安宁和平。《吕氏春秋·大乐》："天下太平，万物安宁。"《史记·秦始皇本纪》："黔首脩絜，人乐同则，嘉保太平。"温庭筠曾在《长安春晚》诗之二写道："四方无事太平年，万象鲜明禁火前。"太平二字有国泰民安之意，又有太平安宁的涵义。

明代隆庆年间，柯玉井公获御赐"太安堂"牌匾回潮州创建太安堂，"太安"二字正有寄寓国泰民安、天下太平之意。太者，意为高也，大也，极也，最也，泰也！安则有平安、安康之意。太安即为天安、地安、人安，所以称"太安"，国泰民安也。

太安堂家训中立下宏愿壮志："药济苍生仁心仁术青阳开国太，医昭日月圣典圣德紫气佑世安。"自柯玉井公开立太安堂医药体系之先河，历代太安堂人遵循国学精华，光耀圣殿，儒表法里，尊崇易学，奇正用兵，集名家所长，博综方术，详探秘要，谨记"秉德济世，为而不争"，"医道即人道，尊德性而道学问；药理亦哲理，致广大而尽精微"之堂训，千年中医药国粹之医风药韵响彻神州大地，太安堂核心技术生香吐郁，千年不凋，如琼浆玉液一般润泽世间，太安堂精神与技术丹桂同芳，源远流长，康安万民。奔腾不息的滚滚韩江，孕育了灿烂的太安堂文化，古老的文化古城见证了太安堂神医辈出，品质珍贵的年轮，记录着光荣的足迹，又为太安堂开启了辉煌的明天。

追溯过去，正视现在，展望未来，太安堂专注中医药事业，弘扬中医药国粹的理想在激荡的血脉中澎湃，太安堂立下"为万世开太平"、为圆中国梦的宏愿壮志，以勇于担任的责任感和使命感为国泰民安、为太平盛世矢志不渝。

一、哲开太平

晋代孙盛《魏氏春秋》言："三代之世，任德济勋，如彼之难；秦项之际，任力成功，如此之易。""功成于任力"、"勋业于任德"，功成济天下，精忠报国恩，诚如一首《功成事济最为高》的小诗所写："仁义为友，道德为师；以仁合众，以义济师。功到成处，便是有德；事到济处，便是有理！"

事至而功成，勋济而节见。五百年来，太安堂历代传人始终恪守"秉德济世，为而不争"的堂训精神，传承中医药国粹，弘扬中医药文化，悬壶济世，奉献社会。

"德不孤，必有邻。"拥有强大精神信仰、悠久文化命脉、高尚道德情怀的企业往往吸引众多优秀人才前赴后继。早在五百年前，太安堂创始人柯玉井订立"秉德济世、为而不争"的堂训精神，深厚的人文关怀及道德信仰在太安堂人的血液里汩汩流淌，无论太平盛世或战火纷飞的岁月，太安堂人以德为先的精神生生不息传承下来。

太安堂经营之道就是以儒治企，以法治乱，以道治身，以佛治心，简言之，儒表法里，道本兵用这就是太安堂的经营之道。太安堂的又一经营之道，就是建立一个特旺的流动大气场，进行智慧与财富的流碰，激起精彩的价值火花！就是带领员工把文化、哲理转化为价值。没有将文化转化为价值的文化，都是苍白的文化，没有将价值奉献社会的公司，都是不完美的公司。

太安堂是一个有历史积淀的品牌，"儒表法里，道本兵用"的经营哲理是太安堂五百年"秉德济世，为而不争"文化的写照，关键是要将太安堂文化转化为太安堂品牌的价值。当前要在这方面创新三点，一是将"秉德济世，为而不争"具体为太安堂经营守则；二是鼓励员工积累践行太安堂文化的典型案例；三是将"儒表法里，道本兵用"的经营之道融入"五大飞跃"，实现太安堂管理创新，创立太安堂新时期的经典效应。

哲开太平，不懂传统哲学的无以理解中国，人类创造最伟大的东西，不是万物而是爱。大爱如水，水沐浴众生，泽及万物而不争，越不争，天下越莫能与之争。心灵的成长需要心田里的清泉来滋润，感恩就是一眼最好的清泉。感恩是一种处世哲学，是一种大智慧，大安堂感恩全体同仁，全体同仁感恩时代、感恩天地。

二、济开太平

"为万世开太平"的核心是人安。人，《说文》中写道"人，天地之性最贵者也。"《礼记》记载"故人者，天地之德，阴阳之交，鬼神之会，五行之秀气也。故人者，天地之心也，五行之端也，食味，别声，被色，而生者也。"可见人为万灵之长，万事以人为本，人安天下太安。

太安堂自明代至今，名医辈出，医林荟萃。柯玉井精研经史，荣登仕途，鼎政之际，辞官归里，创"太安"，书"堂记"，得"真言"，定"堂训"，施仁术济苍生。据潮州柯氏族谱记载："太安堂世代相传，名医辈出，达官显贵、庶民百姓求医问药者络绎不绝，村前院后时常车马相接，人声鼎沸，救活民命，何止万千，秉德济世，造福万方，功德无量，有口皆碑。"太安堂以悬壶济世为使命，以造福苍生为目标，救死扶伤无数，享誉四方。

现代太安堂从产品经营到产业扩张，从品牌经营到资本运作，从整合资源到完整产业链，拓展核心绝技，致力于中药现代化，以高品质的现代中成药为百姓送去健康，送去福音。

健康为本，平安是福。随着经济的发展、物质的丰富以及人类生存、生活环境事实上的日渐劣化，大众越来越关注养生，越来越希望从传统养生文化中汲取有益的养分。国家中医药管理局早在 2007 年便启动了中医"治未病"健康工程，并力争用三十年时间构建起比较完善的中医预防保健服务体系。可以预见，中医药养生必将成为一个新兴的战略产业。太安堂与时俱进实施大健康产业战略，从治疗疾病到预防养生，拓展美容护肤、男女健康、中药养生等各大领域。

王者取天下，仁才谋权贵，智者成巨贾。济开太平，太安堂弘扬中华文化，坚持以人为本，坚持科学发展观，为民众健康、为百姓安泰提供一流的中药现代化特效中医药产品群体，为社会大众的健康奋进。

三、安开太平

中国有句古话："近朱者赤，近墨者黑。"美国也有句谚语："你能走多远，在于你与谁同行。"这说明我们每个人的命运都和他的生态人脉密切相关。跟着屠夫只能做屠夫，跟着理发匠只能理发，但是跟着蜜蜂可以觅得百花，跟着智者可以打开智慧之门。现实生活中，你和谁在一起的确很重要，它能改变你的人生轨迹，决定你的事业成败。和什么样的人在一起，就会有什么样的人生。和勤奋的人在一起，你不会懒惰；和积极的人在一起，你不会消沉；与智者同行，你会不同凡响，与高人为伍，你能登上巅峰。太安堂的事业惠及人民、福泽四海，太安堂以营销为手段，开拓与业界同仁、社会大众共同发展前进的金光大道，这营销不是个人的营销，也不是企业的营销，而是一个济世民众、造福四方的流动大气场，是一个营销大联盟。

随着医药领域多项政策纷纷推出，关于在新形势下医药营销模式变革的种种迹象表明：新医改方案的重点就是要建立覆盖全民的基本卫生保健制度，实现人人享有基本医疗卫生服务，医药行业市场一定是向多元化、均衡化、规范化发展。在这样的大环境下，太安堂的目标是携手业内外同仁，一同开拓市场份额，一同普及济世良药。太安堂营销深入城区、乡镇，营销队伍强劲，使以特效中成药产品为主的太安堂品种优势更加突出，过硬的产品加上精耕细作的创新营销为广大业界同仁打开了新的战略模式。

随着市场竞争加剧，企业进程会大大加快，生产要素和市场份额会加速向优势企业及名牌产品集中。市场竞争已由单个品种、单个企业竞争发展成供应链与供应链竞争，其范围不再仅局限在渠道网点的多少、价格的高低和关系资源的强弱，而是在发展战略、购销调存等核心环节、业务的组织与创新、增值服务的延伸、品牌经营管理等所有环节全面展开。竞争形式则转向企业的基本运作、市场覆盖力与控制力、物流配送、信息处理能力、品种保障能力、客户服务和品牌经营能力等综合实力的较量。

作为五百年中医药老字号的太安堂，坚持以现代化中成药、大健康系列为发展方向，以强大的地面部队打造商业、医院、OTC及第三终端三支专业化营销团队，构筑全国立体营销网络，积极拓展国外市场，采用包括技术合作等多模式的合作方式，将中医药精髓向全世界推广。

太安堂取自于社会，也将回报社会，以"安开太平"为同仁、为民众、为社会打开实现自我价值、企业价值、社会价值，体现民族利益、国家利益的大门，构建一个美满安康的幸福时代。

四、典开太平

太安堂复兴，不仅仅是一个中药老字号的复兴，而是一个民族产业代表的发展崛起，是中医药文化振兴的一个标志，也是中华传统文化走向世界的一个先行者。

太安堂的发展必须以弘扬中医药文化为导向，太安堂的壮大必须以振兴民族文化为标志，代表着民族的活力与发展。

中医药是中华文明的结晶，为中华民族的繁衍昌盛做出不可磨灭的贡献。中医药老字号，底蕴深厚、技术精湛、历久弥新，承载的是中华医药的历史脉动和文化精髓。

太安堂自创建以来，五百年的岁月长河，太安堂与中华民族同舟共济，与中华医药如影随形，在波澜壮阔的历史长河中，医理浩瀚，名家辈出，从经验走向科学，从传统走向现代。如今中国日益强盛繁荣，国力昌盛，在国家振兴中医药政策的大潮推动下，太安堂发展成为极具竞争力和成长性的高新技术上市公司，迎来继往开来、飞跃发展的灿烂曙光。

典开太平，为弘扬中华民族的瑰宝，太安堂文化先行，开展了大量保护中医药文化遗产、发掘民族宝藏、弘扬中华文化的实质性工作。太安堂投资拍摄弘扬中医药文化的电视连续剧《太安堂·玉井传奇》，以现代媒体为社会大众引入传统中医药文化；建立太安堂中医药博物馆，成为中医药文化宣传推广的标志性窗口；编纂宏篇巨制《太安大典》，整理挖掘太安堂丰富的资料秘方奉献于世；建造高科技产业园，加快中医药现代化的发展历程；太安堂开展中医药文化探秘之旅，与潮安县委县政府共同打造"潮州井里中医药文化旅游村"，完整修缮保护太安堂明清时期旧址，成为保护中医药文化遗产、发扬光大中医药文化的新型旅游胜地。

只有民族的才是世界的，太安堂将弘扬中华民族的文化精髓作为崇高的使命。

五、太平盛世

"为中华繁荣，为中华昌盛，做中国最好的皮肤药！"

"为人类健康，为人类美丽，做世界最好的中成药！"

《太安堂进行曲》这句激越豪迈的歌词唱出了太安堂新时代的最强音，也是太安堂发白内心的呼唤与渴望。

21世纪是生命科学的世纪，医药是极具高科技含量和巨大增长潜力的产业。在中国充满希望的世纪，中医药业希望最多的世纪，太安堂是拥有中华民族深厚文化底蕴、心系广大人民健康、具有自主知识产权和核心技术，有竞争优势的老字号企业，不仅对人民健康责无旁贷，致力于国泰民安，更将走向世界、为人类健康与美丽作为最高的梦想。

太安堂是个体生命的集合，个体生命是一个全人类的小单元，太安堂生命是一个小群体，国家生命是一个大群体，全人类是一个特大群体，它们之间就必然有一个运动、反应、变化的过程和结果。从个体到群体到特大群体之间，又有一个天大的不同归宿，那就是个体生命是有限的，大群体生命则是无限的。个体生命的文化能容易随着自然能的终结而中断，或处于无群体状态而稍稍地流入文化场且渐渐消失，而太安堂虽是小群体，但这载体有其特殊的医药核心技术和核心价值灵魂，就是有着特殊的文化能。其文化能随着其生命、其成果继续传承于世且被世人珍爱拥护，这对其子孙后代和群体生命及事业发展发生了不可估量的生命力，从而融入了国家群体生命的浩大文化能海洋，又回到群体生命的汪洋大海中，有序循环而生存发展。这文化能海洋正是千万年来一代一代的生者与死者共同创造、共同积累的一个取之不尽、用之不竭、与天地共存的宝库，国运气数之源就在这里！

太安堂缘何如是？因其文化能被世人珍爱且被拥护之故。缘于太安堂特殊的医药核心技术和核心价值观，为不孕不育的家庭，为心脑血管患者，为皮肤顽疾等病人解除疾苦，秉德济世，为而不争；缘于为国家尽了纳税、为股民尽了创值的责任；缘于为灾区、扶贫、助学，为社会解决劳力出路等付出微薄之力。世界最伟大的力量是爱，更重要的是太安堂用爱的眼睛看待世界，用感恩、欣赏、给予、宽容、关爱对待世人，世界对太安堂而言，就是快乐温馨的天地。一个人做点好事并不难，难的是一辈子做好事，更难的是五百年十五代如一日做好事，这就是"太安爱无疆"的堂文化。

太安堂中药现代化产业的形成是人类健康时代的呼唤，因为现代中药符合世界发展转向以人为本的可持续发展的潮流；符合消费者向重视生活质量方向发展的潮流；符合医疗保健向提高自身免疫力和整体医疗保健的潮流；顺应了整个人类健康时代发展的潮流。

美丽上海立太安，美丽广东出圣药，美丽中国产灵丹，麒麟心宝心灵丸，日月九天扬天下。

美丽上海立太安，美丽广东出圣药，美丽中国产灵丹，皮宝癣湿太安参，北斗七星照乾坤。

浩瀚的药海在弄潮，国家昌盛啊，南太北安天地志！秋月春风中华情！太安堂为苍生献大爱，为万世开太平！

"为万世开太平"是太安堂最强烈的渴望和呼声，太安堂要建成世界一流的以中药现代化为特色的大型药企，最终的目的就是希望国泰民安、人类健康美丽。

太安堂为同仁提供良好的发展平台，为大众生产优质药品，为中医药产业开拓新市场，为中华民族弘扬中医药文化，为全世界奉献无疆大爱，为万世开太平！

第五节 修身齐家平天下

《礼记·大学》中记载"古之欲明明德于天下者，先治其国；欲治其国者，先齐其家；欲齐其家者，先修其身；欲修其身者，先正其心；欲正其心者，先诚其意；欲诚其意者，先致其知，致知在格物。"其中"修身齐家治国平天下"已成为中华民族的立身处事的座右铭，也是儒家精神的升华体现。

由于古代医家多是弃儒从医，或是医儒兼修，他们将儒家精神即格物致知、正心、诚意、修身、齐家、治国、平天下也带入医学领域，成为自己的行为准则。

格物致知，探寻事物的奥妙与原理，学习领会知识；正心诚意，不断提高自我道德修养，提升个人情操。修身简单地说，就是修身养性，具体来讲就是一个人要饱读诗书、道德高尚、有一技之长；齐家就是管理好一个家庭、一个家族、一个宗族、一个企业；治国就是以实干业绩为国家的富强贡献力量；最后实现天下大公的理想。

王国维曾说人生做学问有三境界。太安堂人以格物致知、正己修身、齐家兴企、强企为国、圆梦天下为目标，不断历练提升自我，以儒家精神的核心纲领指导自我言行，从而实现个人价值，为企业、为社会、为民族、为国家、为人类去开拓崭新的明天。

一、格物致知

"致知在格物，物格而后知至。"格意为推究，致意为求得，此句意为探究事物原理，从而获得知识。

北宋理学大师程颐曾说"格犹穷也，物犹理也，犹曰穷其理而已也。穷其理然后足以致之，不穷则不能致也。"其意为要穷究事物道理，致使自心知通天理。

明朝的大理论家王阳明，对格物的理解更进一层。有一天王阳明要依照《大学》的指示，先从"格物"做起。他决定要"格"院子里的竹子。于是他搬了一条凳子坐在院子里，面对着竹子想了七天。他得出的结论是格物要正心，开启心智才可以领悟真理。

清代的思想家颜元认为必须通过实际验证才能掌握事物的真实规律。

柯玉井公在《太安堂记》中已对"格物致知"体悟颇深，他写道"昔，'布射僚丸，嵇琴阮啸，恬笔伦纸，钧巧任钓。'太安堂异日贤裔应效其志而有树专，……不求易，不避难，不遇盘根错节，何以别利器乎？"钻研医学不可追求简单容易的知识，不可避开艰深的学问，一定要穷极医学的真理，方可济世苍生，"穷其因尽心辨证，究其源尽心论治。"

在获赠《万氏医贯》后，柯玉井公潜心"格物"，梳理探寻验方、秘方，并结合实际的诊疗经验，撰写《玉井瑰宝》。太安堂历代传人在此基础上，进一步格物致知，太安堂第二代传人柯醒昧公深入研习中医外科，在皮肤外用药技术方面独创一派。太安堂第四代传人柯隆精心研究古方偏方，成功研制专治心悸怔忡病的"救心丸"。太安堂第七代传人柯黄氏专攻不孕不育，其钻研显效，成功配制"太安延宗丸"，疗效显著。太安堂第八代传人柯仁轩探究推拿外科之术，有"半仙"雅号。太安堂针对疾病采取正确的药物治疗，并根据疾病的发展，开拓药用技术、诊疗技术，格病、格药物、致医学之知。

格物致知的另一层面是以经验为指导，深入创新细化。现代太安堂坚持继承与创新并重，以疾病谱发展为导向提高产品的核心竞争力。倡导遵古炮制和一丝不苟的配方操作，积极挖掘传统炮制原理、炮制方法、配方种类，筛选经典药方、传统秘方和成熟验方并进行工业开发。使之适应现代化中药产业发展趋势，坚持有所改良、有所创新、有所发展的原则，利用现代科技手段对传统中药剂型进行改造升级。推进现代中药复方筛选技术研究，开发与国际接轨的精量化、质量高、药效好的现代精制小复方中药，提高自身中药产品的核心竞争力。

在现代中药研发模式上，太安堂以皮肤药、心血管用药、不孕不育用药、妇儿科用药为主导，构筑中药新药研究、孵化体系，运用新的研制方法、研究平台，以及现代研究设备，创建中药研究新模式。产品创新方面，集成科技创新，科研攻关与产品孵化两手抓，加速研发成果产业化。铍宝牌消炎癣湿药膏为核心的皮肤类产品销量连年创新高，麒麟牌麒麟丸销售取得重大突破，心宝丸、祛痹舒肩丸继续保持快速增长。

太安堂格物致知，研发探索名优药、新药，以经验指导创新，从而发掘中医药文化的深邃内涵。

二、正己修身

《孟子》曰："君子之守，修其身而天下平。"意为君子所奉行的原则，是修养自身而使天下太平。《魏子》中提到"源静则流清，本固则丰茂；内修则外理，形端则影直"。意为江河的源泉洁净水流就清澈，树木的根牢固枝叶就繁盛；人自身修养好外部关系就融洽，形体端正则影子不会歪斜。可见"修身"是做人的基本追求。

人以一身正气而立于天地之间，正气是指人应该努力培养的美德。人应该向贤者学习，使自己也具有贤者那样的美德，这就是"见贤思齐，见不贤而自省"的意思。

晏婴（晏子），历经齐国三朝，辅政长达五十四年。晏子身材矮小，其貌不扬，但聪明过人，能言善辩，而最为后世称道的，是他的高尚品德。

晏子辅政，屡谏齐王对内薄赋轻刑，对外睦邻友好。晏子为人廉洁无私，生活简朴，虚怀若谷，乐观豁达。晏子位至卿大夫，食田七十万。他的结发妻子已经成了颤颤巍巍的老妇人，满脸皱纹，一头白发，穿着粗布衣服。但是晏子与她仍然相敬如宾，相互恩爱。

齐景公看到晏子数十年如一日，为齐国的内政外交做出了巨大贡献，对晏子既赏识又敬重，想把自己的一个女儿嫁给他。于是景公就找了个借口，到晏子家去喝酒。景公看见晏子的妻子，问道："这就是你的妻子吗？"晏子说："是的。"景公说："啊！这么老这么丑啊！我有一个女儿，既年轻又漂亮，就让她嫁给先生侍候你起居吧。"

晏子离席，恭敬地回答说："我的妻子现在确实是又老又丑，但是我也见过她年轻漂亮时候的样子啊！我与她一起生活已经很久了，从她年轻漂亮的时候，直到变得又老又丑。她将终身托付于我，而我也接受了她的托付。君王想把女儿赐婚给我，但是我怎么可以辜负我妻子的托付呢？"晏子拜了又拜，辞谢了君王的恩赐。

晏子婉拒君王赐婚，不让糟糠之妻下堂，表现出君子风范，传为千古美谈！

如何才能修身？"修身"与儒家学说中的"仁、义、礼、智、信"密切相关。修身一是修德，二是修智。儒家倡导"仁、义、礼、信"旨在修德。"弟子，入则孝，出则悌，谨而信，泛爱众，而亲仁。行有余力，则以学文。"说的是，先要懂得"孝悌"、"谨信"、"仁爱"，然后"学文"，这就明白告诉我们，应以修德为先。如"苟志于仁矣，无恶也。""君子喻于义，小人喻于利。""非礼勿视，非礼勿听，非礼勿言，非礼勿动。""与朋友交而不信乎？"均是要求修德，塑造庄重、宽厚、诚信、勤敏、慈惠的"五德"。至于修智，孔子曾说过要"敏而好学，不耻下问"，还要能够应用实践。为人处世当"以修身为本"，学会做人。

太安堂以修身正己为提升个人素养的第一步，太安堂人的先天生理素质和后天文化素质传承着柯玉井公《太安堂记》、"太安堂堂训"、"太安堂十六字真言"、《太安堂秘笈》和《万氏医贯》的精髓，开拓绝技和才华，发扬着儒表法里道本兵用的中国传统哲学的精神，共同开拓"太安堂核心价值观"，以升华的核心技术化为无穷动力，通过改变提高人的生命质量，进行产业化、规模化、集约化项目，转化为无穷的价值奉献社会。

修德是第一步，修智是第二步。太安堂管理学院是太安堂的"智库"，为太安堂打造企业优秀人才，发掘个人闪光点，提升个人价值。学院开设丰富的课程，宣传企业文化理念，引导员工发现自我价值。企业文化聚合成团体的力量和行为，使每个员工对企业产生浓厚的归属感、荣誉感。

这种智不仅仅是智慧，还转化为实际价值，使每个人发掘生命的闪光点，照亮自己的人生轨迹。

三、齐家兴企

齐家，这是儒家思想传统中知识分子尊崇的信条。以自我完善为基础，通过治理家庭，直到事业有成，奉献社会，一同繁荣社会，是几千年来无数知识者的最高理想。

齐家，也谓起家，使自己的家庭或家族兴隆起来。齐家的前提必须"修身"，即只有完成"修身"大业之后才能"齐家"，此即"身不修，不可以齐其家"的道理。在儒家经典中，齐家有两方面的含义，一方面就是家庭要和睦，兄友弟恭敬、敬重长者、夫妇有信，引申出来的意思就是要团结他人，有与他人和谐相处共同发展的心志。另一个方面则指兴旺家族，传承扩大，使之有未来，有前途。

企业就如同一个大家庭，是全体员工安身立命、自强发展的第二个家。太安堂是一个企业，同时也是一个家园，更是众多有识之士的心灵归属。太安堂重视生命的质量，重视员工的归属感及幸福感，太安堂的目标是为所有太安人构建一座幸福家园。这里孕育阳光正能量和旺盛的生命力，诗人艾青曾说："每一个人都是一个生命，人是银河星云中的一粒微尘，每一粒微尘都有自己的能量，无数的微尘汇集成一片光明。"太安堂就是这光芒四射的能量场，这能量场辐射至每一个太安人。在太安堂，所有员工都非常认同企业文化，恪守"秉德济世，为而不争"的堂训精神，时刻与企业同舟共济，太安堂则坚定地履行社会责任，以良好的品牌效应，创新、高效的生产方式与产品造福社会，每个太安人都为此自豪。"海阔凭鱼跃，天高任鸟飞"，太安堂凭借以人为本的人才理念，努力为员工创造良好的环境，使个人与组织共同成长，为人才的发展搭建一个广阔的舞台。

太安堂人要学会倾听、欣赏、包容，处理好"人"与"我"的关系，既需要有对信仰的执着，又需要清醒的现实取向。要在理想中关注现实，也要在现实中追求理想。理想与现实之间的这种平衡，是太安堂领导力的最大特色，也是成就事业的根本原因。合之以文，齐之以武，太安堂人切忌牢骚太甚，牢骚太甚其后必多抑塞。盖无故而怨天，则天必不许；无故而尤人，则人必不服。从古奇人杰士，类皆由磨砺中来。观古今成大功享全名者，非必才盖一世。大抵能下人，斯能上人；能忍人，斯能胜人。若径情一往，则所向动成荆棘，何能有济于事？

精明也要十分，只需藏在浑厚里作用。古人得祸，精明人十居其九，未有浑厚而得祸者。今之人唯恐精明不至，所以为愚也。

以才自足，以能自矜，则为小人所忌，亦为君子所薄。太安堂部分营销领导者傲骨不足，傲气有余，不用菩萨手段，安能和谐奋起成大局。

天下古今之庸人，皆以一"惰"字致败；天下古今之人才，皆以一"傲"字致败。常存敬畏之心，才是惜福之道。圣贤成大事者，皆从战战兢兢之心而来。

时至今日，太安堂由中药制药企业走向全产业链建设的大格局，由只做药品迈向产业大发展的细分多元建设领域，由小团队发展至营销大联盟，皆是因太安堂齐家兴企，企业的外延不断拓展，内核层层细化，为全体同仁构建起卓越的发展平台，现代化管理理念让老字号彰显时代风采。

四、强企为国

太安堂人是以实干业绩报效祖国，为国家强盛贡献力量。

五百年前，太安堂以集成皇宫太医院之御方、医案的中医药宝典《万氏医贯》和御批太医院赠赐的"太安堂"牌匾立业，就立下为国为民的宏愿。如今，太安堂风雨五个世纪，开发造福今人的特效中成药产品，成就了太安堂发展的金光大道，强企为国。

中国传统医药文化丰厚的内涵，浸润着一代又一代太安堂人的情感和生存方式，灿烂的太安堂中医药文化，在中华文明的沃土中生根开花、发展壮大，并从儒、道、释及华夏文明的多个领域中吸取精华和营养，逐渐兴旺发达，流传五湖四海，为中医药文明增添了绚丽的色彩，为人类的健康做出贡献。作为中医药文化的传承者和实践者，太安堂堂训精神"秉德济世，为而不争"是太安堂人义不容辞的使命和永续生存的根脉，已成为现代太安堂集团企业文化的核心价值观。

一代代太安堂人参与推动了中华医药的前进巨轮，缔造了永恒不息的太安堂中医药文化，并在世界经济一体化的历史大潮之中重放光彩，再度光耀华夏，为中华复兴，为圆中国梦而努力。

五、梦圆天下

中华大地上，亿万中国人胸怀中国梦，矢志不渝地扬帆在社会和谐、国家富强、民族复兴的伟大梦想征途中。在太安堂，全体太安堂人向着"太安堂梦"砥砺奋进，向着"建成世界一流的以中药现代化为特色的大型药企"的伟大梦想阔步前行。

在梦想的强大指引下，太安堂制药正以崭新的姿态屹立在企业发展的前沿，迎接全新的变革与挑战。

中国自古就有"不谋万世者，不足谋一时；不谋全局者，不足谋一域"之言。"风物长宜放眼量"，太安堂一直在用世界的眼光从高处和远处审视自己，衡量自身，随时发现自己的弱点和缺点，通过变革和开放，迅速加以克服，以求追赶和超越时代的步伐。阳光愈是充足的地方，愈是浓阴密影。何谓机遇？危机和机会的结合体。必须找准差异化定位、发掘企业独特优势、与时俱进更新战略，永葆一颗纯真的好奇心、打破固有思维、以创新的姿态去引领企业的变革潮流，向实现太安梦昂首迈进。

"时来易失，赴机在速。"行业规范的细化及药材成本的攀升，使中药企业的全产业链建设成为未来企业的发展主流；终端平台不断延升，第三终端的深入和电子终端的崛起，终端的个体化成为行业发展趋势；社会对药品需求量的扩大，意味着技术和研发要跟上时代的节奏，企业的工业革命是大势所趋。机会稍纵即逝，决定高度的是视野，决定视野的是理念。在医药行业沉淀淘洗的过程中，太安堂藏器于身，待时而动，在行业变革整合的端口，太安堂瞄准时机，走在时间的前沿，由内而外掀起企业的革命。

中医药文化源远流长。昔日鉴真东渡，把中华医药带到了日本；六百年前，郑和下西洋，又把中药带到了东南亚。中医药文化与中华民族血肉相连，炎黄子孙，不忘始祖。太安堂必将走出国门，传播中医药文化，将中医药发扬光大，把中药事业兴旺发达地传承下去，造福民族，造福全人类。

"有其志必成其事"，太安堂人必将慧通全局、开疆拓土、谋强求变，共筑中国梦，同圆太安梦，为天下苍生平安奉献微薄之力而尽责。

本章小结

在《易经》中，"既济"卦为大功告成、功德圆满之意。"济"的本意是以自己的力量帮助他人渡过难关，或者更上一层，所谓"同舟共济"。

太安堂济世为怀，提炼儒家学说精华，以"为天地立心，为生民立命，为往圣继绝学，为万世开太平"的崇高理想为指引，更确立了"修身治国平天下"的五大修为境界。

北宋大儒的"横渠四句"是中华民族恪守已久的人生理想，太安堂传承五百年文化底蕴，对之理解升华，付诸实践。太安堂"为天地立心"是秉承仁爱之心、厚德之心、强大信心、奉献赤心、通灵慧心去感恩天地，爱泽民众，为生灵的安康开拓未来；太安堂"为生民立命"是以养生秘术、圣药良药、传世秘学、三才之术、改命之法去为民众保养生命、重塑命运，确立生命的意义和方向；太安堂"为往圣继绝学"是继承绝有的医学传统，创新革变，以现代中成药造福苍生；太安堂"为万世开太平"是凭借自身的发展壮大为社会、为国家、为人类的健康美丽谋福祉。

"格物致知、正己修身、齐家兴企、强企为国、平定天下"是太安堂人孜孜以求的人生境界，通过研习技术、提升励炼自我，进而成就国家昌盛与人类健康。

太安堂济世为怀，心系天下，将为全人类的健康事业演绎更为精彩的篇章。

跋

　　中华传统文化以"易"为源，以儒释道法兵为流，是中华民族的宝库，随着中华文明的伟大复兴，中医药将超越时空，超越国度，魅力永恒。

　　太安堂承继中华民族海纳百川的博大胸怀、自强不息的进取精神、奉献济世的崇高理想，顺天承运，励精图治，在跌宕起伏的商海中，激战十九年（1995～2014），将文化资源资产化，进而资产资本化，形成企业公众化，促进中药现代化，逐步构筑中型药企，全力弘扬中医药国粹，秉德济世，将中华传统文化艺术升华成这本闪烁着全体同仁智慧之光的《太安堂经略》。

　　《太安堂经略》全书分上、中、下三篇，计九章十二经略，上篇规律经略，中篇哲学经略，下篇周易经略。规律经略分为自然规律经略和社会规律经略二章；哲学经略分为阴阳五行经略和传统哲学经略二章；周易经略分乾、坤等十卦经略共五章。太安堂十二经略意在慧集百家，博采众长，解事读史，师法先贤，涵盖公司的生产、研发、营销、品牌、财务、资本等重大领域，为"建成世界一流的以中药现代化为特色的中型药企"的宏伟目标奠下坚实基础。

　　遵循自然规律，驾驭三才改命造运。太安堂遵循自然之道兴办企业、管理企业、强盛企业。天道不可逆，天道可转轨；地道不可逆，地道可变迁；人道不可逆，人道可改命造运。太安堂顺应天道，遵循四时；取法地道，探索地理；遵循人道，以人为本，以自然规律经略引领前进的方向。

　　遵循社会规律，察古观今，与时俱进。太安堂遵循经济、历史、文化、行业、企业五大规律，汲取精髓，升级成难以复制的企业经略，走上一条发展壮大的金光大道，构筑企业发展的新天地。通过遵循社会规律，太安堂抓住机遇、迎接挑战，正向着市场国际化的崭新领域奋勇前进。

阴阳五行经略，平衡阴阳，稳健长久，生生不息。太安堂经略蕴含着阴阳五行的思想精髓。太安堂法于阴阳，调整战略，以保证企业稳健长久发展；太安堂顺应五行，宏观布局，激活潜能，后劲十足。太安堂综合运用阴阳五行学说，贯穿易学、星象、术数、辨证、运气经略要点，变化无穷，流光溢彩，使企业的发展之路越走越宽，气势如虹。

传统哲学经略，慧通转值，集成聚焦。太安堂开发传统哲学博大精深的智慧宝库，与实践经验相结合，转化为实际价值。太安堂以儒治企、以法管企、以道治身、以兵为用、以佛治心，引导太安堂实现个人价值、团体价值、社会价值的崇高使命。

乾坤经略，天地日月锁定乾坤。"乾以易知，坤以简能。"乾坤经略催生了太安堂的辉煌业绩。"天行健，君子以自强不息；地势坤，君子以厚德载物。"太安堂锁定乾坤经略，探索天地，鉴人明道，谦鉴国策，汲取帝略，形成强大的合力，推动企业纵深长远发展。

谦畜经略，刚健笃实，辉光日新。太安堂"包天容海大畜志"，谦集经略，日新其德。太安堂谦畜丰富优质的产品体系、深厚广博的文化内涵，将谦德精髓注入产品体系、品牌理念之中：解苦济世，为社会大众赐嗣延寿；护心养心，为人类健康保驾护航；康肤靓肤，为社会生产皮肤圣药；品牌复兴，百年老字号焕发时代活力；振兴文化，太安堂中医药文化厚积薄发、沉淀升华，为振兴中华医药文化不遗余力。

履鼎经略，逐鹿问鼎，再铸辉煌。太安堂的履鼎经略是逐鹿问鼎、勇攀高峰的发展经略。从"一五规划"至"二五规划"，从"上市融资"到"三五规划"，太安堂由皮宝定基直至复名太安，由"五大兼并"直至"三五开局"，乘风破浪，所向披靡，向着最宏伟的目标、最高的梦想矢志不渝，逐鹿问鼎奠基业，勇拓疆域强根基。

革壮经略，革故鼎新，做大做强。"物不因不生，不革不成。"太安堂的发展历程体现着革壮图强的思想内涵。太安堂革壮命运，改命造运拓宽视野；革壮思路，重塑理念厚实根基；革壮药厂，开启中药现代化之路；革壮营销，打造万人营销大军；革壮文化，文化工程百花齐放，璀璨生辉。

济恒经略，济世苍生，梦圆太安。太安堂以"道济天下、济恒为民"为己任，以济恒经略升华企业的境界和高度。为天地立心，以仁德之心造福苍生，以赤心慧心奉献济世；为生民立命，以绝技秘典解苦救难，以秘方宝典兼济天下；为往圣继绝学，以传世绝学祛病除疾，奉献济世良药；为万世开太平，为中华民族国泰民安而努力！修身治国平天下，共筑中国梦，同圆太安梦，太安堂为社会、国家、人类的健康美丽谋福祉！

　　《太安堂经略》是太安堂近五百年探索发展的智慧结晶，是太安堂哲学艺术的实践升华，是太安堂人世代传承珍贵基因的产物，是全体太安堂人才华、阅历、经验的集成，是全社会天地父母、贤能志士支持太安堂的真实写照，是奉献给同行与社会的一点精神财富，更是太安堂一颗将文化能融入国家浩瀚文化能海洋，感恩乡梓、感恩大众、感恩社会、感恩祖国、感恩天地的大爱之心！

　　经营太安，略有四海。太安堂矢志不渝，奔腾不息，将继续与全体业内同仁一道，为振兴中医药产业、为弘扬中华国粹、为人类健康、为人类美丽，为造福苍生尽力尽责！

致谢

《太安堂经略》一书是太安堂近五百年发展经略的总结提炼，是现代太安堂发展壮大的心血结晶。全书从初定框架到撰写完成，并付梓出版社与大众见面，得益于广大业内专家学者的悉心指导与点拨，得益于广大读者的深情支持与厚爱，也得益于编委会成员日以继夜的编校修改，更得益于所有支持太安堂的朋友们的赐正。在此，我向所有为《太安堂经略》撰写提供支持帮助的朋友、专家表示衷心的感谢！

感谢国家中医药管理局、中国中药协会、中国中医科学院的领导与专家对本书撰写工作的指导与关心；感谢北京大学经济学院的领导、老师和后EMBA班的同学对本书的热心指导与帮助；十分感谢北京、上海、广东等地诸位专家学者为本书提出的宝贵意见和建议；也十分感谢太安堂文化中心全体同仁为本书出版所付出的辛勤劳动。同时要感谢作家出版社对这部书的青睐，以及从社领导到责编为此书的出版投注的热情。希望《太安堂经略》所释放的文化能量，能融入中国现代化企业管理的文化能海洋，进而实现文化资源资产化，资产规模化，振兴国粹，共同为圆"中国梦"献出微薄之力。

作者

2014 年 2 月于上海

图书在版编目（CIP）数据

太安堂经略 / 柯树泉 著. -- 北京：作家出版社，
2014.7

ISBN 978-7-5063-7447-7

Ⅰ.①太⋯ Ⅱ.①柯⋯ Ⅲ.①纪实文学 – 中国 – 当代
Ⅳ.①I25

中国版本图书馆CIP数据核字（2014）第141149号

太安堂经略

作　　者：柯树泉	
责任编辑：张　平	
装帧设计：丁奔亮	
出版发行：作家出版社	
社　　址：北京农展馆南里10号	邮　　编：100125
电话传真：86-10-65930756（出版发行部）	
86-10-65004079（总编室）	
86-10-65015116（邮购部）	

E-mail:zuojia@zuojia.net.cn

http://www.haozuojia.com（作家在线）

印　　刷：三河市北燕印装有限公司

成品尺寸：170 × 240

字　　数：300千

印　　张：21.5

版　　次：2014年7月第1版

印　　次：2014年7月第1次印刷

ISBN 978-7-5063-7447-7

定　　价：32.00元